Inevitable DESASTRE

JAMIE McGUIRE

Inevitable DESASTRE

JAMIE McGUIRE

SUMA de letras

Título original: *Walking Disaster*

Santillana Ediciones Generales, SA de CV
Av. Río Mixcoac 274, col. Acacias
CP 03240, teléfono 54 20 75 30
www.sumadeletras.com.mx

Diseño de cubierta: Simon & Schuster UK Art Department

Primera edición: diciembre de 2013

isbn: 978-607-11-3057-0

Impreso en México

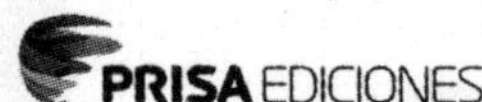

Para Jeff, mi maravilloso desastre

PRÓLOGO

Ni siquiera con el sudor de la frente y la respiración entrecortada parecía enferma. Su piel no tenía el hermoso aspecto habitual y sus ojos no brillaban como siempre, pero seguía siendo muy guapa. La mujer más guapa que hubiera visto jamás.

La mano cayó de la cama y el dedo se estremeció. Recorrí con la mirada las uñas amarillentas y quebradizas, luego subí por el brazo delgado hasta llegar al hombro huesudo y, finalmente, posé mis ojos en los suyos. Me estaba mirando, con los párpados abiertos en dos rendijas, lo suficiente como para hacerme saber que era consciente de que yo estaba allí. Eso era lo que me encantaba de ella. Cuando me miraba, lo hacía de verdad. No me miraba pensando en la otra media decena de cosas que tenía que hacer ese día ni pasaba de mis estúpidas historias. Me escuchaba y eso la hacía muy feliz. Todas las demás personas asentían sin escucharme, pero ella no. Ella nunca.

—Travis —me llamó con voz ronca y las comisuras de sus labios se elevaron—. Ven, cariño. No pasa nada. Ven aquí.

Papá me puso tres dedos en la base del cuello y me empujó hacia delante mientras hablaba con la enfermera. Papá la llamaba

Becky. Vino a casa por primera vez pocos días antes. Me hablaba con voz suave y me miraba con amabilidad, pero no me gustaba Becky. No era capaz de explicarlo, pero que estuviera allí me daba miedo. Sabía que había venido a ayudar, pero eso no era bueno, ni siquiera aunque a papá le pareciera bien.

El empujón de papá me hizo dar unos cuantos pasos hacia delante, lo que me acercó lo suficiente como para que mamá me pudiera tocar. Alargó una mano de dedos elegantes y largos y me acarició el brazo.

—No pasa nada, Travis —me susurró—. Mamá quiere decirte algo.

Me metí un dedo en la boca y me lo pasé por las encías con gesto nervioso. Que asintiera la hacía sonreír más todavía, así que me aseguré de mover mucho la cabeza mientras me acercaba a su cara.

Usó las pocas fuerzas que le quedaban para inclinarse hacia mí e inspiró profundamente.

—Lo que voy a pedirte va a ser muy difícil, hijo. Pero sé que puedes hacerlo, porque ya eres un niño mayor.

Asentí de nuevo e imité su sonrisa, aunque no quería hacerlo. Sonreír cuando ella estaba tan cansada y enferma no me parecía bien, pero mostrarme valiente la hacía sentirse feliz. Así que me porté como un valiente.

—Travis, quiero que escuches con atención lo que voy a decirte y, lo que es más importante, necesito que lo recuerdes. Eso te va a costar mucho. He intentado recordar cosas de cuando tenía tres años, pero...

Se calló, porque el dolor fue demasiado intenso durante unos momentos.

—¿El dolor se vuelve insoportable, Diane? —le dijo Becky al mismo tiempo que clavaba una aguja en el tubo intravenoso de mamá.

Mamá se relajó tras unos instantes. Inspiró de nuevo e intentó hablar de nuevo.

—¿Lo harás por mamá? ¿Recordarás lo que te voy a decir?

Asentí una vez más y ella me acarició la mejilla con una mano. No tenía la piel muy tibia y apenas fue capaz de mantener la mano en mi cara unos segundos antes de que le empezara a temblar y la dejara caer en la cama.

—Lo primero, no es malo estar triste. No es malo tener sentimientos. Recuérdalo. Lo segundo, sé un niño todo el tiempo que puedas. Juega, Travis. Bromeas. —Su mirada se enturbió—. Cuídense tú y tus hermanos y cuiden a su padre. Incluso cuando se hagan mayores y se vayan, es importante que vengan a casa. ¿De acuerdo?

Afirmé con fuerza en un intento desesperado por complacerla.

—Hijo, algún día te enamorarás. No te conformes con cualquiera. Escoge a la chica que no sea fácil, esa por la que tengas que luchar, y después no dejes de luchar. Nunca... —inspiró profundamente— dejes de luchar por lo que quieres. Y nunca... —frunció el entrecejo— te olvides de que mamá te quiere. Aunque no puedas verme... —Una lágrima cayó por su mejilla—. Siempre, siempre te querré.

Respiró de forma entrecortada y luego se puso a toser.

—Bien —dijo Becky al mismo tiempo que se colocaba ese objeto de aspecto raro en las orejas. Puso el extremo en el pecho de mamá—. Es el momento de descansar.

—No hay tiempo —susurró mamá.

Becky miró a papá.

—Ya falta poco, Jim. Probablemente deberías traer a los demás niños para que se despidan.

Papá frunció los labios y negó con la cabeza.

—No estoy preparado —logró decir.

—Jim, jamás estarás preparado para perder a tu esposa. Pero no querrás que se vaya sin que los chicos se despidan de ella.

Papá se quedó pensativo durante unos momentos y luego se limpió la nariz con la manga. Después asintió. Salió con grandes zancadas de la habitación, como si estuviese enfadado.

Me quedé mirando a mamá. Miré cómo se esforzaba por respirar, miré cómo Becky comprobaba los números que había en la caja que tenía al lado. Le toqué la muñeca a mamá. La mirada de Becky parecía indicar que sabía algo que yo desconocía y eso me provocaba náuseas.

—Verás, Travis —me dijo Becky al mismo tiempo que se agachaba para poder mirarme directamente a los ojos—. Voy a darle una medicina a mamá y eso hará que se duerma, pero, aunque esté dormida, te puede oír. Puedes decirle que la quieres y que la echarás de menos, porque ella oirá todo lo que le digas.

Miré a mamá y negué rápidamente con la cabeza.

—No quiero echarla de menos.

Becky puso una de sus manos tibias y suaves en mi hombro, como solía hacer mamá cuando estaba disgustada.

—Tu mamá quiere quedarse aquí contigo. Lo desea mucho, pero Jesús quiere que vaya a su lado.

Fruncí el ceño.

—Yo la necesito más que Jesús.

Becky me sonrió y luego me besó en la coronilla.

Papá llamó a la puerta antes de abrir. Mis hermanos le rodeaban en el pasillo y Becky me agarró de la mano para llevarme con ellos.

Trenton no apartó la mirada de mamá, pero Taylor y Tyler miraron a todas partes menos a su cama. Me hizo sentirme un poco mejor que ellos parecieran tan atemorizados como me sentía yo.

Thomas se quedó a mi lado, un poco adelantado, igual que la vez que me protegió cuando jugábamos en el porche delantero y los niños de los vecinos quisieron pelearse con Tyler.

—No tiene buen aspecto —comentó Thomas.

Papá carraspeó.

—Niños, mamá lleva enferma desde hace mucho tiempo y ha llegado el momento de que... De que ella...

Su voz se apagó poco a poco.

Becky nos sonrió levemente, en un gesto comprensivo.

—Su madre no ha podido comer ni beber. Su cuerpo se apaga. Esto va a ser muy difícil para ustedes, pero es el momento de que le digan a su madre que la quieren, que la van a echar de menos y que no pasa nada porque se marche. Necesita saber que todo está bien, que no les pasará nada.

Todos mis hermanos asintieron al mismo tiempo. Yo no. Aquello no estaba bien. No me importaba que Jesús la quisiera a su lado. Era mi mamá. Él podía llamar a una mamá más vieja. Una que no tuviera que cuidar de unos niños pequeños. Me esforcé por recordar todo lo que me había dicho. Intenté pegarlo al interior de mi cabeza: juega, visita a papá, lucha por lo que amas. Esto último me preocupó. Yo amaba a mamá, pero no sabía cómo luchar por ella.

Becky se inclinó a un lado para hablarle al oído a papá. Él hizo un gesto negativo con la cabeza y luego señaló con el mentón a mis hermanos.

—Venga, niños. Despídanse. Thomas, luego mete a tus hermanos en la cama. No tienen que estar aquí más tiempo.

—Sí, padre —le respondió Thomas.

Sabía que estaba fingiendo ser valiente. Su mirada era tan triste como la mía.

Thomas le habló a mi madre durante un rato y luego Tyler y Taylor le susurraron algo en cada oído. Trenton lloró y la abrazó durante mucho tiempo. Todo el mundo le dijo que podía irse tranquila. Todos menos yo. Mamá no me respondió nada esta vez.

Thomas me arrastró de la mano y me sacó de la habitación. Caminé de espaldas hasta que llegamos al pasillo. Intenté fingir que solo se iba a dormir, pero me mareé. Thomas me tomó en brazos y me subió por las escaleras. Comenzó a caminar con más rapidez cuando empezaron a oírse los sollozos de papá.

—¿Qué te ha dicho? —me preguntó.

No le respondí. Le oí preguntármelo y recordé lo que ella me había dicho que hiciera, pero no fui capaz de llorar y tampoco fui capaz de hablar.

Thomas me quitó la camiseta manchada y los calzoncillos de Thomas el tren.

—Hora de bañarse, bicho. Me alzó en brazos y me metió en el agua caliente. Empapó la esponja y la estrujó sobre mi cabeza. No parpadeé. Ni siquiera intenté quitarme el agua de la cara, una sensación que me disgustaba mucho.

—Mamá me dijo ayer que les cuidara a ti y a los gemelos, y que cuidara de papá. —Thomas colocó los brazos a lo largo del borde de la bañera y apoyó la barbilla en las manos para mirarme—. De modo que eso es lo que pienso hacer, Trav, ¿vale? Voy a cuidarte, así que no te preocupes. Vamos a echar de menos a mamá los dos juntos y no quiero que tengas miedo. Voy a asegurarme de que todo vaya bien. Te lo prometo.

Quise asentir o abrazarle, pero no pude hacer nada. Aunque debería estar luchando por ella, allí estaba yo, en el piso de arriba, en una bañera llena de agua, inmóvil como una estatua. Ya le había fallado a mi madre. Le prometí en lo más profundo de mi fuero interno que haría todo lo que me había dicho en cuanto mi cuerpo volviera a funcionar. Cuando desapareciera la tristeza, siempre jugaría y siempre pelearía. Con ferocidad.

Capítulo 1

PALOMA

Putos buitres. Pueden esperar durante horas. Días. Por las noches también. Te miran con descaro y eligen las partes que te arrancarán en primer lugar, qué trozos serán los más tiernos, los más sabrosos o qué parte será la más conveniente.

Lo que no saben, lo que nunca esperan, es que la presa esté fingiendo. Los buitres son presas fáciles. Justo cuando creen que lo único que deben hacer es tener paciencia, quedarse sentados y esperar a que te mueras, es cuando los golpeas. Es el momento en que utilizas el arma secreta: una falta de respeto absoluta por el statu quo; la negativa a aceptar el orden de las cosas.

Es justo entonces cuando los dejas pasmados al demostrarles que te importa un carajo.

Un oponente del Círculo, un fanfarrón cualquiera que intenta sacar tus puntos débiles con insultos, una mujer que intenta atarte; es algo que los deja siempre sorprendidos.

Desde joven he procurado siempre vivir de este modo. Todos esos capullos enamoradizos que le entregaban el alma a cualquier buscona aprovechada que les sonreía se equivocaban por completo. Por alguna razón yo era el único que iba a contracorriente. Era el que destacaba. Para mí, su modo de vida era una actitud difícil. No me costaba dejar mis emociones en la puerta y sustituirlas por la insensibilidad o por la rabia, que es mucho más fácil de controlar. Dejarte llevar por los sentimientos te vuelve vulnerable. Muchas veces intenté explicarles ese error a mis hermanos, a mis primos o a mis amigos. Me respondían con escepticismo. Muchas veces les vi llorar o no dormir por culpa de alguna zorra estúpida con un par de tacones de «fóllame» a la que jamás les importó lo que les pasaba, y nunca lo entendí. Las mujeres que se merecían esa clase de pena de amor no te dejaban enamorarte de ellas con tanta facilidad. No te dejaban echarlas en tu sofá ni te permitían que las encandilaras para llevártelas a tu dormitorio a la primera noche. Ni siquiera a la décima.

Nadie hizo caso de mi teoría, porque la vida no era así. Atracción, sexo, encaprichamiento, amor y, luego, el corazón roto. Ese era el orden lógico. Y siempre era ese orden.

Pero no para mí. Ni por asomo. Joder.

Decidí hace mucho tiempo que sería yo quien me alimentaría de los buitres hasta que llegara una paloma. Una auténtica paloma. La clase de espíritu que no coarta a nadie, que simplemente anda por el mundo ocupándose de sus propios asuntos, que intenta vivir su vida sin hundir a nadie con sus propias necesidades o costumbres egoístas. Valiente. Una persona comunicativa. Inteligente. Hermosa. De voz suave. Una criatura que se empareje de por vida. Inalcanzable hasta que tuviera una razón para confiar en ti.

Mientras estaba de pie al lado de la puerta, sacudiendo la ceniza del cigarrillo, recordé de repente a la chica de la chaqueta rosa del Círculo. La llamé «Paloma» sin pensarlo. En ese momento no fue más que un mote estúpido para hacerla sentirse todavía más incómoda de lo que estaba. Tenía la cara llena de pecas y unos grandes ojos. Su aspecto era inocente, pero yo sabía que solo se trataba de la ropa. Aparté de mi mente ese recuerdo mientras miraba sin ver la sala de estar.

Megan estaba tumbada en el sofá viendo la televisión. Parecía aburrida y me pregunté por qué estaba todavía en el apartamento. Normalmente recogía sus cosas y se largaba en cuanto me la tiraba.

La puerta crujió cuando la abrí un poco más. Carraspeé y agarré la mochila por una de las correas.

—Megan, me voy.

Se puso en pie y se desperezó. Luego cogió el enorme bolso con una cadena que le hacía de asa. No creí que poseyera suficientes cosas como para llenarlo. Megan se echó la cadena plateada al hombro y luego se puso los zapatos de cuña antes de dirigirse hacia la puerta.

—Mándame un mensaje si te aburres —me dijo sin mirarme.

Se puso las grandes gafas de sol y bajó por las escaleras sin mostrar reacción alguna por mi despedida. Esa indiferencia era exactamente la razón por la que Megan era una de mis pocas citas habituales. No andaba llorando por la falta de compromiso ni montaba escenas. Aceptaba nuestro arreglo tal y como era, y luego seguía con su vida.

Mi Harley relucía bajo el sol de la mañana otoñal. Esperé a que Megan saliera del estacionamiento de mi edificio y luego bajé al trote las escaleras mientras me subía la cremallera de la chaqueta. Solo faltaba media hora para que empezara la clase de Humanidades del profesor Rueser, pero a él no le importaba que llegara tarde. Como eso no le enojaba, no le veía sentido alguno a matarme por llegar a tiempo.

—¡Espera! —me gritaron por detrás.

Shepley estaba en la puerta de nuestro apartamento con el torso desnudo y saltando sobre un pie mientras intentaba ponerse un calcetín en el otro.

—Quise preguntártelo ayer por la noche. ¿Qué le dijiste a Mare? Te le acercaste al oído y le dijiste algo. Puso cara de haberse tragado la lengua.

—Le di las gracias por marcharse de la ciudad unos cuantos fines de semana, porque su madre es una gata salvaje.

Shepley me miró incrédulo.

—Oye, no le habrás dicho eso.

—No. Cami me ha contado que le han multado en el condado de Jones por beber siendo menor.

Negó con la cabeza y luego señaló con el mentón al sofá.

—¿Esta vez le has dejado a Megan quedarse a dormir?

—No, Shep. Ya sabes que no hago eso.

—¿Entonces ha venido temprano para un polvo mañanero antes de ir a clase? Es un modo curioso de marcar territorio para todo el día.

—¿Tú crees que es eso?

—Todas las demás se quedan con el segundo plato. —Shepley se encogió de hombros—. Es Megan. Quién sabe. Escucha, tengo que llevar a América al campus. ¿Quieres que te lleve?

—Nos vemos después —le respondí mientras me ponía las gafas de sol, unas Oakleys—. Puedo llevar a Mare, si quieres.

Shepley torció el gesto.

—Pues... no hace falta.

Me subí a la Harley, divertido por la reacción de Shepley, y la puse en marcha. Aunque yo tenía la mala costumbre de seducir a las novias de sus amigos, había una línea que no pensaba cruzar. América era suya y, en cuanto él mostraba que le gustaba una chica, esa chica quedaba fuera de mi radar y no volvía a pensar en ella. Él lo sabía. Solo era que le gustaba mandarme a la mierda.

Conocí a Adam detrás de Sig Tau. Él llevaba el Círculo. Después del pago inicial de la primera noche, le había dejado recoger los resultados de las apuestas al día siguiente y le había pagado una parte por las molestias. Él mantenía la tapadera; yo me quedaba las ganancias. Nuestra relación era estrictamente comercial y los dos preferíamos que siguiera siendo así de sencillo. Mientras continuara dándome el dinero, no me vería la cara, y mientras no quisiera que le partiera el culo de una patada, yo no vería la suya.

Crucé el campus para llegar a la cafetería. Justo antes de abrir la doble puerta metálica, Lexi y Ashley aparecieron delante de mí.

—Hola, Trav —me saludó Lexi, con una postura perfecta.

Unos pechos con un bronceado perfecto ayudados por la silicona asomaban por debajo de su camiseta rosa. Esos montículos bamboleantes e irresistibles fueron los que me suplicaron que me la tirara, pero una vez era más que suficiente. Su voz me recordaba al sonido del aire que sale lentamente de un globo. Además, la noche siguiente a que yo me la tirara, Nathan Squalor había hecho lo mismo con ella.

—Hola, Lex.

Apagué el cigarrillo y tiré la colilla al esto antes de pasar a su lado para entrar. No es que estuviera impaciente por echarle mano al muestrario de verduras blandas, carne seca y fruta demasiado madura. Joder. Es que su voz hacía que los perros aullaran y que los niños miraran a su alrededor buscando qué dibujo animado había cobrado vida.

A pesar de mi desinterés, las dos chicas me siguieron.

—Shep.

Le saludé con un gesto de asentimiento. Estaba sentado con América, riéndose con gente a su alrededor. La paloma de la pelea se encontraba sentada enfrente de él y se dedicaba a juguetear con la comida con un tenedor de plástico. Oír mi voz le llamó la atención. Noté que sus grandes ojos me seguían hasta el final de la mesa, donde dejé caer la bandeja.

Oí que Lexi soltaba unas risitas y tuve que esforzarme por contener la irritación que me invadió. Cuando me senté, aprovechó para acomodarse en mi rodilla.

Unos tipos del equipo de fútbol americano que estaban sentados en nuestra mesa se quedaron mirando pasmados, como si aquellas dos bobas facilonas fueran algo inalcanzable para ellos.

Lexi metió una mano debajo de la mesa y me apretó el muslo mientras subía por la costura de los pantalones. Abrí un poco más las piernas, a la espera de que llegara a su objetivo.

Justo antes de que llegara, el murmullo de América recorrió toda la mesa.

—Me están dando ganas de vomitar.

Lexi se giró hacia ella con el cuerpo completamente estirado.

—Te he oído, guarra.

Un bocadillo pasó volando al lado de la cara de Lexi y aterrizó en el suelo. Shepley y yo nos cruzamos la mirada y desdoblé la rodilla.

El culo de Lexi rebotó en el suelo de la cafetería. Reconozco que me excitó un poco el sonido de su piel al golpear las baldosas.

No se quejó mucho antes de irse. Shepley pareció agradecer el gesto y eso fue más que suficiente para mí. La tolerancia que sentía hacia chicas como Lexi tenía un límite. Seguía una regla: el respeto. Hacia mí, hacia mi familia, hacia mis amigos. Joder, hasta algunos de mis enemigos se merecían respeto. No le veía sentido alguno a relacionarme más tiempo del necesario con gente que no entendía esa lección de la vida. Puede parecerles algo hipócrita a las mujeres que han pasado por mi dormitorio, pero si se comportaban con respeto, yo les devolvía ese respeto.

Le guiñé un ojo a América, quien pareció satisfecha, y luego le hice otro gesto de asentimiento a Shepley antes de tomar otro bocado de lo que tenía en el plato.

—Hiciste una buena faena anoche, Perro Loco —dijo Chris Jenks al mismo tiempo que me tiraba un trozo de pan frito.

—Cierra la boca, imbécil —le contestó Brazil con su habitual voz baja—. Adam no te dejará volver si se entera de que vas hablando por ahí.

—Ah, ¿sí? —respondió Jenks encogiéndose de hombros.

Llevé la bandeja al contenedor de basura y luego volví a mi silla con gesto ceñudo.

—Y no me llames así.

—¿Qué? ¿Perro Loco?

—Eso.

—¿Por qué no? Creía que era el nombre que utilizabas en el Círculo. Algo así como tu nombre de artista.

Miré fijamente a Jenks.

—¿Por qué no te callas de una vez y dejas que ese agujero que tienes en la cara se cure?

Nunca me gustó el muy bestia.

—Claro, Travis. Solo tenías que pedirlo.

Soltó una risita nerviosa antes de levantarse con la bandeja llena de restos y marcharse.

La mayor parte del comedor no tardó en quedarse vacía. Vi que Shepley y América todavía estaban charlando con su amiga. Tenía el cabello largo y algo rizado, con la piel todavía morena por el bronceado veraniego. No tenía las tetas más grandes que hubiera visto, pero sus ojos... eran de un curioso color gris. Me resultaban familiares.

Estaba seguro de que no la conocía de antes, pero había algo en su cara que me recordaba otra cosa de la que no era capaz de acordarme.

Me levanté y caminé hacia ella. Tenía el pelo de una actriz porno y el rostro de un ángel, con unos ojos almendrados de una belleza excepcional. Fue entonces cuando lo vi: detrás de esa belleza y de esa inocencia falsa había algo más, algo frío y calculador. Incluso cuando sonrió vi el pecado tan metido en su alma que ninguna clase de abrigo podría ocultarlo. Esos ojos flotaban sobre una nariz diminuta y unos rasgos dulces. Para cualquier otra persona, era pura e ingenua, pero esa chica ocultaba algo. Yo lo sabía porque albergaba ese mismo pecado desde pequeño. La diferencia era que ella lo mantenía encerrado en lo más profundo de su fuero interno y que yo dejaba al mío salir de la jaula con cierta regularidad.

Miré fijamente a Shepley hasta que se dio cuenta de que tenía la vista clavada en él. Cuando me miró, señalé con la barbilla a la paloma.

«¿Quién es?», le pregunté solo moviendo los labios.

Shepley me contestó frunciendo el ceño en un gesto que mostraba confusión.

«Ella», le dije en silencio de nuevo.

En la cara de Shepley apareció la irritante sonrisa de estúpido que siempre ponía cuando estaba a punto de hacer algo que me enojaba.

—¿Qué? —me preguntó en un tono de voz mucho más alto del necesario.

Me di cuenta de que la chica sabía que estábamos hablando de ella, porque mantuvo la cabeza inclinada hacia delante fingiendo que no oía nada.

Después de los primeros sesenta segundos en presencia de Abby Abernathy, me di cuenta de dos cosas: no hablaba mucho y, cuando lo hacía, era un poco cabrona. No sé…, fue algo que me gustó. Mostraba una fachada para mantener a los idiotas como yo alejados de ella, pero eso hizo que aumentara mi determinación de conseguirla.

Puso los ojos en blanco por tercera o cuarta vez. La estaba irritando y eso me parecía bastante divertido. Las chicas no me solían mirar con un asco tan evidente, ni siquiera cuando las llevaba hasta la puerta.

Cuando tampoco funcionó mi mejor sonrisa, presioné un poco más.

—¿Tienes un tic?

—¿Un qué?

—Un tic. Tus ojos no dejan de dar vueltas.

Si las miradas pudiesen matar, yo habría acabado desangrado en el suelo. No pude evitar echarme a reír. Era una listilla malhablada. Me gustaba más a cada momento.

Me acerqué a su cara.

—Aunque lo cierto es que tienes unos ojos alucinantes. A ver... ¿De qué color son? ¿Grises?

Agachó de inmediato la cabeza y dejó que el cabello le cubriera la cara. Un punto para mí. La había hecho sentirse incómoda y eso significaba algo.

América me interrumpió y me hizo un gesto para que me apartara. No podía culparla por ello. Había visto el desfile interminable de chicas que entraban y salían del apartamento. No había querido disgustar a América, pero no parecía enfadada. Más bien, divertida.

—No eres su tipo —me dijo América.

Abrí la boca de par en par para seguirle el juego.

—¡Soy el tipo de todas!

La paloma me miró y sonrió. Una sensación cálida me recorrió todo el cuerpo, probablemente el deseo enloquecido de tumbar a esa chica en mi sofá. Era diferente y era original.

—¡Ah! Una sonrisa. —Me pareció impropio llamar a aquello simplemente una sonrisa, como si no fuera la cosa más hermosa que hubiera visto jamás, pero no quise joder todo justo cuando acababa de tomar la delantera—. Al final, no seré un cabrón de mierda. Ha sido un placer conocerte, Paloma.

Me levanté y rodeé la mesa para poder hablarle al oído a América.

—Anda, ayúdame, por favor. Te prometo que seré bueno.

Una papa frita me dio de lleno en la cara.

—¡Aparta los labios de la oreja de mi chica, Trav! —me gritó Shepley.

Retrocedí de espaldas con las manos en alto para resaltar la expresión más inocente que logré poner en mi cara.

—¡Solo estoy estableciendo contacto!

Todavía caminé unos cuantos pasos de espalda hacia la entrada, donde vi un pequeño grupo de chicas. Abrí la puerta y atravesaron la entrada como una manada de búfalos antes de que pudiera salir.

Había pasado mucho tiempo desde la última vez que tuve un desafío. Lo curioso era que no intentaba follármela. Me molestaba que pensara que yo era un mierda más, pero me preocupaba más que eso me importara. En cualquier caso, lo cierto era que por primera vez en mucho tiempo me encontraba con alguien impredecible. Esta Paloma era totalmente diferente de las demás chicas que había conocido y tenía que saber el motivo.

La clase de Chaney estaba llena. Subí de dos en dos los escalones que llevaban hasta mi asiento y luego rocé con todas las piernas desnudas que había a lo largo de mi fila.

Hice un gesto de asentimiento.

—Señoritas.

Suspiraron y gimieron al unísono.

Buitres. A la mitad de ellas ya me las había tirado el primer año de carrera y las demás ya habían pasado por mi sofá antes de las vacaciones de otoño. Excepto la chica del extremo de la fila. Sophia me lanzó una sonrisa retorcida. Su cara parecía haber sufrido un incendio que alguien hubiera intentado apagar con un tenedor. Se había acostado con unos cuantos hermanos de mi fraternidad. Conocía la lista de sus parejas y su falta de preocupación respecto a la seguridad, así que la consideraba un riesgo innecesario, aunque yo normalmente tuviera cuidado.

Se apoyó en los codos para tener un mejor contacto visual y noté disgustado que estaba a punto de estremecerme, pero logré contenerme.

«No. No merece la pena ni de lejos».

La morena que estaba delante de mí se volvió y parpadeó varias veces.

—Hola, Travis. Me han contado que hay una fiesta de parejas en Sig Tau.

—No —respondí de inmediato.

Hizo un puchero con la boca.

—Pero… cuando me lo dijiste creía que querías ir.

Solté una risa.

—Estaba bromeando. No es lo mismo.

La rubia que estaba a mi lado se inclinó hacia delante.

—Todo el mundo sabe que Travis Maddox no va a fiestas de parejas. La estás cagando, Chrissy.

—Ah, ¿sí? ¿Y a ti quién te ha preguntado? —le replicó Chrissy con el ceño fruncido.

Las dos se pusieron a discutir y en ese momento vi que Abby entraba corriendo. Prácticamente se lanzó sobre uno de los asientos de la primera fila antes de que sonara el timbre.

Antes de que pudiera preguntarme por qué lo hacía, agarré mis papeles, me metí el bolígrafo en la boca y bajé trotando los peldaños para acabar sentándome a su lado.

La expresión de la cara de Abby fue más allá de la simple sorpresa y, por alguna razón que no fui capaz de explicarme, hizo que la adrenalina me recorriera todo el cuerpo, igual que cuando estaba a punto de empezar una pelea.

—Bien. Puedes tomar apuntes por mí.

Estaba completamente disgustada y eso me agradó todavía más. La mayoría de las chicas me aburrían a más no poder, pero Abby era intrigante. Incluso entretenida. No la perturbaba, al menos no de un modo positivo. Daba la impresión de que mi sola presencia le provocaba ganas de vomitar y, curiosamente, eso me pareció un desafío.

Me entraron ganas de averiguar si de verdad me odiaba o si solo trataba de hacerse la dura. Me acerqué un poco.

—Lo siento... ¿He dicho algo que te ofenda?

Su mirada se ablandó un poco antes de negar con la cabeza. No me odiaba. Solo quería odiarme. Le llevaba la delantera. Si quería jugar, por mí no había problema.

—Entonces, ¿qué problema tienes?

Pareció avergonzada por decirlo.

—No voy a acostarme contigo. Deberías dejarlo ya.

Sí, sí. Iba a ser divertido.

—No te he pedido que te acostaras conmigo, ¿verdad? —Miré un momento al techo, como si tuviera que pensarlo—. ¿Por qué no vienes esta noche con América?

Abby frunció la nariz, como si le hubiera llegado el olor a algo podrido.

—Ni siquiera coquetearé contigo, te lo prometo.

—Lo pensaré.

Procuré no sonreír demasiado para no delatarme. No iba a entregarse como los buitres que había dejado arriba. Me giré un poco y vi que todas miraban fijamente la nuca de Abby. Lo sabían tan bien como yo. Abby era distinta e iba a tener que esforzarme. Por una vez.

Tres garabatos para unos posibles tatuajes y dos docenas de cajas en tres dimensiones después, y se acabó la clase. Salí al pasillo antes de que nadie pudiera detenerme. Lo hice a buena velocidad, pero, de alguna manera, Abby ya estaba fuera, unos seis metros por delante de mí.

Joder. Estaba rehuyéndome. Apreté el paso hasta que estuve a su altura.

—¿Lo has pensado ya?

—¡Travis! —me saludó una chica que jugueteaba con su cabello.

Abby siguió caminando y me dejó escuchando el barboteo irritante de la chica.

—Perdona, eh...

—Heather.

—Perdona, Heather, pero..., pero tengo que irme.

Me abrazó y le di unas palmaditas en la espalda antes de librarme de sus brazos y seguir caminando mientras me preguntaba quién era Heather.

Pero antes de que me diera tiempo a acordarme, vi las largas piernas bronceadas de Abby. Me puse un Marlboro en los labios y corrí para llegar junto a ella.

—¿Por dónde iba? Ah, sí... Lo estabas pensando.

—¿De qué hablas?

—¿Has decidido si vas a venir?

—Si te digo que sí, ¿dejarás de seguirme?

Fingí pensarlo y luego asentí.

—Vale.

—Entonces iré.

Y una mierda. No era una chica tan fácil.

—¿Cuándo?

—Esta noche. Iré esta noche.

Me paré de golpe. Estaba tramando algo. No había previsto que pudiera pasar a la ofensiva.

—Genial —respondí para ocultar mi sorpresa—. Nos vemos luego, Palomita.

Se marchó sin mirar atrás, sin verse afectada en lo más mínimo por nuestra conversación. Desapareció detrás de otros estudiantes que se dirigían a clase.

Ante mi vista apareció la gorra de béisbol blanca de Shepley. No tenía prisa por entrar a la clase de Informática. Fruncí el ceño. Odiaba esa clase. ¿Quién no sabe utilizar una puta computadora hoy en día?

Me acerqué a Shepley y a América cuando se entremezclaron con la corriente de estudiantes que recorría el camino principal. Ella se echó a reír y miró embelesada a Shep mientras este parloteaba conmigo. América no era un buitre. Estaba buena, sí, pero podía charlar contigo sin acabar cada frase con un «¿vale?» y a veces era muy divertida. Lo que más me gustaba de ella era que no apareció por el apartamento durante varias semanas después de su primera cita con Shepley y que, incluso después de ver juntos acurrucados una película en el apartamento, ella se iba a dormir a la habitación de su residencia de estudiantes.

Pero tenía la sensación de que el periodo de prueba que Shepley debía superar antes de tirársela estaba a punto de terminar.

—Hola, Mare. —La saludé con un gesto del mentón.

—¿Cómo te va, Trav? —me contestó.

Me mostró una sonrisa amistosa, pero miró de inmediato a Shepley. Mi amigo tenía suerte. No había muchas chicas como ella.

—Me quedo aquí —nos dijo América señalando hacia su residencia, que estaba a la vuelta de la esquina.

Abrazó a Shepley a la altura del cuello y le besó. Él la agarró por las caderas y se la acercó al cuerpo antes de soltarla.

América se despidió de nosotros con la mano antes de reunirse con Finch en la puerta principal.

—Te estás enamorando, ¿verdad? —le pregunté a Shepley al mismo tiempo que le daba un puñetazo flojo en el hombro.

Me empujó.

—No es asunto tuyo, idiota.

—¿Tiene hermana?

—Es hija única. Y, de paso, deja en paz a sus amigas, Travis. Lo digo en serio.

No habría hecho falta que Shepley dijera eso último. Sus ojos eran una pantalla luminosa donde se veía lo que pensaba y lo que sentía en la mayoría de las ocasiones, y estaba claro que lo decía en serio. Quizás incluso con un poco de desesperación. No se estaba quedando prendado. Se había enamorado.

—Te refieres a Abby.

Frunció el ceño.

—Me refiero a cualquiera de sus amigas. Mantente alejado de ellas.

—¡Primo! —le dije y le rodeé el cuello con un brazo—. ¿Es que estás enamorado? ¡Vas a hacer que se me salten las lágrimas!

—Cállate —me gruñó—. Prométeme que dejarás en paz a sus amigas.

Le sonreí de oreja a oreja.

—No te prometo nada.

Capítulo 2

EFECTO CONTRARIO

Qué haces? —me preguntó Shepley.

Mi compañero estaba en mitad de la habitación, con un par de zapatillas de deporte en una mano y unos calzoncillos sucios en la otra.

—Pues… limpiar —le contesté mientras metía vasos tequileros en el lavavajillas.

—Eso ya lo veo. Pero… ¿por qué?

Sonreí, pero de espaldas a Shepley. Me iba a putear.

—Espero visita.

—¿De quién?

—Paloma.

—¿Eh?

—Abby. He invitado a Abby, Shep.

—¡No! ¡No! No me jodas. Por favor, no.

Me di la vuelta y crucé los brazos sobre el pecho.

—Lo he intentado, Shep. De verdad. Pero no sé… —Me encogí de hombros—. Tiene algo. No he podido contenerme.

Shepley movió la mandíbula enfurecido y luego se fue a su habitación dando grandes zancadas. Cerró de un portazo.

Terminé de llenar el lavavajillas y luego di un par de vueltas alrededor del sofá para estar seguro de que no había abiertos envoltorios de condones. Nunca era fácil explicarlo.

No era ningún secreto que me había zumbado a un buen número de compañeras guapas de la facultad, pero no creí que tuviera sentido recordárselo cuando venían a mi apartamento. La imagen era importante.

Pero esta Paloma... Haría falta más que una publicidad engañosa para llevármela al sofá. En esta fase, la estrategia era avanzar paso a paso. Si solo me concentraba en el resultado final, probablemente la cagaría. Se fijaba en todo. Yo era mucho más ingenuo que ella. Estaba a años luz de ella en eso. Todo mi plan era, como mínimo, precario.

Estaba en mi cuarto recogiendo la ropa sucia cuando oí que abrían la puerta. Shepley solía estar atento a la llegada del coche de América para abrirle la puerta antes de que subiera.

Era un blando.

Los murmullos y el sonido de la puerta de la habitación de Shepley al cerrarse fueron la señal que esperaba. Fui a la sala de estar y allí estaba sentada, con sus gafas, el cabello recogido en un moño alto y vestida con algo que parecía una pijama. No me habría sorprendido que llevara meses guardada en el fondo del cesto de la ropa sucia.

Me costó trabajo no echarme a reír. En mi casa jamás había entrado una mujer vestida de ese modo. Mi puerta había visto faldas de mezclilla, vestidos de fiesta, hasta un vestido de tubo bajo el que se transparentaba la tanga de un bikini. Un par de veces incluso solo un poco de maquillaje y de aceite con purpurina. Pero nunca pijamas.

Su aspecto me aclaró de inmediato por qué había aceptado venir. Iba a intentar que me diera asco para que la dejara tranquila. Habría funcionado si no hubiera estado tremendamente atractiva incluso así, pero tenía una piel perfecta, y la falta de maquillaje y la montura de sus gafas resaltaban todavía más el color de sus ojos.

—Ya iba siendo hora de que aparecieras —le dije al mismo tiempo que me tiraba en el sofá.

Al principio parecía muy orgullosa de su idea, pero cuando seguimos hablando y no mostré reacción alguna, le quedó claro que su plan había fallado. Cuanto menos sonreía ella, más tenía que esforzarme yo por no sonreír de oreja a oreja. Era muy divertida. No podía evitar darme cuenta de eso.

Shepley y América salieron de la habitación diez minutos después. Abby estaba aturdida y yo prácticamente embobado. Nuestra conversación había pasado de sus dudas respecto a mi capacidad para escribir una simple redacción a sus reparos respecto a mi afición por la lucha. Me gustó hablar de cosas normales con ella. Era preferible a la incómoda tarea de pedirle que se fuera después de tirármela. Abby no me comprendía y yo quería que lo hiciera, aunque parecía que la enojaba.

—¿Quién eres? ¿Karate Kid? ¿Dónde aprendiste a pelear?

Shepley y América parecieron sentirse avergonzados por la pregunta. No lo entendí. A mí no me importó en absoluto. Que no hablara de mi infancia no significaba que me sintiera avergonzado por ella.

—Mi padre tenía problemas con la bebida y mal carácter, y además mis cuatro hermanos mayores llevaban el gen cabrón.

—Ah —se limitó a decir.

Se ruborizó y en ese momento sentí un pinchazo en el pecho. No tuve claro qué era, pero me incomodó.

—No te avergüences, Paloma. Mi padre dejó de beber y mis hermanos crecieron.

—No me avergüenzo.

Su lenguaje corporal indicaba lo contrario. Intenté buscar otro tema de conversación y entonces pensé en su aspecto desaliñado y atractivo. Su vergüenza se convirtió de inmediato en irritación, algo con lo que yo me encontraba mucho más a gusto.

América sugirió que viéramos un rato la tele. Lo último que yo quería era estar en la misma habitación que Abby sin poder hablarle. Me puse de pie.

—Justo ahora pensaba salir a cenar. ¿Tienes hambre, Paloma?

—Ya he comido.

América frunció el entrecejo.

—No, qué va. Ah..., es verdad, olvidaba que te habías zampado una... ¿pizza? antes de irnos.

Abby se sintió avergonzada de nuevo, pero la rabia lo ocultó enseguida. No tardé mucho en aprender cuál era su esquema emocional.

Abrí la puerta y me esforcé por hablar en tono desenfadado. Jamás me había sentido tan impaciente por estar a solas con una chica y menos si no iba a haber sexo con ella.

—Vamos. Tienes que estar hambrienta.

Abby relajó un poco los hombros.

—¿Adónde vas?

—Adonde tú quieras. Podemos ir a una pizzería.

Me fustigué para mis adentros. Temía haber sonado demasiado impaciente.

Se miró los pantalones deportivos que llevaba puestos.

—La verdad es que no voy vestida apropiadamente.

Abby no tenía ni idea de lo guapa que estaba. Eso la hacía todavía más atractiva.

—Estás bien. Vámonos, me muero de hambre.

Pude pensar de nuevo con claridad cuando se sentó detrás de mí en la Harley. Solía pensar con más tranquilidad subido en mi moto. Las rodillas de Abby se apretaron contra mis caderas como si fueran un cepo, pero eso me resultó extrañamente relajante. Fue casi un alivio.

Las sensaciones extrañas que me provocaba me desconcertaban. No me gustaban, pero también me recordaban que estaba cerca, así que era tan tranquilizador como perturbador. Decidí recuperarme de una puñetera vez. Puede que Abby fuera una paloma, pero no era más que otra chica. No hacía falta que me pusiera de los nervios.

Además, había algo debajo de esa fachada de niña buena. Le había causado repulsión nada más verme porque alguien como yo le había hecho daño. Pero no era ninguna puta. Ni siquiera una puta reformada. A esas las podía oler a un kilómetro. Mi cara de póquer se desvaneció poco a poco. Por fin había encontrado una chica que era lo bastante interesante como para querer conocerla, pero alguien parecido a mí ya le había hecho daño.

Aunque acabábamos de conocernos, la idea de que un cabrón le hubiera hecho daño me enfurecía. Que Abby me relacionase con alguien capaz de hacerle daño era todavía peor. Aceleré de camino al Pizza Shack. El recorrido no fue lo bastante largo como para despejarme el montón de mierda que se me había acumulado en la cabeza.

Ni siquiera me di cuenta de la velocidad, así que cuando Abby se bajó de un salto de la moto y empezó a gritarme, no pude evitar echarme a reír.

—Pero si he respetado el límite de velocidad.

—¡Sí, si hubiéramos ido por una autopista!

Se deshizo el moño ya enmarañado que llevaba en la coronilla y luego se puso a peinarse el largo cabello con los dedos.

No pude evitar quedarme mirándola mientras se rehacía el moño. Me imaginé que ese sería el aspecto que tendría por la mañana y tuve que ponerme a pensar en los primeros diez minutos de *Salvar al soldado Ryan* para impedir que se me pusiera dura. Sangre. Gritos. Intestinos a la vista. Granadas. Disparos. Más sangre.

Le abrí la puerta.

—No dejaría que te pasara nada malo, Paloma.

Pasó con grandes zancadas furiosas a mi lado para entrar en el restaurante sin hacer caso de mi gesto elegante. Una puñetera pena:

era la primera chica a la que le había abierto la puerta. Había estado esperando ese momento y ella ni siquiera se había fijado.

La seguí y me dirigí hacia la mesa de la esquina en la que solía sentarme. El equipo de fútbol estaba sentado a unas cuantas mesas de nosotros, apiñados en mitad del local. Ya estaban gritando que había entrado con una nueva y tuve que apretar los dientes. No quería que Abby los oyera.

Por primera vez, me sentí avergonzado por mi comportamiento. Pero no duró mucho. Ver a Abby sentada frente a mí, puntillosa y enfadada, me levantó el ánimo.

Pedí dos cervezas. La cara ofendida de Abby me pilló por sorpresa. La camarera estaba coqueteando descaradamente conmigo y eso a Abby no le gustó nada. Al parecer, podía indignarla incluso cuando no quería.

—¿Vienes aquí a menudo? —me espetó mirando a la camarera.

Joder, pues sí. Estaba celosa. Un momento. Quizás el modo en el que me trataban las mujeres era repelente. Eso tampoco me sorprendería. Esta chica hacía que me diera vueltas la cabeza.

Apoyé los codos en la mesa y me negué a dejar que se diera cuenta de que me estaba dejando enganchando.

—Y bien, ¿cuál es tu historia, Paloma? ¿Odias a los hombres en general o solo a mí?

—Creo que solo a ti.

Tuve que echarme a reír.

—No consigo acabar de entenderte. Eres la primera chica a la que le he dado asco antes de acostarse conmigo. No te turbas cuando hablas conmigo ni intentas atraer mi atención.

—No es ningún tipo de treta. Simplemente no me gustas.

¡Ay!

—No estarías aquí si no te gustara.

Mi insistencia dio resultado. Dejó de fruncir el entrecejo y la piel alrededor de sus ojos se relajó.

—No he dicho que seas mala persona. Simplemente no me gusta que saquen conclusiones de cómo soy por el mero hecho de tener vagina.

Fuera lo que fuera lo que se había apoderado de mí, no fui capaz de contenerlo. Intenté contener la risa, pero no lo conseguí, así que empecé a reírme a carcajadas. Después de todo, no pensaba que yo era un cabrón. Lo único que no le gustaba era mi forma de pensar. Eso se podía arreglar sin mucho esfuerzo. Me invadió una oleada de alivio. Reí con más fuerza de la que había reído desde hacía muchos años. Quizás más que nunca.

—¡Oh, Dios mío, me estás matando! Ya está. Tenemos que ser amigos. Y no acepto un no por respuesta.

—No me importa que seamos amigos, pero eso no implica que tengas que intentar meterte en mis bragas cada cinco segundos.

—No vas a acostarte conmigo. Lo entiendo.

Justo en la diana. Me sonrió y, en ese preciso instante, se abrió todo un mundo de nuevas posibilidades. En mi cerebro se desplegó un nuevo canal porno con ella como protagonista, pero luego toda la cadena se apagó al ser sustituida por un anuncio comercial sobre la nobleza y la necesidad de no joderla en aquella nueva amistad que habíamos comenzado.

Le devolví la sonrisa.

—Tienes mi palabra. Ni siquiera pensaré en tus bragas..., a menos que quieras que lo haga.

Puso sus pequeños codos en la mesa y se apoyó en ellos. Por supuesto, le miré de inmediato las tetas y el modo en que se apretaban contra el borde de la mesa.

—Eso nunca pasará, así que podemos ser amigos.

Acepté el desafío.

—Y, bueno, ¿cuál es tu historia? —me preguntó Abby—. ¿Siempre has sido Travis «Perro Loco» Maddox o te bautizaron así cuando llegaste aquí?

Usó dos dedos de cada mano para dibujar en el aire unas comillas cuando dijo ese maldito mote desagradable.

Puse cara de asco.

—No. Adam empezó con eso después de mi primera pelea.

Odiaba ese mote, pero me había hecho popular. Parecía gustarle a todo el mundo, así que Adam siguió utilizándolo.

Se produjo un silencio incómodo y luego Abby habló de nuevo.

—¿Ya está? ¿No vas a contarme nada más sobre ti?

No parecía molestarle el mote o a lo mejor era que había aceptado la explicación. Seguía sin saber cuándo iba a ofenderse y enojarse o cuando se comportaría de un modo racional y se quedaría tranquila. Joder, en ella todo me sabía a poco.

—¿Qué quieres saber?

Abby se encogió de hombros.

—Lo normal. De dónde eres, qué quieres ser de mayor... Cosas así.

Tuve que esforzarme para evitar que se me notara la tensión en los hombros. Hablar de mí y, sobre todo, de mi pasado no era algo que me agradara. Le contesté con unas cuantas respuestas vagas y lo dejé así, pero en ese momento oí a uno de los del equipo de fútbol hacer un chiste. No me habría importado si no fuera porque llevaba un rato temiendo que Abby se diera cuenta de por qué se estaban riendo. Bueno, no es cierto. Me habría cabreado aunque ella no hubiera estado.

Siguió preguntándome sobre mi familia y mis estudios mientras yo me esforzaba por no levantarme de un salto y abalanzarme sobre ellos como si fuera una estampida de un solo hombre. A medida que me enfurecía más y más, concentrarme en la conversación me resultó cada vez más difícil.

—¿De qué se ríen? —preguntó finalmente Abby señalando con un gesto a la ruidosa mesa. Negué con la cabeza—. Dímelo —insistió.

Apreté los labios. Si se marchaba, probablemente no se me presentaría otra oportunidad y esos estúpidos tendrían algo más de lo que reírse.

Me miró expectante.

A la mierda.

—Se están riendo de que te haya traído a comer… antes. No suele ser… mi rollo.

—¿Antes?

Se quedó helada cuando se dio cuenta de lo que quería decir aquello. Se sentía avergonzada de estar conmigo.

Apreté los labios y fruncí el ceño a la espera de que estallara la tormenta.

Sus hombros se desplomaron.

—Me temía que se estuvieran riendo de verte con una chica vestida así…, y resulta que piensan que me voy a acostar contigo.

Un momento. ¿Qué?

—¿Qué más da cómo vayas vestida y que me vean contigo?

Las mejillas se le encendieron y bajó la mirada a la mesa.

—¿De qué estábamos hablando?

Suspiré. Estaba preocupada por mí. Pensaba que se estaban riendo de mí por cómo iba vestida. Después de todo, la paloma no era tan dura. Decidí hacerle otra pregunta antes de que lo pensara mejor.

—De ti. ¿En qué te vas a especializar?

—Ah, eh… Por ahora estoy con las asignaturas comunes. Todavía no me he decidido, pero me inclino por Contabilidad.

—Pero no eres de aquí. Vienes de otro lado.

—No, soy de Wichita. Igual que América.

—¿Y cómo acabaste aquí, si vivías en Kansas?

—Simplemente tuvimos que escaparnos.

—¿De qué?

—De mis padres.

Estaba huyendo. La noche que nos conocimos tuve la sensación de que el abrigo y las perlas que llevaba puestas no eran más que una fachada. Pero ¿para esconder qué? Se irritaba rápidamente con las preguntas personales, pero antes de que pudiera cambiar de tema, Kyle, del equipo de fútbol, volvió a abrir la boca.

Asentí con la cabeza.

—Bueno, ¿por qué Eastern?

Abby replicó algo. No oí lo que dijo. Las carcajadas y las tonterías de los futbolistas no me dejaron.

—Oye, se supone que tienes que tirarte a la chica, no pescar una chica tirada.

No pude contenerme más. No solo me faltaban al respeto a mí, también estaban ofendiendo a Abby. Me puse de pie, di unos cuantos pasos y de inmediato comenzaron a empujarse los unos a los otros para salir por la puerta. Una docena de pies y piernas tropezaron y trastabillaron.

Noté que la mirada de Abby se me clavaba en la nuca, lo que me hizo recuperar la calma. Volví a sentarme a la mesa. Alzó una ceja y la frustración y la rabia que sentía desaparecieron de inmediato.

—Ibas a explicarme por qué elegiste Eastern.

Probablemente lo mejor era fingir que aquel pequeño espectáculo no había sucedido.

—Es difícil de explicar —me contestó encogiéndose de hombros—. Supongo que me pareció que era una buena opción.

Si había una frase que describiera lo que yo sentía en ese momento, era esa. No tenía ni puñetera idea de lo que estaba haciendo ni de por qué lo estaba haciendo, pero había algo en el hecho de estar allí sentado con ella a la mesa que me producía una extraña sensación de calma. Incluso en mitad de un ataque de rabia.

Le sonreí y abrí el menú.

—Sé a qué te refieres.

Capítulo 3

CABALLERO ANDANTE

Shepley se quedó en la puerta como un idiota enamorado. Todavía se estaba despidiendo con la mano de América mientras salía del estacionamiento. Luego cerró la puerta y se dejó caer en el sillón reclinable con una sonrisa tremendamente ridícula en la cara.

—Eres idiota —le dije.

—¿Yo? ¿Y tú qué? A Abby le ha faltado tiempo para salir de casa.

Fruncí el ceño. A mí no me había parecido que Abby tuviera prisa, pero, en cuanto Shepley lo mencionó, recordé que había estado bastante callada cuando volvíamos.

—¿Sí?

Shepley se echó a reír mientras echaba el respaldo hacia atrás y subía el reposapiés.

—Te odia. Deberías dejarlo ya.

—No me odia. Lo supe en esa cita..., cena.

Shep alzó las cejas.

—¿Cita? Trav..., ¿qué estás haciendo? Porque si para ti solo es un juego y me jodes con esto, te mataré mientras duermes.

Me senté en el sofá y cogí el control remoto.

—No sé lo que estoy haciendo, pero seguro que no es eso.

Shepley me miró confuso. No iba a permitirle que notara que yo estaba tan confundido como él.

—No lo he dicho en broma —me dijo sin apartar la mirada de la televisión—. Te asfixiaré.

—Ya te he oído —le repliqué.

Toda aquella sensación de no estar controlando mis sentimientos me estaba enfurecido, y encima tenía a Pepe, la mofeta enamorada de los dibujos animados, amenazándome de muerte. Shepley enamorado era casi insoportable.

—¿Te acuerdas de Anya?

—No es lo mismo —me respondió Shepley, exasperado—. Con Mare es distinto. Ella es la definitiva.

—¿Y eso lo sabes después de solo dos meses? —le pregunté con tono dubitativo.

—Lo supe en cuanto la vi.

Meneé la cabeza. Odiaba que se comportara así. Los unicornios y las mariposas le salían por el culo y el aire que lo rodeaba estaba cargado de corazoncitos. Siempre acababa con el corazón roto y luego tenía que asegurarme durante seis meses de que no bebiera hasta matarse. Sin embargo, a América parecía gustarle de verdad.

No importaba. Ninguna mujer me iba a dejar a mí tembloroso y borracho por perderla. Si no se quedaba conmigo, es que no merecía la pena.

Shepley se puso de pie y se desperezó antes de dirigirse despacio hacia su cuarto.

—Shep, estás metido en la mierda.

—¿Y tú cómo lo sabes? —preguntó.

Tenía razón. Yo jamás me había enamorado, pero no creía que eso me fuera a cambiar mucho.

Decidí acostarme también. Me desnudé y me tumbé en la cama algo enfadado. En cuanto la cabeza se posó en la almohada, pensé en Abby. Recordé palabra por palabra la conversación que habíamos tenido. En unas cuantas ocasiones había mostrado cierto interés. Pensé que no me odiaba del todo y eso me ayudó a relajarme. No me había disculpado exactamente por mi reputación, pero ella tampoco esperaba que fingiera. Las mujeres no me ponían nervioso. Abby hacía que me distrajera y me concentrara al mismo tiempo. Cabreado y casi aturdido. Jamás me había sentido tan extraño conmigo mismo. Había algo en esa sensación que me hacía tener ganas de estar cerca de ella más tiempo.

Después de pasar dos horas mirando al techo preguntándome si podría verla al día siguiente, decidí levantarme y buscar la botella de Jack Daniel's que teníamos en la cocina.

Los vasos tequileros ya estaban limpios en el lavavajillas, así que saqué uno y lo llené hasta el borde. Me lo tomé de golpe y me serví otro. Me lo bebí de otro trago y luego lo dejé en el fregadero antes de darme la vuelta. Shepley estaba en la puerta de su cuarto con una sonrisa burlona en la cara.

—Así se empieza.

—Cuando apareciste en nuestro árbol familiar, quise talarlo de inmediato.

Shepley se echó a reír y cerró la puerta.

Caminé con pesadez hacia mi dormitorio, enfadado porque no podía discutírselo.

Las clases matutinas tardaron una eternidad en terminarse y me sentí un poco asqueado de mí mismo por tener el impulso de echar a correr hacia la cafetería. Ni siquiera sabía si Abby iba a estar allí.

Pero estaba.

Brazil estaba sentado enfrente de ella, charlando con Shepley. Sonreí levemente y luego suspiré, aliviado y resignado al mismo tiempo por haber sido tan blando.

La encargada me llenó la bandeja de Dios sabía qué clase de comida era aquello; luego me acerqué a la mesa y me paré justo enfrente de Abby.

—Brazil, estás sentado en mi silla.

—Oh. ¿Es una de tus chicas, Trav?

Abby negó con la cabeza.

—Desde luego que no.

Esperé y Brazil terminó levantándose para llevarse la bandeja hasta el asiento vacío del extremo más lejano de la mesa.

—¿Qué hay, Paloma? —le pregunté.

Esperaba que me soltara una respuesta venenosa, pero, para mi tremenda sorpresa, no mostró señal alguna de enfado.

—¿Qué es eso? —me preguntó señalando mi bandeja.

Bajé la vista hacia la masa humeante. Estaba charlando por charlar. Eso era buena señal.

—Las señoras de la cafetería me dan miedo. No me atrevo a criticar sus habilidades culinarias.

Abby se quedó mirando cómo movía el tenedor de un lado a otro buscando algo comestible y luego pareció distraerse con los murmullos que nos rodeaban. También era cierto que era la primera vez que mis compañeros de estudios me veían discutir por sentarme en un sitio concreto. Yo tampoco tenía muy claro por qué lo había hecho.

—Uf... Después de comer tenemos el examen de Biología —se quejó América.

—¿Has estudiado? —le preguntó Abby.

América torció la boca.

—Dios, no. Me pasé la noche intentando convencer a mi novio de que no te ibas a acostar con Travis.

Shepley se enfurruñó de inmediato al oír mencionar la conversación de la noche anterior.

Los del equipo de fútbol que estaban sentados en el extremo de la mesa comenzaron a hablar en voz baja para enterarse de nuestra conversación y Abby se hundió en su silla después de lanzarle una mirada a América.

Estaba avergonzada. Fuese cual fuese el motivo, no le gustaba llamar la atención.

América no hizo caso de la mirada de Abby y le dio un empujón con el hombro a Shepley, pero este no dejó de fruncir el ceño.

—Dios, Shep. Sí que lo llevas mal, ¿no?

Le tiré un sobrecito de kétchup para intentar animar el ambiente. Los estudiantes que nos rodeaban centraron la atención en Shepley y en América con la esperanza de tener algo de lo que chismorrear.

Shepley no me contestó, pero Abby me miró con una pequeña sonrisa. Estaba de suerte. No me iba a poder odiar aunque lo intentara. No sé por qué estaba tan preocupado. No era que estuviera saliendo con ella ni nada parecido. Parecía el experimento platónico perfecto. Básicamente era una buena chica, aunque algo irritable, y no le hacía falta que yo le jodiera los planes para los próximos cinco años. Si es que tenía algún plan.

América le frotó la espalda a Shepley.

—Ya se le pasará. Simplemente necesita algún tiempo para creerse que Abby podrá resistirse a tus encantos.

—No he intentado «encandilarla» —le contesté. Acababa de avanzar un poco y América ya me estaba hundiendo la flota—. Es mi amiga.

Abby miró a Shepley.

—Te lo dije. No tienes nada de qué preocuparte.

Shepley le devolvió la mirada y se relajó un poco. Crisis evitada. Abby había salvado la situación.

Me pasé un minuto pensando algo que decir. Quería pedirle a Abby que nos viéramos luego, pero habría sonado muy blando después del comentario de América. De repente, se me ocurrió una idea brillante y no lo dudé.

—¿Y tú has estudiado?

Abby frunció el ceño.

—Por mucho tiempo que le dedique a estudiar, estoy perdida en Biología. Simplemente parece que no me entra en la cabeza.

Me puse de pie y señalé la puerta con la barbilla.

—Vamos.

—¿Qué?

—Vamos por tus apuntes. Te ayudaré a estudiar.

—Travis...

—Levanta el culo, Paloma. Vas a pasar ese examen.

Puede que los siguientes tres segundos fueran los más largos de mi vida. Abby por fin se puso de pie. Pasó al lado de América y le dio un pequeño tirón del pelo.

—Nos vemos en clase, Mare.

América le sonrió.

—Te guardaré un asiento. Voy a necesitar toda la ayuda que pueda conseguir.

Mantuve la puerta abierta para que saliera de la cafetería, pero no pareció darse cuenta. Me quedé horrorosamente decepcionado de nuevo.

Metí las manos en los bolsillos y caminé a su lado el breve trayecto hasta el Morgan Hall; luego me quedé mirando cómo manejaba con cierta torpeza la llave de su puerta.

Abby la abrió por fin y luego dejó los libros de Biología en la cama. Se sentó y cruzó las piernas mientras yo me dejaba caer en el colchón. Me di cuenta de lo rígido y de lo incómodo que era. No me extrañaba que todas las chicas de la residencia fueran tan quisquillosas. Por Dios, era imposible descansar bien en aquellos colchones.

Abby buscó la página del libro de texto y nos pusimos a trabajar. Repasamos los puntos clave del capítulo. Me gustó cómo me miraba mientras le hablaba. Casi como si estuviera pendiente de cada palabra, además de asombrada de que supiera leer. En algunos momentos me di cuenta por su expresión de que no había entendido lo que le había dicho, así que tuve que repetirlo y, cuando por fin lo comprendía, los ojos se le iluminaban. A partir de ese momento, intenté hacerle brillar los ojos de nuevo.

Antes de que nos diéramos cuenta, había llegado la hora de volver a clase. Suspiré y le di un golpe juguetón en la cabeza con el resumen que habíamos hecho.

—Lo tienes controlado. Te sabes este resumen de arriba abajo.

—Bueno..., ya veremos.

—Te acompaño a clase y así te pregunto por el camino.

Pensaba que rechazaría la oferta con educación, pero sonrió levemente y asintió.

Cuando salimos al pasillo, suspiró.

—No te enfadarás si repruebo este examen, ¿verdad?

¿Le preocupaba que me enojara con ella? No tenía muy claro qué pensar de eso, pero me sentí bastante bien.

—No vas a reprobarlo, Paloma. Aunque la próxima vez deberíamos empezar antes —le dije mientras la acompañaba hasta el bloque de ciencias.

Le hice una pregunta tras otra y contestó inmediatamente la mayoría; aunque dudó en algunas, las respondió bien todas.

Llegamos a la puerta de su clase y vi la gratitud en su mirada, aunque fue demasiado orgullosa como para admitirlo.

—Patéales el culo —le dije, porque la verdad es que no sabía qué otra cosa decirle.

Parker Hayes pasó a nuestro lado y me saludó con la barbilla.

—Hola, Trav.

Odiaba a aquel inbécil.

—¿Qué hay, Parker? —le respondí con otro movimiento de barbilla.

Parker era uno de esos tipos a los que les gustaba seguirme y utilizar su grado de caballero andante para coger. Le gustaba llamarme mujeriego, pero lo cierto era que Parker se dedicaba a lo mismo, aunque de un modo más sofisticado. No era sincero con sus conquistas. Fingía que le importaban y luego las abandonaba sin preocuparse realmente por ellas.

Una noche del primer año de carrera me llevé a Janet Littleton desde el Red Door a mi apartamento. Parker intentaba tirarse a una amiga suya. Nos separamos al salir del club y, después de tirármela, no fingí querer empezar una relación con ella, así que llamó enojada a su amiga para que la recogiera. Su amiga todavía estaba con Parker, de modo que él acabó llevando a Janet a su casa.

Después de eso, Parker tuvo algo nuevo que contarles a sus conquistas. Fuera cual fuera la chica que me tirara, él la conseguía como segundo plato contándole cómo había salvado a Janet.

Lo soportaba, pero a duras penas.

Parker vio a mi Paloma y los ojos se le iluminaron de inmediato.

—Hola, Abby.

No comprendía por qué Parker se empeñaba en tirarse a las mismas chicas que yo, pero llevaba en clase con Abby desde hacía bastantes semanas y nunca se había fijado en ella hasta ese momento. Saber que lo hacía porque ella estaba hablando conmigo casi consiguió enfurecerme.

—Hola —le respondió Abby, sorprendida. Estaba claro que no tenía ni idea de por qué le había dirigido la palabra de repente. Su cara lo mostraba claramente—. ¿Quién es? —me preguntó.

Me encogí de hombros como si no me importara, aunque lo que quería en realidad era cruzar la clase y darle una paliza a ese estúpido.

—Parker Hayes —le contesté. Solo decir su nombre me dejó mal sabor de boca—. Uno de mis hermanos de Sig Tau.

Eso también me dejó mal sabor de boca. Tenía hermanos, tanto de fraternidad como de sangre. No consideraba que Parker perteneciera a ninguna de esas dos clases. Me parecía más bien un archienemigo al que debía mantener cerca para tenerlo vigilado.

—¿Estás en una hermandad? —me preguntó frunciendo su pequeña nariz.

—Sigma Tau, lo mismo que Shep. Creía que lo sabías.

—Bueno..., es que... no me pareces de esos que están en una hermandad —me dijo mientras me miraba los tatuajes de los brazos.

El hecho de que Abby volviera a mirarme a mí me puso de mejor humor.

—Mi padre es un antiguo miembro y todos mis hermanos son Sig Tau. Es una tradición familiar.

—¿Y esperan que jures fidelidad a la hermandad? —me preguntó con un tono de voz escéptico.

—En realidad, no. Son buenos tipos. —Moví con el dedo las hojas de sus apuntes. Se los entregué—. Será mejor que te vayas ya a clase.

Me volvió a mostrar esa sonrisa perfecta.

—Gracias por ayudarme.

Me empujó un poco con el codo y no pude evitar sonreír yo también.

Entró en la clase y se sentó al lado de América. Parker se quedó mirándola, y observó cómo charlaban las dos. Mientras caminaba por el pasillo fantaseé con la idea de coger una mesa y lanzársela a la cabeza. Ya no tenía más clases, así que no había ninguna razón para quedarme allí. Una buena vuelta con la Harley impediría que me cabrease al pensar en Parker intentando meterse debajo de la falda de Abby, así que me aseguré de tomar el camino más largo para tener más tiempo para pensar. Me crucé con unas cuantas compañeras dignas de acabar en mi sofá, pero en la cabeza no dejaba de aparecérseme la cara de Abby. Lo hizo tantas veces que empecé a enfadarme.

Era bien sabido que me había portado como un mierda con todas las chicas con las que había tenido una conversación a solas que tuvieran más de dieciséis años. Lo había hecho desde que tenía quince años. Puede que lo que pasara fuera el cuento típico, el chico malo que se enamora de la chica buena, pero Abby no era ninguna princesita. Ocultaba algo. Quizás eso era lo que nos unía: lo que ella quiera que hubiera dejado atrás.

Entré en el estacionamiento y me bajé de la moto. Montar en la Harley no me había servido de nada. Nada de lo que se me había pasado por la cabeza tenía sentido. Estaba intentando justificar la extraña obsesión que sentía por ella.

De repente, me puse de muy mal humor y al entrar en casa cerré de un portazo. Me senté en el sofá y me enojé todavía más cuando no encontré el control del televisor.

Un trozo de plástico negro aterrizó a mi lado cuando Shepley pasó a mi lado para sentarse en el sillón reclinable. Cogí el control y apunté hacia la tele para encenderla.

—¿Por qué te llevas el control a tu cuarto? Siempre tienes que acabar trayéndolo —le rabié.

—No sé. Es por costumbre. ¿Qué te pasa?

—No lo sé —gruñí. Encendí la tele, pero le quité el volumen—. Abby Abernathy.

Alzó las cejas.

—¿Qué pasa con ella?

—Se me ha metido entre ceja y ceja. Creo que necesito tirármela ya de una vez.

—No es que no aprecie que no me jodas la vida con esa contención tuya recién descubierta, pero nunca has necesitado que te dé permiso... A no ser... que por fin te importe alguien de verdad.

—No seas idiota.

Shepley no pudo evitar sonreír de oreja a oreja.

—Abby te importa. Supongo que solo hacía falta que apareciera una chica que se resistiera durante más de veinticuatro horas a acostarse contigo.

—Laura me hizo esperar una semana.

—Pero Abby no te da ni la hora, ¿verdad?

—Solo quiere que seamos amigos. Supongo que tengo suerte de que no me trate como un leproso.

Tras un silencio incómodo, Shepley asintió con la cabeza.

—Tienes miedo.

—¿De qué? —le pregunté con una sonrisa retorcida.

—Del rechazo. Después de todo, resulta que Perro Loco es como todos los demás.

Entrecerré los ojos.

—Shep, sabes que ese mote me revienta.

Shepley volvió a sonreír.

—Lo sé. Casi tanto como te revienta sentirte de ese modo ahora mismo.

—No haces que me sienta mejor.

—Así que te gusta y tienes miedo. ¿Y ahora qué?

—Nada. Es una putada que por fin haya encontrado una chica con la que merece la pena estar y que sea demasiado buena para mí.

Shepley intentó contener la risa. Era irritante que le divirtiera tanto mi problema. Shep se limitó a sonreír antes de hablar de nuevo.

—¿Por qué no dejas que ella tome esa decisión?

—Porque me importa lo suficiente como para querer tomar esa decisión por ella.

Shepley se desperezó y luego se levantó. Sus pies descalzos no hicieron ningún ruido sobre la alfombra.

—¿Quieres una cerveza?

—Sí. Bebamos por la amistad.

—Entonces, ¿vas a seguir viéndote con ella? ¿Por qué? A mí eso me suena a tortura.

Pensé en ello durante unos segundos. Sí que sonaba a tortura, pero era mejor que verla desde lejos.

—No quiero que acabe conmigo… ni con ningún otro imbécil.

—Quieres decir con nadie que no seas tú. Estás tarado.

—Tráeme la puta cerveza y cállate.

Shepley se encogió de hombros. A diferencia de Chris Jenks, él sabía cuándo debía callarse.

Capítulo 4

DISTRACCIÓN

La decisión fue una locura, pero también liberadora. Al día siguiente, entré en la cafetería y, sin pensármelo, me senté en la silla vacía que había frente a Abby. Estar cerca de ella era algo natural y sencillo y, aparte de tener que soportar las miradas de los demás estudiantes e incluso la de algún profesor, a ella parecía gustarle tenerme cerca.

—¿Vamos a estudiar hoy?

—Sí —me respondió sin perturbarse.

Lo único relativo respecto a lo de ser amigos era que cuanto más tiempo pasaba con ella más me gustaba. Era más difícil olvidar el color y la forma de sus ojos, y cómo olía la crema que se ponía en la piel. También me fijé en más detalles, como en lo largas que eran sus piernas y en el color más habitual de su ropa. Incluso logré darme cuenta de en qué semana no tenía que tocarle mucho las narices, que, por suerte para Shepley, era la misma semana en la que no había que joder a América. De ese modo, disponíamos de tres semanas en las que no teníamos que estar en guardia, en lugar de solo dos, y podíamos avisarnos con cierta antelación.

Incluso en sus peores momentos, Abby no era tan remilgada como la mayoría de las chicas. Lo único que parecía afectarle eran las esporádicas preguntas que hacían sobre nuestra relación, pero, mientras yo me encargara de eso, se le pasaba con rapidez.

A medida que pasaba el tiempo, la gente especulaba cada vez menos. Comíamos juntos la mayoría de los días y por la noche, cuando estudiábamos, la llevaba a cenar. Shepley y América nos invitaron una vez al cine. No fue incómodo en ningún momento, no hubo ninguna pregunta respecto a si éramos algo más que amigos. No tenía muy claro qué debía sentir, sobre todo porque mi decisión de no intentar acostarme con Abby no me impedía fantasear con ella gimiendo en mi sofá… Hasta que una noche la vi hacerse cosquillas con América en mi apartamento y me la imaginé en mi cama.

Tenía que sacarme a Abby de la cabeza.

La única cura a eso era dejar de pensar en ella el tiempo suficiente como para realizar otra conquista.

Unos cuantos días más tarde, vi un rostro que me resultó familiar. Ya la había visto antes, con Janet Littleton. Lucy estaba bastante buena, nunca desaprovechaba una oportunidad de mostrar el escote y era muy expresiva respecto a lo mucho que me odiaba. Por suerte, solo me costó treinta minutos de charla y una sutil invitación al Red para llevármela a casa. Apenas había cerrado la puerta cuando empezó a quitarme la ropa. Desapareció todo ese odio que había sentido contra mí desde el año anterior. Se marchó con una sonrisa en los labios y con decepción en los ojos.

Abby siguió metida en mi cabeza.

Ni siquiera el cansancio postcoital me iba a curar y, además, sentí algo nuevo: culpabilidad.

Al día siguiente me apresuré a ir a clase de Historia para sentarme al lado de Abby. Ella ya había sacado la laptop y el libro, y casi ni me saludó cuando me senté.

Había menos luz de la habitual en la clase. Las nubes impedían el paso de la luz natural, que solía entrar a raudales por las ventanas. Le di un golpecito en el codo, pero no estaba tan receptiva como siempre, así que le quité el bolígrafo de los dedos y empecé a garabatear en el borde de las páginas. En su mayoría fueron garabatos, pero también escribí su nombre con letras artísticas. Me miró y me sonrió con expresión agradecida.

Me acerqué a ella para susurrarle al oído:

—¿Quieres comer hoy fuera del campus?

«No puedo», me dijo moviendo los labios pero sin emitir sonido alguno.

Escribí en su libro.

«¿Por qué?».

«Tengo que gastar el bono de comidas».

«Una mierda».

«De verdad».

Quise discutir, pero me quedaba sin sitio en la página.

«Bien. Otra comida misteriosa. Me gana la impaciencia».

Se rio en voz baja y disfruté de la sensación de vértigo feliz que me invadía cada vez que la hacía sonreír. Unos cuantos garabatos y un dibujo improvisado de un dragón después, Chaney dio por finalizada la clase.

Metí el bolígrafo en su mochila mientras ella guardaba el resto de las cosas y luego nos fuimos a la cafetería.

No nos miraron tanto como otros días. Los demás estudiantes se habían acostumbrado a vernos juntos de forma habitual. Mientras esperábamos en la cola para comer, charlamos sobre el nuevo trabajo de historia que nos había puesto Chaney. Abby enseñó su bono de comidas y luego se dirigió hacia su mesa. Me di cuenta de inmediato de que le faltaba algo en su bandeja: la lata de jugo de naranja que cogía todos los días.

Busqué con la mirada entre la fila de camareros que servían comida detrás de la barra. En cuanto vi a la mujer de aspecto ceñudo en la caja registradora, supe que había encontrado mi objetivo.

—Disculpe, señora... Señora...

La encargada del comedor me miró de arriba abajo antes de decidir que le iba a causar problemas, como hacían la mayoría de las mujeres antes de que yo provocara que les cosquillearan los muslos.

—Armstrong —me contestó con voz ronca.

Me esforcé por ocultar mi disgusto cuando la imagen de sus muslos apareció en un rincón oscuro de mi mente. Le mostré mi sonrisa más encantadora.

—Un nombre bonito. Me preguntaba si usted, que parece ser quien manda, me podría decir si queda jugo de naranja.

—Sí, queda un poco en la parte de atrás. He estado demasiado ocupada para traerlo.

Asentí.

—Siempre está corriendo de un lado a otro. Deberían subirle el sueldo. Nadie trabaja tanto como usted. Lo ve cualquiera.

Alzó la barbilla, lo que disminuyó el número de papadas que tenía en el cuello.

—Gracias. Ya iba siendo hora de que alguien se fijara. ¿Quieres jugo de naranja?

—Solo uno... Si usted puede, por supuesto.

Me guiñó un ojo.

—Claro que sí. Ahora mismo vuelvo.

Llevé la lata a la mesa y la dejé en la bandeja de Abby.

—No era necesario que te molestaras. Iba a coger uno.

Se quitó la chaqueta y se la colocó sobre el regazo, lo que le dejó a la vista los hombros. Todavía estaban morenos por el verano y brillaban un poquito. Suplicaban una caricia.

Se me pasaron por la cabeza una decena de ideas cargadas de morbo.

—Bueno, pues ya no tienes que hacerlo —le respondí.

Le ofrecí una de mis mejores sonrisas, pero esta vez era sincera. Fue otro de esos momentos de Abby feliz que me gustaba ver.

Brazil soltó un bufido.

—¿Te has convertido en su criado, Travis? ¿Qué será lo siguiente? ¿Abanicarla con una hoja de palmera vestido solo con un traje de baño Speedo?

Giré la cabeza y vi a Brazil con una sonrisa de listillo de oreja a oreja. No pretendía ofenderme, pero me había estropeado el momento y eso me molestó. La verdad era que probablemente yo debía parecer un poco imbécil por llevarle la bebida.

Abby se inclinó hacia delante.

—Tú no podrías ni rellenar un Speedo, Brazil. Así que cierra esa boca.

—¡Calma, Abby! Estaba bromeando —le respondió Brazil con las manos en alto.

—Bueno..., pero no le hables así —insistió ella con el ceño fruncido.

Me quedé mirándola unos instantes y observé cómo la rabia se desvanecía un poco al volverse hacia mí. Sin duda, aquello era toda una novedad.

—Ahora sí que lo he visto todo. Una chica acaba de defenderme.

Le sonreí levemente y luego me puse en pie. Miré fijamente durante un momento a Brazil y luego me marché para tirar la comida de la bandeja. De todas maneras, no tenía mucha hambre.

Las pesadas puertas de madera cedieron con facilidad cuando las empujé para salir. Saqué el paquete de cigarrillos del bolsillo y encendí uno mientras intentaba olvidar lo que acababa de ocurrir.

Me había comportado como un idiota por una chica y eso les iba a resultar tremendamente divertido a mis hermanos de fraternidad, porque yo me había dedicado a meterme con ellos durante dos años por el simple hecho de decir que quizás querían tener algo más con una chica después de tirársela. Me tocaba a mí ahora y no podía hacer nada para remediarlo..., porque no podía. ¿Podía ir a peor? No quería.

Cuando la gente que estaba fumando se echó a reír, yo también lo hice, aunque no tenía ni idea de lo que estaban hablando. Por dentro me sentía enojado y humillado, o enojado por haberme visto humillado. Daba igual. Las chicas me saludaban con la mano y se turnaban para intentar charlar conmigo. Yo asentía y sonreía para ser agradable, pero de lo que realmente tenía ganas era de largarme de allí y de pegarle un puñetazo a algo. Una rabieta en público sería una muestra de debilidad y no pensaba dejar que me pasara eso.

Abby pasó a mi lado e interrumpí a una de las chicas en mitad de la frase para seguirla.

—Espera, Paloma. Te acompaño.

—No tienes que acompañarme a todas las clases, Travis. Sé llegar sola.

Lo admito: eso me escoció. Ni siquiera me miró cuando lo dijo. Fue algo completamente despectivo.

En ese momento, una chica con una falda corta y unas piernas kilométricas pasó a mi lado. El largo cabello negro brillante le bailaba a lo largo de la espalda con cada paso. Fue en ese momento cuando me di cuenta: tenía que dejarlo. Tirarme a cualquier chica buenota era lo que mejor se me daba y Abby solo quería ser mi amiga. Tenía pensado hacer lo correcto y mantener nuestra relación en su estado platónico, pero si no hacía algo drástico, ese plan se perdería en mitad del embrollo de pensamientos contrapuestos y sentimientos enfrentados que se arremolinaban en mi fuero interno.

Había llegado el momento de trazar una línea. No me merecía a Abby, así que ¿qué sentido tenía todo aquello?

Tiré el cigarrillo al suelo.

—Luego te veo, Paloma.

Puse mi cara seductora, pero no haría falta mucho más. Se había cruzado conmigo a propósito, con la esperanza de que su falda corta y sus tacones de fulana me llamaran la atención. La adelanté y luego me giré hacia ella con las manos metidas en los bolsillos.

—¿Tienes prisa?

Me sonrió. Ya era mía.

—Tengo que ir a clase.

—Ah, ¿sí? ¿Qué clase?

Se paró y torció la boca hacia un lado.

—Travis Maddox, ¿verdad?

—Verdad. ¿Mi reputación me precede?

—Así es.

—Culpable entonces.

Meneó la cabeza.

—Tengo que ir a clase.

Dejé escapar un suspiro fingiendo decepción.

—Qué pena. Iba a pedirte ayuda.

—¿Para qué?

Su tono de voz era dubitativo, pero no había dejado de sonreírme. Podría haberle pedido directamente que me siguiera hasta mi apartamento para echar un polvo rápido y probablemente habría aceptado, pero un poco de seducción y encanto ayudaban mucho después.

—Para llegar a mi apartamento. Tengo un terrible sentido de la orientación.

—¿De verdad? —me preguntó asintiendo al mismo tiempo que fruncía el ceño.

Luego sonrió de nuevo. Se estaba esforzando mucho por no sentirse halagada.

Llevaba desabrochados los dos botones de arriba, lo que dejaba a la vista la curva inferior de sus pechos y unos cuantos centímetros de su sostén. Noté dentro de los *jeans* el creciente abultamiento habitual y apoyé el peso en la otra pierna.

—Terrible —repetí con una sonrisa y vi que paseaba la mirada por mi hoyuelo. No sé por qué, pero el hoyuelo siempre parece dejar solucionado el asunto.

Se encogió de hombros intentando hacerse todavía la interesante.

—Ve delante. Si veo que te desvías, te tocaré el claxon.

—Voy para allá —le contesté señalando el estacionamiento.

Me había metido la lengua hasta la garganta antes de que acabáramos de subir las escaleras a mi apartamento y ya me estaba quitando la chaqueta antes de que hubiera escogido la llave adecuada del llavero. Fue algo torpe, pero divertido. Tenía práctica más que suficiente en abrir la cerradura de mi puerta con los labios apoyados en los labios de otra persona. Me empujó hacia la sala de estar en cuanto se abrió la puerta y la agarré de las caderas para empujarla contra la puerta y cerrarla. Me rodeó las caderas con las piernas y la levanté para apoyar mi pelvis contra la suya.

Me besó como si estuviera muerta de hambre y supiera que había comida en el fondo de mi boca. No sé, eso me pareció. Me mordió el labio inferior y di un paso atrás. Perdí el equilibrio y me caí sobre el extremo de la mesa que estaba más cerca del sillón reclinable. Varias cosas cayeron al suelo.

—Ups —dijo ella entre risitas.

Sonreí mientras la veía caminar hacia el sofá, donde se apoyó dejando al aire las nalgas y una leve tira de lencería blanca.

Me desabroché el cinturón y di un paso adelante. Me lo iba a poner fácil. Giró el cuello y su larga melena le cruzó la espalda. Tuve que reconocer que estaba buena de narices. El cierre apenas era capaz de contener lo que había debajo.

Se volvió para mirarme y yo me incliné para besarla en la boca.

—Quizás debería decirte mi nombre —me susurró.

—¿Por qué? —jadeé—. Creo que me gusta así.

Me sonrió al mismo tiempo que metía los pulgares en los bordes de los calzones y se las bajaba hasta que le cayeron en los tobillos. Nuestras miradas se cruzaron con una malicia compartida.

En mi mente apareció de repente la mirada reprobatoria de Abby.

—¿A qué estás esperando? —me preguntó, excitada e impaciente.

—A nada —le dije negando con la cabeza.

Intenté concentrarme en su culo desnudo contra mis muslos. Tener que concentrarme para mantenerme excitado era sin duda algo nuevo y diferente, y todo era culpa de Abby.

Se giró, me quitó la camisa por encima de la cabeza de un tirón y yo terminé de desabrocharme los *jeans*. Joder. O yo iba a paso de tortuga o aquella mujer era una versión femenina de mí. Me quité las botas de dos patadas y luego los pantalones, que también lancé a un lado de otra patada.

Subió una de las piernas y me rodeó la cadera con la rodilla.

—Hace mucho tiempo que quería hacer esto —me susurró al oído—. Desde que te vi en el curso de orientación del año pasado.

Le subí la mano por el muslo mientras me esforzaba por recordar si había hablado con ella alguna vez. Para cuando llegué al final de la parte interior, tenía los dedos empapados. No lo había dicho en broma. Un año de juegos mentales previos hacían que todo me fuera mucho más fácil.

Gimió en cuanto le toqué la parte sensible de la piel. Estaba tan húmeda que los dedos no conseguían rozar demasiado y las pelotas empezaban a dolerme. Solo me había tirado a dos chicas en otras tantas semanas. Esta y la amiga de Janet, Lucy. Un momento. Con Megan eran tres. La mañana siguiente a conocer a Abby. Abby. Un sentimiento de culpabilidad me recorrió y tuvo un efecto bastante negativo en mi erección.

—No te muevas —le dije.

Eché a correr en calzoncillos hacia mi dormitorio. Saqué un envoltorio cuadrado de mi mesita de noche y luego volví corriendo al lugar donde me estaba esperando esa morena despampanante, exactamente en la misma posición en la que la había dejado. Me quitó el envoltorio de las manos y se puso de rodillas. Después de cierta creatividad y unos trucos bastante sorprendentes con su lengua, tuve luz verde para tumbarla en el sofá.

Y eso hice. Boca abajo con una mano en sus partes, y le encantó en todo momento.

Capítulo 5

COMPAÑEROS DE CASA

La adicta al sexo estaba en el cuarto de baño, vistiéndose y arreglándose. No dijo mucho después de que acabáramos, así que pensé en conseguir su número de teléfono para incluirla en la muy corta lista de chicas, como Megan, que no necesitaban una relación para disfrutar del sexo, con quienes merecía la pena repetir.

Sonó el teléfono de Shepley. Fue el sonido de un beso, así que debía de ser América. Ella le había cambiado el sonido de aviso de los mensajes y Shepley se había quedado encantado. Me alegraba verlos juntos, pero también me daban ganas de vomitar a veces.

Estaba sentado en el sofá buscando un canal en la televisión mientras esperaba que saliera la chica para poder mandarla a casa, cuando me di cuenta de que Shepley estaba correteando por todo el apartamento. Fruncí el ceño.

—¿Qué haces?

—Será mejor que recojas tu mierda. Mare viene para acá con Abby.

Eso me espabiló.

—¿Abby?

—Sí. La caldera del Morgan Hall se ha vuelto a estropear.

—¿Y?

—Que vienen a quedarse unos cuantos días.

—¿Las dos? ¿Abby se va a quedar aquí? ¿En nuestro apartamento?

—Sí, imbécil. Sácate de la cabeza el culo de Jenna Jameson y presta atención a lo que te digo. Estarán aquí dentro de diez minutos. Y con equipaje.

—Ni en broma.

Shepley se detuvo en seco y me miró con el ceño fruncido.

—Levanta el culo y ayúdame, y saca tu basura —me dijo señalando al cuarto de baño.

—¡Joder! —exclamé a la vez que me ponía de pie de un salto.

Por fin lo entendí. Si América se enfadaba porque había una desconocida en el apartamento cuando llegara con Abby, eso dejaría en mal lugar a Shepley. Si Abby no quería quedarse por eso, él tendría un problema... y yo también.

Me centré en la puerta del cuarto de baño. El grifo llevaba abierto desde que había entrado. No sabía si estaba cagando o estaba duchándose. No iba a poder echarla del apartamento antes de que llegaran las chicas. Sería peor que me pillaran intentando sacarla a rastras, así que, en lugar de eso, decidí cambiar las sábanas de la cama y arreglarlo todo un poco.

—¿Dónde va a dormir Abby? —le pregunté mirando al sofá.

No pensaba permitir que durmiera sobre catorce meses de fluidos corporales.

—No lo sé. ¿En el sillón reclinable?

—Y una mierda, idiota. —Me rasqué la cabeza—. Supongo que tendrá que dormir en mi cama.

Shepley lanzó un aullido hilarante y sus risotadas se oyeron por lo menos hasta dos manzanas de distancia. Se dobló sobre sí mismo y se agarró las rodillas, con la cara enrojecida.

—¿Qué?

Se incorporó y me señaló moviendo un dedo y la cabeza hacia mí. Se reía tanto que no podía hablar, así que se puso a limpiar mientras se estremecía de arriba abajo por las carcajadas.

Once minutos después, Shepley cruzó corriendo la sala de estar hacia la puerta principal. Bajó las escaleras y luego no se oyó nada más. El grifo del baño se cerró por fin y todo se quedó en silencio.

Unos pocos minutos más tarde, oí abrirse la puerta de entrada de golpe y a Shepley quejarse:

—¡Joder, cariño! ¡Tu maleta pesa diez kilos más que la de Abby!

Salí al pasillo y vi a mi última conquista salir del cuarto de baño. Se quedó paralizada, miró a América y a Abby y terminó de abrocharse los dos últimos botones de la blusa. No se había arreglado allí dentro. Todavía tenía toda la cara cubierta de maquillaje.

Durante unos momentos me quedé completamente distraído pensando: «Pero ¿qué coño…?». Supongo que no era una chica sin complicaciones como había pensado unos instantes atrás, lo que hacía que la visita sorpresa de Abby y América fuera más que bienvenida. Aunque yo todavía estuviera en calzoncillos cortos.

—Hola —las saludó a ambas.

Luego miró el equipaje y la sorpresa se convirtió en una confusión absoluta.

América miró fijamente a Shepley, quien levantó las manos de inmediato.

—¡Está con Travis!

En ese momento aparecí en escena. Giré la esquina del pasillo y bostecé al mismo tiempo que le daba unas palmaditas en la espalda.

—La gente a la que esperaba está aquí. Será mejor que te vayas.

Ella pareció relajarse un poco y me sonrió. Me abrazó y me besó en el cuello. Una hora antes, sus labios eran suaves y tibios.

Delante de Abby, los sentí como dos panecillos muy calientes rodeados de alambre de espino.

—Te dejaré mi número sobre la encimera.

—Eh..., no te molestes —le dije con una despreocupación ensayada.

—¿Cómo? —exclamó a la vez que se echaba atrás.

En sus ojos brilló la rabia del rechazo y me miró buscando que mi intención fuera otra cosa que lo que le había dicho. Me alegré de que esa situación se estuviera produciendo en ese momento. Podría haberla llamado en otra ocasión y la situación se habría complicado. Confundirla con una posible follamiga me resultó inquietante. Solía tener mejor criterio para juzgar a las mujeres.

—¡Siempre lo mismo! —exclamó América mientras miraba fijamente a la chica—. ¿Cómo puede ser que te sorprenda? ¡Es Travis Maddox, joder! ¡Es famoso precisamente por eso, pero las chicas siempre se sorprenden!

Se volvió hacia Shepley y él la rodeó con un brazo a la vez que le hacía un gesto para que se tranquilizara.

La chica entrecerró los ojos, encendidos por la rabia y la vergüenza, y luego salió a toda prisa. Agarró el bolso sin disminuir el paso.

La puerta se cerró de un portazo y noté que Shepley estaba tenso. Esas situaciones le incomodaban. Por otra parte, yo tenía una fierecilla a la que domar, así que entré en la cocina y abrí el refrigerador como si no hubiera pasado nada. El brillo casi llameante de su mirada anunciaba una furia que jamás había visto, no solo porque jamás me había encontrado con una mujer que no me quisiera servir su culo en bandeja de plata, sino porque tampoco me había quedado para prestar atención a sus rabietas.

América meneó la cabeza y empezó a recorrer el pasillo. Shepley la siguió con el cuerpo inclinado para compensar el peso de la maleta.

Justo cuando pensaba que Abby estaba a punto de estallar, se desplomó en el sillón.

«Vaya. Está... enojada. Será mejor acabar cuanto antes».

Me crucé de brazos y mantuve una distancia mínima de seguridad respecto a ella, así que me quedé en la cocina.

—¿Qué pasa, Paloma? ¿Has tenido un día duro?

—No, estoy profundamente asqueada.

Era un comienzo.

—¿Conmigo? —le pregunté con una sonrisa.

—Sí, contigo. ¿Cómo puedes usar a alguien así y tratarla de ese modo?

Así empezamos.

—¿Cómo la he tratado? Me ha propuesto darme su número y yo lo he rechazado.

Se quedó con la boca abierta. Intenté no reírme. No sé por qué me hacía tanta gracia verla alterada y horrorizada por mi comportamiento, pero no podía evitarlo.

—¿Te acuestas con ella pero no quieres su número?

—¿Por qué iba a querer su número si no voy a llamarla?

—¿Y por qué te has acostado con ella si no vas a volver a llamarla?

—Yo no prometo nada a nadie, Paloma. Esa no dijo que quisiera una relación antes de abrirse de piernas en el sofá.

Miró con asco al sofá.

—«Esa» es la hija de alguien, Travis. ¿Qué pasaría si alguien tratase así a tu hija?

Ya se me había ocurrido esa idea, así que estaba preparado.

—Será mejor que a mi hija no se le caigan las bragas delante del primer estúpido que conozca, por decirlo de algún modo.

Era la verdad. ¿Se merecían las mujeres que las trataran como putas? No. ¿Se merecían las putas ser tratadas como tales? Sí. Yo mismo era una puta. La primera vez que me tiré a Megan y ella se marchó sin un simple abrazo, no me puse a llorar ni me comí un litro de helado. No me quejé con mis hermanos de fraternidad de que me había dejado en mi primera cita ni de que Megan me había tratado así por cómo me había comportado. Es lo que es, sin tonterías ni fingir que quieres proteger tu dignidad si lo que te propones es destruirla. Además, las chicas son famosas por criticarse las unas a las otras y solo se toman un descanso para criticar a un chico por hacerlo. Las había oído llamar puta a una compañera de clase sin que a mí se me hubiera pasado por la cabeza tal cosa. Pero si me llevaba a esa puta a casa, me la tiraba y luego la dejaba marchar sin compromisos, de repente el malo era yo. Tonterías.

Abby se cruzó de brazos. Era evidente que se había quedado sin argumentos y eso la enfurecía todavía más.

—Entonces, además de admitir que eres un estúpido, ¿estás diciendo que, como se ha acostado contigo, merecía que la echaran como a un gato callejero?

—Lo que digo es que he sido franco con ella. Es adulta. Todo ha sido consentido..., incluso parecía demasiado ansiosa, si quieres que te diga la verdad. Actúas como si hubiera cometido un crimen.

—Ella no parecía tener tan claras tus intenciones, Travis.

—Las mujeres suelen justificar sus actos con cualquier cosa que se inventan. Esa chica no ha dicho de entrada que quisiera establecer una relación seria, igual que yo no le he dicho que quería sexo sin compromisos. ¿Dónde ves la diferencia?

—Eres un cerdo.

Me encogí de hombros.

—Me han llamado cosas peores.

A pesar de mi indiferencia, oírle decir eso me sentó tan bien como si me hundieran un clavo del doce debajo de la uña del pulgar. Aunque fuera verdad.

Se quedó mirando al sofá y dio un paso atrás.

—Me parece que dormiré en el sillón.

—¿Por qué?

—¡No pienso dormir en esa cosa! ¡A saber encima de qué me estaría tumbando!

Recogí del suelo su bolso de viaje.

—No vas a dormir ni en el sofá ni en el sillón. Vas a dormir en mi cama.

—Que sin duda será más insalubre que el sofá. Seguro.

—Nunca ha habido nadie en mi cama aparte de mí.

Puso los ojos en blanco.

—¡Por favor!

—Lo digo absolutamente en serio. Me las tiro en el sofá. Nunca las dejo entrar en mi habitación.

—¿Y yo sí puedo usar tu cama?

Quise decírselo. Joder, ansié pronunciar las palabras, pero apenas era capaz de admitírmelo a mí mismo y mucho menos a ella. En lo más profundo de mi fuero interno, yo sabía que era un mierda y que ella se merecía alguien mejor. Una parte de mí quería llevarla al dormitorio y mostrarle precisamente por qué ella era especial, pero eso también era lo que me lo impedía. Era todo lo contrario a mí: inocente en la superficie, pero herida en su fuero interno. Había algo de ella que necesitaba en mi vida y, aunque no estaba seguro de qué era, no podía ceder a mis malas costumbres y joderlo todo. Era consciente de que Abby era de las personas que perdonaban, pero tenía una serie de líneas que era mejor que yo no cruzara.

Se me ocurrió una opción mejor. Sonreí con malicia.

—¿Planeas acostarte conmigo esta noche?

—¡No!

—Ahí lo tienes, esa es la razón. Levanta ese culo gruñón, date una ducha caliente y después podremos estudiar algo de biología.

Abby me miró fijamente, pero al cabo de unos instantes me hizo caso. Casi me empujó con el hombro cuando pasó a mi lado y cerró de golpe la puerta del cuarto de baño. Las tuberías del suelo del apartamento gimieron de inmediato en cuanto abrió los grifos.

Llevaba poco equipaje, solo lo esencial. Encontré unos cuantos pantalones cortos, una camiseta y un par de calcetines largos de algodón con rayas púrpuras. Los sostuve en alto delante de mí y rebusqué un poco más. Todo era de algodón. No planeaba desnudarse conmigo, ni siquiera provocarme. Fue un tanto decepcionante, pero al mismo tiempo hizo que me gustara más. Me pregunté si tendría alguna tanga en su habitación.

¿Acaso sería virgen?

Me eché a reír. Una virgen en la universidad era algo casi inaudito en estos tiempos.

También llevaba la pasta y el cepillo de dientes y un tubo pequeño de una especie de crema facial. Cogí todo y atravesé el pasillo para sacar una toalla limpia del armario.

Llamé una vez, pero no me contestó, así que simplemente entré. De todas maneras, estaba tapada por la cortina de la ducha y no tenía nada que no hubiera visto antes.

—¿Mare?

—No, soy yo —le dije mientras colocaba sus cosas en la estantería que había al lado del lavabo.

—¿Qué haces aquí? ¡Lárgate! —chilló.

Me reí. Qué chica.

—Olvidaste coger una toalla y te traigo tu ropa, tu cepillo de dientes y un extraño tipo de crema facial que he encontrado en tu bolso.

—¿Has estado rebuscando entre mis cosas? —dijo con voz un poco más aguda.

Logré sofocar la risa repentina que amenazó con salirme a borbotones. Había ido a llevarle sus cosas a doña Puritana para ser un buen chico y se había puesto histérica. Tampoco es que fuera a encontrar nada interesante en su bolso. Era como el sermón dominical de un pastor.

Eché un poco de su pasta de dientes en mi cepillo y abrí el grifo.

Abby se quedó extrañamente quieta, hasta que asomó la frente y los ojos por el borde de la cortina. Me esforcé por no prestarle atención y sentí que me abría un agujero en la nuca con la intensidad de su mirada.

No entendía su irritación. Para mí, aquella situación era extrañamente relajante. Esa sensación me sorprendió, porque nunca había pensado que pudiera disfrutar con la vida doméstica.

—Sal de aquí, Travis —gruñó.

—No puedo irme a la cama sin lavarme los dientes.

—Si te acercas a menos de medio metro de esta cortina, te sacaré los ojos mientras duermes.

—No pienso mirar, Paloma.

La verdad es que la imagen de Abby inclinada sobre mí con un cuchillo en las manos me pareció un tanto excitante. Más lo de estar inclinada sobre mí que lo del cuchillo.

Terminé de cepillarme los dientes y me fui a mi cuarto sin dejar de sonreír. A los pocos minutos, dejaron de sonar las cañerías, pero ella tardó siglos en salir.

Abrí un poco la puerta del cuarto de baño y metí la cabeza.

—¡Vamos, Paloma! ¡Me están saliendo canas aquí fuera!

Su aspecto me sorprendió. Ya la había visto sin maquillaje, pero ahora su piel estaba brillante y sonrosada y su largo cabello negro húmedo dejaba completamente a la vista su cara. No pude evitar quedarme mirándola.

Abby echó hacia atrás el brazo y me tiró el cepillo del pelo. Lo esquivé y luego cerré la puerta sin dejar de reírme mientras cruzaba de nuevo el pasillo.

Oí las pisadas de sus pequeños pies por ese mismo pasillo y el corazón empezó a palpitarme con más fuerza.

—Buenas noches, Abby —dijo América desde el cuarto de Shepley.

—Buenas noches, Mare.

Me eché a reír. América, más que ser una pesadilla, me había traído una pesadilla a mi vida. Me había presentado a mi droga personalizada. No conseguía la suficiente, pero no quería quedarme sin ella. Aunque solo podía calificarlo de adicción, ni siquiera me atrevía a probar una sola migaja. Solo me mantenía cerca y me sentía mejor con el simple hecho de saber que estaba cerca. No tenía ninguna esperanza.

Dos pequeños golpes en la puerta me devolvieron a la realidad.

—Entra, Paloma. No hace falta llamar.

Abby entró, con el cabello oscuro húmedo y vestida con la camiseta gris y los pantalones cortos de cuadros. Revisó con los ojos bien abiertos todo el cuarto mientras decidía unas cuantas cosas respecto a mí al ver las paredes desnudas. Era la primera vez que una mujer entraba en mi cuarto. Se trataba de un momento sobre el que no había pensado, pero que Abby cambiara la atmósfera de mi cuarto era algo que no me había esperado.

Antes era simplemente el lugar donde dormía. Un lugar donde nunca pasaba demasiado tiempo. La presencia de Abby hacía que las paredes blancas y sin decoración alguna fueran muy obvias, hasta tal punto que noté una leve sensación de incomodidad. Que Abby se encontrase en mi cuarto me hacía sentirme como si estuviera en mi hogar, y ese vacío ya no me parecía apropiado.

—Bonita pijama —dije por fin mientras me sentaba en la cama—. Vamos, ven. No voy a morderte.

Bajó la barbilla y alzó las cejas.

—No me das miedo. —Su libro de biología aterrizó a mi lado con un sonido sordo y luego se paró—. ¿Tienes una pluma?

Señalé con la barbilla la mesita de noche.

—En el cajón de arriba.

En cuanto lo dije, se me heló la sangre. Iba a encontrar lo que tenía almacenado ahí. Me preparé para el enfrentamiento final que vendría a continuación.

Apoyó una rodilla en la cama y se inclinó hacia la mesita para abrir el cajón. Empezó a rebuscar hasta que, de repente, sacó la mano de golpe. Luego volvió a meterla de inmediato, cogió el bolígrafo y cerró el cajón de golpe.

—¿Qué pasa? —le pregunté mientras fingía revisar el texto del libro de biología.

—¿Has asaltado un centro de salud?

«¿Cómo sabe una palomita como ella dónde se pueden conseguir condones?».

—No. ¿Por qué?

Torció el gesto.

—Por tu provisión de condones para toda la vida.

Era el momento.

—Mejor prevenir que curar, ¿no?

No pudo discutirme eso.

En lugar de gritarme e insultarme, como lo esperaba, se limitó a poner los ojos en blanco. Empecé a pasar las páginas del libro mientras me esforzaba por no parecer muy aliviado.

—Bien, podemos comenzar por aquí. Joder... ¿Fotosíntesis? ¿Es que no lo estudiaste en la secundaria?

—Algo sí —dijo a la defensiva—. Trav, es el primer curso de Biología. No escogí todo el temario.

—Pero ¿no estás en Cálculo? ¿Cómo puedes ir tan avanzada en Matemáticas y tan retrasada en Ciencias?

—No voy retrasada. Lo que ocurre es que la primera mitad siempre es de repaso.

Alcé una ceja.

—No lo creo.

Me escuchó atentamente mientras revisaba los principios básicos de la fotosíntesis y luego la anatomía de las células vegetales. No importaba cuánto rato hablara ni lo que dijera, estuvo pendiente de cada palabra. Fue fácil imaginarme que estaba interesada en mí y no en aprobar el curso.

—Lípidos. No lipiados. Repite qué son.

Se quitó las gafas.

—Estoy rendida. No puedo memorizar ni una sola macromolécula más.

Estupendo. Hora de dormir.

—De acuerdo.

De repente, Abby pareció nerviosa, lo que me resultó curiosamente tranquilizador.

La dejé a solas con sus nervios para darme una ducha. Saber que había estado desnuda en ese mismo lugar me provocó una serie de pensamientos muy excitantes, así que puse el agua helada durante cinco minutos antes de salir. Fue muy incómodo, pero al menos me libré de la erección.

Cuando volví a mi cuarto, Abby ya estaba tumbada de lado, con los ojos cerrados y tiesa como una tabla de madera. Dejé caer la toalla, me puse los calzoncillos y luego me metí en la cama antes de apagar la luz. Abby no se movió, pero no estaba dormida.

Tenía tensos todos y cada uno de los músculos del cuerpo, pero se tensaron todavía más antes de darse la vuelta hacia mí.

—¿Vas a dormir aquí?

—Pues claro. Es mi cama.

—Lo sé, pero...

Se quedó callada mientras sopesaba sus opciones.

—¿A estas alturas todavía no confías en mí? Me portaré bien. Te lo prometo.

Levanté tres dedos de la mano, el índice, el corazón y el anular, a los que mis hermanos llamaban «el vibrador». No lo pilló.

Por mucho que me fastidiara ser bueno, no iba a espantarla la primera noche haciendo algo estúpido.

Abby requería un equilibrio muy delicado entre la dureza y la ternura. Llevarla demasiado lejos parecía provocar en ella una reacción semejante a la de un animal acorralado. Era divertido caminar por la cuerda floja que requería, lo mismo que una carrera terrorífica a mil kilómetros por hora y de espaldas sobre una motocicleta.

Me dio la espalda y se colocó la sábana alrededor de todas sus curvas que parecían modeladas con golpes de kárate. Sonreí de nuevo y me acerqué a su oreja.

—Buenas noches, Paloma.

Capítulo 6

TRAGOS

Abrí los ojos justo cuando el sol empezaba a dejar sombras en las paredes de mi cuarto. Abby tenía el cabello enmarañado y me cubría la cara. Inspiré profundamente por la nariz.

«Oye, ¿qué haces…, además de portarte como un pervertido?», pensé. Me tumbé de espaldas, pero antes de hacerlo, inspiré otra vez. Todavía olía a champú y a crema facial.

La alarma empezó a sonar pocos segundos después y Abby comenzó a moverse. Pasó una mano por encima de mi pecho, pero la quitó de inmediato.

—¿Travis? —me dijo con voz somnolienta—. Tu despertador.

Esperó unos momentos y luego dejó escapar un suspiro. Alargó un brazo por encima de mí, hasta que por fin llegó al reloj y luego golpeó la cubierta de plástico hasta que dejó de sonar.

Se dejó caer sobre su almohada y lanzó un bufido. No pude evitar que se me escapara una risa y ella soltó una exclamación de sorpresa.

—¿Estabas despierto?

—Te prometí que me portaría bien. No dije nada de dejar que te tumbaras encima de mí.

—No me he tumbado encima de ti. Es que no podía llegar al reloj. Probablemente es la alarma más molesta que jamás he oído. Suena como un animal moribundo.

—¿Quieres desayunar? —le pregunté mientras me ponía las manos bajo la cabeza.

—No tengo hambre.

Parecía enojada por algo, pero no le hice caso. Probablemente no era una persona madrugadora. Aunque si seguía esa lógica, tampoco era una persona a la que le gustara la tarde ni la noche. Lo pensé un poco y llegué a la conclusión de que era una perra cascarrabias… y eso me gustaba.

—Pues yo sí. ¿Por qué no vienes conmigo al café que hay calle abajo?

—No creo que pueda aguantar tu falta de habilidad para conducir tan temprano por la mañana.

Metió sus pequeños pies delgados en los zapatos deportivos y caminó arrastrando los pies hasta la puerta.

—¿Adónde vas?

Se enfadó al instante.

—A vestirme para ir a clase. ¿Necesitas mi itinerario durante los días que esté aquí?

¿Quería jugar a ser dura? Muy bien. Acepté jugar. Me acerqué a ella y le puse las manos en los hombros. Joder, me gustó sentir su piel contra la mía.

—¿Siempre tienes tan mal genio o eso cambiará una vez que creas que todo esto no es parte de un elaborado plan para meterme en tus calzones?

—No tengo mal genio.

Me incliné hacia ella y le susurré al oído.

—No quiero acostarme contigo, Paloma. Me gustas demasiado.

Se puso tensa y me marché sin decir nada más. Habría sido un poco obvio ponerme a saltar de alegría para celebrar la emoción de mi victoria, así que me contuve hasta que la puerta me tapaba lo suficiente y entonces lancé unos cuantos puñetazos eufóricos al aire. Mantener siempre su atención no era fácil, pero cuando lo lograba, me sentía como si estuviera un paso más cerca de...

¿De qué? No estaba exactamente seguro. Solo me hacía sentirme bien.

Hacía tiempo que no pasaba por el supermercado, así que el desayuno no fue digno de un gourmet, pero fue apropiado. Batí unos cuantos huevos en un cuenco, luego metí cebolla, pimiento rojo y pimiento verde, y después lo puse todo en un sartén.

Abby entró y se sentó en un taburete.

—¿Seguro que no quieres?

—Sí, seguro. Gracias de todos modos.

Acababa de levantarse, pero seguía estando preciosa. Era ridículo. Sabía que eso no podía ser lo habitual, pero tampoco estaba seguro. Las únicas mujeres que había visto por la mañana temprano eran las de Shepley y no me había fijado en ellas lo suficiente como para formarme una opinión.

Shepley tomó unos platos y los sostuvo delante de mí. Recogí los trozos de huevo con una espátula y los serví. Abby lo miró todo con cierto interés.

América soltó un bufido cuando Shepley le puso su plato delante.

—No me mires así, Shep. Lo siento, simplemente no quiero ir.

Shepley llevaba días quejándose por la negativa de América a acudir a la fiesta de parejas. No la culpaba. Las fiestas de parejas eran una tortura. El hecho de que no quisiera ir me resultó un tanto impresionante. A la mayoría de las chicas les encantaba que las invitaran a ese tipo de cosas.

—Pero, nena, en la fraternidad se celebran fiestas de parejas dos veces al año —le suplicó Shepley—. Todavía queda un mes. Tendrás tiempo suficiente para encontrar un vestido y cumplir con todo el rollo ese de chicas.

América no quería ir. No presté más atención hasta que me di cuenta de que sí iría si Abby también iba. Si Abby iba, significaba que tendría que hacerlo con una pareja. América me miró y yo alcé una ceja.

Shepley no dudó ni un instante.

—Trav no va a fiestas de parejas. Son cosas a las que llevas a tu novia y Travis no…, bueno, ya sabes.

América se encogió de hombros.

—Podríamos emparejarla con alguien.

Abrí la boca para hablar, pero quedó claro que Abby no estaba contenta.

—Sabes que puedo oírte, ¿no? —gruñó.

América puso mueca de enojo. Era una cara a la que Shepley no se podía resistir.

—Abby, por favor… Te encontraremos un chico guapo e ingenioso y, por supuesto, me aseguraré de que esté bueno. ¡Te prometo que te la pasarás bien! Y ¿quién sabe? Tal vez consigas ligar.

Fruncí el ceño. ¿Que América le iba a encontrar un chico? Para la fiesta de parejas. Uno de mis hermanos de fraternidad. Joder, no. La idea de que empezara a salir con cualquiera me puso de punta los pelos de la nuca.

El sartén resonó cuando lo tiré al fregadero.

—No he dicho que no fuera a llevarte.

Abby volvió a poner los ojos en blanco.

—No hace falta que me hagas favores, Travis.

Di un paso hacia ella.

—Eso no es lo que quería decir, Paloma. Las fiestas de parejas son para los chicos con novia y todo el mundo sabe que a mí el rollo de ennoviarme no me va. Sin embargo, contigo no tendré que preocuparme de que mi pareja espere un anillo de compromiso después.

América volvió a poner cara dura.

—Porfi, porfi, Abby…

Abby puso cara de que le dolía algo.

—¡No me mires así! Travis no quiere ir y yo tampoco. No seríamos una compañía agradable.

Cuanto más pensaba en ello más me gustaba la idea. Me crucé de brazos y me apoyé de espaldas en el fregadero.

—No he dicho que no quisiera ir. De hecho, creo que sería divertido si fuéramos los cuatro.

Abby dio un paso atrás cuando todos la miramos.

—¿Por qué no podemos quedarnos aquí?

A mí me pareció bien.

América se hundió de hombros y Shepley se inclinó hacia Abby.

—Porque tengo que ir, Abby —le explicó Shepley—. Soy un novato. Tengo que asegurarme de que todo vaya bien, de que todo el mundo tenga una cerveza en la mano, de ese tipo de cosas.

Abby se agobió. Estaba claro que no quería ir, pero lo que me dio miedo fue que no podía decirle que no a América y que Shepley estaba dispuesto a decir cualquier cosa para que fuera su novia. Si Abby no iba conmigo, podía terminar pasando la tarde, o incluso la noche, con uno de mis hermanos de fraternidad. No eran mala gente, pero había oído lo que se contaban entre sí y no podía soportar imaginarme lo que hablarían de Abby.

Crucé la cocina y rodeé a Abby por los hombros con los brazos.

—Vamos, Paloma. ¿Vienes conmigo?

Abby miró a América y luego a Shepley. Solo pasaron unos cuantos segundos hasta que me miró a mí a los ojos, pero me dio la impresión de que era una puta eternidad.

Cuando nos cruzamos la mirada, sus muros se vinieron abajo.

—Sí —me dijo con un suspiro.

No hubo entusiasmo alguno en su voz, pero no me importó. Iba a la fiesta conmigo y saber eso me permitió volver a respirar.

América soltó un grito de los que suelen soltar las chicas, aplaudió un poco y luego agarró a Abby para abrazarla.

Shepley me miró con una sonrisa de agradecimiento y luego le sonrió a Abby.

—Gracias —le dijo a la vez que le ponía una mano en la espalda.

Nunca había visto a nadie sentirse tan desgraciada por salir conmigo, aunque lo cierto era que no le desagradaba que yo fuera su pareja.

Las chicas terminaron de arreglarse y se marcharon para llegar a la clase de las ocho. Shepley se quedó para limpiar los platos, contento de haberse salido con la suya por fin.

—Oye, gracias. No pensé que América fuera a ir.

—¿Qué coño pasa? ¿Intentan que Abby salga con alguien?

—No. Bueno, puede que América sí. No lo sé. ¿Qué importa?

—Importa.

—¿De verdad?

—No..., no lo hagan, ¿de acuerdo? No quiero verla metida en un rincón oscuro con Parker Hayes.

Shepley asintió mientras limpiaba los restos de huevo del sartén.

—Ni con ningún otro.

—¿Y?

—¿Cuánto crees que va a durar esto?

Fruncí el ceño.

—No lo sé. Todo lo que pueda. Lo único que quiero es que no me jodan.

—Travis, ¿la quieres o no? A mí me parece que intentar lo que sea con tal de que no salga con otros cuando ni siquiera están juntos es una putada.

—Solo somos amigos.

Shepley me miró con una sonrisa burlona.

—Los amigos hablan del polvo que han echado un domingo. No sé por qué, pero no veo que eso pase entre ustedes.

—No, pero eso no significa que no podamos ser amigos.

Shepley alzó las cejas incrédulo.

—Sí que significa eso.

No se equivocaba, pero yo no quería admitirlo.

—Es que...

Me callé y me giré para mirarle a la cara. Shepley era el menos indicado para juzgarme y criticarme, pero me parecía una debilidad admitir lo que había estado pensando y la frecuencia con la que Abby se colaba en mis pensamientos. Shepley lo entendería, pero eso no hacía que me sintiera mejor respecto a expresar mis sentimientos en voz alta.

—Tiene algo que necesito. Eso es todo. ¿Tan raro es que piense que es genial y que no quiera compartirla?

—No puedes compartirla si no es tuya.

—Shep, ¿qué sé yo de salir con una chica? Lo tuyo. Tus relaciones retorcidas, obsesivas y necesitadas de cariño. Si conoce a otro y empieza a salir con él, la perderé.

—Sal tú con ella.

Negué con la cabeza.

—Todavía no estoy preparado.

—¿Por qué no? ¿Tienes miedo? —me preguntó Shepley al mismo tiempo que me tiraba el trapo de la cocina a la cara.

El trapo cayó al suelo y acabó retorcido y apretado entre mis manos mientras lo movía de un lado a otro.

—Shepley, ella es distinta. Es buena.

—¿Y qué estás esperando?

Me encogí de hombros.

—Supongo que a tener otra razón.

Shepley torció la boca en una mueca de disgusto y luego se agachó para encender el lavavajillas. El sonido de los mecanismos y de los fluidos que los recorrían llenó la cocina y Shepley se dirigió hacia su cuarto.

—¿Sabes? Dentro de poco es su cumpleaños. Mare quiere organizar algo.

—¿El cumpleaños de Abby?

—Sí. Creo que es dentro de menos de una semana.

—Bueno, pues tenemos que hacer algo. ¿Sabes lo que le gusta? ¿América tiene pensado algo? Creo que será mejor que le compre algo. ¿Qué coño le compro?

Shepley me sonrío mientras todavía cerraba la puerta.

—Ya se te ocurrirá algo. La clase empieza dentro de cinco minutos. ¿Vienes en el Charger?

—No. Voy a ver si consigo que Abby se suba otra vez conmigo en la moto. Va a ser lo más cerca que esté de meterme entre sus piernas.

Shepley soltó una carcajada y cerró del todo la puerta.

Entré en mi cuarto, me puse unos *jeans* y una camiseta. Cartera, teléfono, llaves. No entendía a las mujeres. La rutina de mierda por la que tenían que pasar solo para salir por la puerta les llevaba la mitad de la vida.

Las clases duraron una puta eternidad y, cuando salí, crucé corriendo el campus para llegar al Morgan Hall. Abby estaba en la entrada principal hablando con un tipo y la sangre empezó a hervirme de inmediato. Pocos segundos más tarde, lo reconocí. Era Finch y suspiré aliviado. Estaba esperando que se fumara el cigarrillo y se reía por algo que Finch le contaba. Este no hacía más que mover los brazos de un lado para otro y era obvio que estaba en mitad de una anécdota hiperbólica. Las únicas pausas las hacía para dar caladas al cigarrillo.

Finch le guiñó un ojo a Abby cuando vio que me acercaba. Lo tomé como una buena señal.

—Hola, Travis —me saludó con su voz cantarina.

—Finch —le respondí, pero me volví de inmediato hacia Abby—. Me voy a casa, Paloma. ¿Quieres que te lleve?

—Justo iba a entrar —me respondió sonriendo.

Se me encogió el estómago y hablé antes de pensar:

—¿No te vienes conmigo esta noche?

—Sí, sí que voy, pero necesito coger unas cuantas cosas que dejé.

—¿Como qué?

—Bueno, pues mi hoja de afeitar. ¿Qué más te da?

Joder, cómo me gustaba esta chica.

—Sí, ya va siendo hora de que te depiles las piernas. Han estado arrancándome la piel a tiras.

A Finch casi se le salieron los ojos de las órbitas. Abby frunció el ceño.

—¡Así empiezan los rumores! —Miró a Finch—. Estoy durmiendo en su cama..., pero ¡solo duermo!

—Ya —le respondió Finch con una sonrisa petulante.

Antes de darme cuenta de lo que pasaba, Abby entró y subió dando fuertes pisotones en las escaleras que llevaban a su cuarto. Subí los escalones de dos en dos para alcanzarla.

—Vamos, no te enfades. Solo era una broma.

—Todo el mundo da por sentado que nos acostamos. Tú lo empeoras.

Al parecer, acostarse conmigo por sexo era algo malo. Si todavía me preguntaba si le interesaba hacerlo conmigo, había quedado claro ya: no, evidentemente no.

—¿Y a quién le importa lo que piensen?

—¡A mí, Travis! ¡A mí!

Abrió de golpe la puerta de su cuarto de la residencia y corrió de un lado a otro abriendo y cerrando cajones para meter cosas en su bolsa. De repente, me invadió una tremenda y asfixiante sensación de pérdida, una de esas en las que te echas a llorar o a reír. Se me escapó una pequeña risa.

Los ojos grises de Abby se ensombrecieron y los fijó en mí.

—No tiene ninguna gracia. ¿Quieres que toda la universidad crea que soy una de tus zorras?

¿Mis zorras? No eran mías. Por eso eran zorras.

Le quité la bolsa de las manos. Aquello no iba nada bien. Para ella, que la relacionaran conmigo, y mucho más que dijeran que tenía una relación conmigo, significaba que su reputación se podía hundir. ¿Por qué quería seguir siendo mi amiga si se sentía así?

—Nadie piensa eso. Y si alguien lo hace, será mejor que no me entere.

Mantuve la puerta abierta y ella la cruzó a grandes zancadas. Justo cuando estaba cerrando la puerta para empezar a seguirla, se detuvo en seco y me obligó a mantenerme en equilibrio sobre la punta de los pies para evitar chocar de frente con ella. La puerta se cerró a mi espalda y eso me terminó de empujar contra ella.

—¡Eh! —se me escapó cuando choqué con Abby y se dio la vuelta.

—¡Dios! —Al principio creí que el golpe le había hecho daño. La expresión asombrada de su cara me preocupó durante un momento, pero siguió hablando—. La gente debe de pensar que estamos juntos y que tú sigues sin ninguna vergüenza con tu... estilo de vida. ¡Debo parecer patética! —Se quedó callada, horrorizada por la conclusión a la que acababa de llegar y luego meneó la cabeza en un gesto negativo—. No creo que deba seguir quedándome contigo. De hecho, creo que deberíamos mantenernos alejados el uno del otro durante un tiempo.

Le agarré la bolsa y se la quité.

—Nadie piensa que estamos juntos, Paloma. No tienes que dejar de hablar conmigo para demostrarlo.

Me sentía un poco desesperado, lo que para mí fue tremendamente inquietante.

Abby tiró de la bolsa, pero me mostré decidido y no la solté. Tras unos cuantos tirones, lanzó un gruñido de frustración.

—¿Alguna vez se había quedado una chica, y me refiero a una que solo fuera tu amiga, a vivir contigo en tu casa? ¿Alguna vez habías llevado y traído a chicas de su casa a la universidad?

¿O habías comido con alguna todos los días? Nadie sabe qué pensar de nosotros, ¡aunque se lo expliquemos!

Me dirigí al estacionamiento con su bolsa, sin dejar de pensar con toda la rapidez que era capaz.

—Lo arreglaré, ¿está bien? No quiero que nadie piense mal de ti por mi culpa.

Abby siempre era un misterio para mí, pero la mirada apenada que se veía en sus ojos me tomó completamente por sorpresa. Me resultó tan angustiosa que en ese momento deseé poder hacer cualquier cosa para lograr que sonriera. Movía y entrelazaba los dedos sumamente nerviosa y estaba claro que se encontraba alterada. Eso me disgustó tanto que me arrepentí de todo lo que había hecho que pudiera parecer moralmente cuestionable, porque eso era otra cosa que se interponía entre nosotros.

Fue entonces cuando me di cuenta: como pareja, no funcionaríamos. No importaba lo que hiciera ni cómo consiguiera ganarme su afecto, jamás sería lo bastante bueno para ella. No quería que acabara con alguien como yo. Tendría que conformarme con los pocos ratos que pudiera pasar con ella.

Admitir aquello me resultó tan difícil como tragarme una medicina amarga, pero, al mismo tiempo, una voz familiar me susurró desde los rincones más oscuros de mi mente que debía luchar por aquello que quería. Luchar me parecía mucho más fácil que tomar la otra alternativa.

—Déjame compensarte. ¿Por qué no vamos a The Dutch esta noche?

The Dutch era un antro, pero estaba menos abarrotado que el Red. No había tantos buitres dando vueltas.

—Pero si es un bar de motociclistas —me contestó con el ceño fruncido.

—Vale, pues entonces vayamos al club. Te llevaré a cenar y después podemos ir al Red Door. Yo invito.

—¿Cómo arreglará el problema que salgamos a cenar y después vayamos a un club? Que la gente nos vea juntos solo empeorará la situación.

Terminé de asegurar su bolsa en la parte trasera de la moto y luego me subí. Esta vez no discutió por la bolsa. Era algo esperanzador.

—Piénsalo. ¿Yo, borracho, en un sitio lleno de mujeres ligeras de ropa? La gente no tardará mucho tiempo en darse cuenta de que no somos pareja.

—¿Y qué se supone que tengo que hacer yo? ¿Llevarme a un chico del bar a casa para que todo quede bien claro?

Torcí el gesto. La idea de que saliera con otro tipo me hizo apretar los dientes, como si me hubiera llenado la boca de vinagre.

—No he dicho eso. No hay necesidad de perder la cabeza.

Puso los ojos en blanco y luego se subió a la moto. Me rodeó la cintura con los brazos.

—¿Una chica cualquiera nos seguirá a casa desde el bar? ¿Así piensas compensarme?

—¿Acaso estás celosa, Paloma?

—¿Celosa de quién? ¿De la imbécil con alguna infección de transmisión sexual a la que echarás por la mañana?

Me eché a reír y puse en marcha la moto. Si ella supiera lo imposible que era eso... Cuando estaba cerca, todas las demás chicas desaparecían. Tenía que utilizar toda mi concentración en mantenerme un paso por delante de ella.

Le comentamos a América y a Shepley lo que teníamos pensado y las chicas comenzaron su ritual de preparativos. Fui el primero en meterme a la ducha y me di cuenta demasiado tarde de que debería haber sido el último, porque las chicas tardaban mucho más que Shepley y yo en arreglarse.

Shepley, América y yo pasamos una eternidad esperando a que Abby saliera del cuarto de baño, pero cuando por fin lo hizo, casi me caigo. El vestido negro y corto hacía que sus piernas fueran interminables. Sus tetas parecían jugar a ser el cuco de un reloj, porque se hacían notar muy bien cuando se giraba de cierto modo, y sus largos rizos le caían por un lado en lugar de sobre el pecho.

No recordaba que estuviera tan morena, pero la piel tenía un brillo muy saludable en contraste con el tejido negro del vestido.

—Bonitas piernas —le comenté.

Me sonrió.

—¿Te dije que es una hoja de afeitar mágica?

La magia no tenía nada que ver. Estaba preciosa.

—Me parece que no ha sido la hoja de afeitar.

La tomé de la mano para salir por la puerta y nos dirigimos al coche de Shepley. No se soltó y se la sostuve hasta que llegamos al Charger. No me pareció bien soltársela antes. Cuando llegamos al restaurante de sushi, entrelacé mis dedos con los de ella mientras entrábamos.

Pedí una ronda de sake y luego otra. Sabía que América tenía un carné de identidad falso y me sentí impresionado cuando Abby sacó el suyo como una campeona.

En cuanto el camarero terminó de revisarlos y se marchó, se lo quité de la mano. Tenía su fotografía en una esquina y todo parecía perfectamente legal. Nunca había visto un documento de identidad de Kansas, pero ese no tenía fallo alguno. El nombre que aparecía era Jessica James y, por alguna razón, eso me excitó. Y mucho.

Abby intentó quitármelo y se me escapó de los dedos, pero lo atrapó al vuelo y se lo guardó en la cartera en cuestión de segundos.

Me sonrió y le respondí con otra sonrisa al mismo tiempo que me apoyaba en los codos.

—¿Jessica James?

Me copió la postura apoyándose en los codos y mirándome fijamente a los ojos. Se mostraba confiada. Era muy atractiva.

—Sí. ¿Y qué?

—Un nombre interesante.

—Sí, como llamar California Roll a un tipo de sushi. No seas tonto.

Shepley se echó a reír a carcajadas, pero se detuvo en seco cuando América se bebió media cerveza de un trago.

—Con cuidado, cariño. El sake tarda en subirse a la cabeza.

América se limpió la boca y le sonrió.

—Ya he bebido sake antes, Shep. Deja de preocuparte.

Cuanto más bebimos más ruidosos nos pusimos. A los camareros no pareció importarles, pero probablemente se debió a que era tarde y que había pocos clientes, y al otro lado del restaurante, y estaban casi tan borrachos como nosotros. Excepto Shepley. Le importaba demasiado su coche para beber más de la cuenta cuando iba a conducir y quería mucho más a América que a su coche. Cuando empezó a salir con ella, no solo comenzó a controlar cuánto bebía, sino también a cumplir todas las normas de tráfico y a utilizar las intermitentes.

Lo tenía completamente dominado.

El camarero trajo la cuenta y yo puse unos cuantos billetes en la mesa. Le di a Abby unos cuantos codazos leves hasta que se levantó de la mesa. Ella me respondió los codazos con más codazos juguetones y le pasé el brazo por los hombros con un gesto despreocupado mientras caminábamos por el estacionamiento.

América se sentó en el asiento delantero, al lado de su novio, y comenzó a lamerle la oreja. Abby me miró y una vez más puso los ojos en blanco, pero a pesar de verse obligada a ver un espectáculo para mirones se la estaba pasando bien.

Cuando llegamos al Red, Shepley dio dos o tres vueltas entre las filas de coches.

—Estaría bien aparcar en algún sitio esta noche, Shep —murmuró América.

—Oye, tengo que encontrar un sitio ancho. No quiero que algún idiota borracho me raye la pintura.

Quizás era eso. O quizás quería prolongar el baño de saliva que le estaba dando América. Argh.

Shepley paró el coche en un extremo del estacionamiento y ayudé a Abby a bajarse. Se tiró de varios puntos del vestido para colocárselo bien y luego meneó las caderas antes de darme la mano.

—Quería preguntarles por sus documentos de identidad. Son impecables. Por aquí no los consigues así.

Lo sabía muy bien. Yo había comprado unos cuantos.

—Sí, los tenemos desde hace tiempo. Eran necesarios…

¿Para qué coño necesitaría Abby una documentación falsa?

—… En Wichita.

La gravilla crujió bajo nuestros pies mientras caminábamos, y Abby me apretó la mano mientras se tambaleaba sobre los tacones.

América tropezó. Solté a Abby por puro reflejo, pero Shepley la agarró antes de que se cayera al suelo.

—Es bueno tener contactos —comentó América entre risitas.

—Por Dios, mujer —le dijo Shepley sosteniéndola del brazo—. Creo que ya has tenido bastante por esta noche.

Fruncí el ceño preguntándome a qué puñetas se refería.

—¿De qué hablas, Mare? ¿Qué contactos?

—Abby tiene unos viejos amigos que…

—Son carnés de identidad falsos, Trav —dijo Abby interrumpiendo a América antes de que pudiera contestar—. Tienes que conocer a la gente adecuada si quieres que te los hagan bien, ¿verdad?

Miré a América. Sabía que algo no cuadraba, pero ella miró a todos lados menos a mí. Insistir demasiado no me pareció inteligente, sobre todo porque Abby acababa de llamarme Trav. Me encantaría que siguiera haciéndolo. Alargué la mano.

—Sí.

Aceptó la mano y sonrió con el ademán de una timadora. Creía que había conseguido quedarse conmigo. Estaba claro que tendría que volver a abordar ese tema.

—¡Necesito otra copa! —dijo al mismo tiempo que tiraba de mí hacia la gran puerta roja del club.

—¡*Shots*! —gritó América.

Shepley suspiró.

—Ah, sí. Eso es lo que necesitas, otro trago.

Todos se volvieron cuando Abby entró. Incluso los pocos chicos que estaban con sus novias giraron el cuello sin cortarse o se reclinaron más sobre las sillas para mirar durante más tiempo.

«Mierda, va a ser una noche difícil», pensé y apreté con más fuerza la mano de Abby.

Nos acercamos a la barra que estaba más cerca de la pista de baile. Megan estaba entre las sombras humeantes de las mesas de billar. Era su zona de caza habitual. Sus grandes ojos azules se centraron en mí antes incluso de que la reconociera. No me miró durante mucho tiempo. Abby todavía me sostenía la mano y la expresión de Megan cambió en cuanto vio eso. Le hice un gesto de asentimiento y sonrió burlona.

Mi silla habitual estaba libre, pero era la única que lo estaba en toda la barra. Cami me vio llegar seguido de Abby y se echó a reír de inmediato. Luego avisó de mi llegada a la gente que estaba sentada en los taburetes contiguos para advertirles que tendrían que dejarlos libres dentro de poco. Se marcharon sin quejarse.

Pueden decir lo que quieran. Ser un cabrón loco tiene sus ventajas.

Capítulo 7

FURIA

América arrastró a su mejor amiga hacia la pista de baile antes de que llegáramos a la barra. Los excitantes tacones de color rosa de Abby relucían bajo la luz negra y sonreí cuando se echó a reír viendo los movimientos alocados de América al bailar. Recorrí de arriba abajo con la mirada su vestido negro y me detuve a la altura de sus caderas. Tuve que admitir que sabía moverse. Se me ocurrieron un par de ideas y tuve que apartar la vista.

El Red Door estaba bastante lleno. Había caras nuevas, pero la mayoría eran clientes habituales. Cualquiera que entrara por primera vez allí era carne fresca para aquellos de nosotros que no teníamos más imaginación que ir al bar todos los fines de semana. Sobre todo las chicas como Abby y América.

Pedí una cerveza, me bebí la mitad de golpe y luego me volví para seguir observando la pista de baile. No lo hice a propósito ni pensé en que tendría la misma cara que los demás estúpidos que las miraban.

La canción terminó y Abby tiró de América hacia el bar. Las dos estaban sonrientes y jadeantes, y con el sudor justo para estar muy atractivas.

—Será así toda la noche, Mare. Simplemente, ignóralas —le dijo Shepley.

América tenía el rostro torcido en un gesto de disgusto. Miraba a algún punto a mi espalda. Me imaginé quién estaría allí. No sería Megan. No era de las que se quedaban esperando de forma pasiva.

—Parece que Las Vegas ha vomitado un montón de buitres —se burló América.

Miré por encima del hombro y tres miembros de la hermandad de Lexi estaban juntas, hombro con hombro. Otra de ellas estaba a mi lado y me miró con una sonrisa radiante. Las demás también me sonrieron cuando las miré, pero me di la vuelta con rapidez y me bebí de otro trago la media cerveza que me quedaba. Por alguna razón, las chicas que se comportaban así conmigo imitaban bastante a América. Lo cierto era que no podía discutirle la referencia a los buitres.

Encendí un cigarrillo y pedí otras dos cervezas. La rubia que estaba a mi lado, Brooke, sonrió y se mordió el labio. Me quedé quieto, porque no tenía muy claro si se iba a poner a gritar o a abrazarme. Cami abrió las botellas y me las pasó y fue entonces cuando me di cuenta de por qué había puesto esa cara tan ridícula. Alargó una mano hacia una cerveza y se la llevó a la boca, pero la detuve antes de que pudiera beber y se la quité para pasársela a Abby.

—Eh..., no es para ti.

Brooke se alejó enfadada para reunirse con sus amigas. Por el contrario, Abby pareció quedar muy contenta y empezó a beber a grandes tragos masculinos.

—Como si fuera a pagarle una cerveza a una chica cualquiera de un bar —dije.

Pensé que le haría gracia, pero, en lugar de eso, Abby sostuvo la cerveza en alto con expresión hostil.

—Tú eres diferente —le dije sonriendo a medias.

Entrechocó su botella con la mía, pero con un gesto de clara irritación.

—Por ser la única chica con la que un chico sin criterio no quiere acostarse.

Tomó un sorbo, pero le aparté la botella de la boca.

—¿Bromeas? —No me respondió, así que me acerqué para resaltar mis palabras—. En primer lugar..., tengo criterio. Nunca he estado con una mujer fea. Jamás. Y, en segundo lugar, sí querría acostarme contigo. Me he imaginado tirándote sobre mi sofá de cincuenta maneras diferentes, pero no lo he hecho porque ya no te veo de ese modo. Y no porque no me atraigas, sino porque creo que eres mejor que eso.

En su rostro apareció una sonrisa fanfarrona.

—Crees que soy demasiado buena para ti.

Increíble. No lo veía.

—No conozco ni a un solo chico que sea suficientemente bueno para ti.

La fanfarronería desapareció y se vio reemplazada por una sonrisa conmovida y agradecida.

—Gracias, Trav.

Dejó la botella de cerveza vacía en la barra. Era muy capaz de bebérselas sin problemas cuando quería. Normalmente habría considerado beber así un comportamiento un poco descuidado, pero ella lo hacía con tanta confianza... No sé... Todo lo que hacía me parecía atractivo.

Me puse de pie y la agarré de una mano.

—Vamos —le dije al mismo tiempo que tiraba de ella hacia la pista de baile, y me siguió.

—¡He bebido mucho! ¡Me voy a caer!

Una vez en la pista de baile, le puse las manos en las caderas y tiré de ella hacia mí hasta que no quedó hueco alguno entre nuestros cuerpos.

—Cállate y baila.

Dejó de reírse y de sonreír, y empezó a mover el cuerpo contra el mío al ritmo de la música. No pude quitarle las manos de encima. Cuanto más cerca estábamos más cerca necesitaba estar de ella. Tenía su cabello en el rostro y, aunque ya había bebido lo suficiente como para toda una noche, todavía tenía todos los sentidos alerta. El modo en el que rozaba su culo contra mí, los diferentes movimientos y direcciones que tomaban sus caderas con la música, el modo en el que apoyaba la espalda en mi pecho y dejaba la cabeza sobre mi hombro. Ansié llevármela a un rincón oscuro y probar el interior de su boca.

Abby se giró hacia mí con una sonrisa llena de picardía. Me puso las manos en los hombros y luego bajó con la punta de los dedos por el pecho y el estómago. Casi enloquecí y ansié hacerla mía en ese mismo momento y lugar. Se puso de nuevo de espaldas a mí y el corazón me latió a mayor velocidad todavía contra las costillas. Estaba más cerca de mí de ese modo. La agarré por las caderas y la apreté contra mí.

Luego le rodeé la cintura con los brazos y metí la cara entre sus rizos. Me sentí arrebatado por la combinación de su sudor y de su perfume. De mi cabeza desapareció todo pensamiento racional. La canción se acababa, pero Abby no mostró señal alguna de parar.

Se echó hacia atrás y volvió a apoyarme la cabeza en un hombro. Parte del cabello cayó hacia un lado y eso dejó a la vista la piel reluciente del cuello. Perdí toda la fuerza de voluntad. Puse los labios en el delicado punto situado justo detrás de la oreja. No pude evitar seguir adelante y abrí la boca para que mi lengua notara la humedad salada de su piel.

Abby se puso completamente tensa y se apartó.

—¿Qué pasa, Paloma? —le pregunté.

No pude evitar que se me escapara una risa. Parecía a punto de soltarme un bofetón. Creía que nos la estábamos pasando bien y resulta que estaba más enfadada de lo que la había visto nunca.

En lugar de estallar, se volvió y se abrió paso a empujones hasta llegar a la barra. La seguí. Sabía que no tardaría en enterarme exactamente de qué era lo que había hecho mal.

Me senté en el taburete vacío que había a su lado y vi que Abby le hacía una seña a Cami para que le sirviera otra cerveza. Pedí otra para mí y luego me quedé mirando cómo se bebía la mitad de la suya de un trago. La botella tintineó cuando la dejó con fuerza sobre la barra.

—¿Crees que esto cambiará la opinión de alguien sobre nosotros?

Solté una risa. Después de todos esos roces y meneos contra mi pene, ¿de repente le preocupaban las apariencias?

—Me importa un pimiento lo que piensen de nosotros.

Me fulminó con la mirada y luego se volvió hacia delante.

—Paloma —le dije al mismo tiempo que le tocaba el brazo.

Se apartó con un gesto brusco.

—No, nunca podría emborracharme lo suficiente como para dejar que me llevaras a ese sofá.

Una rabia instantánea se apoderó de mí. Jamás la había tratado de ese modo. Jamás. Ella me había provocado. Yo solo le había dado un par de besitos en el cuello ¿y se enojaba por eso?

Me dispuse a contestarle, pero antes de que pudiera, Megan apareció a mi lado.

—Vaya, vaya, si es Travis Maddox.

—Hola, Megan.

Abby se quedó mirando a Megan. Era evidente que la había agarrado por sorpresa. Megan era una veterana a la hora de poner la situación a su favor.

—¿No me presentas a tu novia? —me preguntó sonriente.

Sabía muy bien que Abby no era mi novia. Lección número uno para zorras: si el hombre que te gusta tiene una cita o está con una amiga, oblígale a admitir la falta de compromiso serio. Eso crea inseguridad e inestabilidad.

Sabía cómo iba a acabar aquello. Mierda, si Abby estaba convencida de que yo era un estúpido de marca mayor, daba igual que me comportara como si lo fuera. Empujé la cerveza a lo largo de la barra hasta que cayó por el borde y entró con un chasquido de cristales rotos en el cubo de basura que había en ese extremo.

—No es mi novia.

Agarré de la mano a Megan haciendo caso omiso a propósito de la reacción de Abby y la llevé hacia la pista de baile. Megan no se opuso y caminamos balanceando los brazos hasta que llegamos a la pista. Siempre era divertido bailar con Megan. No sentía vergüenza alguna y me dejaba hacerle todo lo que yo quisiera, tanto fuera como dentro de la pista de baile. Como era habitual, los demás dejaron de bailar para mirarnos.

Normalmente montábamos un espectáculo, pero esa noche me sentía especialmente lascivo. El cabello negro de Megan me azotó la cara varias veces, pero yo estaba adormecido. La cogí en brazos y ella me rodeó las caderas con las piernas para luego echarse hacia atrás agarrada con las manos a mi cuello. Sonrió mientras le daba unos cuantos empujones con las caderas delante de todo el bar. Cuando dejé que pusiera de nuevo los pies en el suelo, se dio la vuelta, se inclinó y se agarró los tobillos con las manos.

Yo tenía el rostro cubierto de sudor. Megan tenía la piel tan húmeda que las manos se me resbalaban cada vez que intentaba tocarla. Tenía la camiseta empapada y yo también. Se inclinó hacia mí con la boca ligeramente entreabierta para darme un beso, pero me eché hacia atrás para mirar a la barra.

Lo vi en ese momento. Ethan Coats. Abby estaba inclinada hacia él con esa sonrisa borracha y coqueta de «llévame a tu casa» que me resultaba tan fácil detectar en multitud de mujeres.

Dejé a Megan en la pista de baile y atravesé el gentío que se había agolpado a nuestro alrededor. Ethan alargó la mano para tocarle la rodilla justo antes de que llegara a la altura de Abby.

Recordé de lo que se había librado el año anterior y cerré el puño al mismo tiempo que me interponía entre ellos dando la espalda a Ethan.

—¿Estás lista, Paloma?

Abby me puso la mano en el estómago y me apartó a un lado. Sonrió en cuanto estuvo de nuevo frente a Ethan.

—Estoy en medio de una conversación, Travis.

Sostuvo un momento en alto la mano al notársela mojada y se la limpió de un modo ostentoso en el vestido.

—¿Acaso conoces a este tipo?

Su sonrisa se hizo más amplia.

—Es Ethan.

Ethan me tendió una mano.

—Me alegro de conocerte.

No fui capaz de apartar los ojos de Abby mientras ella miraba fijamente al cabrón retorcido que tenía delante. No hice caso de la mano de Ethan y me quedé esperando a que Abby recordara que yo estaba allí.

Me señaló con un gesto displicente.

—Ethan, este es Travis.

Se mostró mucho menos entusiasta a la hora de presentarme a mí, lo que me enojó todavía más.

Miré fijamente a Ethan y luego su mano.

—Travis Maddox —le dije con una voz tan baja y amenazante como pude emitir.

Ethan abrió los ojos de par en par y apartó la mano con torpeza.

—¿Travis Maddox? ¿El Travis Maddox de Eastern?

Alargué la mano detrás de Abby para apoyarme en la barra.

—¿Sí? ¿Qué pasa?

—Te vi luchar con Shawn Smith el año pasado. ¡Pensé que iba a ver morir a alguien!

Entrecerré los ojos y apreté los dientes.

—¿Quieres verlo de nuevo?

Ethan soltó una risotada y nos miró a Abby y a mí. Cuando se dio cuenta de que lo estaba diciendo en serio, sonrió incómodo y se marchó.

—¿Estás lista ahora? —le bufé.

—Eres un auténtico imbécil, ¿lo sabías?

—Me han llamado cosas peores.

Le tendí una mano y ella la aceptó. Dejó que la ayudara a bajarse del taburete. No habría podido bajar sola tan borracha.

Silbé alto para llamar la atención de Shepley. Cuando me vio la cara, supo de inmediato que había llegado la hora de irse. Me abrí paso con el hombro y empujé golpeando a unos cuantos clientes para desahogarme hasta que Shepley nos condujo a la salida y tomó la delantera.

Una vez fuera, intenté coger de la mano a Abby, pero la apartó de un tirón. Me giré en redondo para gritarle a la cara:

—¡Debería besarte ya y acabar con esto! ¡Esto es ridículo! Te besé en el cuello ¿y qué?

Abby se echó hacia atrás, pero como no consiguió suficiente espacio con eso, me empujó. No importaba lo encabronado que estuviera, no me tenía miedo. Me parecía algo muy atractivo.

—No soy tu amiga con derecho a roce, Travis.

Meneé la cabeza asombrado. No se me ocurría nada que me ayudara a quitarle esa idea de la cabeza, si es que era posible. Me resultó especial desde el mismo momento que la vi y había procurado hacérselo ver con cada ocasión que tuve. ¿Cómo podría conseguir que se diera cuenta de una vez? Ya no sabía cómo tratarla de un modo más diferente a las demás.

—¡Nunca he dicho que lo fueras! ¡Estás conmigo las veinticuatro horas, siete días a la semana, duermes en mi cama, pero la mitad del tiempo actúas como si no quisieras que te vieran conmigo!

—Pero ¡si he venido aquí contigo!

—Siempre te he tratado con respeto, Paloma.

—No, me tratas como si te perteneciera. ¡No tenías derecho a espantar a Ethan así!

—¿Sabes quién es Ethan? —Cuando negó con la cabeza, me acerqué más—. Pues yo sí. El año pasado lo arrestaron por agresión sexual, pero retiraron los cargos.

Se cruzó de brazos.

—Oh, ¿entonces tienen algo en común?

Lo vi todo rojo y, durante menos de un segundo, la rabia se apoderó completamente de mí. Inspiré profundamente para tranquilizarme.

—¿Me estás llamando violador?

Abby se quedó callada y su titubeo hizo que la rabia desapareciera del todo. Era la única que tenía ese efecto sobre mí. Las demás veces que había estado rabioso le había propinado un puñetazo a algo o a alguien. Jamás le pegaría a una mujer, pero no habría dudado en pegarle un porrazo a la camioneta que teníamos a un lado.

—No, simplemente estoy enojada contigo —me respondió y apretó los labios.

—He estado bebiendo, ¿sí? Tu piel estaba a dos centímetros de la mía, eres guapa y hueles increíblemente bien cuando sudas. ¡Te besé, lo siento! ¡Supéralo!

Mi respuesta hizo que se quedara callada otra vez y luego empezó a sonreír.

—¿Crees que soy guapa?

Fruncí el ceño. Qué pregunta más estúpida.

—Eres una preciosidad y lo sabes. ¿Por qué sonríes?

Cuanto más intentaba no sonreír más lo hacía.

—Por nada. Vámonos.

Solté una risa y meneé la cabeza.

—¿Qué? ¿Cómo? ¡Eres un auténtico dolor de cabeza!

Abby sonreía de oreja a oreja por el cumplido y por el hecho de que había pasado de comportarme como un psicópata a actuar como un bobo en menos de cinco minutos. Intentó dejar de sonreír, pero eso me hizo sonreír a mí. Le rodeé el cuello con un brazo y deseé con todas mis fuerzas besarla.

—Me vuelves loco. Lo sabes, ¿no?

El viaje de vuelta a casa fue tranquilo y, cuando por fin llegamos al apartamento, Abby entró directamente en el cuarto de baño para ducharse. Estaba demasiado aturdido como para ponerme a rebuscar entre sus cosas, así que agarré un par de mis pantalones cortos y una camiseta. Llamé a la puerta, pero no me contestó, de modo que la abrí, entré y dejé la ropa en el lavabo antes de marcharme. Tampoco tenía muy claro qué decirle.

Entró en mi habitación envuelta por mi ropa y se desplomó en la cama, todavía con una leve sonrisa en la cara.

Me quedé mirándola durante un momento y ella me devolvió la mirada. Estaba claro que se preguntaba en qué estaría pensando yo. El problema era que ni yo mismo lo sabía. Bajó lentamente la mirada hasta mis labios y entonces me di cuenta.

—Buenas noches, Paloma —le susurré y me di la vuelta mientras me maldecía como nunca.

Estaba muy borracha y no pensaba aprovecharme de eso. Y menos después de que me perdonara el espectáculo que había dado con Megan.

Abby se removió nerviosa durante varios minutos antes de inspirar profundamente.

—¿Trav? —me dijo apoyándose en un codo.

—¿Sí?

Le respondí, pero no me quise mover. Temía que si la miraba a los ojos, todo mi pensamiento racional desaparecería por completo.

—Sé que estoy borracha y que acabamos de tener una enorme pelea, pero…

—No voy a acostarme contigo, así que deja de pedírmelo.

—¿Qué? ¡No!

Me eché a reír y me volví hacia ella. Vi su expresión, dulce y atemorizada.

—¿Qué pasa, Paloma?

—Esto —me dijo y puso la cabeza sobre mi pecho y me abrazó a la altura del estomago para atraerme hacia ella.

No era lo que me esperaba. En absoluto. Levanté las manos, sin saber qué hacer.

—Estás borracha.

—Lo sé —admitió sin vergüenza alguna.

No me importó lo mucho que se enojara por la mañana, no pude decirle que no. Me relajé, le puse una mano en la espalda y otra en el cabello mojado antes de darle un beso en la frente.

—Eres la mujer más imprevisible que he conocido nunca.

—Es lo menos que puedes hacer después de espantar al único chico que se me ha acercado hoy.

—¿Te refieres a Ethan, el violador? Sí, te debo una.

—No importa —me contestó al mismo tiempo que empezaba a apartarse.

Reaccioné de inmediato. Sujeté su brazo sobre mi estómago.

—No, lo digo en serio. Tienes que tener más cuidado. Si no hubiera estado allí... Ni siquiera quiero pensar en ello. ¿Y esperas que me disculpe por hacer que te dejara en paz?

—No quiero que te disculpes. Ni siquiera se trata de eso.

—Entonces, ¿qué pasa? —le pregunté.

Jamás había suplicado nada en mi vida, pero le supliqué en silencio que me dijera que me quería. Que yo le importaba. Algo. Estábamos tan cerca... Solo faltaban un par de centímetros para que nuestros labios se besaran y me resultó toda una hazaña mental no ceder a esos dos centímetros.

Frunció el ceño.

—Estoy borracha, Travis. Es la única excusa que tengo.

—¿Quieres que te abrace hasta que te quedes dormida?

No me respondió.

Me giré para mirarla directamente a los ojos.

—Debería decirte que no para corroborar mi postura. —Arqueé las cejas—. Pero después me odiaría si me negara y no volvieras a pedírmelo.

Colocó la mejilla sobre mi pecho. La tenía abrazada con fuerza, así que me costó contenerme.

—No necesitas ninguna excusa, Paloma. Solo tienes que pedirlo.

Capítulo 8

EL PAÍS DE OZ

Abby se durmió mucho antes que yo. Su respiración se volvió más pausada y su cuerpo se relajó contra el mío. Su piel era tibia y de su nariz salía un levísimo zumbido cada vez que inhalaba. La sensación que me provocaba su cuerpo en mis brazos era demasiado buena. Era algo a lo que me podría acostumbrar con mucha facilidad. A pesar del miedo que me dio esa sensación, fui incapaz de apartarme.

Ya conocía un poco a Abby, así que sabía que se despertaría, que recordaría que era una tipa dura y que me gritaría por permitir que ocurriera algo así o, peor aún, decidiría que no volvería a pasar jamás.

No era tan estúpido como para tener esperanza alguna, ni tenía la fuerza de voluntad suficiente para impedir sentir lo que sentía. Toda una revelación. Después de todo, no era tan duro. No en lo que se refería a Abby.

Empecé a respirar con más tranquilidad, y mi cuerpo se hundió en el colchón, pero me resistí al cansancio que poco a poco se iba apoderando de mí. No quería cerrar los ojos y perderme ni un segundo de la sensación que era tener a Abby tan cerca.

Se movió y me quedé completamente inmóvil. Me apretó los dedos contra la piel y luego se acurrucó otra vez contra mí antes de relajarse de nuevo. Le besé el cabello y apoyé la mejilla en su frente.

Cerré los ojos un momento y respiré profundamente.

Abrí los ojos otra vez y ya había amanecido. Joder. Sabía que no tenía que haberlos cerrado.

Abby se estaba retorciendo para intentar salir de debajo de mí. Tenía mis piernas encima de ella y todavía la tenía agarrada con un brazo.

Salió de debajo de mí, una extremidad tras otra, y luego se sentó en el borde de la cama, desde donde suspiró.

Deslicé la mano sobre la cama y toqué la punta de sus pequeños y delicados dedos. Estaba de espaldas a mí y no se dio la vuelta.

—¿Qué pasa, Paloma?

—Voy por un vaso de agua. ¿Quieres algo?

Negué con la cabeza y cerré los ojos. O iba a fingir que no había pasado nada o estaba enojada. Ninguna de las dos opciones era buena.

Abby salió y yo me quedé tumbado un rato más. Me esforcé por encontrar un motivo para levantarme. Las resacas son una putada y la cabeza me iba a estallar. Oí la voz apagada de Shepley, así que decidí sacar el culo de la cama.

Mis pies descalzos resonaron sobre el suelo de madera cuando me dirigí a la cocina. Abby estaba de pie con mis pantalones cortos y mi camiseta, y se dedicaba a llenar de jarabe de chocolate un cuenco humeante de cereales.

—Eso es asqueroso, Paloma —gruñí mientras intentaba librarme de la bruma que me cubría los ojos.

—Buenos días a ti también.

—He oído que se acerca tu cumpleaños. El último de tus años de adolescencia.

Torció el gesto al verse tomada por sorpresa.

—Sí…, bueno, no me van los cumpleaños. Creo que Mare piensa llevarme a cenar o algo así. —Me sonrió—. Puedes apuntarte, si te apetece.

Me encogí de hombros y me esforcé por fingir que aquella sonrisa no me había encantado. Quería que fuera.

—Perfecto. ¿Es dentro de una semana contando desde el domingo?

—Sí. ¿Y cuándo es el tuyo?

—En abril. El 1 de abril —le contesté mientras echaba leche en mis cereales.

—¿En serio?

Tomé una cucharada, divertido por su incredulidad.

—Lo digo en serio.

—¿Tu cumpleaños es el Día de los Inocentes*?

Me eché a reír. La expresión de su cara no tenía precio.

—¡Sí! Vas a llegar tarde. Será mejor que te vistas.

—Mare me va a llevar en coche.

Ese pequeño rechazo fue más difícil de soportar de lo que debería haber sido normal. Yo la llevaba normalmente a la facultad ¿y ahora se iba con América? Me pregunté si se debía a lo que había pasado por la noche. Probablemente estaba intentando otra vez alejarse de mí y eso era como mínimo decepcionante.

—Tú misma —le contesté al mismo tiempo que me daba la vuelta para que no viera la decepción dibujada en mis ojos.

Las chicas se pusieron las mochilas a toda velocidad y América salió en coche del estacionamiento como si acabara de robar un banco.

Shepley salió de su habitación poniéndose una camiseta. Frunció el ceño.

—¿Ya se han ido?

---

* En el mundo anglosajón, el Día de los Inocentes (April's Fool) se celebra el 1 de abril. *(N. de la T.)*.

—Sí —respondí sin prestarle mucha atención.

Limpié mi cuenco y tiré los restos del desayuno de Abby por el fregadero. Apenas había comido nada.

—Joder, ¿y eso? Mare ni siquiera se ha despedido.

—Ya sabes que iba a clase. Deja de lloriquear.

Shepley se señaló a sí mismo a la altura del pecho.

—¿Que yo deje de lloriquear? ¿Te has olvidado de anoche?

—Cierra el pico.

—Eso me parecía. —Se sentó en el sofá y se puso los tenis—. ¿Le has hablado a Abby de su cumpleaños?

—No me ha contado mucho, aparte de que no le gustan mucho los cumpleaños.

—Entonces, ¿qué vamos a hacer?

—Hacerle una fiesta. —Shepley asintió y esperó a que me explicara—. Se me ha ocurrido que podríamos darle una sorpresa. Invitamos a algunos de nuestros amigos y que América la saque un rato.

Shepley se puso su gorra de béisbol blanca y se la bajó tanto sobre las cejas que apenas se le veían los ojos.

—Seguro que puede hacerlo. ¿Algo más?

—¿Qué te parece un cachorro?

Shepley soltó una risa.

—No sé, no es mi cumpleaños.

Rodeé la encimera del desayuno y me apoyé en el taburete.

—Lo sé, pero vive en los alojamientos para estudiantes de la universidad. No puede tener un cachorro allí.

—¿Que nos lo quedemos nosotros? ¿Lo dices en serio? ¿Qué vamos a hacer con un perro?

—He encontrado en internet un Cairn Terrier. Es perfecto.

—¿Un qué?

—Paloma es de Kansas. Es el mismo tipo de perro que tiene Dorothy, la de *El mago de Oz*.

El rostro de Shepley no mostró expresión alguna.

—*El mago de Oz*.

—¿Qué? A mí me gustaba el espantapájaros cuando era pequeño. Cierra la puta boca.

—Travis, se va a cagar por todos lados. Ladrará y gimoteará... No sé...

—América hace lo mismo..., bueno, menos lo de cagarse.

A Shepley no le divirtió la broma.

—Yo lo sacaré y limpiaré lo que ensucie. Se quedará en mi habitación. Ni siquiera te darás cuenta de que está en la casa.

—No puedes impedir que ladre.

—Piénsalo. Con eso me la ganaré.

Shepley sonrió.

—¿De eso se trata? ¿Te quieres ganar a Abby?

Fruncí un poco el ceño.

—Déjalo ya.

La sonrisa se ensanchó.

—Puedes traer al puñetero perro...

Sonreí. «¡Sí! ¡Gané!».

—... Si admites que sientes algo por Abby.

Ahora sí que fruncí el entrecejo.

«¡Mierda! ¡Perdí!».

—¡Vamos!

—Admítelo —insistió Shepley al mismo tiempo que se cruzaba de brazos.

Qué chantajista. Me iba a obligar a decirlo.

Bajé la vista al suelo y miré a todos lados menos a la sonrisa guasona y engreída de Shepley. Me resistí durante unos segundos, pero la idea del cachorro era buenísima. Abby iba a estallar de alegría por una vez y yo podría tenerlo en mi apartamento. Querría venir todos los días.

—Me gusta —dije con los dientes apretados.

Shepley se llevó una mano a la oreja.

—¿Qué? No te oigo bien.

—¡Eres un cabrón! ¿Eso lo has oído bien?

Shepley se cruzó otra vez de brazos.

—Dilo.

—Me gusta, ¿está bien?

—No basta.

—Siento algo por ella. Me importa. Mucho. No puedo soportar no estar cerca de ella. ¿Ya estás contento?

—De momento —me dijo mientras recogía su mochila del suelo. Se la colocó en un hombro y después recogió el celular y las llaves—. Te veo en la comida, mariquita.

—Vete a la mierda —repliqué.

Shepley siempre se comportaba como un idiota en lo que se refería al amor. No iba a dejar de recordarme este momento.

Solo tardé un par de minutos en vestirme, pero toda aquella cháchara había hecho que me retrasara. Me puse la chaqueta de cuero y luego la gorra de béisbol con la visera hacia atrás. La única clase que tenía era Química de segundo curso, así que no era necesario que me llevara la mochila. Alguien me prestaría un boli si había un examen.

Gafas de sol. Llaves. Celular. Cartera. Me puse las botas y cerré la puerta. Bajé a la carrera las escaleras. Montar en la Harley no me atraía tanto sin Abby detrás. Mierda, lo estaba estropeando todo.

Cuando llegué al campus, caminé con un poco más de rapidez de la habitual para conseguir llegar a clase a tiempo. Me senté en mi sitio en el último momento y la profesora Webber puso los ojos en blanco sin sentirse impresionada por mi forma de apurar el paso y probablemente algo irritada por mi falta de material de trabajo. Guiñé un ojo y ella sonrió levemente. Luego meneó la cabeza y volvió a concentrarse en los apuntes que tenía sobre la mesa.

No me hizo falta un boli y, cuando se terminó la clase, me dirigí al comedor.

Shepley estaba esperando a las chicas en medio de la zona de césped. Le quité la gorra y, antes de que pudiera recuperarla, la arrojé como si fuera un *frisbee* por el aire.

—Muy bien, imbécil —me dijo mientras cruzaba el césped para recogerla.

—Perro Loco —dijo alguien a mi espalda.

Supe quién era por la voz ronca y profunda. Adam se nos acercó con expresión seria.

—Estoy organizando una pelea. Atentos, que les llamarán.

—Siempre lo estamos —le contestó Shepley. Era algo parecido a mi representante deportivo. Se encargaba de avisarme y se aseguraba de que estuviera en el lugar adecuado en el momento adecuado.

Adam asintió y luego se marchó a donde quiera que tuviera que ir. Nunca fuimos a la misma clase. Ni siquiera estaba seguro de que fuera a la universidad. Mientras me pagara, la verdad era que no me importaba.

Shepley se quedó mirando cómo se alejaba Adam y luego carraspeó.

—¿Te has enterado?

—¿De qué?

—Han arreglado las calderas del Morgan.

—¿Y?

—Que probablemente América y Abby se marcharán esta tarde. Vamos a estar apurados ayudándolas a llevar todas sus cosas a sus dormitorios.

Me cambió la cara. La idea de que Abby recogiera sus cosas y volviera a su dormitorio del Morgan me sentó como un puñetazo en todo el estómago. Probablemente estaría encantada de irse, sobre todo después de lo ocurrido por la noche. Quizás ni siquiera me volvería a hablar. Por mi mente pasaron un millón de posibilidades, pero no se me ocurrió nada para conseguir que se quedara.

—Oye, ¿estás bien? —me preguntó Shepley.

Las chicas aparecieron riéndose. Probé a sonreírle, pero Abby estaba demasiado avergonzada por algo de lo que América se estaba riendo.

—Hola, encanto —saludó América a Shepley antes de besarle en los labios.

—¿De qué se reían? —quiso saber Shepley.

—Ah, es que un chico se ha pasado toda la hora de la clase mirando a Abby. Ha sido adorable.

—Mientras fuera a Abby a quien miraba... —dijo Shepley con un guiño.

—¿Quién era? —pregunté sin pensarlo.

Abby se recolocó la mochila, que estaba rebosante de libros. El cierre se cerraba con dificultad. Debía de pesar mucho y se la quité del hombro.

—Mare se imagina cosas —dijo poniendo los ojos en blanco.

—¡Abby! ¡Qué mentirosa! Era Parker Hayes y resultaba evidente. Ese chico estaba prácticamente babeando.

Torcí el gesto.

—¿Parker Hayes?

Shepley tiró de la mano de América.

—Vamos a comer. ¿Nos acompañarán a disfrutar de la alta cocina de la cafetería?

América le respondió con otro beso y Abby los siguió, y me hizo un gesto para que hiciera lo mismo. Caminamos en silencio. Se iba a enterar de lo de las calderas arregladas, se trasladarían a Morgan Hall y Parker le pediría que saliera con él.

Parker Hayes era un blandengue, pero me di cuenta de que Abby se sentía interesada por él. Sus padres eran tremendamente ricos, estudiaba medicina y a primera vista era un tipo agradable. Iba a acabar con él. Se me pasó por la cabeza cómo sería el resto de su vida con él y eso fue lo único que consiguió tranquilizarme. La imagen mental de hacerle un tackleo a mi rabia y meterla de un golpe en una caja también ayudó.

Abby colocó su bandeja entre América y Shepley. Vi un sitio vacío unas cuantas sillas más allá y me pareció mejor que intentar mantener una conversación como si no acabara de perderla. Aquello me iba a joder y no sabía qué hacer. Había perdido tanto tiempo con esos juegos… Abby ni siquiera iba a poder conocerme mejor. Joder, incluso si tuviera esa posibilidad, le iría mejor con alguien como Parker.

—¿Estás bien, Trav? —me preguntó Abby.

—¿Yo? Sí, ¿por qué? —le contesté a la vez que me esforzaba por librarme de la sensación de pesadumbre que se había apoderado de cada músculo de mi cara.

—Es que has estado muy callado.

Varios miembros del equipo de fútbol americano se acercaron a la mesa y se sentaron, riéndose de un modo estruendoso. El simple hecho de oírles me daba ganas de propinarle un puñetazo a la pared.

Chris Jenks me lanzó una papa frita al plato.

—¿Qué hay, Trav? He oído que te has tirado a Tina Martin. Hoy ha estado arrastrando tu nombre por el lodo.

—Cierra el pico, Jenks —le dije sin apartar la vista de la comida. Si miraba a ese cara de mierda, quizás acabaría derribándolo de la silla.

Abby se inclinó hacia delante.

—Corta el rollo, Chris.

La miré y, por alguna razón que no fui capaz de explicarme, me enfadé de inmediato. ¿Por qué coño me estaba defendiendo? En cuanto se enterara de lo de las calderas arregladas, me dejaría. No volvería a hablarme. Aunque fuera una estupidez, me sentí traicionado.

—Sé cuidarme solo, Abby.

—Lo siento, solo…

—No quiero que sientas nada, no quiero que hagas nada —la interrumpí.

La expresión de su cara fue la gota que derramó el vaso. Estaba claro que no quería nada conmigo. Yo no era más que un cabrón infantil con el control emocional de un niño de tres años.

Me levanté dando un empujón a la mesa y crucé furioso la puerta. No me paré hasta estar montado en la moto.

Las manetas del manillar chirriaron bajo las palmas de mis manos cuando las moví hacia delante y atrás. Encendí el motor y quité la pata de cabra de la moto de una patada antes de salir a toda velocidad por la calle.

Conduje durante una hora, pero no me sentí mejor. Las distintas calles llevaban a un sitio y, aunque tardé todo ese tiempo en admitirlo, al final cedí y entré en el sendero que llevaba a la casa de mi padre.

Él salió por la puerta principal y se quedó en el porche, desde donde me saludó con la mano.

Subí de un salto los dos escalones del porche y me detuve cerca de donde se encontraba. No dudó en abrazarme contra su costado blando y redondo antes de llevarme hacia el interior.

—Me parecía que ya tocaba una visita —me dijo con una sonrisa cansada.

Tenía los párpados algo caídos sobre las pestañas y la piel bajo los ojos estaba hinchada, a juego con el resto de su cara redonda.

Mi padre estuvo fuera de combate durante varios años después de la muerte de mi madre, y Thomas tuvo que enfrentarse a muchas responsabilidades impropias para un niño de su edad, pero salimos adelante y mi padre finalmente se recuperó. Jamás hablábamos de eso, pero nunca perdía la oportunidad de compensarnos por ello.

Aunque fue una persona triste y agresiva durante la mayor parte de mis años de formación, no le consideraba un mal padre, solo es que estuvo perdido sin su mujer. Ahora sabía cómo se sentía. Yo solo sentía por Paloma una mínima fracción de lo que mi padre había sentido por mi madre y la idea de estar sin ella ya hacía que se me revolvieran las tripas.

Se sentó en el sofá y me señaló el desgastado sillón reclinable.

—¿Y bien? ¿Qué tal si te sientas un rato?

Me senté, pero me removí nervioso mientras pensaba en lo que iba a decir.

Mi padre me miró fijamente durante unos segundos antes de inspirar profundamente.

—¿Pasa algo malo, hijo?

—Es que hay una chica, papá.

Sonrió levemente.

—Una chica.

—Es que me parece que me odia y pienso que…

—¿La amas?

—No lo sé. No lo creo. Bueno, es que… ¿Cómo lo sabes?

Su sonrisa se ensanchó.

—Si hablas con tu padre de ella, es porque ya no sabes qué hacer.

Suspiré.

—Acabo de conocerla. Bueno, hace un mes. No creo que sea amor.

—Bien.

—¿Bien?

—Te creo —dijo sin juzgarme.

—Es que… no creo que sea lo bastante bueno para ella.

Mi padre se inclinó hacia delante y se llevó dos dedos a los labios. Seguí hablando.

—Creo que alguien la ha lastimado sentimentalmente. Alguien como yo.

—Como tú.

—Sí.

Asentí y suspiré. Lo último que quería era contarle a mi padre todo en lo que había estado metido.

La puerta principal se abrió de golpe y golpeó la pared.

—Mira quién ha decidido visitarnos —dijo Trenton con una sonrisa de oreja a oreja. Llevaba dos bolsas de papel marrón agarradas contra el pecho.

—Hola, Trent —le dije mientras me ponía en pie.

Lo seguí hasta la cocina y le ayudé a guardar la compra para mi padre.

Nos turnamos en darnos codazos y empujones. Trenton siempre fue el que más fuerte me pegaba cuando no estábamos de acuerdo, pero también era a quien sentía más cerca de mí, más que a mis otros hermanos.

—Te eché de menos la otra noche en el Red. Cami te manda saludos.

—Estaba ocupado.

—¿Con la chica con la que te vio Cami el otro día?

—Sí.

Saqué del refrigerador un bote vacío de kétchup y unas piezas de fruta con moho y lo tiré todo a la basura antes de volver a la sala de estar.

Trenton rebotó unas cuantas veces cuando se dejó caer en el sofá para sentarse y se palmeó las rodillas.

—¿En qué andas metido, bobo?

—En nada —le contesté mirando de reojo a mi padre.

Trenton miró a nuestro padre y luego me miró a mí.

—¿Interrumpo algo?

—No —le aseguré negando con la cabeza.

Mi padre hizo un gesto tranquilizador con la mano.

—No, tranquilo. ¿Cómo ha ido el trabajo?

—Una mierda. Te dejé el cheque del alquiler en tu cómoda esta mañana. ¿Lo has visto?

Mi padre asintió con la cabeza a la vez que sonreía levemente. Trenton asintió una vez.

—¿Te quedas a cenar, Trav?

—Nops —respondí al mismo tiempo que me ponía de pie—. Creo que me vuelvo a casa.

—Me gustaría que te quedaras, hijo.

Sonreí de medio lado.

—No puedo, pero gracias, papá. Te lo agradezco.

—¿Qué le agradeces? —me preguntó Trenton. Movió la cabeza de un lado a otro como si estuviera viendo un partido de tenis—. ¿Qué me he perdido?

Miré a mi padre.

—Es una paloma. Está claro que es una paloma.

—¡Ah! —dijo mi padre y le brillaron un poco los ojos.

—¿La misma chica?

—Sí, pero me he portado un poco como un imbécil hace un rato. Es que me vuelve algo más loco de lo habitual.

Trenton empezó a sonreír poco a poco, hasta que terminó sonriendo de oreja a oreja.

—¡Hermanito!

—Ni se te ocurra —le advertí frunciendo el ceño.

Mi padre le propinó un manotazo en la nuca.

—¿Qué? ¿Qué he dicho? —gritó Trenton.

Mi padre me siguió hasta el porche y me palmeó la espalda.

—Te aclararás. Estoy seguro. Pero debe de tener algo, eso está claro. No recuerdo haberte visto así nunca.

—Gracias, papá.

Me incliné hacia él y lo rodeé todo lo que pude con los brazos antes de dirigirme hacia la Harley.

Me pareció que el viaje de vuelta a mi apartamento duraba una eternidad. Solo había una leve calidez en el aire, impropia de esa época del año, pero fue algo que agradecí. El cielo nocturno extendía su oscuridad por todos lados, lo que aumentó todavía más mi temor. Vi el coche de América estacionado en su sitio habitual y me invadió de inmediato el nerviosismo. Tuve la sensación de que cada paso que daba me acercaba al corredor de la muerte.

La puerta se abrió de golpe antes de que me diera tiempo de llegar hasta ella. América apareció ante mí con rostro inexpresivo.

—¿Está aquí?

América asintió.

—Está dormida en tu habitación —dijo en voz baja.

Pasé a su lado y me senté en el sofá. Shepley estaba en el sillón y América se dejó caer a mi lado.

—Está bien —me dijo América con voz suave y tranquilizadora.

—No debería haberle hablado así. Me dedico a hacerla enfadar todo lo que puedo y al momento siguiente me aterroriza que llegue a la conclusión de que debe echarme de su vida.

—Confía un poco en ella. Sabe exactamente lo que hace. No es su primera relación complicada.

—Exacto. Se merece algo mejor. Lo sé, pero al mismo tiempo no puedo alejarme de ella. No sé por qué. —Suspiré y me masajeé las sienes con los dedos—. No tiene sentido. Nada de esto tiene sentido.

—Abby lo entiende, Trav. No te tortures —dijo Shepley.

América me dio un codazo suave.

—Ya van juntos a la fiesta de parejas. ¿Qué hay de malo en pedirle que salga contigo? —preguntó América.

—No quiero salir con ella. Solo quiero estar con ella. Es una chica... diferente.

Era mentira. América lo sabía tan bien como yo. La verdad era que, si realmente me importara, la dejaría tranquila de una puñetera vez.

—¿Diferente en qué sentido? —preguntó América con un tono ligeramente irritado.

—No aguanta mis estupideces, es refrescante. Tú misma lo dijiste, Mare. No soy su tipo. Lo que hay entre nosotros... simplemente es diferente.

Aunque lo fuera, no debería serlo.

—Estás más cerca de ser su tipo de lo que tú crees—me dijo América.

La miré fijamente a los ojos. Lo decía muy en serio. Para América, Abby era como una hermana y la protegía como una leona a sus cachorros. Ninguna animaría a la otra a hacer algo que le pudiera resultar dañino. Por primera vez, tuve un atisbo de esperanza.

El suelo de madera del pasillo crujió y todos nos quedamos callados. Oímos cómo se cerraba la puerta de mi dormitorio y, después, las pisadas de Abby por el pasillo.

—Hola, Abby —dijo América con una sonrisa—. ¿Qué tal tu siesta?

—Me he quedado inconsciente durante cinco horas. Ha sido más un coma que una siesta.

Tenía el rímel corrido debajo de los ojos y el pelo apelmazado contra la cabeza. Estaba maravillosa. Me sonrió y me puse en pie. La cogí de la mano y la llevé directamente de vuelta a mi dormitorio. Abby parecía confusa y temerosa, lo que me hizo desear con mayor desesperación disculparme.

—Lo siento mucho, Paloma. Antes me comporté contigo como un idiota.

Relajó los hombros un poco.

—No sabía que estuvieras enfadado conmigo.

—Y no lo estaba. Simplemente tengo la mala costumbre de arremeter contra la gente que me importa. Sé que es una excusa penosa, pero lo siento —le dije mientras la rodeaba con mis brazos.

—¿Y por qué estabas enfadado? —me preguntó al mismo tiempo que apoyaba la mejilla en mi pecho.

Joder, me sentía de maravilla. Si no fuera tan imbécil, le habría explicado que sabía que las calderas ya estaban arregladas y que me atemorizaba la idea de que se marchara y que pasara más tiempo con Parker, pero no pude hacerlo. No quise estropear el momento.

—No importa. Lo único que me preocupa eres tú.

Levantó la mirada y me sonrió.

—Puedo soportar tus rabietas.

La miré fijamente a la cara durante unos momentos y después una leve sonrisa se extendió por mis labios.

—No sé por qué me aguantas y no sé qué sería de mí si no lo hicieras.

Bajó lentamente la mirada de mis ojos hacia mis labios y su respiración se entrecortó. Tenía todos los pelos del cuerpo de punta y no sé si estaba respirando o no. Me incliné hacia delante un centímetro y esperé a ver si protestaba, pero entonces sonó mi puñetero celular y los dos dimos un respingo.

—¿Sí? —pregunté con voz impaciente.

—Perro Loco, Brady estará en el Jefferson dentro de noventa minutos.

—¿Hoffman? Jesús..., está bien. Serán mil dólares fáciles. ¿En el Jefferson?

—En el Jefferson —me confirmó Adam—. ¿Aceptas?

Miré a Abby y le guiñé un ojo.

—Allí estaré. —Colgué, guardé el celular y la agarré de la mano—. Ven conmigo.

La llevé de vuelta al vestíbulo.

—Era Adam —le dije a Shepley—. Brady Hoffman estará en el Jefferson dentro de noventa minutos.

Capítulo 9

APLASTADO

La expresión de Shepley cambió. Se puso completamente serio cuando Adam llamó para anunciar una nueva pelea. Sus dedos teclearon sin parar en el teléfono mandando mensajes a toda su lista de contactos. Cuando Shepley desapareció detrás de la puerta, América abrió unos ojos como platos y sonrió.

—Muy bien. ¡Será mejor que nos preparemos!

América sacó a Abby al pasillo antes de que pudiera decir nada. No hacía falta tanto alboroto. Le patearía el culo al tipo ese, conseguiría dinero para poder pagar los próximos meses de alquiler y las facturas y la vida volvería a la normalidad. Bueno, más o menos a la normalidad. Abby volvería al Morgan Hall y yo ingresaría voluntariamente en la cárcel para no asesinar a Parker.

América le gritó a Abby que se cambiara y Shepley estaba ocupado con el teléfono, con las llaves del Charger en la mano. Se echó hacia atrás para echar un vistazo por el pasillo y puso los ojos en blanco.

—¡Vamos! —gritó.

América corrió por el pasillo pero, en lugar de venir a donde estábamos, se metió en la habitación de Shepley. Este volvió a poner los ojos en blanco, pero sonriendo.

Unos instantes más tarde, América irrumpió en el salón saliendo de la habitación de Shepley con un vestido corto verde y Abby apareció por el pasillo con unos *jeans* ajustados y un top amarillo que dejaba ver cómo le botaban las tetas cada vez que se movía.

—¡Oh, demonios, no! ¿Intentas que me maten? Tienes que cambiarte, Paloma.

—¿Cómo? —me preguntó bajando la mirada; pero los *jeans* no eran el problema.

—Está monísima, Trav. ¡Déjala en paz! —me espetó América.

Llevé a Abby por el pasillo.

—Ponte una camiseta… y unos tenis. Algo cómodo.

—¿Cómo? ¿Por qué? —me preguntó desconcertada.

Me detuve en la puerta.

—Porque si llevas esa camiseta estaré más preocupado de quién te está mirando las tetas que de Hoffman —le aclaré.

Llámenme sexista, pero era verdad. No iba a ser capaz de concentrarme y no estaba dispuesto a perder una pelea por las tetas de Abby.

—Creía que habías dicho que no te importaba ni un comino lo que pensaran los demás —me respondió irritada.

Era incapaz de entenderlo.

—Esto es diferente, Paloma. —Bajé la mirada a sus pechos, que se mostraban orgullosos, realzados por un sostén blanco de encaje.

De repente, no me pareció mala idea cancelar la pelea, aunque solo fuera para poder pasarme toda la noche buscando el modo de conseguir que acabara abrazada y desnuda contra mi pecho.

Me espabilé y volví a mirarla a los ojos.

—No puedes ir así a la pelea, así que, por favor…, simplemente…, por favor, simplemente cámbiate —balbuceé mientras la empujaba dentro de la habitación y cerraba la puerta para quedarme fuera antes de mandarlo todo a la mierda y besarla.

—¡Travis! —gritó desde el otro lado de la puerta.

La oí corretear al otro lado de la puerta y luego lo que probablemente eran sus zapatos volando por la habitación. Por fin la puerta se abrió. Llevaba una camiseta y unos Converse. Todavía provocativa, pero ya, por lo menos, yo no estaría preocupado de quién le estuviese coqueteando y podría ganar mi jodida pelea.

—¿Mejor? —resopló.

—¡Sí! ¡Vámonos!

Shepley y América ya estaban en el Charger saliendo del estacionamiento. Me puse mis gafas de sol y esperé hasta que Abby estuvo lista para arrancar la Harley y meternos por los callejones oscuros.

Una vez que llegamos al campus, conduje por la acera con las luces apagadas y me detuve suavemente detrás del Jefferson.

Cuando llevé a Abby a la puerta de atrás, abrió los ojos y se echó a reír.

—Estás de broma.

—Esta es la entrada VIP. Deberías ver cómo entran los demás.

Bajé de un salto por la ventana abierta al sótano y esperé en la oscuridad.

—¡Travis! —dijo con un tono que estaba entre un grito y un susurro.

—Aquí abajo, Paloma. Mete primero los pies y yo te sujeto.

—¡Estás completamente loco si crees que voy a saltar a la oscuridad!

—¡Yo te recojo! ¡Te lo prometo! ¡Baja ya ese culo aquí!

—¡Esto es una locura! —bufó.

En la penumbra vi sus piernas serpentear por la pequeña abertura rectangular. Incluso después de maniobrar con cuidado, se las arregló para caer en lugar de saltar. Un pequeño grito resonó en las paredes de cemento y después aterrizó en mis brazos. Más fácil que nunca.

—Caes como una chica —le dije mientras la ponía en pie.

Caminamos por el oscuro laberinto del sótano hasta que llegamos a la habitación contigua a la sala principal donde se celebraría la pelea.

Adam gritaba por encima del ruido con su megáfono con los brazos levantados sobre el mar de cabezas agitando billetes en el aire.

—¿Qué hacemos? —me preguntó Abby con su pequeña mano rodeándome el bíceps.

—Esperar. Adam tiene que acabar de soltar su rollo antes de que yo entre.

—¿Debo esperar aquí o mejor entro? ¿Adónde voy cuando empiece la pelea? ¿Dónde están Shep y Mare?

Parecía muy inquieta. Me sentí un poco mal por tener que dejarla ahí sola.

—Han ido por el otro camino. Simplemente sígueme. No voy a mandarte a ese foso de tiburones sin mí. Quédate junto a Adam; él evitará que te aplasten. Yo no puedo cuidar de ti y pegar puñetazos a la vez.

—¿Que me aplasten?

—Esta noche habrá más gente. Brady Hoffman es de State. Allí tienen su propio Círculo. Así que nuestra gente se juntará con la suya. Va a ser una auténtica locura.

—¿Estás nervioso? —preguntó.

Le sonreí. Se ponía especialmente guapa cuando se preocupaba por mí.

—No, pero tú sí que pareces algo nerviosa, en cambio.

—Tal vez —admitió.

Tuve ganas de inclinarme y besarla. Cualquier cosa para borrar esa expresión de corderito asustado de su cara. Me pregunté si yo le importaría en realidad o si su preocupación por mí se debía simplemente a que me conocía y no quería que me sucediera nada malo.

—Si te hace sentirte mejor, no dejaré que me toque. Ni siquiera dejaré que me dé un golpe por sus fans.

—¿Y cómo vas a arreglártelas?

Me encogí de hombros.

—Normalmente, dejo que me toquen una vez; solo para que parezca justo.

—¿Dejas...? ¿Dejas que tu rival te alcance?

—¿Dónde estaría la diversión si me limitara a destrozar a alguien y no dejara que me dieran nunca? No es bueno para el negocio, nadie apostaría en mi contra.

—Qué montón de idioteces —me dijo cruzándose de brazos.

Arqueé una ceja.

—¿Crees que te estoy engañando?

—Me resulta difícil creer que solo te pegan cuando tú les dejas.

—¿Te gustaría apostar algo, Abby Abernathy?

Sonreí. Cuando lo dije, no tenía intención de aprovecharme, pero cuando ella se giró y sonrió igualmente maliciosa, se me vino a la mente la puñetera idea más brillante que nunca había tenido.

Sonrió.

—Acepto la apuesta. Creo que te alcanzará una vez.

—Y si no lo hace, ¿qué gano? —pregunté.

Ella se encogió de hombros justo en el momento en el que el rugido de la multitud nos rodeaba. Adam explicaba las reglas dándole vueltas de una manera muy estúpida.

Disimulé la ridícula sonrisa que amenazaba con extenderse por todo mi rostro.

—Si ganas, no me acostaré con nadie durante un mes. —Arqueó una ceja y volví a sonreír—. Pero, si gano yo, tendrás que quedarte en mi apartamento un mes.

—¿Qué? Pero ¡si ya vivo contigo de todos modos! ¿Qué tipo de apuesta es esa? —gritó por encima del ruido.

Ella no tenía ni idea. Nadie se lo había dicho.

—Hoy han arreglado las calderas del Morgan —le dije con una sonrisa guiñándole el ojo.

Alzó un lado de la boca. Ni se inmutó.

—Cualquier cosa vale la pena con tal de verte probar la abstinencia, para variar.

Su respuesta insufló una descarga de adrenalina por mis venas como solo había sentido alguna vez durante una pelea. La besé en la mejilla, dejando que mis labios permanecieran pegados a su piel un poco más antes de entrar en la sala. Me sentía como un rey. De ninguna manera ese hijo de puta me iba a tocar.

Tal y como había previsto, era una sala con gente de pie solamente y los empujones y los gritos se amplificaron cuando entramos en ella.

Asentí con la cabeza a Adam señalando a Abby para indicarle que cuidase de ella. Él lo entendió inmediatamente. Adam era un cabrón codicioso, pero en otro tiempo había sido el monstruo invicto en el Círculo. No tenía nada de qué preocuparme si él estaba pendiente de ella. Él se encargaría, así que no me iba a distraer. Adam haría cualquier cosa si suponía ganar un montón de plata.

La gente me abrió paso mientras me dirigía hacia el Círculo y se cerraron tras de mí como una puerta humana. Brady se puso de pie frente a mí, cara a cara, jadeando y temblando como si acabara de meterse un Red Bull y una cerveza Mountain Dew.

Por lo general, no me tomaba esta mierda en serio y jugaba a desmoralizar a mis oponentes, pero la pelea de esta noche era importante, así que puse mi mejor cara.

Adam hizo sonar la sirena. Me equilibré, di unos pasos hacia atrás y esperé a que Brady cometiese su primer error. Esquivé su primer golpe y luego otro. Adam gritó algo detrás de mí. Estaba descontento. Ya me lo esperaba. A Adam le gustaban las peleas que divirtiesen. Era la mejor manera de llenar los sótanos. Más gente significaba más dinero.

Doblé el codo y lancé mi puño contra la nariz de Brady, un golpe rápido y preciso. En una noche de pelea normal me habría contenido, pero quería terminar con aquello y pasar el resto de la noche celebrándolo con Abby.

Golpeé a Hoffman una y otra vez y esquivé unos cuantos golpes suyos, teniendo cuidado de no entusiasmarme demasiado, no fuera a golpearme y echarlo todo a perder.

Brady cogió impulso y volvió por mí, pero no tardó mucho en ponerse a lanzar puñetazos que no llegaban a ningún lado. Yo esquivaba los golpes mucho más rápido de lo que ese cabrón los lanzaba.

Mi paciencia se había acabado y atraje a Hoffman a la columna de cemento en el centro de la sala. Me planté delante de la columna vacilando lo suficiente para que mi oponente pensase que tenía una posibilidad de propinarme un golpe devastador en la cara.

Lo esquivé mientras ponía todo su empeño en el ataque definitivo y golpeó con su puño justo en medio del pilar. Sus ojos mostraron la sorpresa antes de que se doblara.

Ese fue mi momento. Ataqué de inmediato. Un ruido sordo indicó que finalmente Hoffman había caído al suelo y, tras un corto silencio, la sala estalló. Adam arrojó una bandera roja a la cara de Hoffman y, a continuación, me encontré rodeado de gente.

La mayoría de las veces disfrutaba con la atención y las puñeteras felicitaciones de los que apostaban por mí, pero esta vez tan solo estaban en medio de mi camino. Intenté encontrar a Abby en el mar de gente, pero cuando, por fin, vislumbré el lugar donde se suponía que tenía que estar, se me hizo un nudo en el estómago. Se había ido.

Las sonrisas se tornaban caras de sorpresa cuando empecé a empujar a la gente para poder pasar.

—¡Joder, quítense de en medio! —grité, empujando con más fuerza al mismo tiempo que sentía que el pánico se apoderaba de mí.

Finalmente alcancé la sala contigua, iluminada a medias, y comencé a buscar con desesperación a Abby en la oscuridad.

—¡Paloma!

—¡Estoy aquí!

Su cuerpo se estrelló contra el mío y la rodeé con mis brazos. Por un segundo me sentí aliviado y al siguiente estaba irritado.

—¡Me has dado un susto de mierda! Casi he tenido que empezar otra pelea solo para llegar a tu lado… Y, cuando por fin llego, ¡te habías ido!

—Me alegro de que hayas vuelto. No me entusiasmaba tener que encontrar el camino de vuelta en la oscuridad.

Su dulce sonrisa me hizo olvidarme de todo lo demás y recordé que era mía. Al menos por un mes más.

—Me parece que has perdido la apuesta.

Adam llegó enfadado, miró a Abby y luego me fulminó con la mirada.

—Tenemos que hablar.

Le guiñé un ojo a Abby.

—No te muevas. Vuelvo ahora mismo. —Seguí a Adam hasta la habitación contigua—. Sé lo que me vas a decir…

—No, no lo sabes —gruñó Adam—. No sé lo que estás haciendo con ella, pero no me jodas con mi dinero.

Me reí.

—Has hecho caja esta noche. Te lo compensaré.

—¡Por supuesto que lo harás! ¡Que no vuelva a ocurrir!

Adam me estampó el dinero en la mano y me empujó con el hombro al pasar.

Me metí el fajo de billetes en el bolsillo y sonreí a Abby.

—Vas a necesitar más ropa.

—¿De verdad me vas a obligar a quedarme contigo un mes?

—¿Me habrías obligado a pasar un mes sin sexo?

Se rio.

—Será mejor que hagamos una parada en el Morgan.

Todos mis intentos de disimular mi satisfacción fracasaron completamente.

—Me parece que esto será interesante.

Cuando Adam pasó a nuestro lado le dio a Abby algo de dinero antes de desaparecer entre la multitud que se dispersaba.

—¿Has apostado? —le pregunté sorprendido.

—Me pareció buena idea disfrutar de la experiencia completa —dijo encogiéndose de hombros.

La cogí de la mano, la llevé hasta la ventana y di un salto para subir. Me arrastré por el césped y me di la vuelta para ayudar a subir a Abby.

El paseo al Morgan me pareció perfecto. Hacía un calor insoportable y se respiraba el mismo ambiente que una noche de verano. Intentaba no sonreír como un idiota todo el tiempo, pero me costaba.

—¿Por qué demonios querías que me quedara contigo en cualquier caso? —me preguntó.

—No sé. Todo es mejor cuando estás tú.

Shepley y América esperaban en el Charger a que apareciéramos con las cosas de Abby. Cuando lo había cogido todo, caminamos al aparcamiento y nos montamos en la moto. Me rodeó el pecho con sus brazos y yo puse mi mano sobre la suya.

Inspiré profundamente.

—Me alegro de que estuvieras allí esta noche, Paloma. Nunca en mi vida me he divertido tanto en una pelea.

El tiempo que tardó en responder se me hizo eterno. Apoyó su barbilla en mi hombro.

—Claro, porque intentabas ganar nuestra apuesta.

Me volví para mirarla directamente a los ojos.

—Totalmente.

Arqueó las cejas.

—¿Por eso estabas de tan mal humor hoy? ¿Porque sabías que habían arreglado las calderas y que me iría esta noche?

Me perdí en sus ojos un momento y pensé que era un buen momento para callarse. Arranqué el motor y conduje a casa mucho más despacio de lo que había conducido... jamás. Cuando paramos en un semáforo, sentí un extraño placer al poner mis manos sobre las suyas y al apoyar mi mano en su rodilla. A ella pareció no importarle, pero lo cierto es que yo me sentía en la puta gloria.

Llegamos al departamento, Abby se bajó de la moto como una profesional y se dirigió a las escaleras.

—Siempre odio cuando llevan un rato en casa. Me siento como si fuéramos a interrumpirlos.

—Pues acostúmbrate. Esta es tu casa durante las próximas cuatro semanas —le dije dándome la vuelta—. Vamos.

—¿Qué?

Sonreí.

—Vamos, te llevaré de caballito.

Soltó una risita y saltó sobre mi espalda. Yo agarré sus muslos mientras subía escaleras arriba. América abrió la puerta antes de que llegáramos arriba y sonrió.

—Menuda parejita... Si no supiera...

—Déjalo, Mare —dijo Shepley desde el sofá.

Genial. Shepley estaba de mal humor.

América sonrió como si hubiese hablado de más y abrió la puerta para que pudiésemos entrar. Seguí sosteniendo a Abby y me dejé caer en el sillón reclinable. Gritó cuando me incliné hacia atrás jugando a cargar mi peso sobre ella.

—Te veo tremendamente alegre esta noche, Trav. ¿A qué se debe? —me soltó América.

—He ganado un montón de dinero, Mare. El doble de lo que pensaba. ¿Por qué no iba a estar contento?

América sonrió.

—No, es otra cosa —dijo mientras me miraba la mano con la que acariciaba el muslo de Abby.

—Mare —la avisó Shepley.

—De acuerdo, hablaré de otra cosa. ¿No te había invitado Parker a la fiesta de Sig Tau este fin de semana, Abby?

La alegría que sentía se esfumó y me giré hacia Abby.

—Bueno, sí. ¿No vamos a ir todos?

—Yo sí —dijo Shepley, absorto mirando la televisión.

—Lo que significa que yo también voy —dijo América, mirándome expectante. Estaba provocándome, esperando a que dijese que quería ir, pero a mí me preocupaba más la maldita invitación de Parker a Abby.

—¿Va a pasar a recogerte o algo así? —le pregunté.

—No, simplemente me dijo que iría a la fiesta.

América puso una sonrisa traviesa y asintió como viéndolo venir.

—En todo caso, dijo que te vería allí. Es muy mono.

Le lancé una mirada de irritación a América y después miré a Abby.

—¿Vas a ir?

—Le dije que lo haría. —Se encogió de hombros—. ¿Tú vas a ir?

—Claro —respondí sin titubear.

Después de todo, no era una fiesta de parejas, sino un fin de semana cervecero. Me daba igual. Y no iba a dejar ni de broma que Parker estuviese una noche entera con ella. Ella habría vuelto…, uf, no quiero ni pensarlo. Le habría puesto su sonrisa de modelo de Abercrombie o la habría llevado al restaurante de sus padres alardeando del dinero que tenía o habría encontrado la forma de meterse en sus calzones.

Shepley me miró.

—La semana pasada dijiste que no querías ir.

—He cambiado de opinión, Shep. ¿Qué problema hay?

—Ninguno —gruñó él y se retiró a su dormitorio.

América frunció el ceño.

—Sabes muy bien cómo es —me dijo—. ¿Por qué te empeñas en volverlo loco?

Se juntó con Shepley en la habitación y sus voces se convirtieron en murmullos detrás de la puerta cerrada.

—Bueno, me alegra que todo el mundo lo sepa —dijo Abby.

Abby no era la única desconcertada por la actitud de Shepley. Antes se burlaba de mí por su culpa y ahora se comportaba como un idiota. ¿Qué habría pasado en medio para que se acobardarse? Tal vez se sintiese mejor si se daba cuenta de que, por fin, yo había decidido terminar con las otras chicas y que solo quería a Abby. Sin embargo, quizás fuese al contrario. Tal vez, lo que preocupara a Shepley fuera que yo prestara tanta atención a Abby, porque no tenía exactamente madera de novio. Sí, eso tenía más sentido.

Me levanté.

—Me voy a dar una ducha rápida.

—¿Le preocupa algo? —preguntó Abby.

—No, solo está un poco paranoico.

—Es por nosotros —adivinó. Me vino una sensación rara. Había dicho «nosotros»—. ¿Qué pasa? —me preguntó mirándome con desconfianza.

—Vas bien encaminada. Tiene que ver con nosotros. No te quedes dormida, ¿vale? Quiero hablar contigo de algo.

Tardé menos de cinco minutos en ducharme, pero me quedé bajo el chorro de agua por lo menos otros cinco minutos más planeando lo que le iba a decir a Abby. No tenía sentido perder más el tiempo. Iba a estar aquí todo el mes siguiente y era el momento perfecto para demostrarle que yo no era como pensaba ella. Por lo menos, con ella yo era distinto y podríamos pasar las siguientes cuatro semanas aclarando cualquier duda que pudiera tener.

Salí de la ducha y me sequé, emocionado y nervioso por las posibilidades que podían surgir de la conversación que íbamos a tener. Justo antes de abrir la puerta, oí una discusión en el pasillo.

América dijo algo con voz desesperada. Entreabrí la puerta y escuché.

—Me lo prometiste, Abby. Cuando te dije que no te dejaras llevar por las apariencias, ¡no me refería a que salieran! ¡Pensaba que eran solo amigos!

—Y eso es lo que somos —respondió Abby.

—¡No, no lo son! —replicó Shepley furibundo.

—Cariño, te dije que todo iría bien —le tranquilizó América.

—¿Por qué apoyas esto, Mare? ¡Ya te he dicho cómo acabará todo!

—¡Y yo te he dicho que te equivocabas! ¿Es que no confías en mí?

Shepley se metió en su habitación enojado.

Después de unos segundos en silencio, América habló de nuevo.

—No consigo meterle en la cabeza que, tanto si lo tuyo con Travis funciona como si no, no tiene por qué afectarnos. Supongo que está muy predispuesto por otras veces. Simplemente, no me cree.

«Maldita sea, Shepley. No me ayudas precisamente». Abrí la puerta un poco más, lo justo para ver la cara de Abby.

—¿De qué estás hablando, Mare? Travis y yo no estamos juntos. Solo somos amigos. Ya lo has oído antes..., a él no le intereso en ese sentido.

Joder. La cosa se estaba complicando por momentos.

—¿Eso te ha dicho? —preguntó América claramente sorprendida.

—Pues sí.

—¿Y tú lo crees?

Abby se encogió de hombros.

—Eso no importa. Nunca pasará nada. Me ha dicho que no me ve de ese modo. Además, tiene una fobia total al compromiso. Me costaría encontrar a una amiga, aparte de ti, con la que no se hubiera acostado y no puedo aguantar sus cambios de humor. No concibo que Shep crea algo diferente.

Cualquier esperanza se desvaneció con esas palabras. La decepción fue demoledora. Durante unos segundos el dolor fue insoportable, hasta que lo reemplazó la rabia. La rabia siempre era más fácil de controlar.

—Lo cree porque no solo conoce a Travis... Es que ha hablado con él, Abby.

—¿Qué quieres decir?

—¡Mare! —la llamó Shepley desde el dormitorio.

América suspiró.

—Eres mi mejor amiga. Me parece que a veces te conozco mejor de lo que te conoces tú a ti misma. Cuando los veo juntos, la única diferencia que hay respecto a Shep y a mí es que nosotros nos acostamos. Nada más.

—Hay una diferencia enorme, enorme. ¿Acaso Shep trae cada noche a casa a una chica diferente? ¿Vas a ir a la fiesta de mañana con un chico que evidentemente no pasa de novio potencial? Sabes que no puedo liarme con Travis, Mare. Ni siquiera sé por qué estamos discutiéndolo.

—No estoy inventándome nada, Abby. Has pasado casi cada minuto del último mes con él. Admítelo: sientes algo por ese chico.

No pude escuchar ni una palabra más.

—Déjalo, Mare —le dije.

Las dos chicas dieron un salto al escuchar mi voz. Los ojos de Abby se encontraron con los míos. No parecía ni avergonzada ni arrepentida, lo que me fastidió aún más. Yo había puesto el cuello y ella me había asestado un hachazo.

Me retiré a mi cuarto antes de soltar alguna tontería. No me calmaba permanecer sentado. Tampoco ponerme de pie ni dar vueltas por la habitación, ni hacer flexiones. La habitación se me hacía cada vez más pequeña. La rabia me hervía dentro como un líquido inflamable a punto de estallar.

Lo mejor era salir del departamento para aclarar mis ideas y tratar de relajarme echando un trago. El Red. Podría ir al Red. Cami trabajaba allí. Podría decirme qué hacer. Ella siempre sabía cómo calmarme. A Trenton le gustaba por la misma razón. Era la mayor de tres hermanos y ni se inmutaba cuando le llegábamos con nuestros enojos.

Me puse una camiseta y unos *jeans* y cogí unas gafas de sol, las llaves de mi moto y una chaqueta. Me puse unas botas antes de dirigirme a la entrada.

Los ojos de Abby se abrieron como platos cuando me vio aparecer por el pasillo. Menos mal que llevaba puestas mis gafas de sol. No quería que viera el dolor en mis ojos.

—¿Te vas? —me preguntó al mismo tiempo que se ponía en pie—. ¿Adónde?

Me negué a reconocer la súplica en su voz.

—Fuera.

Capítulo 10
ROTO

Cami no tardó mucho en darse cuenta de que yo no era muy buena compañía. Siguió trayéndome las cervezas como cuando me sentaba en mi silla de siempre en el bar The Red. Las luces de colores se perseguían unas a otras por la sala y la música estaba lo suficientemente alta como para ahogar mis pensamientos.

Mi paquete de Marlboro Reds casi se había acabado, pero esa no era la razón de la opresión que sentía en el pecho. Algunas chicas se habían acercado tratando de entablar conversación y yo no podía levantar la mirada del cigarro a medio consumir que tenía entre los dedos. La ceniza era tan larga que era cuestión de tiempo que cayera, así que me quedé mirando las brasas que quedaban titilando en el papel tratando de distraer mi mente de la sensación de angustia que la música no era capaz de apaciguar.

Cuando la multitud del bar se dispersó y Cami dejó de trabajar a mil por hora, puso un vaso vacío frente a mí y lo llenó de Jim Beam. Lo agarré, pero ella me cogió poniendo sus manos sobre mi pulsera de cuero negro con sus dedos tatuados en los que se leía *baby doll* («picardías») cuando ponía los puños juntos.

—Está bien, Trav. Te escucho.

—¿De qué? —le pregunté, haciendo un débil intento de alejarme.

Meneó la cabeza.

—¿La chica?

El vaso tocó mis labios y eché la cabeza hacia atrás dejando que el líquido me abrasara la garganta.

—¿Qué chica?

Cami puso los ojos en blanco.

—¿Qué chica? ¿En serio? ¿Con quién te crees que estás hablando?

—De acuerdo, está bien. Es Paloma.

—¿Paloma? Estás de guasa.

Me reí.

—Abby. Es una paloma. Una paloma endemoniada. Se me ha metido en la puñetera cabeza y no puedo pensar bien. Ya nada tiene sentido, Cam. Todas las reglas que me he impuesto se están rompiendo una a una. Soy un cobarde. No..., peor. Soy Shep.

Cami se rio.

—Sé amable.

—Tienes razón. Shepley es un buen tipo.

—Sé amable también contigo mismo —dijo, lanzando un trapo sobre la barra y pasándolo por encima haciendo círculos—. Jesús, enamorarse de alguien no es un pecado, Travis.

Miré a mi alrededor.

—Estoy confundido. ¿Me hablas a mí o a Jesús?

—Hablo en serio. Sientes algo por ella. ¿Y qué?

—Me odia.

—Qué va.

—La he oído esta noche por casualidad. Piensa que soy escoria.

—¿Ella ha dicho eso?

—Bueno, más o menos.

—A ver, en parte es verdad.

Fruncí el ceño.

—Muchas gracias.

Extendió las manos con los codos sobre la barra.

—Teniendo en cuenta cómo te has portado en el pasado, ¿no estás de acuerdo? Mi opinión es que… tal vez por ella no lo serías. Tal vez por ella podrías ser un hombre mejor.

Sirvió otro trago y no le di la oportunidad de pararme antes de apurarlo.

—Tienes razón. He sido un cabrón. ¿Podré cambiar? Joder, no lo sé. Probablemente no lo suficiente como para merecerla.

Cami se encogió de hombros y puso la botella de nuevo en su sitio.

—Creo que debería ser ella la que decida eso.

Encendí un cigarro y le di una buena calada añadiendo más humo al local, ya bastante cargado.

—Sírveme otra cerveza.

—Trav, creo que ya has bebido suficiente.

—Cami, tú hazlo, joder.

Me desperté con el sol de la tarde brillando a través de las persianas, pero perfectamente podría haber sido mediodía en mitad de un desierto de arena blanca. Mis parpados se cerraron inmediatamente rechazando la luz.

Tenía la boca seca, con una combinación de aliento mañanero, sustancias químicas y algo parecido a asqueroso meado de gato. Odiaba la boca seca que se te quedaba siempre después de una noche de borrachera.

Mi mente empezó a buscar recuerdos de la noche anterior, pero no me acordaba de nada. Alguna fiesta, seguro, pero dónde y con quién era un completo misterio.

Miré a la izquierda y vi las sábanas revueltas. Abby ya se había levantado. Me sentía raro caminando con los pies desnudos por el suelo del pasillo y encontré a Abby dormida en el sillón.

Me detuve confuso y el pánico se apoderó de mí. Me patinaba el cerebro por el alcohol que todavía enturbiaba mi pensamiento. ¿Por qué no había dormido en la cama? ¿Qué había hecho yo para que durmiese en el sillón? Mi corazón comenzó a latir con fuerza y los vi: dos envoltorios de preservativos vacíos.

Joder. ¡Joder! Me volvieron oleadas de recuerdos de la noche anterior: seguí bebiendo, esas chicas no se largaron cuando se los dije y, al final, les ofrecí pasar un buen rato a las dos a la vez y ellas aceptaron encantadas.

Me tapé la cara con las manos. Las habría traído aquí. Me las habría follado aquí. Abby probablemente lo habría oído todo. Oh, Dios. No podría haberla cagado más. Era aún peor. En cuanto se levantase, haría la maleta y se largaría.

Me senté en el sofá, con las manos todavía cubriéndome la boca y la nariz, y la observé dormida. Tenía que arreglarlo. ¿Qué podía hacer para arreglar aquello?

Me vinieron a la cabeza un montón de ideas estúpidas. Se me acababa el tiempo. Tan en silencio como pude, corrí a la habitación, me cambié de ropa y me escabullí a la habitación de Shepley.

América se movió y apareció la cabeza de Shepley.

—¿Qué estás haciendo aquí, Trav? —susurró.

—Tengo que coger tu coche prestado. Solo un momento. Tengo que ir a buscar unas cosas.

—Está bien... —dijo aturdido.

Sus llaves tintinearon cuando las saqué de la cómoda y después me detuve.

—Hazme un favor. Si se despierta antes de que yo llegue, mantenla aquí, ¿de acuerdo?

Shepley suspiró.

—Lo intentaré, Travis, pero, hombre..., anoche fue...

—Estuvo mal, ¿no?

Shepley torció la boca.

—No creo que se quede, primo, lo siento.

Asentí.

—Inténtalo.

Un último vistazo al rostro dormido de Abby me impulsó a moverme más rápido. El Charger apenas podía mantener la velocidad a la que yo quería ir. Un semáforo en rojo me hizo pararme antes de llegar al mercado y grité, golpeando el volante.

—¡Maldita sea! ¡Tienes que cambiar ya!

Unos segundos más tarde el semáforo se puso en verde y los neumáticos derraparon antes de coger velocidad.

Corrí a la tienda desde el estacionamiento, completamente consciente de que parecía un chiflado mientras cogía un carrito de las compras. Recorriendo los pasillos iba cogiendo cosas que pensaba que le gustarían o recordaba que las había comido con Abby o habíamos hablado de ellas. Una cosa rosa esponjosa que colgaba de uno de los estantes terminó también en mi carrito.

Una disculpa no iba a hacer que se quedase, pero tal vez un gesto sí. Puede que ella viese lo arrepentido que estaba. Me paré a unos pocos metros de la caja registradora, desesperanzado. No iba a funcionar.

—¿Señor? ¿Es todo?

Negué con la cabeza, estaba desanimado.

—No..., no lo sé.

La mujer me miró un momento moviendo sus manos en los bolsillos del delantal de rayas blancas y amarillo mostaza.

—¿Puedo ayudarle en algo?

Empujé el carrito a su caja registradora sin contestarle, viéndola escanear todos los alimentos favoritos de Abby. Esta era la idea más estúpida de todos los tiempos y la única mujer sobre la faz de la Tierra que me importaba iba a reírse de mí mientras hacía la maleta.

—Son ochenta y cuatro dólares con setenta y siete centavos.

Una rápida pasada de mi tarjeta y tenía las bolsas en mis manos. Me fui como un rayo al estacionamiento y en un momento pisé el acelerador del Charger y salí corriendo de vuelta al departamento.

Subí los escalones de dos en dos y abrí la puerta de golpe. Se veían las cabezas de América y Shepley por encima del sofá. La televisión estaba encendida, pero en silencio. Gracias a Dios. Todavía estaba dormida. Las bolsas se estrellaron sobre la encimera cuando las dejé. Intenté no hacer mucho ruido con los armarios mientras colocaba las cosas.

—Cuando Paloma se despierte, díganmelo, ¿de acuerdo? —les pedí en voz baja—. He traído espaguetis, pastelitos, fresas y esa cosa de avena con los trozos de chocolate; y le gustan los cereales Fruity Pebbles, ¿verdad, Mare? —pregunté dándome la vuelta.

Abby estaba despierta mirándome desde la silla. Se le había corrido el rímel debajo de los ojos. Tenía tan mal aspecto como yo me sentía.

—Hola, Paloma.

Me miró unos segundos con la mirada vacía. Di unos pasos hacia el salón, más nervioso de lo que lo estaba la noche de mi primera pelea.

—¿Tienes hambre, Paloma? Te prepararé unos pastelitos. Ah, y también hay avena. Y te he comprado esa espuma rosa con la que se depilan las chicas y un secador y..., y... espera un segundo, está aquí. —Agarré una de las bolsas, la llevé al dormitorio y la vacié encima de la cama.

Mientras buscaba esa esponja vegetal rosa que pensé que le gustaría, me llamó la atención ver el equipaje de Abby, lleno, cerrado y esperando junto a la puerta. Me dio un vuelco el estómago y se me secó la boca. Caminé por el pasillo tratando de reponerme.

—Todas tus cosas están recogidas.

—Lo sé —dijo.

Sentí una punzada en el pecho.

—Te vas.

Abby miró a América, que me observaba fijamente como si quisiera matarme.

—¿De verdad esperabas que se quedara?

—Nena... —susurró Shepley.

—Joder, Shepley, no empieces. Y ni se te ocurra defenderlo —replicó América enfurecida.

Tragué saliva.

—Lo siento mucho, Paloma. Ni siquiera sé qué decir.

—Abby, vámonos —dijo América. Se levantó y tiró de su brazo, pero Abby se quedó sentada.

Di un paso, pero América me apuntó con el dedo.

—¡Por Dios santo, Travis! ¡Como intentes detenerla, te rociaré con gasolina y te prenderé fuego mientras duermes!

—América —le rogó Shepley.

La cosa se estaba poniendo realmente fea.

—Estoy bien —dijo Abby agobiada.

—¿Qué quieres decir con que estás bien? —preguntó Shepley.

Abby puso los ojos en blanco e hizo un gesto hacia mí.

—Travis se trajo unas chicas del bar a casa anoche. ¿Y qué?

Cerré los ojos, tratando de evitar el dolor. Por mucho que no quisiera que se fuese, nunca se me habría ocurrido que a ella le importase una mierda.

América frunció el ceño.

—Pero, Abby, ¿intentas decir que no te importa lo que pasó ayer?

Abby echó un vistazo por la habitación.

—Travis puede traer a su casa a quien quiera. Es su departamento.

Tragué saliva para deshacer el nudo de mi garganta.

—¿No has empaquetado tus cosas?

Negó con la cabeza y miró el reloj.

—No y ahora voy a tener que deshacer todas las maletas. Aún tengo que comer, ducharme, vestirme... —dijo mientras entraba al baño.

América me echó una mirada asesina, pero hice caso omiso y me acerqué a la puerta del baño. Llamé a la puerta suavemente.

—¿Paloma?

—¿Sí? —dijo con voz débil.

—¿Te vas a quedar?

Cerré los ojos esperando la bronca.

—Puedo irme si quieres, pero una apuesta es una apuesta.

Apoyé la cabeza contra la puerta.

—No quiero que te vayas, pero no te culparía si lo hicieras.

—¿Me estás diciendo que me liberas de la apuesta?

La respuesta era fácil, pero no quería que se quedara si no le apetecía. Aunque al mismo tiempo me aterrorizaba que se fuese.

—Si digo que sí, ¿te irás?

—Pues claro, no vivo aquí, tonto —dijo. Me llegó una risita desde el otro lado de la puerta.

No sabía si estaba molesta o solo cansada por haber pasado la noche en el sofá, pero si era lo primero, no podía dejarla marchar o nunca volvería a verla.

—Entonces, no; la apuesta sigue en pie.

—¿Y ahora puedo ducharme? —me preguntó en voz baja.

—Sí...

América irrumpió en el salón y se plantó justo delante de mí.

—Eres un cabrón egoísta —gruñó; luego entró en la habitación de Shepley y cerró de un portazo.

Fui al dormitorio y cogí su bata y los zapatos y regresé a la puerta del baño. Aparentemente se quedaba, pero no era tan mala idea hacerle un piropo.

—¿Paloma? Te he traído unas cuantas cosas.

—Déjalas en el lavabo. Después las cogeré.

Abrí la puerta y puse sus cosas a un lado del lavabo mirando al suelo.

—Estaba enfadado. Te oí escupiendo todos mis defectos delante de América y eso me encabronó. Solo pretendía ir a tomar unas copas e intentar aclararme las ideas, pero, antes de darme cuenta, estaba totalmente borracho y esas chicas... —Hice una pausa, tratando de que no se me quebrase la voz—. Me desperté esta mañana y no estabas en la cama y, cuando te encontré en el sillón y vi los envoltorios en el suelo, sentí náuseas.

—Podrías habérmelo pedido antes de gastarte todo ese dinero en comida solo para obligarme a quedarme.

—No me importa el dinero, Paloma. Tenía miedo de que te fueras y no volvieras a dirigirme la palabra jamás.

—No pretendía herir tus sentimientos —me dijo con sinceridad.

—Sé que no. Y sé que no importa lo que diga ahora, porque he jodido las cosas..., como hago siempre.

—¿Trav?

—¿Sí?

—No vuelvas a conducir la moto borracho, ¿de acuerdo?

Quise seguir hablando, volver a disculparme, decirle que estaba loco por ella y que me estaba volviendo literalmente loco porque no sabía cómo controlar mis sentimientos, pero no me salieron las palabras. Solo podía pensar en que, después de todo lo que había pasado y todo lo que había dicho, ella no tenía otra cosa que decir que echarme un sermón sobre no conducir borracho.

—Sí, de acuerdo —respondí y cerré la puerta.

Fingí estar viendo la televisión durante horas mientras Abby se arreglaba para la fiesta de la fraternidad entre el baño y el cuarto y decidí vestirme antes de que ella necesitara entrar en el dormitorio.

Cogí del armario una camisa blanca que no estaba muy arrugada y unos pantalones. Me sentí estúpido delante del espejo peleándome con el botón de la muñeca de la camisa. Al final lo dejé y me enrollé las mangas hasta los codos. De todas formas, era más mi estilo.

Caminé por el pasillo y me dejé caer otra vez en el sofá, escuchando la puerta del baño cerrarse y las pisadas de Abby con los pies descalzos.

Las agujas del reloj no se movían y, por supuesto, no había nada en la televisión salvo rescates en temporales y un anuncio de Slap Chop. Estaba nervioso y aburrido, lo cual no era una buena combinación para mí.

Cuando se me agotó la paciencia, llamé a la puerta del dormitorio.

—Pasa —dijo Abby desde el otro lado de la puerta.

Estaba de pie en medio de la habitación, los zapatos de tacón juntos en el suelo frente a ella. Abby estaba siempre guapa, pero esa noche no tenía ni un solo pelo fuera de lugar; estaba de portada de revista, de esas que ves en la caja del supermercado. Toda ella estaba hidratada, suave y pulida a la perfección. Solo con verla casi me caigo de culo.

Todo lo que pude hacer fue quedarme de pie, estupefacto, hasta que conseguí articular un sonido:

—¡Guau!

Sonrió y miró su vestido.

Su dulce sonrisa me devolvió a la realidad.

—Tienes un aspecto impresionante —dije, incapaz de quitarle la vista de encima.

Se agachó para ponerse un zapato y luego el otro. La tela negra ceñida se le subió un poco dejando ver unos centímetros más de sus muslos.

Abby se puso de pie y me hizo un gesto de aprobación.

—Tú también estás muy bien.

Me metí las manos en los bolsillos para evitar decir «Debo de estar enamorándome de ti en este preciso momento» o alguna de las estupideces que se me pasaban por la cabeza.

Le ofrecí el brazo y ella lo cogió dejándome que la llevase por el pasillo hasta el salón.

—Parker se va a mear encima cuando te vea —le dijo América.

En general, América era una buena chica, pero estaba empezando a descubrir lo desagradable que era su lado oscuro. Traté de no hablar con ella mientras andábamos hacia el Charger de Shepley y mantuve la boca cerrada todo el trayecto a la sede de Sig Tau.

En el momento en el que Shepley abrió la puerta del coche oímos la música estruendosa en el edificio. Había parejas besándose y charlando. Estudiantes de primer curso correteaban tratando de no estropear el césped demasiado y algunas chicas de la fraternidad andaban por la hierba dando saltitos, con cuidado de no clavar sus tacones, cogidas de la mano.

Shepley y yo nos abrimos paso con América y Abby siguiéndonos. Le di una patada a un vaso para apartarlo y sostuve la puerta abierta. Una vez más, Abby no se dio ni cuenta del gesto.

Había una montaña de vasos rojos apilados en la cocina junto al barril. Llené dos y le llevé uno a Abby.

—No cojas ningún vaso de nadie, excepto de mí o de Shep. No quiero que nadie te eche nada en la bebida —le dije al oído.

Puso los ojos en blanco.

—Nadie me va a poner nada en la bebida, Travis.

Obviamente no conocía a mis hermanos de la fraternidad. Había escuchado historias, pero nada concreto. Lo que estaba muy bien, porque si alguna vez llego a pillar a alguno echando esa mierda, le daría una paliza sin dudarlo.

—Simplemente no bebas nada que no te dé yo, ¿de acuerdo? Ya no estás en Kansas, Paloma.

—Nunca había oído nada igual —replicó bebiéndose de un trago la mitad de la cerveza antes de apartar el vaso de plástico de su cara. Bebía con soltura, eso tuve que admitirlo.

Nos quedamos de pie en el pasillo de las escaleras haciendo como que todo estaba bien. Algunos hermanos de la fraternidad se paraban a hablar con nosotros cuando bajaban las escaleras, lo mismo que algunas chicas, pero yo las despaché rápido, esperando que Abby se diera cuenta. Pero no lo hizo.

—¿Quieres bailar? —le pregunté tirando de su mano.

—No, gracias —dijo.

No podía culparla después de la noche anterior. Tenía suerte de que todavía me hablara.

Me tocó en el hombro con sus dedos finos y elegantes.

—Es simplemente que estoy cansada, Trav.

Puse mi mano sobre la suya, dispuesto a disculparme de nuevo, a decirle que me odiaba a mí mismo por lo que había hecho, pero sus ojos se apartaron de los míos para posarse en alguien detrás de mí.

—¡Eh, Abby! ¡Al final has venido!

Se me erizaron los pelos de la nuca. Parker Hayes.

A Abby se le iluminaron los ojos y rápidamente quitó su mano de la mía.

—Sí, llevamos aquí una hora o así.

—¡Estás guapísima! —gritó.

Le miré poniendo mala cara, pero estaba tan centrado en Abby que ni se dio cuenta.

—¡Gracias! —dijo ella sonriéndole.

Comprobé que yo no era el único que podía hacerla sonreír de esa manera y, de repente, tuve que esforzarme para no perder el control.

Parker hizo un gesto con la cabeza hacia la pista y sonrió.

—¿Quieres bailar?

—No, estoy algo cansada.

Mi rabia se atenuó ligeramente. No era por mí; en realidad estaba demasiado cansada para bailar, pero la rabia no tardó en volver. Ella estaba cansada porque se había pasado la mitad de la noche escuchando los ruidos que hacía con quien fuese que traje a casa y la otra mitad de la noche durmiendo en el sillón. Ahora Parker estaba aquí haciendo su entrada triunfal de caballero con brillante armadura, como siempre hacía. Qué cabrón.

Parker me miró, sin inmutarse por mi expresión.

—Pensaba que no ibas a venir.

—Cambié de opinión —le dije al mismo tiempo que hacía un gran esfuerzo para no atizarle un puñetazo y destrozar cuatro años de ortodoncia.

—Ya veo —dijo Parker y se giró hacia Abby—. ¿Te apetece salir a tomar el aire?

Ella asintió y yo me sentí como si alguien me hubiese quitado el aire de golpe. Abby siguió a Parker escaleras arriba. Vi como él se detenía y la cogía de la mano para subir al segundo piso. Cuando llegaron arriba, Parker abrió la puerta del balcón.

Abby desapareció y yo cerré los ojos con fuerza tratando de ahogar el grito de mi cabeza. Todo en mí decía que tenía que subir allí arriba y traerla de vuelta. Me agarré a la barandilla, conteniéndome.

—Pareces enojado —me dijo América chocando su vaso contra el mío para brindar.

Abrí los ojos de golpe.

—No, ¿por qué?

Me hizo una mueca.

—No me mientas. ¿Dónde está Abby?

—Arriba con Parker.

—Oh.

—¿Qué quieres decir con eso?

Se encogió de hombros. América solo llevaba allí poco más de una hora y ya tenía esa mirada vidriosa en sus ojos que me resultaba familiar.

—Estás celoso.

Me cambié de postura, incómodo porque alguien que no fuese Shepley me hablase de forma tan directa.

—¿Dónde está Shep?

América entornó los ojos.

—Haciendo de anfitrión con los estudiantes de primero.

—Por lo menos no tiene que quedarse después para limpiar.

Se llevó el vaso a la boca y dio un sorbo. No entendía cómo podía estar casi ebria bebiendo de esa manera.

—Entonces, ¿lo estás?

—¿Si estoy qué?

—Celoso.

Fruncí el ceño. Por lo general, América no era tan antipática.

—No.

—Número dos.

—¿Eh?

—Esta es la mentira número dos.

Miré a mi alrededor. Seguro que Shepley vendría pronto a rescatarme.

—Anoche la jodiste bien —me dijo, con la mirada repentinamente lúcida.

—Lo sé.

Entornó los ojos y se quedó mirándome tan intensamente que tuve ganas de largarme. América Mason era una enclenque rubia, pero sabía cómo intimidarte cuando quería.

—Deberías largarte, Trav. —Miró hacia arriba de las escaleras—. Él es lo que ella cree que quiere.

Apreté los dientes. Ya lo sabía, pero era mucho peor escuchárselo a América. Antes pensaba que todo marcharía bien entre América, Abby y yo, y eso, de alguna forma, significaba que no era un completo idiota por ir detrás de ella.

—Lo sé.

Arqueó una ceja.

—No creo que lo sepas.

No le contesté e intenté evitar el contacto visual con ella. Me agarró del mentón apretando mis mejillas contra mis dientes.

—¿De verdad lo sabes?

Intenté hablar, pero sus dedos me apretujaban los labios. Me eché hacia atrás bruscamente y aparté su mano.

—Casi seguro que no. No soy famoso precisamente por hacer lo correcto.

América me miró un instante y después sonrió.

—Entonces está bien.

—¿Eh?

Me dio una palmada en la mejilla y me apuntó con el dedo.

—Tú, Perro Loco, eres exactamente de lo que he venido a protegerla. Pero ¿sabes qué? De alguna forma, todos estamos rotos. Incluso tú, a pesar de cagarla tanto, puedes ser lo que ella necesita. Tienes una última oportunidad —dijo apuntándome con el dedo índice a tan solo unos centímetros de la nariz—. Solo una. No la cagues…, ya sabes…, más de lo normal.

América se alejó y desapareció por el pasillo.

Era muy rara.

La fiesta transcurrió como siempre: algún drama, una o dos peleas, alguna riña entre chicas, un par de parejas que discutían y terminaban con la chica llorando y los últimos rezagados por ahí desmayados o vomitando en cualquier lado.

No paré de mirar arriba de las escaleras. Incluso aunque algunas chicas casi me suplicaban que me las llevase a casa. Miraba tratando de no imaginarme a Abby y a Parker haciéndolo o, incluso peor, a él haciéndole reír.

—Hola, Travis —dijo una voz aguda y cantarina detrás de mí.

No me di la vuelta, pero enseguida la chica se puso delante de mis ojos. Se apoyó en la barandilla de madera.

—Pareces aburrido. Debería hacerte compañía.

—No estoy aburrido. Puedes largarte —le solté mientras me volvía a concentrar en mirar escaleras arriba.

Abby se detuvo en el descansillo de espaldas a la escalera. Se rio.

—Me la he pasado muy bien.

Abby pasó despreocupadamente a mi lado hacia la sala donde estaba América. La seguí, dejando a la chica borracha hablando sola.

—Chicos, puedan irse yendo. Parker se ha ofrecido a llevarme a casa —dijo con emoción contenida.

—¿Qué? —exclamó América y sus ojos cansados se encendieron como dos antorchas.

—¿Cómo? —dije, incapaz de contener mi irritación.

América se volvió.

—¿Tienes algún problema?

La fulminé con la mirada. Ella sabía perfectamente cuál era mi problema. Cogí a Abby del codo y me la llevé a una esquina.

—Ni siquiera conoces a ese tipo.

Abby apartó su mano de un tirón.

—Esto no es asunto tuyo, Travis.

—Al diablo si no lo es. No te voy a permitir ir a casa en el coche de un perfecto extraño. ¿Y si intenta hacerte algo?

—¡Genial! ¡Es una monada!

No lo podía creer. De verdad estaba entrando en su juego.

—¿Parker Hayes, Paloma? ¿De verdad? Parker Hayes. Pero ¿qué clase de nombre es ese?

Cruzó los brazos y alzó la barbilla.

—Para ya, Trav. Te estás comportando como un imbécil.

Me eché hacia delante, furioso.

—Lo mataré si te toca.

—Él me gusta.

Una cosa era aceptar que estaba siendo engañada y otra escucharla admitirlo. Era demasiado buena para mí, joder, pero estaba clarísimo que también era demasiado buena para Parker Hayes. ¿Por qué estaba perdiendo el tiempo con ese idiota? Mi cara se contrajo de la rabia que me corría por las venas.

—Bien. Si acaba tumbándote en el asiento trasero de su coche, no me vengas llorando.

Abrió la boca ofendida y furiosa.

—No te preocupes, no lo haré —me dijo y me empujó con el hombro al pasar.

Me di cuenta de lo que había dicho y la agarré del brazo soltando un suspiro, sin girarme del todo.

—No quería decir eso, Paloma. Si te hace daño, solo con que te haga sentirte incómoda, dímelo.

Sus hombros se relajaron.

—Sé que no lo decías en serio. Pero tienes que dominar ese sentimiento sobreprotector de hermano mayor que te hace perder el control.

Me reí. Abby no lo entendía.

—No estoy jugando al hermano mayor, Paloma. Ni por asomo.

Parker apareció por la esquina metiéndose las manos en los bolsillos.

—¿Todo arreglado?

—Sí, vamos —dijo Abby cogiéndolo del brazo.

Fantaseé con la idea de salir corriendo tras él y darle un codazo en la nuca, pero Abby se volvió y me pilló mirándolo.

«Ya basta», me dijo solo con los labios. Se fue caminando con Parker, que le abrió la puerta al salir. Le dedicó una amplia sonrisa como agradecimiento.

Por supuesto, esta vez sí se dio cuenta de que le abrían la puerta.

Capítulo 11

PERRA FRÍA

Ir yo solo en el asiento trasero del Charger de Shepley no fue nada emocionante. América se quitó los tacones y se echó a reír mientras le ponía a Shepley el dedo gordo del pie en la mejilla. Debía de estar tremendamente enamorado de ella, porque se limitó a sonreír, divertido por su risa contagiosa.

Sonó el celular. Era Adam.

—Tengo a un novato dentro de una hora. Al fondo de Hellerton.

—Ah, pues... no puedo ir.

—¿Qué?

—Eso. Que no puedo ir.

—¿Estás mal? —me preguntó con voz cada vez más irritada.

—No. Tengo que asegurarme de que mi paloma llegue bien a casa.

—He tenido que moverme mucho para montar esto, Maddox.

—Lo sé. Lo siento. Tengo que colgar.

Suspiré cuando Shepley entró en el estacionamiento y no vimos por ningún lado el Porsche de Parker.

—¿Vienes, primo? —me preguntó Shepley desde su asiento.

—Sí. —Bajé la mirada a mis manos—. Sí, supongo que sí.

Shepley bajó el respaldo de su asiento para que pudiera salir, y casi me di de bruces con el cuerpo pequeño y delgado de América.

—Trav, no tienes por qué preocuparte. Confía en mí.

Asentí una vez y los seguí por las escaleras. Cuando entraron, se dirigieron directamente a la habitación de Shepley y cerraron la puerta. Me dejé caer en el sillón reclinable, desde donde oí las risitas incesantes de América. Intenté no imaginarme a Parker poniendo una mano en la rodilla de Abby... o en su muslo.

Menos de diez minutos más tarde, se oyó el rugido de un coche en el estacionamiento y me acerqué a la puerta. Agarré el pomo. Oí dos pares de pisadas en las escaleras. Unas eran tacones. Me invadió una oleada de alivio. Abby ya estaba en casa.

A través de la puerta solo llegaban sus murmullos. Cuando se quedaron callados y el pomo comenzó a moverse, lo terminé de girar y abrí de golpe la puerta.

Abby se cayó a través del umbral y la agarré del brazo.

—Alto ahí, excelencia.

Se giró de inmediato para ver la expresión de la cara de Parker. Estaba tenso, como si no supiera qué pensar, pero se recuperó con rapidez y fingió que miraba por encima de mi hombro hacia el interior del departamento.

—¿Hay alguna chica humillada y abandonada ahí dentro que necesite que la lleve?

Le miré fijamente. Algo de valor sí tenía.

—No te metas conmigo.

Parker sonrió y le guiñó un ojo a Abby.

—Siempre se la hago pasar mal. No lo consigo tan a menudo ya, porque se ha dado cuenta de que es más fácil si las chicas vienen en su propio coche.

—Imagino que eso simplifica las cosas —dijo Abby volviéndose hacia mí.

—No tiene gracia, Paloma.

—¿Paloma? —preguntó Parker.

Abby se removió inquieta.

—Es... un mote, simplemente un apodo, ni siquiera sé de dónde salió.

—Ya me lo explicarás cuando lo averigües. Parece una buena historia. —Parker sonrió—. Buenas noches, Abby.

—¿No quieres decir buenos días? —le preguntó Abby.

—Eso también —le respondió él con una sonrisa que me provocó ganas de vomitar.

Abby estaba demasiado extasiada, así que la devolví a la realidad cerrando de un portazo. Dio un salto hacia atrás.

—¿Qué pasa? —me gritó enfadada.

Me dirigí a grandes zancadas hacia el dormitorio y Abby me siguió de cerca. Se detuvo al cruzar la puerta y comenzó a saltar sobre un pie para quitarse el tacón del otro.

—Es muy simpático, Trav.

Me quedé mirando cómo intentaba mantener el equilibrio y decidí ayudarla antes de que se cayera.

—Te vas a hacer daño.

Le rodeé la cintura con un brazo y le quité los tacones con la mano libre. Luego me quité la camisa y la tiré a un lado.

Me quedé sorprendido cuando Abby se llevó las manos a la espalda para desabrocharse el cierre. Después se puso rápidamente una camiseta y realizó ese truco mágico para quitarse el sujetador y sacarlo de debajo de la camiseta. Todas las mujeres parecían conocer esa maniobra.

—Estoy segura de que no tengo nada que no hayas visto antes —me dijo poniendo los ojos en blanco.

Se sentó en el colchón y metió las piernas bajo la sábana y la colcha. Me quedé mirando cómo acurrucaba la cabeza sobre la almohada y luego me quité los *jeans* para mandarlos también de una patada a una esquina.

Estaba hecha un ovillo, esperando que me metiera en la cama. Me irritó que acabara de llegar con Parker y que se hubiera quitado la ropa delante de mí como si nada, pero realmente esa era la puñetera situación platónica en la que nos encontrábamos y todo era culpa mía.

Había demasiadas cosas que bullían en mi interior a punto de explotar. No sabía qué hacer con todas ellas. Cuando hicimos la apuesta, no se me ocurrió que acabaría saliendo con Parker. Sabía que enfadándola solo conseguiría que se lanzara directamente en brazos a los de Parker. En lo más profundo de mi ser, sabía que haría lo que fuera necesario para mantenerla cerca de mí. Si mantener los celos a raya daba como resultado pasar más tiempo con Abby, eso es lo que haría.

Me metí a su lado en la cama y le puse una mano sobre la cadera.

—He faltado a una pelea esta noche. Adam llamó. No fui.

—¿Por qué? —me preguntó volviéndose hacia mí.

—Quería estar seguro de que volvías a casa.

Arrugó la nariz.

—No tienes que cuidar de mí.

Le recorrí el brazo con un dedo. Era tan cálida...

—Lo sé. Supongo que todavía me siento mal por lo de la otra noche.

—Te dije que no me importaba.

—¿Por eso estuviste durmiendo en el sillón? ¿Porque no te importaba?

—No podía dormirme después de que tus... amigas se fueran.

—Estabas durmiendo tranquilamente en el sillón. ¿Por qué no podías dormir conmigo?

—¿Quieres decir junto a un tipo que todavía tenía el olor de un par de zorras de bar que acababa de mandar a casa? ¡No sé! ¡Qué egoísta fui!

Giré la cara mientras evitaba que esas imágenes volvieran a mi cabeza.

—Ya te dije que lo sentía.

—Y yo dije que no me importaba. Buenas noches —respondió antes de darse media vuelta.

Deslicé una mano por encima de la almohada para colocarla sobre la suya y le acaricié la delicada piel de entre sus dedos. Luego me incliné y le besé el pelo.

—Y yo preocupado porque nunca volvieras a hablarme... Creo que es peor tu indiferencia.

—¿Qué quieres de mí, Travis? No quieres que me preocupe por lo que hiciste, pero quieres que me preocupe. Le dices a América que no quieres salir conmigo, pero te enojas tanto cuando yo digo lo mismo que te marchas de casa enfurecido y te emborrachas. Nada de lo que haces tiene sentido.

Lo que dijo me sorprendió.

—¿Por eso le dijiste esas cosas a América? ¿Porque yo había dicho que no quería salir contigo?

En su cara se mezclaron el asombro y la rabia.

—No, quise decir lo que dije. Simplemente no pretendía que fuera un insulto.

—Pues yo lo dije porque no quiero estropear nada. Ni siquiera sé cómo hacer para ser lo que te mereces. Solo intentaba averiguarlo.

Decir aquello me revolvió el estómago, pero tenía que decirlo.

—Vale, muy bien, pero tengo que dormir. Tengo una cita mañana por la noche.

—¿Con Parker?

—Sí. ¿Puedo dormir, por favor?

—Claro —le respondí y me bajé de la cama de golpe.

Abby no dijo nada mientras me marchaba. Me senté en el sillón y encendí la tele. No era precisamente un ejemplo de control sobre mi rabia, pero es que esa chica se me había metido por completo en la cabeza. Hablar con ella era igual que tener una conversación con un agujero negro. No importaba lo que le dijera, ni siquiera las pocas veces que tenía claros mis sentimientos. Su capacidad de oír solo lo que quería era irritante. No era capaz de llegar a su fuero interno y parecía que ser directo no hacía más que enfurecerla.

Amaneció media hora después. A pesar de que todavía estaba rabioso, logré dormirme.

Pocos momentos después, sonó el teléfono. Lo busqué a tientas, todavía medio dormido, y me lo llevé a la oreja.

—¿Sí?

—¡Hombre, caraculo! —me gritó Trenton.

—¿Qué hora es? —pregunté girándome hacia la televisión. Se veían los típicos dibujos animados de un sábado por la mañana.

—Las diez y algo. Tienes que echarme una mano con la camioneta de papá. Creo que es el motor de arranque. Ni siquiera se enciende.

—Trent —logré decir antes de que me interrumpiera un bostezo—, no tengo ni puta idea de coches. Por eso tengo una moto.

—Pues pregúntale a Shepley. Tengo que irme a trabajar dentro de una hora y no quiero dejar a papá sin coche.

Bostecé de nuevo.

—Joder, Trent, me he pasado toda la noche despierto. ¿Dónde está Tyler?

—¡Ven de una puñetera vez! —me gritó antes de colgar.

Tiré el celular al sofá y me puse de pie. Miré el reloj de la televisión. Trent no se había equivocado mucho al calcular la hora. Eran las diez y veinte.

Shepley tenía la puerta cerrada, así que me quedé escuchando un minuto antes de llamar dos veces y asomar la cabeza.

—Eh, Shep. ¡Shepley!

—¿Qué?

Su voz sonó igual que si hubiera comido gravilla y la hubiera ayudado a bajar con un poco de ácido.

—Tienes que ayudarme.

América gimoteó, pero no se movió.

—¿A qué? —me preguntó.

Se incorporó y se puso una camiseta que cogió del suelo.

—La camioneta de mi padre no funciona. Trent cree que es el motor de arranque.

Shepley terminó de vestirse y luego se inclinó sobre América.

—Cariño, voy a ver a Jim durante unas horas.

—¿Hum?

—Voy a ayudar a Travis con la camioneta de Jim. Vuelvo pronto.

—De acuerdo —respondió América, que se durmió antes de que Shepley saliera de la habitación.

Se puso los zapatos de deporte que tenía en la sala de estar y cogió sus llaves.

—¿Vienes o no? —me preguntó.

Crucé con lentitud el pasillo y entré en la habitación con los movimientos normales en un individuo que solo había dormido cuatro horas y que tampoco lo había hecho demasiado bien. Me puse una camiseta sin mangas, una sudadera y unos *jeans*. Me esforcé por caminar en silencio y abrí la puerta para salir, pero me paré un momento antes de marcharme. Abby estaba tumbada de espaldas respirando con suavidad, con las piernas desnudas separadas. Me invadió un impulso casi incontrolable de meterme en la cama con ella.

—¡Vámonos ya! —me llamó Shepley.

Cerré la puerta y le seguí hasta el Charger. Nos turnamos para bostezar de camino a casa de mi padre. Estábamos demasiado cansados para charlar.

La gravilla del sendero que daba a la casa crujió bajo los neumáticos del Charger. Saludé con la mano a Trenton y a mi padre antes de bajar del coche.

La camioneta de mi padre estaba estacionada delante de la casa. Metí las manos en los bolsillos de la sudadera al notar el frío del aire. Las hojas secas crujieron bajo las botas cuando crucé el césped.

—Vaya, buenos días, Shepley —le saludó mi padre con una sonrisa.

—Hola, tío Jim. Me han dicho que tienes problemas para arrancar.

Mi padre se puso una mano sobre su robusta cadera.

—Eso parece..., eso parece —respondió volviendo la mirada hacia el motor.

—¿Y por qué te lo parece? —le preguntó Shepley mientras se arremangaba.

Trenton señaló la cubierta protectora.

—Bueno..., está fundido.

—Buena observación —admitió Shepley—. Trav y yo iremos a la tienda de repuestos y traeremos uno nuevo. Te lo montaré y ya está.

—Bonita teoría —le dije a Shepley mientras le entregaba un destornillador.

Desenroscó los tornillos del motor de arranque y quitó la tapa. Nos quedamos mirando la superficie fundida. Shepley señaló el hueco del motor de arranque.

—Tendremos que sustituir esos cables. ¿Ven las quemaduras? —preguntó mientras tocaba el metal—. El aislamiento de los cables también está quemado.

—Gracias, Shep. Voy a darme una ducha. Tengo que ir al trabajo —le dijo Trenton.

Shepley movió el destornillador en un torpe gesto de despedida a Trenton antes de ponerse a rebuscar en la caja de herramientas.

—Parece que han tenido una noche muy larga —comentó mi padre.

Torcí la boca con una mueca.

—Así es.

—¿Cómo está tu chica? ¿América?

Shepley asintió sonriendo de oreja a oreja.

—Le va bien, Jim. Sigue dormida.

Mi padre soltó una risa y asintió a su vez.

—¿Y la tuya?

Me encogí de hombros.

—Tiene una cita con Parker Hayes esta noche. No es que sea exactamente mía, papá.

Mi padre me guiñó un ojo.

—Todavía.

El rostro de Shepley se ensombreció. Vimos como se contenía para no fruncir el ceño.

—¿Qué te pasa, Shep? ¿No te gusta la Paloma de Travis?

Que mi padre usara el mote de Abby de forma tan natural tomó a Shepley desprevenido. Torció la boca, pero como si estuviera a punto de sonreír.

—No es eso. Abby me cae bien. Es lo más parecido a una hermana que tiene América. Eso me pone nervioso.

Mi padre asintió con gesto enérgico.

—Es comprensible. Pero creo que esta vez es diferente, ¿verdad?

Shepley se encogió de hombros.

—Ese es el problema, más o menos. No quiero que la primera mujer a la que Travis le rompe el corazón sea la mejor amiga de América. No quiero ofenderte, Travis.

Fruncí el ceño.

—No te fías de mí nada de nada.

—No es eso. Bueno, sí, un poco.

Mi padre le puso una mano en el hombro a Shepley.

—Como es la primera vez que Travis intenta tener una relación seria, tienes miedo de que la joda y que eso te joda a ti.

Shepley cogió un trapo y se limpió las manos.

—No me gusta admitirlo, pero sí. Aunque te apoyo en todo, hermano, de verdad.

Trenton cerró de un portazo cuando salió al trote de la casa. Me propinó un puñetazo en el hombro antes de que ni siquiera viera que levantaba la mano.

—¡Hasta luego, fracasados! —Trenton se detuvo en seco y se giró—. No me refería a ti, papá.

Mi padre le sonrió y meneó la cabeza de un lado a otro.

—No pensaba eso, hijo.

Trent sonrió y luego se subió de un salto a su coche, un Dodge Intrepid de color rojo oscuro destartalado. El coche no resultaba espectacular ni cuando íbamos al colegio, pero a él le encantaba. Sobre todo porque ya estaba pagado.

Un pequeño cachorro negro ladró y me giré hacia la casa. Mi padre sonrió y se dio unas palmadas en el muslo.

—Ven aquí, cobardica.

El cachorro dio un par de pasos y luego se metió otra vez en la casa sin dejar de ladrar.

—¿Cómo te va con él?

—Se ha meado dos veces en el salón.

Hice una mueca.

—Lo siento.

Shepley se echó a reír.

—Al menos fue al sitio adecuado.

Mi padre asintió y movió la mano como para quitarle importancia.

—Solo hasta mañana.

—No pasa nada, hijo. Es muy entretenido. A Trent le gusta mucho.

—Bien —contesté sonriendo.

—¿De qué estábamos hablando? —me preguntó mi padre.

Me froté el brazo donde me había pegado el puñetazo Trent.

—Shepley me estaba recordando su convencimiento de que soy un fracasado en lo que se refiere a las chicas.

Shepley se echó a reír.

—Trav, puede que seas muchas cosas, pero no un fracasado. Solo creo que te queda mucho camino por recorrer y, entre tu mal genio y el de Abby, tienes muchas probabilidades en contra.

Me puse tenso y me erguí.

—Abby no tiene mal genio.

Mi padre me hizo un gesto con la mano para que me apartara.

—Tranquilízate, bobo. No estaba metiéndose con Abby.

—Pero no lo tiene.

—De acuerdo —me tranquilizó mi padre con una leve sonrisa.

Siempre sabía manejarnos cuando la situación se ponía tensa y procuraba calmarnos antes de que las cosas llegaran demasiado lejos.

Shepley dejó el trapo sucio sobre la caja de herramientas.

—Vamos por las piezas.

—Díganme cuánto cuestan.

Negué con la cabeza.

—Pago yo, papá. Así te compenso por el perro.

Mi padre me sonrió y empezó a ordenar la caja de herramientas, que Trenton había dejado hecha un lío.

—Muy bien. Nos vemos dentro de un rato.

Shepley y yo nos marchamos en el Charger y nos dirigimos a la tienda de repuestos. Había llegado un frente frío. Me bajé las mangas hasta cubrirme las manos para mantenerlas calientes.

—Hace un día de perros —comentó Shepley.

—Va a hacerlo, sí.

—Creo que le va a encantar el cachorro.

—Eso espero.

Tras unos cuantos segundos más de silencio, Shepley asintió con la cabeza.

—No pretendía insultar a Abby. Lo sabes, ¿verdad?

—Lo sé.

—Sé lo que sientes por ella y ojalá funcione, de verdad. Es que estoy nervioso.

—Ya.

Shepley entró en el estacionamiento de O'Reilly y se paró, pero no apagó el motor.

—Travis, esta noche tiene una cita con Parker Hayes. ¿Qué crees que va a ocurrir cuando pase a recogerla? ¿Lo has pensado?

—Intento no hacerlo.

—Bueno, pues quizás deberías. Si de verdad quieres que esto funcione, tienes que dejar de reaccionar como lo haces; tienes que actuar como más te convenga.

—¿Cómo?

—¿Crees que vas a conseguir algo poniendo mala cara mientras se arregla y luego comportándote como un idiota con Parker? ¿O crees que a ella le gustará más que le digas que tiene un aspecto precioso antes de despedirte como un buen amigo?

—Yo no quiero ser solo su amigo.

—Eso ya lo sé, tú lo sabes y Abby probablemente también lo sabe.... Y ya puedes tener muy claro que Parker lo sabe.

—¿Tienes que seguir pronunciando el nombre de ese imbécil?

Shepley apagó el motor.

—Vamos, Travis. Tú y yo sabemos que mientras Parker vea que está haciendo algo que te molesta, y mucho, lo seguirá haciendo. No le des esa satisfacción, juega tus cartas mejor que él. Al final mostrará lo imbécil que es y Abby se librará de él por su cuenta.

Pensé unos momentos en lo que me estaba diciendo, y luego lo miré.

—¿De verdad… piensas eso?

—Sí, y ahora vamos a conseguirle esa pieza a tu padre y volvamos a casa antes de que América se despierte y me llene el celular con llamadas, porque seguro que no se acuerda de lo que le dije cuando nos fuimos.

Me eché a reír y seguí a Shepley.

—Pero sigue siendo un idiota.

Shepley no tardó mucho en encontrar la pieza que buscaba y no tardó mucho más en sustituirla. Instaló el nuevo motor de arranque en menos de una hora, encendió el motor y luego pasamos otro rato suficientemente largo de visita con mi padre. Para cuando nos despedimos con la mano mientras el Charger salía del sendero de gravilla, ya eran más de las doce.

Tal y como había predicho Shepley, América ya estaba despierta cuando llegamos al departamento. Intentó mostrarse irritada por nuestra ausencia antes de que Shepley tuviera tiempo de explicárselo, pero era obvio que se alegraba de que estuviera de vuelta.

—Me he aburrido mucho. Abby sigue dormida.

—¿Todavía? —le pregunté mientras me quitaba las botas sacudiendo los pies.

América asintió y luego puso mala cara.

—A esa chica le gusta dormir. A menos que se emborrache, y mucho, la noche anterior, es capaz de dormir todo el día. He dejado de intentar convertirla en una persona madrugadora.

La puerta crujió cuando la abrí lentamente. Abby seguía tumbada boca abajo, casi en la misma postura que cuando me fui, pero al otro lado de la cama. Tenía una parte de la cara cubierta por el cabello y el resto estaba desparramado sobre mi almohada como un chorro de caramelo blando.

La camiseta se le había enrollado a la altura de la cintura, lo que dejaba a la vista sus bragas de color azul claro. Era una prenda de algodón, nada muy excitante, y parecía encontrarse en estado comatoso, pero a pesar de eso, verla enredada entre mis sábanas bajo el sol de la tarde que entraba a raudales por las ventanas le proporcionaba una belleza indescriptible.

—Paloma, ¿te vas a levantar hoy?

Murmuró algo y movió la cabeza. Di unos cuantos pasos más para adentrarme en la habitación.

—¿Paloma?

—Nas… Teras… orfavor… nez.

América tenía razón. Iba a tardar en levantarse. Cerré la puerta con suavidad y me fui con ella y con Shepley a la sala de estar. Estaban picando de un plato de nachos que ella había cocinado mientras miraban una película para chicas en la tele.

—¿Se ha despertado?

Negué con la cabeza y me senté en el sillón.

—No. Pero murmuró algo.

América sonrió, pero con los labios cerrados para que no se le cayera la comida.

—Lo hace mucho —me explicó con la boca llena—. Oí que salías de tu dormitorio esta noche. ¿Qué pasó?

—Me porté como un imbécil.

—¿Tú? Venga ya.

—Me sentía frustrado. Prácticamente le dije lo que sentía por ella, y le entró por un oído y le salió por el otro.

—¿Y qué es lo que sientes? —quiso saber América.

—Ahora mismo, cansancio.

Me tiró un nacho a la cara, pero se quedó corto y me cayó en la camisa. Lo recogí y me lo comí. Mastiqué los frijoles, el queso y la crema agria. No estaba mal.

—Te lo pregunto en serio. ¿Qué le dijiste?

Me encogí de hombros.

—No me acuerdo. Algo sobre ser quien ella se merecía.

—Oooh… —dijo América y suspiró. Se apartó de mí y se inclinó hacia Shepley con una sonrisa burlona—. Eso es bastante bueno. Hasta tú tienes que admitirlo.

Shepley torció la boca hacia un lado. Fue su única respuesta a aquel comentario.

—Eres un gruñón —le dijo América con el ceño fruncido.

Shepley se puso en pie.

—No, cariño, es que no me siento bien.

Cogió una revista de *Coches y Conductores* de la mesita y se metió en el cuarto de baño.

América miró a Shepley con una expresión comprensiva mientras se alejaba y luego se giró hacia mí y puso cara de asco.

—Me parece que voy a tener que utilizar tu cuarto de baño durante las próximas horas.

—A menos que quieras perder el sentido del olfato durante el resto de tu vida.

—Puede que lo quiera después de eso —respondió estremeciéndose.

América puso en marcha de nuevo la película y vimos el resto. No tenía ni idea de lo que iba. Una mujer decía algo sobre vacas viejas y que su compañero de apartamento era un mujeriego. Shepley volvió con nosotros cuando ya estaba terminando. La protagonista descubrió que sentía algo por su compañero de apartamiento, que no era una vaca vieja después de todo, y el mujeriego, ya reformado, se enfadó por alguna clase de estúpido malentendido, así que ella tuvo que perseguirlo por la calle y besarlo para que todo acabara bien. No fue la peor película que he visto, pero seguía siendo para chicas… y muy boba.

Al mediodía, el departamento estaba muy iluminado y la tele estaba encendida, aunque con el volumen muy bajo. Todo parecía normal, pero también vacío. Las señales de tráfico robadas seguían en las paredes, colgadas al lado de nuestros carteles de cervezas favoritas con mujeres medio desnudas tendidas en distintas posiciones. América había limpiado el departamento y Shepley estaba tendido en el sofá pasando de un canal a otro. Era un sábado normal. Pero fallaba algo. Faltaba algo.

Abby.

Aunque estaba en la habitación de al lado, casi desmayada, el departamento parecía distinto sin su voz, sin sus codazos juguetones, incluso sin el sonido que hacía al cortarse las uñas. Me había acostumbrado a todo aquello en el poco tiempo que llevábamos juntos.

Oí abrirse la puerta de mi dormitorio justo cuando empezaban los créditos de la segunda película. Luego se oyó el sonido de los pies de Abby al rozar el suelo y la puerta del cuarto de baño se abrió y se cerró. Iba a comenzar a arreglarse para su cita con Parker.

Empecé a enfurecerme de inmediato.

—Trav —me advirtió Shepley.

Recordé lo que me había dicho Shepley esa misma mañana. Parker estaba jugando conmigo y yo tenía que jugar mejor que él. Me bajó la adrenalina y me recosté sobre el cojín del sillón. Había llegado el momento de poner mi cara de jugador.

El sonido agudo de las cañerías del cuarto de baño indicó que Abby se disponía a darse una ducha. América se levantó y se dirigió casi bailando hacia el cuarto de baño. Oí la cháchara de sus voces, pero no entendí lo que decían.

Entré en el pasillo y pegué la oreja a la puerta.

—No es que me enloquezca que oigas orinar a mi chica —me dijo Shepley con un fuerte susurro.

Me llevé el dedo corazón a los labios y luego volví a centrarme en sus voces.

—Ya se lo expliqué —dijo Abby.

Oí el retrete y luego cómo alguien abría un grifo; de repente, Abby gritó. Agarré el pomo y abrí la puerta sin pensármelo.

—¿Paloma? —exclamé.

América se rio.

—Solo he tirado de la cadena, Trav, cálmate.

—Oh. ¿Estás bien, Paloma?

—Estoy estupendamente. Sal.

Cerré la puerta de nuevo y suspiré. Había sido una estupidez. Tras unos cuantos segundos de tensión, me di cuenta de que las chicas no sabían que yo seguía al otro lado de la puerta, así que pegué otra vez la oreja a la madera.

—¿Es mucho pedir que haya pestillos en las puertas? —preguntó Abby—. ¿Mare?

—Qué mal que lo suyo no cuajara. Eres la única chica que podría haber... —suspiró—. En fin, no te preocupes. Ahora ya no importa.

Cerró el agua.

—Estás tan mal como él —dijo Abby con la voz cargada de frustración—. Debe de ser una enfermedad..., aquí nadie tiene sentido común. ¿Te acuerdas de lo mucho que te enfadaba su comportamiento?

—Lo sé —admitió América.

Me lo tomé como una indicación de que debía volver al salón, pero el corazón me palpitaba a mil por hora. No sabía por qué motivo a América le parecía bien lo mío, así que me sentí como si se hubiera abierto el semáforo con luz verde, pensé que no era un completo imbécil por intentar formar parte de la vida de Abby.

América salió del cuarto de baño un momento después de que me sentara en el sillón.

—¿Qué? —preguntó al notar algo raro.

—Nada, cariño. Siéntate conmigo —le dijo Shepley dando unas palmaditas en el sitio vacío que tenía la lado.

América aceptó encantada y se tumbó a su lado con el torso apoyado en el pecho de Shepley.

Oí que se encendía el secador de pelo en el cuarto de baño y miré el reloj. Lo único peor que tener que soportar que Abby saliera con Parker era tener a Parker esperando a Abby en mi apartamento. Una cosa era mantenerme tranquilo ante él mientras esperaba que ella recogiera su bolso y otra muy distinta ver su feo hocico sentado en mi sofá a sabiendas de que planeaba el modo de meterse en sus calzones al final de la noche.

Me relajé un poco cuando Abby salió del cuarto de baño. Llevaba puesto un vestido rojo y el lápiz de labios iba a juego. Se había rizado el cabello, lo que me recordó a uno de esos dibujos de chicas de los años cincuenta. Pero era mejor. Mucho mejor.

Sonreí y ni siquiera tuve que esforzarme para hacerlo.

—Estás... preciosa.

—Gracias —me respondió, claramente sorprendida.

Se oyó el timbre de la puerta y, de inmediato, sentí que el cuerpo se me llenaba de adrenalina. Inspiré profundamente. Estaba decidido a mantener el control.

Abby abrió la puerta y Parker tardó varios segundos en hablar.

—Eres la criatura más hermosa que he visto jamás —dijo embelesado.

Sí, estaba claro. Iba a vomitar antes de darle un puñetazo. Cretino.

América sonrió de oreja a oreja. Shepley también parecía realmente contento. Me negué a volverme y mantuve la mirada fija en la tele. Si veía la cara engreída de Parker, me levantaría de un salto del sofá y le haría bajar al primer piso sin que tuviera que pisar un solo peldaño.

La puerta se cerró y me incliné hacia delante con los codos en las rodillas y la cabeza en las manos.

—Lo has hecho bien, Trav —me dijo Shepley.

—Necesito un trago.

Capítulo 12

VIRGEN

Ya había vaciado mi segunda botella de whisky menos de una semana después. Tuve que soportar que Abby pasara cada vez más tiempo con Parker, además de pedirme que la liberara de su apuesta para poder irse, y eso provocó que mis labios pasaran más tiempo en el gollete de la botella que en la boquilla de los cigarrillos.

Parker había estropeado la sorpresa de la fiesta de cumpleaños de Abby contándoselo el jueves durante la comida, así que tuve que apresurarme a adelantarla al viernes por la noche en vez del domingo. Me sentí agradecido por la posibilidad de distraerme con otra cosa, pero no era suficiente.

La noche del jueves, Abby y América estuvieron charlando en el cuarto de baño. El comportamiento que Abby mostraba con América era muy distinto respecto al modo en que me trataba a mí: apenas me hablaba desde el mismo día que me negué a anular la apuesta.

Me asomé al cuarto de baño con la esperanza de poder arreglar un poco las cosas.

—¿Quieres ir a cenar?

—Shep quiere probar el nuevo mexicano del centro, si quieren venir... —me contestó América mientras se cepillaba el cabello.

—Había pensado que esta noche Paloma y yo podíamos ir a algún sitio solos.

Abby perfiló la pintura de los labios.

—Salgo con Parker.

—¿Otra vez? —dije notando cómo se me fruncía el ceño de forma automática.

—Otra vez —replicó con voz cantarina.

El timbre de la puerta sonó y Abby salió en tromba para cruzar la sala de estar y abrir.

La seguí y me quedé detrás de ella para fijar en Parker mi mirada más amenazante.

—¿Alguna vez estás un poco menos que preciosa? —preguntó Parker.

—Basándome en la primera vez que vino aquí, diré que sí —dije con voz neutra.

Abby levantó un dedo delante de Parker y se giró hacia mí. Pensaba que me iba a soltar alguna impertinencia hiriente, pero me estaba sonriendo. Me rodeó el cuello con los brazos y apretó.

Al principio me puse tenso porque creí que se disponía a golpearme, pero luego me di cuenta de que me estaba abrazando. Me relajé y la atraje hacia mí.

Abby se apartó todavía sonriente.

—Gracias por organizar mi fiesta de cumpleaños —me dijo con una voz cargada de sinceridad—. ¿Puedo aceptar la invitación para cenar otro día?

Vi en su cara la ternura que echaba de menos, pero, sobre todo, me sentí sorprendido de que después de no haberme hablado durante toda la tarde y el comienzo de la noche, estuviera de repente en mis brazos.

—¿Mañana?

Me abrazó de nuevo.

—Pues claro.

Se despidió agitando una mano mientras con la otra tomaba a Parker de la mano. Luego cerró la puerta.

Me giré y me froté la nuca con la mano.

—Necesito…, creo que necesito…

—¿Un trago? —me preguntó Shepley, con cierta preocupación en la voz. Miró hacia la cocina—. Solo nos queda cerveza.

—Entonces tendré que acercarme a la licorería.

—Iré contigo —dijo América poniéndose en pie casi de un salto y cogiendo su abrigo.

—¿Por qué no lo llevas en el Charger? —le dijo Shepley al mismo tiempo que le lanzaba las llaves.

América bajó la mirada hacia el puñado de metal que tenía en la mano.

—¿Estás seguro?

Shepley suspiró.

—No creo que Travis deba conducir. A ningún sitio…, ya me entiendes.

América asintió con entusiasmo.

—Te entiendo. —Me tomó de la mano—. Venga, Trav. Vamos a ponerte hasta arriba de alcohol. —La seguí por las escaleras, pero se detuvo de repente en seco y giró sobre sí misma—. ¡Un momento! Tienes que prometerme una cosa: nada de peleas esta noche. Beber para olvidar las penas sí. —Me agarró de la barbilla con los dedos y me obligó a asentir—. Convertirme en un borracho agresivo no. —Me movió la barbilla de un lado a otro.

Retiré la cara y aparté la mano.

—¿Me lo prometes? —insistió alzando una ceja.

—Sí.

Me sonrió.

—Pues entonces, vamos allá.

Vi pasar el mundo por la ventanilla con el codo apoyado en la puerta y los labios contra los dedos. El frente frío había traído consigo un fuerte viento que azotaba los árboles y los arbustos, y que provocaba que las farolas se bamboleasen. El vestido de Abby tenía una falda bastante corta. Más le valía a Parker comportarse con la mirada si esa falda se subía demasiado. Me acordé del aspecto que tenían las rodillas desnudas de Abby cuando se sentaba a mi lado en el asiento trasero del Charger y me imaginé que Parker notaría lo suave y brillante que tenía la piel, pero lo haría con mucha menos elegancia y con más lascivia.

Justo cuando la ira comenzaba a acumularse en mi interior, América tiró del freno de mano.

—Hemos llegado.

El suave brillo de la tienda, Ugly Fixer Liquor, iluminaba la entrada.

América se convirtió en mi sombra mientras recorríamos el pasillo número tres. No tardé mucho en encontrar lo que buscaba. La única botella que serviría para una noche como aquella: Jim Beam.

—¿Seguro que te quieres meter eso? —me preguntó América en tono admonitorio—. Mañana tienes que preparar una fiesta sorpresa.

—Seguro —le contesté mientras llevaba la botella hacia el mostrador.

En cuanto me senté en el Charger, desenrosqué el tapón y tomé un trago echando la cabeza hacia atrás.

América me miró durante unos instantes y luego metió la marcha atrás.

—Está claro que esto va a ser divertido.

Para cuando llegamos al apartamento, ya me había bebido todo el whisky que había en el cuello de la botella y me adentraba en el resto del envase.

—No te has bebido eso —me dijo Shepley mirando la botella.

—Pues sí —le respondí antes de echar otro trago—. ¿Quieres un poco? —le pregunté apuntándole con el cuello de la botella.

Shepley torció el gesto.

—Joder, no. Tengo que estar sobrio para poder reaccionar luego cuando te lances contra Parker en plan Travis cargado de Jim Beam.

—No lo hará. Me lo ha prometido —le aseguró América.

—Sí que lo hice —confirmé con una sonrisa. Ya me sentía mejor—. Lo prometí.

Shepley y América se dedicaron durante toda la hora siguiente a mantenerme la cabeza ocupada. El señor Jim Beam hizo todo lo posible por mantenerme aturdido. A mitad de la segunda hora, ya tenía la impresión de que Shepley hablaba con más lentitud. América se echó a reír al ver la risa boba que yo tenía.

—¿Ves? Ya es un borracho feliz.

Le lancé una pedorreta con los labios.

—No estoy borracho. Todavía no.

Shepley señaló el poco líquido de color ámbar que quedaba.

—Si te bebes el resto, lo estarás.

Alcé la botella y luego miré el reloj.

—Tres horas. Debe de ser una cita estupenda.

Levanté la botella en dirección a Shepley y después me la llevé a los labios. Eché la cabeza hacia atrás del todo y lo que quedaba pasó a través de mis labios y mi lengua, ya adormecidos, para quemarme toda la garganta de camino al estómago.

—Joder, Travis —musitó Shepley—. Deberías desmayarte. No querrás estar despierto cuando vuelva a casa.

El sonido de un motor sonó con más fuerza a medida que se acercaba al bloque de apartamentos y luego se quedó ronroneando en el exterior. Conocía muy bien ese sonido: era el Porsche de Parker.

—¿Por qué? Ahora es cuando empieza la magia.

América me miró con cautela.

—Trav..., me lo prometiste.

Asentí.

—Lo hice. Te lo prometí. Solo voy a ayudarla a salir del coche.

Sabía que conservaba las piernas, pero era incapaz de sentirlas. El respaldo del sillón demostró ser un estabilizador fabuloso para poder empezar a caminar.

Agarré el pomo, pero América me cubrió suavemente la mano con la suya.

—Voy contigo. Para asegurarme de que no incumplas tu promesa.

—Buena idea —le dije.

Abrí la puerta y la adrenalina eliminó de inmediato el efecto de la segunda mitad de la botella. El Porsche se balanceó una vez, con las ventanillas empañadas.

No tuve muy claro cómo fue posible que mis piernas se movieran con tanta rapidez en el estado en el que me encontraba, pero de repente me vi al final de las escaleras. América me agarró de la camisa. A pesar de lo pequeña que era, resultó sorprendentemente fuerte.

—Travis, Abby no le dejará llegar tan lejos —me dijo con un fuerte susurro—. Procura calmarte antes de nada.

—Solo voy a asegurarme de que está bien —le dije mientras recorría los pocos pasos que me separaban del coche de Parker.

Le di una palmada tan fuerte al cristal del lado del pasajero que me sorprendió que no se rompiera. Al ver que no abrían, lo hice yo por ellos.

Abby estaba recolocándose el vestido. Tenía el cabello enmarañado y ya no le quedaba lápiz de labios, una señal muy clara de lo que habían estado haciendo.

Vi el rostro tenso de Parker.

—¿Qué coño haces, Travis? —me gritó.

Cerré los puños, pero noté la mano de América en el brazo.

—Venga, Abby. Tengo que hablar contigo —dijo América.

Abby parpadeó varias veces.

—¿Sobre qué?

—¡Que vengas! —replicó.

Abby miró a Parker.

—Lo siento, tengo que irme.

Parker meneó la cabeza irritado.

—No, está bien. Vete.

Tomé a Abby de la mano cuando se bajó y después cerré la puerta de una patada. Abby se giró en redondo y se colocó entre el coche y yo antes de empujarme un hombro.

—¿Qué te pasa? ¡Suéltalo ya!

El Porsche salió derrapando del estacionamiento. Saqué el paquete de cigarrillos del bolsillo de la camisa y encendí uno.

—Ya puedes entrar, Mare.

—Venga, Abby.

—¿Por qué no te quedas, Abs? —le dije.

La palabra era ridícula del todo. Me pareció toda una hazaña que Parker fuera capaz de decirla con cara seria.

Abby le indicó con un gesto del mentón a América que podía entrar y su amiga aceptó hacerlo a regañadientes.

Me quedé mirándola un momento y di una o dos caladas al cigarrillo. Abby se cruzó de brazos.

—¿Por qué has hecho eso? —me preguntó.

—¿Por qué? ¡Porque estaba sobándote enfrente de mi apartamento!

—Puedo quedarme a vivir aquí, pero lo que haga y con quién lo haga es asunto mío.

Tiré el cigarrillo al suelo.

—Eres mucho mejor que eso, Paloma. No lo dejes que te folle en un coche como si fueras un ligue barato de fiesta de fin de curso.

—¡No iba a tener relaciones sexuales con él!

Señalé con la mano el lugar donde había estado el coche de Parker.

—¿Qué estaban haciendo entonces?

—¿No has salido nunca con alguien, Travis? ¿No has jugueteado sin ir más lejos?

Era lo más estúpido que había oído jamás.

—¿Qué sentido tiene eso?

Las pelotas hinchadas y el cuerpo decepcionado. Me parecía una estupidez.

—Mucha gente lo hace..., especialmente quienes tienen citas.

—Las ventanillas estaban empañadas, el coche se movía..., ¿qué iba a saber yo?

—¡Tal vez no deberías espiarme!

¿Espiarla? Sabía muy bien que se oían todos los coches que entraban en el estacionamiento ¿y había decidido que justo delante de mi puerta era un buen lugar para follarse a un tipo que yo no soportaba? Me froté la cara por la frustración y me esforcé por mantenerme tranquilo.

—No puedo soportar esto, Paloma. Creo que me estoy volviendo loco.

—¿Qué es lo que no puedes soportar?

—Si duermes con él, no quiero saberlo. Iré a la cárcel mucho tiempo si me entero de que él... Simplemente no me lo digas.

—Travis —replicó iracunda—. ¡No puedo creer que estés diciendo eso! ¡Hacerlo es un paso enorme para mí!

—¡Eso es lo que dicen todas!

—¡No me refiero a las zorras con las que te relacionas! ¡Hablo de mí! —me replicó poniéndose una mano en el pecho—. ¡Yo no he...! ¡Ah! No importa.

Dio unos cuantos pasos, pero la agarré de un brazo e hice que se diera la vuelta hacia mí.

—¿Qué es lo que no has hecho? —Incluso en mi estado de ebriedad, la respuesta se me ocurrió de inmediato—. ¿Eres virgen?

—¿Y qué? —dijo mientras se sonrojaba.

—Por eso estaba América tan segura de que no le dejarías llegar muy lejos.

—Tuve el mismo novio durante los cuatro años de la escuela secundaria. ¡Aspiraba a ser pastor baptista! ¡Nunca lo hicimos!

—¿Un joven pastor baptista? ¿Qué sucedió después de toda su duramente conseguida abstinencia?

—Quería casarse y quedarse en... Kansas. Yo no.

No podía creer lo que Abby acababa de decirme. Tenía casi diecinueve años ¿y todavía era virgen? Era algo inconcebible. No recordaba haberme encontrado con ninguna desde que salí del colegio.

Le agarré la cara con las dos manos.

—Virgen. Nunca lo hubiera imaginado después de verte bailar en el Red.

—Muy gracioso —dijo y subió las escaleras precipitadamente.

Intenté seguirla, pero me resbalé y caí de culo. Me golpeé el codo contra una esquina de los peldaños de cemento, pero no llegué a sentir dolor. Rodé de espaldas y empecé a reír gritando de un modo histérico.

—¿Qué haces? ¡Levántate! —me dijo Abby mientras tiraba de mí hasta que me puse de pie.

Se me enturbió la vista y de repente me pareció que estábamos en clase de Chaney. Abby estaba sentada en su pupitre, con algo parecido a un vestido de fiesta de fin de cursos, y yo solo llevaba unos pantalones cortos. La clase estaba vacía y no era ni el anochecer ni el amanecer.

—¿Vas a alguna parte? —le pregunté sin sentirme muy incómodo por no estar vestido.

Abby me sonrió y alargó una mano para tocarme la cara.

—No. No voy a ningún lado. Voy a quedarme.

—¿Me lo prometes? —le pregunté al mismo tiempo que le tocaba las rodillas. Le abrí las piernas lo justo para acurrucarme con comodidad entre sus muslos.

—Al final, seré tuya.

No estaba completamente seguro de a qué se refería con eso, pero Abby me envolvía por completo. Sus labios me bajaron por el cuello y cerré los ojos, sumido en un estado de euforia total y absoluta. Estaba sucediendo todo aquello por lo que me había esforzado tanto. Sus dedos bajaron por mi torso e inspiré entre los dientes cuando los metió bajo mi pantalón y me los puso sobre el pene.

Daba igual qué sensaciones maravillosas hubiera tenido antes: aquella las sobrepasaba a todas. Enredé los dedos entre sus mechones y apreté mis labios contra los suyos. De inmediato le acaricié el interior de la boca con la lengua.

Uno de los zapatos de tacón se le cayó al suelo y bajé la vista.

—Tengo que irme —me dijo Abby con tristeza.

—¿Qué? Me habías dicho que no te ibas a ninguna parte.

Abby me sonrió.

—Inténtalo con más fuerzas.

—¿Qué?

—Inténtalo con más fuerzas —repitió y me tocó la cara.

—Espera —le dije. No quería que aquello se acabara—. Te amo, Paloma.

Parpadeé con lentitud. Cuando por fin enfoqué la vista, reconocí mi ventilador de techo. Me dolía todo el cuerpo y la cabeza me retumbaba con cada latido de mi corazón.

Una voz aguda y emocionada me atravesó los oídos procedente de alguna parte del pasillo. La voz profunda de Shepley quedó ahogada por el parloteo entre América y Abby.

Cerré los ojos y caí en una profunda depresión. Había sido un sueño. Nada de aquella felicidad había sido real. Me froté la cara tratando de encontrar la motivación suficiente para sacar el culo de la cama.

No sabía en qué clase de fiesta me había metido la noche anterior, pero albergué la esperanza de que hubiera merecido la pena, porque me sentía como carne picada en el fondo de un cubo de basura.

Noté que me pesaban los pies mientras los arrastraba por el suelo para recoger unos *jeans* que estaban tirados en un rincón. Me los puse y me dirigí tambaleante hacia la cocina, pero retrocedí ante el volumen de sus voces.

—Oigan, hacen un ruido de mierda—me quejé mientras me abotonaba los *jeans*.

—Disculpa —me dijo Abby sin apenas mirarme.

Seguro que había hecho algo estúpido que la había avergonzado la noche anterior.

—¿Quién coño me dejó beber tanto ayer por la noche?

América torció el gesto disgustada.

—Tú solito. Te fuiste y compraste una botella de whisky después de que Abby saliera con Parker y te la tomaste entera antes de que ella volviera.

Empecé a recuperar fragmentos de memoria. Abby se marchó con Parker. Me sentía deprimido. Fui a una licorería con América.

—Maldita sea —dije meneando la cabeza—. ¿Te la pasaste bien? —le pregunté a Abby.

Se sonrojó.

Mierda. Tuvo que ser peor de lo que me imaginaba.

—¿Lo dices en serio? —me preguntó.

—¿Qué? —le pregunté a mi vez, pero me arrepentí de inmediato.

América se echó a reír.

—La sacaste a la fuerza del coche de Parker, furioso porque los habías pescado haciéndolo como dos críos de colegio. ¡Estaban empañados los cristales de las ventanillas y todo!

Rebusqué en mi memoria todo lo que pude sobre la noche anterior, pero no encontré nada aparte de recordar los celos.

A Abby parecía que estaban a punto de salírsele los ojos de las órbitas y retrocedí por la hostilidad de su mirada.

—¿Estás enojada? —le pregunté.

Me quedé a la espera de una explosión aguda que me taladrara la cabeza, que ya estaba a punto de estallar por sí sola.

Abby se marchó furiosa hacia el dormitorio y la seguí. Cerré la puerta con suavidad después de entrar.

Se dio la vuelta y la expresión de su cara era completamente distinta a cualquier otra que le hubiera visto. No tuve claro cómo interpretarla.

—¿Recuerdas algo de lo que me dijiste anoche? —me preguntó.

—No. ¿Por qué? ¿Me comporté como una rata?

—¡No, no fuiste un rata conmigo! Tú..., nosotros...

Se cubrió los ojos con las manos.

Al levantarlas, me fijé que en una de sus muñecas había una reluciente pieza de joyería, y era nueva.

—¿De dónde ha salido esto? —le pregunté rodeándole la muñeca con los dedos.

—Es mía —me dijo separándose de mí.

—No la había visto antes. Parece nueva.

—Lo es.

—¿De dónde la has sacado?

—Parker me la ha regalado hace unos quince minutos —me explicó.

Me invadió la rabia, de la clase «tengo que golpear algo para poder sentirme bien».

—¿Qué coño hacía aquí ese estúpido? ¿Ha pasado la noche en mi apartamento?

Se cruzó de brazos, sin mostrar temor alguno.

—Ha ido a comprar algo por mi cumpleaños esta mañana y lo ha traído.

—Todavía no es tu cumpleaños.

La rabia amenazaba con poseerme, pero el hecho de que no se mostrara intimidada en absoluto me ayudó a mantener el control.

—No podía esperar —dijo levantando el mentón.

—No me extraña que tuviera que sacarte a rastras de su coche, parece como si estuvieras…

Fui bajando la voz y apreté los labios para impedir decir el resto. No era un buen momento para decir palabras que luego no podría retirar.

—¿Qué? ¿Como si estuviera qué?

Apreté los dientes.

—Nada. Todavía estoy enfadado e iba a decir algo repugnante que en realidad no pienso.

—Eso no te pasaba antes.

—Lo sé. Eso mismo estaba pensando —dije mientras caminaba hacia la puerta—. Te dejo para que te vistas.

Cuando agarré el pomo de la puerta, me subió desde el codo un pinchazo de dolor. Lo toqué y estaba blando. Subí el brazo y vi lo que me sospechaba: un moretón. Me esforcé por recordar cómo me lo había hecho y me acordé de que Abby me había dicho que era virgen, que me caí y me eché a reír, y que ella me ayudó a desvestirme… y después…, oh, Dios mío.

—Me caí escaleras abajo anoche. Y me ayudaste a ir a la cama… Nosotros… —dije y di un paso hacia ella.

Me asaltó la imagen de abalanzarme sobre ella mientras estaba delante del armario medio desnuda.

Casi me la había follado, casi le había quitado la virginidad mientras estaba borracho. Pensar en lo que podía haber ocurrido me hizo sentirme avergonzado… por primera vez.

—No, no lo hicimos. No ocurrió nada —me dijo negando con la cabeza.

Me encogí.

—Empañaste los cristales de Parker, te saqué de su coche y luego intenté… —Traté de sacarme ese recuerdo de la cabeza.

Era algo repugnante. Por suerte, a pesar de mi estado de embriaguez, había parado a tiempo, pero ¿y si no lo hubiera hecho? Abby no se merecía que su primera vez fuera así con nadie, y menos conmigo. Vaya. Pensaba que había cambiado, pero solo había hecho falta una botella de whisky y la palabra «virgen» para que volviera a comportarme como un imbécil.

Me volví hacia la puerta y agarré el pomo.

—Estás haciendo que me convierta en un psicópata, Paloma —gruñí por encima del hombro—. No pienso con claridad cuando te tengo cerca.

—¿Así que ahora es culpa mía?

Me giré. Paseé la mirada de su cara a su ropa, a sus piernas, luego a sus pies y volví a sus ojos.

—No sé. Mi memoria está un poco brumosa..., pero no recuerdo que tú dijeras no.

Dio un paso adelante. Al principio pensé que se disponía a machacarme, pero luego la expresión de su rostro se relajó, lo mismo que sus hombros.

—¿Qué quieres que te diga, Travis?

Miré la pulsera y luego la miré a los ojos.

—¿Esperabas que no me acordase?

—¡No! ¡Me fastidiaba que lo hubieras olvidado!

No había forma de entenderla. ¡Joder!

—¿Por qué?

—Porque si yo hubiera..., si hubiéramos... y tú no... ¡No sé por qué! ¡Simplemente estaba enfadada!

Estaba a punto de admitirlo. Tenía que hacerlo. Abby estaba enojada conmigo porque había estado a punto de entregarme su virginidad y yo no recordaba lo que había ocurrido. Este era. Este era mi momento. Por fin íbamos a aclarar toda la mierda que se interponía entre nosotros, pero se nos acababa el tiempo. Shepley iba a llegar en cualquier momento para decirle a Abby que tenía que salir con América a hacer unos cuantos recados, que era lo que habíamos planeado para prepararle la fiesta.

Crucé casi a la carrera la habitación y me detuve a unos milímetros de ella. Le puse una mano a cada lado de la cara.

—¿Qué estamos haciendo, Paloma?

Clavó la mirada en mi cinturón y luego fue subiendo lentamente hasta cruzarla con la mía.

—Dímelo tú.

Su cara se quedó inexpresiva, como si el hecho de admitir que sentía algo por mí hubiera provocado un apagón general de emergencia de su sistema.

Llamaron a la puerta y eso casi me provocó un ataque de ira, pero me mantuve concentrado.

—¿Abby? —dijo Shepley—. Mare va a salir a hacer unos recados; me ha pedido que te lo dijera por si querías acompañarla.

—¿Paloma? —le pedí sin quitarle los ojos de encima.

—Sí —gritó a Shepley—, yo también tengo que hacer cosas fuera.

—Muy bien. Ya está preparada para salir cuando quieras —dijo Shepley mientras sus pisadas se alejaban por el pasillo.

—¿Paloma? —repetí, desesperado porque no quería dejar el tema a medias.

Abby retrocedió unos cuantos pasos, sacó unas cuantas cosas del armario y pasó a mi lado.

—¿Podemos acabar la conversación después? Tengo mucho que hacer hoy.

—Claro —le contesté, hundido.

Capítulo 13

PORCELANA

Abby no permaneció en el baño mucho tiempo. De hecho, se marchó del apartamento lo antes que pudo. Traté de no interponerme en su camino. Abby solía alterarse mucho siempre que le sucedía algo importante.

La puerta principal se cerró y el coche de América salió del estacionamiento. Una vez más, el apartamento parecía abarrotado y vacío al mismo tiempo. Odiaba estar allí sin ella y no pude evitar preguntarme qué hacía antes de conocerla.

Cogí una pequeña bolsa de plástico que había traído de la tienda unos días antes. Tenía unas cuantas fotos mías con Abby que había tomado con el celular y había encargado imprimir algunas copias.

Las blancas paredes finalmente tenían algo de color. Justo cuando la última fotografía estaba en su lugar, Shepley llamó a la puerta.

—Hola.

—¿Sí?

—Tenemos cosas que hacer.

—Lo sé.

Fuimos en coche hasta el apartamento de Brazil, la mayor parte del tiempo en silencio. Cuando llegamos, Brazil abrió la puerta; en las manos llevaba al menos dos docenas de globos. Con un gesto apartó las largas cadenas de papel plateadas que le colgaban sobre la cara y escupió las que le tapaban la boca.

—Ya me estaba preguntando si se habrían rajado. Gruver trae el pastel y el alcohol.

Lo acompañamos hasta el salón. Sus paredes no se diferenciaban mucho de las mías, pero o bien había alquilado el apartamento completamente amueblado o el sofá se lo habían dado en el Ejército de Salvación.

Brazil continuó diciendo:

—He conseguido que unos novatos traigan algo de comida y los impresionantes altavoces de Mikey. Una de las chicas de la hermandad Sigma Cappa nos puede prestar algunas luces. No se preocupen, no las invité. Le dije que eran para una fiesta para la semana que viene. Que teníamos que estar preparados.

—Mejor —dijo Shepley—. América se pondría hecha una furia si llegara aquí y nos encontrara con un montón de chicas de una hermandad.

Brazil sonrió.

—Las únicas chicas que habrá aquí serán unas cuantas compañeras de clase de Abby y las novias de los miembros del equipo. Creo que a Abby le encantará la idea.

Me eché a reír mientras observaba cómo Brazil repartía los globos por el techo, con los hilos colgando.

—Yo también lo creo. ¿Shep?

—¿Sí?

—No llames a Parker hasta el último minuto. Así, lo habremos invitado, pero al menos no estará aquí todo el rato.

—Está bien.

Brazil inspiró profundamente.

—¿Me ayudas a mover los muebles, Trav?

—Por supuesto —le dije y lo seguí a la habitación de al lado. El comedor y la cocina eran una única habitación y las sillas ya estaban alineadas en las paredes. Sobre la encimera había una fila de vasos tequileros limpios y una botella cerrada de tequila Patrón.

Shepley se detuvo, miró la botella.

—Esto no es para Abby, ¿verdad?

Brazil sonrió, el blanco de sus dientes resaltaba en su oscura piel de tono aceituna.

—Uh..., sí. Es una tradición. Si el equipo de fútbol le hace una fiesta, debe tener el mismo tratamiento que el equipo.

—No puedes obligarla a beber tanto —le advirtió Shepley—. Travis, díselo.

Brazil levantó una mano.

—No voy a obligarla a nada. Por cada *shot* que tome, ganará un billete de veinte. Es nuestro regalo.

Su sonrisa se congeló cuando vio el ceño fruncido de Shepley.

—¿Su regalo es una intoxicación etílica?

Asentí con la cabeza una vez.

—Ya veremos si quiere tomarse un *shot* de cumpleaños por veinte dólares, Shep. No hay nada de malo en eso.

Colocamos la mesa del comedor en uno de los lados y luego ayudamos a los novatos a traer la comida y los altavoces. Una de las novias de los chicos comenzó a rociar ambientador por todo el apartamento.

—¡Nikki! ¡Deja esa mierda!

Se puso las manos en las caderas.

—Si no oliesen tan mal, no tendría que hacerlo. ¡Diez chicos sudorosos en un apartamento comienzan a apestar demasiado deprisa! No querrán que cuando ella entre aquí esto huela como un vestidor, ¿verdad?

—Tiene razón —dije—. Por cierto, tengo que volver a casa a darme una ducha. Los veo dentro de media hora.

Shepley se secó la frente y asintió, sacó su teléfono celular de uno de los bolsillos del pantalón y las llaves del otro.

Escribió un mensaje rápido a América. En pocos segundos, su teléfono sonó. Sonrió.

—No lo puedo creer. Estarán listas a la hora prevista.

—Eso es una buena señal.

Corrimos de vuelta a nuestro apartamento. En quince minutos, ya estaba duchado, afeitado y vestido. Shepley no tardó mucho más, pero yo continué mirando el reloj.

—Cálmate —me dijo Shepley, abotonándose la camisa a cuadros verdes—. Todavía están comprando.

Se oyó el fuerte sonido de un motor fuera, en la puerta de entrada, y el portazo de un coche, seguido de unos pasos subiendo las escaleras de hierro.

Abrí la puerta y sonreí.

—Justo a tiempo.

Trenton sonrió, llevaba en las manos una caja de tamaño mediano con agujeros en los lados y la tapa puesta.

—Ha comido, bebido y hecho sus caquitas diarias. Debería portarse bien durante un rato.

—Eres fabuloso, Trent. Gracias.

Miré por encima de su hombro y vi a mi padre sentado tras el volante de su furgoneta. Me saludó y yo le devolví el saludo. Trenton abrió un poco la tapa de la caja y sonrió.

—Sé bueno, amiguito. Estoy seguro de que nos volveremos a ver.

La cola del cachorro golpeó contra la caja mientras volvía a colocar la tapa y luego la metió para dentro.

—Joder. ¿Por qué en mi habitación? —preguntó Shepley, gimoteando.

—Por si Abby entra en la mía antes de que esté preparado. —Cogí el celular y marqué el número de Abby. El teléfono sonó una vez y luego otra.

—¿Hola?

—¡Es hora de cenar! ¿Dónde demonios están?

—Nos estamos mimando un poco. Shep y tú sabían comer solos antes de que llegáramos nosotras. Estoy segura de que podran arreglárselas.

—Sí, sí, no te aceleres. Nos preocupamos por ustedes, ya lo saben.

—Estamos bien —me dijo con un tono de voz alegre.

Se oyó sonar la voz de América.

—Dile que enseguida te llevo de vuelta a casa. Tengo que parar en casa de Brazil para recoger unos apuntes que Shep necesita y después nos iremos directamente a casa.

—¿Lo has oído? —me preguntó Abby.

—Sí. Nos vemos ahora, Paloma.

Colgué el teléfono y rápidamente seguí a Shepley hasta el Charger. No estaba seguro de por qué, pero me sentía un poco nervioso.

—¿Llamaste al idiota?

Shepley asintió y arrancó el coche.

—Mientras estabas en la ducha.

—¿Va a venir?

—Más tarde. No le hizo gracia que le avisara en el último momento, pero cuando le recordé que no habría sido necesario si no tuviera la boca tan grande, no tuvo mucho que replicar.

Sonreí. Parker siempre me ha caído mal. Pero no invitarlo supondría decepcionar a Abby, así que tuve que ir en contra de mis principios y dejar que Shepley lo llamara.

—No te emborraches y le des un puñetazo —dijo Shepley.

—No lo prometo. Estaciónate allí para que ella no pueda ver el coche —dije señalando el solar de al lado.

Doblamos la esquina corriendo hacia el apartamento de Brazil, llamé a la puerta. Todo estaba en silencio.

—¡Somos nosotros! Abran.

La puerta se abrió y apareció Chris Jenks con una estúpida sonrisa en la cara. Se balanceaba de un lado a otro, ya borracho. Era la única persona que me gustaba menos que Parker. Nadie había podido demostrarlo, pero se rumoreaba que una vez Jenks había puesto algo en la bebida de una chica en una fiesta de la fraternidad. La mayoría de la gente así lo creía, ya que esa era la única forma que tenía de echar un polvo. Y nadie se había presentado para decir lo contrario, así que yo, por si acaso, trataba de mantenerle vigilado.

Miré a Shepley, quien levantó las manos. Era evidente que él tampoco sabía que Jenks estaría allí.

Miré el reloj y esperamos en la oscuridad con docenas de cadenas de papel plateadas en la cara. Estábamos apretujados en el salón esperando a Abby, tan apiñados que, con que cualquiera se moviera lo más mínimo, todos nos balanceábamos de un lado a otro.

Nos quedamos todos petrificados al oír unos golpes en la puerta. Esperaba ver entrar a América, pero eso no sucedió. Hubo quienes empezaron a susurrar mientras otros los hacían callar.

Otro golpe en la puerta hizo que Brazil reaccionara. Avanzó con paso rápido hacia la puerta, la abrió de par en par y allí estaban América y Abby.

—¡¡Feliz cumpleaños!! —gritamos todos a la vez.

Abby se quedó boquiabierta y luego se echó a reír, tapándose la boca rápidamente con la mano. América le dio un codazo para que entrase y todos se colocaron a su alrededor.

La multitud se iba apartando a medida que me abría camino hasta Abby. Tenía un aspecto espectacular, con su vestido de color gris y aquellos tacones amarillos. Cubrí ambos lados de su sonriente rostro con las palmas de mis manos y la besé con suavidad en la frente.

—Feliz cumpleaños, Paloma.

—No es hasta mañana —dijo ella con una amplia sonrisa.

—Bueno, como ya te enteraste de algo, tuvimos que hacer unos cuantos cambios de última hora para sorprenderte. ¿Sorprendida?

—¡Desde luego!

Finch se apresuró a felicitarla y América le dio un codazo en el costado.

—Menos mal que te he llevado conmigo. Si no, ¡te habrías presentado aquí con un aspecto horrible!

—Tienes un aspecto genial —le dije mirándola de arriba abajo.

«Genial» no era la palabra más poética que podría haber usado, pero no quería exagerar demasiado.

Brazil se acercó a darle a Abby un gran abrazo de oso.

—Espero que sepas que la historia de América de que «Brazil da escalofríos» era solo un cuento para traerte aquí.

América se echó a reír.

—Funcionó, ¿no?

Abby asintió con la cabeza, todavía riendo y con los ojos muy abiertos por todo lo sucedido. Se acercó a América y le susurró algo al oído y luego América le susurró algo a ella. Más tarde le preguntaría de qué se trataba.

Brazil subió el volumen del equipo de música y todo el mundo comenzó a gritar.

—¡Ven aquí, Abby! —dijo Brazil y se dirigió a la cocina. Cogió la botella de tequila y se puso de pie delante de los vasos de tequileros alineados sobre la encimera—. Feliz cumpleaños de parte del equipo de fútbol, nena. —Sonrió y llenó todos los vasos con tequila Patrón—. Así celebramos los cumpleaños nosotros: si cumples diecinueve, te sirven diecinueve *shots*. Puedes bebértelos o dárselos a alguien, pero cuantos más bebas, más de estos conseguirás —dijo sacando un puñado de billetes de veinte.

—¡Oh, Dios mío! —gritó Abby. Se le iluminaron los ojos al ver tal cantidad de billetes verdes.

—¡Bébetelos todos, Paloma!

Abby miró a Brazil con desconfianza.

—¿Me darás un billete de veinte por cada *shot* que me beba?

—Exactamente, peso pluma. A juzgar por tu tamaño, me atreveré a decir que acabaremos perdiendo solo sesenta dólares al final de la noche.

—¡Repasa esos cálculos, Brazil! —dijo Abby.

Acercó el primer vaso de *shot* a su boca y rodó el borde desde su labio inferior hasta la mitad de la boca. Inclinó la cabeza hacia atrás para vaciar el vaso, luego rodó el borde por el resto del labio y lo dejó caer en la otra mano. Era la cosa más sexy que jamás había visto.

—¡Joder! —dije, repentinamente conmocionado.

—Qué asco, Brazil —dijo Abby limpiándose los labios—. Has echado Cuervo, no Patrón.

A Brazil se le borró de la cara su sonrisa engreída, sacudió la cabeza y se encogió de hombros.

—Ve por él, pues. Tengo el dinero de doce jugadores de fútbol que dicen que no podrás ni con diez.

Abby entrecerró los ojos.

—Doble o nada a que puedo beberme quince.

No pude evitar sonreír y al mismo tiempo preguntarme cómo diablos iba a poder contenerme si continuaba comportándose como una maldita zorra de Las Vegas. Era algo que me ponía cachondo.

—¡Eh! —gritó Shepley—. ¡Sería mejor que no acabaras hospitalizada el día de tu cumpleaños, Abby!

—Puede hacerlo —dijo América mirando fijamente a Brazil.

—¿Cuarenta dólares el *shot*? —preguntó Brazil, confuso.

—¿Tienes miedo? —le desafió Abby.

—¡Demonios! ¡No! Te pagaré veinte dólares por vaso y cuando llegues a quince duplicaré el total.

Tragó otro *shot*.

—Así celebramos los de Kansas los cumpleaños.

La música estaba muy alta y me aseguré de bailar con Abby todas las canciones que ella quiso. Todo el apartamento estaba lleno de universitarios sonrientes, con una cerveza en una mano y un vaso de tequila en la otra. Abby se alejaba de vez en cuando para tomarse otro chupito y luego regresaba a nuestra improvisada pista de baile en el salón.

Los dioses de los cumpleaños debían de estar satisfechos con mis esfuerzos, porque, justo cuando Abby se empezaba a animar, sonó una canción lenta. Una de mis favoritas. Mantuve los labios cerca de su oído, cantando para ella, y me alejé para recitarle las partes de la canción que eran más importantes para mí. Probablemente no comprendió esa parte, pero eso no me impidió intentarlo.

La incliné hacia atrás y sus brazos cayeron detrás de ella y sus dedos casi tocaron el suelo. Rio en voz alta y luego nos pusimos en pie, balanceándonos adelante y atrás de nuevo. Envolvió mi cuello con sus brazos y suspiró contra mi piel. Olía deliciosamente bien; era ridículo.

—Ni se te ocurra hacer eso cuando pase de los diez vasos —me dijo riéndose.

—¿Te he dicho lo increíble que estás esta noche?

Negó con la cabeza, me abrazó y apoyó la cabeza en mi hombro. La apreté contra mí y enterré la cara en su cuello. Estábamos así, tranquilos, felices, ignorando el hecho de que se suponía que no éramos más que amigos. Aquel era el único lugar en el que quería estar.

La puerta se abrió y Abby apartó los brazos.

—¡Parker! —gritó y corrió a abrazarlo.

Le dio un beso en los labios y pasé de sentirme como un rey a un hombre a punto de cometer un asesinato.

Parker la alzó por la cintura y sonrió, susurrándole algo sobre aquella estúpida pulsera.

—Eh —me dijo América en voz alta al oído. Aunque el tono de su voz era más alto de lo normal, nadie más la oyó.

—Eh —le respondí sin dejar de mirar a Parker y Abby.

—Mantén la calma. Shepley me ha dicho que Parker solo viene un rato. Tiene cosas que hacer mañana por la mañana, así que no se puede quedar mucho tiempo.

—Ah, ¿sí?

—Sí, no pierdas la calma. Respira profundamente. Se habrá ido antes de que te des cuenta.

Abby arrastró a Parker hasta la encimera, agarró otro vaso de tequila, lo engulló y lo colocó boca abajo sobre la encimera como las cinco veces anteriores. Brazil le dio otros veinte dólares y ella se fue bailando al salón.

Sin dudarlo, la agarré y comenzamos a bailar con América y Shepley.

Shepley le dio una palmada en el trasero.

—¡Una!

América continuó con la segunda y a continuación se unió toda la fiesta hasta acompletar.

Cuando tocaba la diecinueve, me froté las manos para hacerle pensar que iba a darle un buen azote.

—¡Mi turno!

Se frotó el trasero.

—¡Ve con cuidado! ¡Tengo el culo dolorido!

Incapaz de contener mi alegría, levanté la mano por encima del hombro. Abby cerró los ojos y, tras un momento, miró de reojo hacia atrás. Me detuve justo antes de llegar a su trasero y le di una palmadita suave.

—¡Diecinueve! —grité.

Los demás aplaudieron y América comenzó a cantar una ebria versión del *Cumpleaños feliz.* Cuando llegó la parte de su nombre, toda la sala cantó: «Paloma». Eso me hizo sentirme muy orgulloso.

Sonó otra canción lenta, pero esta vez Parker se la llevó hasta el centro de la habitación para bailar con ella. Parecía un robot con dos pies izquierdos, estirado y torpe.

Traté de no mirarlos, pero antes de que acabara la canción vi cómo salían al pasillo. Mi mirada se cruzó con la de América. Sonrió, me guiñó un ojo y meneó la cabeza negando y dándome a entender que no hiciera nada estúpido.

Tenía razón. Abby no estuvo a solas con él más de cinco minutos antes de que fuesen a la puerta principal.

La expresión de incomodidad y vergüenza en el rostro de Abby me dijo que Parker había tratado de hacer que aquellos minutos fuesen memorables.

Le dio un beso en la mejilla y a continuación Abby cerró la puerta tras él.

—¡Papi se ha largado! —grité y me llevé a Abby al centro del salón—. ¡Hora de empezar la fiesta!

La habitación estalló en aplausos y vítores.

—¡Un momento! ¡Tengo algo que hacer! —dijo Abby, que se dirigió a la cocina y tomó otro vaso.

Al ver cuántos se había tomado, cogí uno del final y me lo bebí. Abby cogió otro y yo hice lo mismo.

—Siete más, Abby —dijo Brazil y le dio más dinero.

Durante la siguiente hora bailamos, reímos y hablamos sobre nada particularmente importante. Los labios de Abby permanecían cerrados en una sonrisa y yo no pude dejar de mirarla en toda la noche.

Una vez, creí haberla pillado mirándome y eso me hizo preguntarme qué sucedería cuando regresásemos al apartamento.

Abby se tomó su tiempo para beberse los siguientes tragos, pero cuando llevaba diez ya estaba en muy mal estado. Bailaba con América sobre el sofá, saltando y riendo, pero de pronto perdió el equilibrio.

Conseguí cogerla antes de que cayera al suelo.

—Ya has dejado claro lo que querías demostrar —le dije—. Has bebido más que cualquier otra chica que hayamos visto. No voy a dejar que sigas con esto.

—Por supuesto que sí —dijo arrastrando las palabras—. Me esperan seiscientos dólares en el fondo de ese vaso de tequila y tú eres el menos indicado para decirme que no puedo hacer algo por dinero.

—Si estás corta de dinero, Paloma...

—No voy a aceptar ningún préstamo tuyo —dijo con desprecio.

—Iba a sugerir que empeñaras esa pulsera —le contesté con una sonrisa.

Me dio un puñetazo en el brazo justo cuando América comenzó la cuenta regresiva de la medianoche. Cuando las manillas del reloj llegaron a las doce en punto, comenzamos a celebrarlo.

Nunca antes en toda mi vida había tenido tantas ganas de besar a una chica.

América y Shepley se me adelantaron y la besaron en las mejillas. La levanté del suelo y la hice girar.

—Feliz cumpleaños, Paloma —le dije, haciendo un gran esfuerzo por no posar mis labios en los suyos.

Todos los que estábamos allí sabíamos lo que había pasado en la entrada con Parker. Habría sido un poco humillante por mi parte hacerla quedar mal delante de todos ellos.

Me miró con sus enormes ojos grises y yo me derretí en su interior.

—¡*Shots*! —dijo ella y fue tambaleándose hacia la cocina.

Su voz me sobresaltó y volví a tomar conciencia de todo el ruido y el movimiento de nuestro alrededor.

—Estás hecha polvo, Abby. Me parece que ha llegado el momento de dar por acabada la noche —dijo Brazil cuando ella llegó a la encimera.

—No soy una rajada. Y quiero ver mi dinero —le contestó Abby.

Me acerqué a ella mientras Brazil colocaba un billete de veinte bajo los dos últimos vasos. Les gritó a sus compañeros de equipo:

—¡Se los va a beber! ¡Necesito quince!

Todos ellos gritaron y se miraron asombrados; luego sacaron las carteras para formar un montón de billetes de veinte detrás del último vaso de chupito.

—Nunca habría pensado que podría perder cincuenta dólares en la apuesta de los quince vasos de tequila con una chica —se quejó Chris.

—Pues empieza a creértelo, Jenks —dijo ella y cogió un vaso en cada mano.

Se bebió de un golpe cada uno de los vasos, de uno en uno, pero entonces se detuvo.

—¿Paloma? —le pregunté y di un paso hacia ella.

Levantó un dedo y Brazil sonrió.

—Va a perder —dijo.

—No, de eso nada. —América negó con la cabeza—. Respira hondo, Abby.

Cerró los ojos, inhaló con fuerza y levantó los dos últimos vasos que quedaban sobre la encimera.

—¡Por Dios santo, Abby! ¡Vas a morir de una intoxicación etílica! —gritó Shepley.

—Lo tiene bajo control —le aseguró América.

Echó la cabeza hacia atrás y dejó que el tequila bajase por la garganta. La fiesta al completo estalló en silbidos y gritos detrás de nosotros mientras Brazil le entregaba el montón de dinero.

—Gracias —dijo ella orgullosa y se metió el dinero en el interior del sostén.

Nunca había visto nada parecido en toda mi vida.

—Estás increíblemente sexy ahora —le dije al oído mientras íbamos al salón.

Me envolvió con sus brazos, probablemente para dejar que el tequila se asentara en su cuerpo.

—¿Estás segura de que estás bien?

Trató de decir «estoy bien», pero apenas se le entendía.

—Tienes que hacer que vomite, Trav. Sacar algo de todo eso de su organismo.

—Por Dios, Shep. Déjala sola. Está bien —dijo América enfadada.

Shepley frunció el ceño.

—Solo trato de que no suceda algo realmente catastrófico.

—¿Abby? ¿Estás bien? —preguntó América.

Abby trató de esbozar una sonrisa, parecía medio dormida.

América miró a Shepley.

—Hay que dejar que su cuerpo lo asimile. No es su primera borrachera. Calménse.

—Increíble —dijo Shepley—. ¿Travis?

Acaricié la frente de Abby con la mejilla.

—¿Paloma? ¿Quieres jugar seguro y vomitar?

—No —me respondió—. Quiero bailar.

Me rodeó con sus brazos con más fuerza todavía. Miré a Shepley y me encogí de hombros.

—Mientras que esté de pie y se mueva…

Enfadado, Shepley arremetió contra la multitud de la improvisada pista de baile hasta que lo perdimos de vista. América chasqueó la lengua y lo miró; a continuación se fue tras él.

Abby apretó su cuerpo contra el mío. Aunque la canción que sonaba era rápida, bailábamos muy lentamente en medio de la sala, rodeados por gente que saltaba y agitaba los brazos. Las luces de color azul, violeta y verde bailaban con nosotros, en el suelo y por las paredes. Las luces de color azul se reflejaban en la cara de Abby y tuve que hacer un gran esfuerzo para no dejarme llevar por el alcohol y besarla.

Cuando la fiesta comenzaba a decaer unas cuantas horas después, Abby y yo continuábamos en la pista de baile. Se le había pasado un poco la borrachera después de obligarla a comer unas cuantas galletas saladas con queso y trataba de bailar con América una estúpida canción pop, pero, a pesar de todo, seguía en mis brazos, con las muñecas abrazadas detrás de mi cuello.

La mayoría de la gente se había ido ya o estaba en algún otro lugar del apartamento y la discusión entre Shepley y América poco a poco había empeorado.

—Si quieren venir conmigo, yo me voy ya —dijo Shepley, camino a la puerta.

—Todavía no me quiero ir —murmuró Abby con los ojos medio cerrados.

—Creo que la noche se acabó. Vámonos a casa. —Cuando di un paso hacia la puerta, Abby se quedó quieta. Miraba al suelo, tenía mal aspecto.

—Vas a vomitar, ¿verdad?

Me miró con los ojos medio cerrados.

—Ya iba siendo hora.

Se tambaleó adelante y atrás varias veces antes de caer en mis brazos.

—Travis Maddox, eres muy sexy cuando no te comportas como un cabrón —dijo con una ridícula sonrisa de borracha que le cruzaba la cara en distintas direcciones.

—Esto..., gracias —le dije intentando recomponerla para poder agarrarla mejor.

Abby me tocó la mejilla con la palma de su mano.

—¿Sabe qué, señor Maddox?

—¿Qué, nena?

Su expresión se tornó seria.

—En otra vida, podría amarte.

La miré por un momento, a sus acristalados ojos grises. Estaba borracha, pero solo por un momento no parecía absurdo fingir que lo decía en serio.

—Yo podría amarte en esta.

Inclinó la cabeza y presionó los labios contra la comisura de los míos. Trató de besarme, pero no lo consiguió. Se echó hacia atrás y dejó caer la cabeza sobre mi hombro.

Miré a mi alrededor y todo aquel que aún permanecía consciente se había quedado estupefacto, mirando fijamente en estado de shock por lo que acababan de presenciar.

Sin decir una palabra, la saqué del apartamento y la llevé hasta el Charger, donde nos esperaba América de pie con los brazos cruzados.

Shepley hizo un gesto y señaló a Abby.

—¡Mírala! ¡Es tu amiga y la has dejado que cometa una locura peligrosa! ¡La animaste!

América se señaló a sí misma.

—¡La conozco bien, Shep! ¡La he visto hacer mucho más que eso por dinero!

Le lancé una mirada.

—*Shots*. La he visto tomarse más vasos de tequila por dinero —puntualizó—. Sabes a lo que me refiero.

—¡Date cuenta de lo que estás diciendo! —le gritó Shepley—. Viniste con Abby desde Kansas para evitar que se metiera en problemas. ¡Y mírala! ¡Tiene un nivel de alcohol considerablemente peligroso en su organismo y está inconsciente! ¡No deberías aprobar ese comportamiento!

América entrecerró los ojos.

—¡Oh! Gracias por el aviso de interés público sobre lo que no hay que hacer en la universidad, ¡señor novio de dieciocho años miembro de una fraternidad con once mil millones de novias «formales» en su haber!

Usó los dedos para dibujar en el aire unas comillas invisibles cuando dijo «formales».

Shepley se quedó boquiabierto, sorprendido.

—Entra ya en el puto coche. Estás muy borracha.

América se echó a reír.

—¡Todavía no me has visto muy borracha, niño de mamá!

—Pero ¡estás muy cerca!

—¡Sí, tanto como el culo de mis cachetes y eso no quiere decir que cague dos veces al día!

—¡Eres una puta!

América se puso pálida.

—Llévame. A casa.

—Me encantaría hacerlo, ¡si entraras de una vez en el puto coche! —gritó Shepley finalmente.

Tenía la cara enrojecida y las venas del cuello parecía que le iban a estallar.

América abrió el coche y se metió en el asiento de atrás, pero dejó la puerta abierta. Me ayudó a poner a Abby a su lado y luego me senté en el asiento delantero.

El trayecto a casa fue corto y transcurrió en completo silencio. Cuando Shepley llegó a su lugar de estacionamiento y tiró del freno de mano, yo salí del coche y eché el asiento hacia delante.

Abby tenía la cabeza apoyada en el hombro de América, el cabello le cubría la cara. Entré, saqué a Abby y la apoyé en mi hombro. América salió tras ella rápidamente y se fue directa hacia su coche sacando las llaves del bolso.

—Mare —dijo Shepley, ya arrepentido a juzgar por su tono de voz.

América se sentó en el asiento del conductor, cerró la puerta en la cara de Shepley y dio marcha atrás.

Abby estaba inconsciente, sus brazos colgaban detrás de mí.

—Tiene que volver por Abby, ¿verdad? —preguntó Shepley con cara de desesperación.

Abby gimió y luego se estremeció. Era el horrible gemido que siempre acompaña al vómito precediendo al sonido de las salpicaduras. Noté la parte posterior de las piernas mojadas.

—Dime que no lo ha hecho —dije sin querer moverme.

Shepley se inclinó hacia atrás un segundo y luego se enderezó.

—Sí, lo ha hecho.

Subí los escalones de dos en dos y Shepley salió corriendo mientras intentaba encontrar las llaves del apartamento. Abrió la puerta y corrí hacia el baño.

Abby se apoyó sobre la taza del inodoro y vació todo el contenido del estómago de una vez. Tenía el pelo todavía lleno de vómito del incidente de fuera, pero cogí una de esas cosas redondas y elásticas del lavabo y recogí su largo pelo negro en una coleta. Los partes mojadas se apelmazaban en mechones gruesos, pero, aun así, lo cogí todo hacia atrás con las manos y lo até con la goma del pelo negra. Había visto a muchas chicas en clase recogerse el pelo, así que no tardé demasiado en averiguar cómo se hacía.

El cuerpo de Abby se estremeció de nuevo. Humedecí una toalla que cogí del armario de la entrada y luego me senté a su lado sujetándole la toalla contra la frente. Se apoyó en la bañera y gimió.

Le limpié la cara con suavidad con la toalla húmeda y luego traté de no moverme cuando ella apoyó la cabeza en mi hombro.

—¿Vas a hacerlo? —pregunté.

Frunció el ceño y tuvo un espasmo, consiguió mantener la boca cerrada lo suficiente para colocar la cabeza sobre el inodoro. Volvió a vomitar de nuevo.

Abby era muy delgada y la cantidad de líquido que estaba expulsando no me parecía normal. Comencé a preocuparme.

Salí gateando del baño y regresé con dos toallas, una sábana, tres mantas y dos almohadas en las manos. Abby gemía sobre la taza del inodoro y le temblaba todo el cuerpo. Formé un pequeño camastro contra la bañera y esperé; sabía que lo más probable era que acabásemos pasando la noche en aquel pequeño rincón del baño.

Shepley estaba de pie en la puerta.

—¿Debería... llamar a alguien?

—Aún no. Voy a vigilarla.

—Estoy bien —dijo Abby—. Esta soy yo no sufriendo una intoxicación etílica.

Shepley frunció el ceño.

—No, haciendo algo estúpido más bien.

—Eh, tienes el... su... pe...

—¿Regalo? —preguntó él con una ceja levantada.

—Sí.

—Lo tengo —dijo claramente enfadado.

—Gracias.

Abby cayó hacia atrás sobre la bañera una vez más y rápidamente le sequé la cara. Shepley mojó otra toalla y me la dio.

—Gracias.

—Grita si me necesitas —dijo Shepley—. Me voy a echar en la cama sin dormirme y trataré de pensar en la forma de hacer que Mare me perdone.

Me acomodé sobre la bañera lo mejor que pude y apreté a Abby contra mí. Suspiró, dejando que su cuerpo se fundiera con el mío. Aunque estuviese cubierta de vómito, cerca de ella era el único lugar donde quería estar. Las palabras que me dijo en la fiesta no dejaban de resonar en mi cabeza:

«En otra vida, podría amarte».

Abby yacía en mis brazos débil y enferma, solo me tenía a mí para cuidarla. En ese momento tuve que reconocer que mis sentimientos por ella eran más fuertes de lo que creía. En algún instante entre el momento en que nos conocimos y ese, en el que estaba sujetándola sentado en el suelo de aquel baño, me había enamorado de ella.

Abby suspiró y luego recostó la cabeza en mi regazo. Me aseguré de que estaba completamente tapada con las mantas antes de quedarme dormido.

—¿Trav? —susurró.

—¿Sí?

No respondió. Su respiración se calmó y su cabeza cayó bruscamente sobre mis piernas. La fría porcelana contra mi espalda y el implacable azulejo bajo mi trasero eran insoportables, pero no me atrevía a moverme. Estaba cómoda y así se quedaría. Tras veinte minutos observándola respirar, las partes doloridas de mi cuerpo comenzaron a adormecerse y cerré los ojos.

Capítulo 14

OZ

El día no había comenzado con buen pie. Abby estaba en alguna parte con América; trataba de convencerla de que no abandonara a Shepley y este estaba mordiéndose las uñas en el salón, esperando a que Abby hiciera un milagro.

Yo había sacado al cachorro una vez, nervioso por si llegaba América en cualquier momento y arruinaba la sorpresa. Aunque le había dado de comer y le puse una toalla para que se acurrucara, no dejaba de gimotear.

La compasión no era mi punto fuerte, pero nadie podía culparle. Ningún ser vivo podía pasársela bien sentado dentro de una pequeña caja. Por suerte, segundos antes de que regresaran, el pequeño perro se tranquilizó y se quedó dormido.

—¡Ya están de vuelta! —dijo Shepley levantándose del sofá.

—Perfecto —le dije y cerré con cuidado la puerta de la habitación de Shepley detrás de mí—. Tranquilíza...

Antes de que acabara la frase, Shepley ya había abierto la puerta y bajaba las escaleras corriendo. La puerta de entrada era un lugar perfecto para ver a Abby sonreírle a Shepley y la efusiva reconciliación de América. Abby metió las manos en los bolsillos de atrás de su pantalón y caminó hacia el apartamento.

Las nubes de otoño proyectaban una sombra gris sobre todas las cosas, pero la sonrisa de Abby era como el verano. Con cada paso que daba la acercaba más a mí y hacía que el corazón me latiera con más fuerza.

—Y vivieron felices para siempre —dije, cerrando la puerta tras ella.

Nos sentamos en el sofá y puse sus piernas en mi regazo.

—¿Qué quieres hacer hoy, Paloma?

—Dormir. O descansar… o dormir.

—¿Puedo darte tu regalo primero?

Me dio un empujón en el hombro.

—¿Qué dices? ¿Me has comprado un regalo?

—No es una pulsera de diamantes, pero pensé que te gustaría.

—Me encantará, ya lo sé.

Bajé sus piernas de mi regazo y fui a recoger su regalo. Traté de no sacudir mucho la caja para que el cachorro no se despertase y no hiciera ningún ruido que le diese una pista.

—Chist, pequeñín. No llores, ¿vale? Pórtate bien.

Coloqué la caja a sus pies y me quedé en cuclillas detrás de ella.

—Date prisa. Quiero que te sorprendas.

—¿Que me dé prisa? —preguntó abriendo la tapa. Se quedó boquiabierta—. ¿Un cachorro? —gritó antes de meter la mano en la caja.

Levantó el cachorro a la altura de su cara tratando de que no se le cayera, porque se movía y estiraba el cuello, desesperado por cubrirle la boca de besos.

—¿Te gusta?

—¿Que si me gusta? ¡Me encanta! ¡Me has comprado un cachorro!

—Es un Cairn Terrier. Tuve que conducir tres horas para recogerlo el jueves después de clase.

—Así que cuando dijiste que te ibas con Shepley a llevar su coche al taller…

—Fuimos por tu regalo —le confirmé asintiendo con la cabeza.

—No para de moverse —dijo riéndose.

—Toda chica de Kansas necesita a su *Toto* —le dije, tratando de evitar que la pequeña bola de pelo se cayese de su regazo.

—¡Sí que se parece a *Toto!* Así lo llamaré —dijo y frotó la nariz contra él.

Era feliz y eso me hacía feliz a mí.

—Puedes dejarlo aquí. Yo cuidaré de él por ti cuando vuelvas al Morgan y así me aseguraré de que vendrás de visita cuando se acabe el mes.

—Habría vuelto de todos modos, Trav.

—Haría cualquier cosa por esa sonrisa que estás poniendo ahora mismo.

Ante esas palabras, se quedó inmóvil, pero rápidamente volvió a centrar su atención en el perro.

—Creo que necesitas una siestecita, *Toto*. Sí, sí, ya lo creo.

Asentí, la coloqué en mi regazo y la levanté conmigo mientras me ponía de pie.

—Pues vamos allá.

La llevé a la habitación, aparté las mantas y luego la dejé sobre el colchón. Hacer eso era muy excitante, pero yo estaba demasiado cansado. Estiré la mano sobre ella para cerrar las cortinas y luego caí sobre mi almohada.

—Gracias por quedarte conmigo ayer por la noche —dijo ella con la voz ronca y somnolienta—. No tendrías que haber dormido en el suelo del cuarto de baño.

—La de ayer fue una de las mejores noches de mi vida.

Se giró y me lanzó una mirada dubitativa.

—¿Dormir entre el lavabo y la bañera en un suelo frío de baldosas con una idiota que no dejaba de vomitar ha sido una de tus mejores noches? Eso es triste, Trav.

—No, fue una de las mejores noches porque me senté a tu lado cuando te encontrabas mal y porque te quedaste dormida en mi regazo. No fue cómodo. No dormí una mierda, pero empecé tu decimonoveno cumpleaños contigo y la verdad es que eres bastante dulce cuando te emborrachas.

—Claro, seguro que entre náusea y náusea estaba encantadora.

La acerqué a mí y acaricié a *Toto,* que se había acurrucado junto a su cuello.

—Eres la única mujer que sigue siendo increíble con la cabeza metida en el inodoro. Eso es decir mucho.

—Gracias, Trav. Procuraré que no tengas que volver a hacer de canguro.

Me apoyé en la almohada.

—Lo que tú digas. Nadie puede sujetarte el pelo como yo.

Soltó una pequeña risa y cerró los ojos. Aunque estaba muy cansado, me resultaba difícil dejar de mirarla. Llevaba la cara sin maquillar, excepto la delgada piel de debajo de las pestañas inferiores, que estaba todavía un poco manchada de máscara de pestañas. Se removió un poco antes de relajar los hombros.

Pestañeé unas cuantas veces y con cada parpadeo sentía los ojos cada vez más pesados. Me pareció que acababa de quedarme dormido cuando oí el timbre de la puerta.

Abby ni siquiera se movió.

Se oyeron las voces de dos hombres en el salón, uno de ellos era Shepley. La voz de América sonaba un tanto aguda entre las otras dos, pero ninguno de los tres parecía contento. Quien quiera que fuese no venía a hacer una visita de cortesía.

Se oyeron unas pisadas en el pasillo y a continuación la puerta de la habitación se abrió de golpe. Parker estaba allí de pie en la puerta. Me miró y luego miró a Abby con la mandíbula tensa.

Sabía lo que estaba pensando y sopesé la idea de explicarle por qué estaba Abby en mi cama, pero no lo hice. En lugar de eso, me acerqué más a ella y apoyé la mano en su cadera.

—Cierra la puerta cuando hayas acabado de meterte en mis asuntos —le dije y dejé caer la cabeza junto a la de Abby.

Parker se marchó sin decir una palabra. No cerró la puerta de mi habitación, pero en cambio usó toda su fuerza para cerrar la puerta principal de un portazo.

Shepley se asomó a mi habitación.

—Mierda, hermano. Esto no va bien.

Ya estaba hecho; no podía cambiar nada de lo sucedido. En ese momento no me importaban las consecuencias, solo quería quedarme allí tumbado junto a Abby y contemplar la expresión de felicidad de su hermoso rostro. Pero entonces el pánico empezó a apoderarse de mí. Cuando se enterara de lo que yo había hecho, me odiaría.

A la mañana siguiente las chicas se marcharon corriendo a clase. Paloma apenas tuvo tiempo de hablar conmigo antes de irse, por lo que sus sentimientos sobre todo lo que había sucedido el día anterior no habían quedado muy claros.

Me cepillé los dientes, me vestí y fui a reunirme con Shepley en la cocina.

Estaba sentado en un taburete junto a la barra de desayuno, sorbiendo la leche de la cuchara. Llevaba puesta una sudadera y unos calzoncillos de color rosa que le había comprado América porque pensaba que eran «sexys».

Cogí un vaso del lavavajillas y lo llené de jugo de naranja.

—Según parece, se han reconciliado.

Shepley sonrió, casi ebrio de alegría.

—Sí. ¿Alguna vez te he dicho cómo es América en la cama después de una pelea?

Hice una mueca.

—No y, por favor, no lo hagas.

—Pelear con ella es endiabladamente aterrador, pero tentador si nos reconciliamos de esa manera. —Como no respondí, Shepley continuó—: Voy a casarme con esa mujer.

—Sí. Bueno, cuando dejes de comportarte como un marica, debemos ponernos en marcha.

—Cierra la boca, Travis. No creas que me he olvidado de lo que está pasando contigo.

Crucé los brazos.

—¿Y qué está pasando conmigo?

—Estás enamorado de Abby.

—Bah, está claro que estabas llenando tu cabeza de mierda para no pensar en América.

—¿Lo estás negando? —Shepley no apartó los ojos de mí y yo traté de mirar a cualquier parte menos a sus ojos.

Después de un minuto, comencé a ponerme nervioso, pero permanecí en silencio.

—¿Quién es el marica ahora?

—Que te jodan.

—Admítelo.

—No.

—¿Que no niegas que estás enamorado de Abby o que no lo admites? Porque de cualquier forma, imbécil, estás enamorado de ella.

—¿Y qué?

—¡Lo sabía! —dijo Shepley. Pateó el taburete hacia atrás y lo empujó hacia donde el suelo de madera se encontraba con la alfombra del salón.

—Yo… solo… Cállate, Shep —le dije. Apreté los labios.

Shepley no dejó de señalarme mientras caminaba hacia su habitación.

—Acabas de admitirlo. Travis Maddox está enamorado. Ahora ya lo he oído todo.

—¡Ponte los pantalones y vámonos!

Shepley se fue riéndose hasta su habitación y yo me quedé mirando fijamente al suelo. Oírselo decir en voz alta a alguien más lo convertía en algo real y no sabía qué hacer.

Menos de cinco minutos después, estaba toqueteando la radio en el Charger mientras Shepley salía del estacionamiento de nuestro complejo de apartamentos.

Shepley parecía estar de muy buen humor mientras se abría paso a través del tráfico y disminuía la velocidad justo lo suficiente para evitar que los peatones cayeran sobre el capó del coche. Finalmente encontró un buen lugar de estacionamiento y nos dirigimos hacia la única clase que compartíamos, Lengua Inglesa II.

La fila superior había sido el nuevo lugar para sentarnos durante las últimas semanas en un intento por librarnos del montón de chicas horrendas que normalmente rodeaban mi mesa.

La profesora Park entró en la clase, colocó sobre su mesa el bolso, el maletín y una taza de café.

—¡Dios! ¡Hace frío! —dijo y se ajustó la chaqueta alrededor de su pequeño cuerpo—. ¿Está todo el mundo aquí? —Levantamos las manos y ella asintió con la cabeza, sin prestar demasiada atención—. Estupendo. Buenas noticias. ¡Examen sorpresa!

Todo el mundo comenzó a quejarse y ella sonrió.

—Sé que aún me quieren. Lápiz y papel, señores, no tengo todo el día.

La sala se llenó del mismo sonido mientras todo el mundo cogía su lápiz y su papel. Escribí mi nombre deprisa en la parte superior del folio y sonreí ante los susurros de pánico de Shepley.

—¿Por qué? ¿Un examen sorpresa de Lengua Inglesa? Es ridículo —dijo entre dientes.

El examen era bastante fácil y su lectura acababa con otro examen previsto para el final de la semana. En los últimos minutos de clase, un tipo sentado en la fila justo delante de mí se estiró hacia atrás. Lo conocía de clase. Se llamaba Levi, pero eso solo lo sabía porque había escuchado a la profesora Park llamarlo en varias ocasiones. Siempre llevaba su grasiento pelo de color negro peinado hacia atrás, alejado de su cara cubierta de marcas de viruela. Levi no iba nunca a la cafetería ni pertenecía a ninguna fraternidad. Tampoco estaba en el equipo de fútbol y nunca se le veía en una fiesta. Al menos en ninguna de las que yo había estado.

Lo miré y luego volví a atender a la profesora Park, que hablaba de la última visita de su amigo gay preferido.

Miré hacia bajo de nuevo. Aún seguía mirándome fijamente.

—¿Necesitas algo? —le pregunté.

—He oído hablar de la fiesta que hicieron en casa de Brazil el fin de semana pasado. Bien jugado.

—¿Eh?

La chica de su derecha, Elizabeth, también se dio la vuelta, agitando su cabello de color castaño. Elizabeth era la novia de uno de mis hermanos de la fraternidad. Los ojos se le iluminaron.

—Sí, lo siento, me perdí el espectáculo.

Shepley se inclinó hacia delante.

—¿Qué? ¿Hablas de mi discusión con Mare?

Los chicos se echaron a reír.

—No. La fiesta de Abby.

—¿La fiesta de cumpleaños? —pregunté, tratando de averiguar a qué se refería. Habían sucedido varias cosas que podían estar moviendo las aspas del molino de los rumores, pero nada de lo que un tipo cualquiera hubiera podido oír hablar.

Elizabeth comprobó si la profesora Park nos estaba mirando y luego se giró de nuevo.

—Abby y Parker.

Otra chica se giró.

—Ah, sí. Oí que Parker los sorprendió a la mañana siguiente. ¿Es verdad?

—¿Dónde has oído eso? —pregunté mientras la adrenalina me corría por las venas.

Elizabeth se encogió de hombros.

—En todas partes. La gente hablaba de ello en clase esta mañana.

—En la mía también —dijo Levi.

La otra chica asintió con la cabeza.

Elizabeth se giró un poco más y se inclinó hacia donde estaba yo.

—¿Es verdad que ella se enrolló con Parker en la puerta de la casa de Brazil y luego se fue a casa con ustedes?

Shepley frunció el ceño.

—Se está quedando con nosotros en casa.

—No —dijo la chica que estaba sentada junto a Elizabeth—. Parker y ella estaban besándose en el sofá de Brazil y entonces ella se levantó y se puso a bailar con Travis. Parker se enfadó y ella se marchó con Travis... y con Shepley.

—Eso no es lo que yo he oído —dijo Elizabeth, tratando visiblemente de contener su entusiasmo—. Me han dicho que tenían algún tipo de acuerdo entre los tres. ¿De qué se trata, Travis?

Levi parecía estar disfrutando de la conversación.

—Yo oí que fue al revés.

—¿Qué? —pregunté, ya irritado por el tono de su voz.

—Que Parker se quedaba con tus sobras.

Entrecerré los ojos. Quienquiera que fuese ese tipo, sabía más de mí de lo que debería. Me incliné hacia delante.

—Eso no es asunto tuyo, idiota.

—Está bien —dijo Shepley, poniendo la mano en mi mesa.

Levi inmediatamente se dio la vuelta y Elizabeth arqueó las cejas antes de darse la vuelta detrás de él.

—Maldito cabrón —gruñí. Miré a Shepley—. Es la hora del almuerzo. Alguien le puede decir algo a Abby. Están contando que los dos estuvimos con ella. Joder. Joder, Shepley. ¿Qué hago?

Shepley inmediatamente comenzó a meter sus cosas en la mochila y yo hice lo mismo.

—Pueden marchase —dijo la profesora Park—. Lárguense y sean unos ciudadanos productivos hoy.

La mochila me rebotaba en la parte baja de la espalda mientras corría a través del campus, directo a la cafetería.

Shepley agarró a América por el brazo.

—Mare —resopló.

Me agarré de las caderas y traté de recobrar el aliento.

—¿Acaso te persigue una turba de mujeres enfadadas? —preguntó Abby bromeando.

Negué con la cabeza. Las manos me temblaban, así que agarré las sujeciones de mi mochila.

—Intentaba alcanzarlos… antes de que… entrarais —le contesté e inspiré profundamente.

—¿Qué pasa? —le preguntó América a Shepley.

—Hay un rumor… —comenzó a decir Shepley—. Todo el mundo dice que Travis se llevó a Abby a casa y…, bueno, los detalles varían, pero en general la situación es bastante mala.

—¿Qué? ¿Lo dices en serio? —gritó Abby.

América puso los ojos en blanco.

—¿A quién le importa, Abby? La gente lleva especulando sobre Travis y tú desde hace semanas. No es la primera vez que alguien los acusa de acostarse.

Miré a Shepley, esperando que tuviera una solución para sacarme del apuro en el que yo mismo me había metido.

—¿Qué? —dijo Abby—. Hay algo más, ¿no?

Shepley hizo una mueca.

—Dicen que te acostaste con Parker en casa de Brazil y que luego dejaste que Travis… te llevara a casa…, ya me entiendes.

Se quedó boquiabierta.

—¡Genial! Entonces, ¿ahora soy la puta de la universidad?

Yo era el causante de todo esto y por supuesto Abby era quien estaba pagando los platos rotos.

—Todo esto es culpa mía. Si se tratara de otra persona, no dirían esas cosas de ti.

Entré en la cafetería con los puños apoyados en los costados. Abby se sentó y yo me aseguré de ponerme unos cuantos asientos lejos de ella. Ya antes habían corrido rumores sobre mí con otras chicas, y algunas veces incluso también se mencionó el nombre de Parker, pero nunca me había importado, hasta ahora. Abby no se merecía que la gente pensara de ese modo de ella solo por el hecho de ser mi amiga.

—No tienes por qué sentarte ahí, Trav. Vamos, ven aquí —dijo Abby y señaló el espacio vacío que había frente a ella.

—He oído que te la pasaste genial en tu cumpleaños, Abby —dijo Chris Jenks tirando un trozo de lechuga sobre mi plato.

—No empieces, Jenks —le advertí con el ceño fruncido.

Chris sonrió, elevando sus redondeadas mejillas sonrosadas.

—He oído que Parker está furioso. Dice que pasó por tu apartamento ayer y que Travis y tú seguían en la cama.

—Se estaban echando una siesta, Chris —dijo América en tono de burla.

Abby clavó su mirada en mí.

—¿Parker fue al apartamento?

Me removí incómodo en mi silla.

—Iba a decírtelo.

—¿Cuándo? —me espetó.

América se inclinó y le susurró algo al oído, probablemente lo que todo el mundo sabía menos Abby.

Abby puso los codos en la mesa y se cubrió la cara con las manos.

—Esto se pone cada vez mejor.

—Entonces, ¿no llegaron a mayores? —preguntó Chris—. Joder, qué asco. La verdad es que pensaba que Abby era buena para ti, Trav.

—Será mejor que lo dejes ya, Chris —le advirtió Shepley.

—Si no piensas acostarte con ella, ¿te importa si lo hago yo? —dijo Chris, riendo vuelto hacia sus compañeros de equipo.

Sin pensarlo, salté de la silla y caí sobre la mesa de Chris. Su cara pasó en cámara lenta de mostrar una amplia sonrisa a tener los ojos y la boca muy abiertos. Agarré a Chris por el cuello con una mano y por la camiseta con la otra. Mis nudillos apenas sintieron el contacto con su cara. Estaba completamente poseído por la rabia y me faltó poco para dejarme llevar del todo por la furia. Chris se cubrió la cara, pero yo seguí apaleándolo.

—¡Travis! —gritó Abby y corrió alrededor de la mesa.

Mi puño se quedó petrificado a mitad del camino, entonces solté la camiseta de Chris y dejé que se desmoronara en el suelo hecho una bola. La expresión de Abby me hizo titubear; estaba aterrada por lo que acababa de ver. Tragó saliva y dio un paso hacia atrás. Su miedo me hizo enfadar aún más, no por ella, sino porque me sentía avergonzado de mí mismo.

Me alejé de allí abriéndome paso a empujones a todo aquel que se cruzaba en mi camino. Dos de dos. Primero, me las había arreglado para ayudar a iniciar un rumor sobre la chica de la que estaba enamorado y luego casi la mato de miedo.

La soledad de mi habitación parecía ser el único lugar adecuado para mí. Estaba demasiado avergonzado incluso para buscar el consejo de mi padre. Shepley me alcanzó. Sin decir una palabra, entró en el Charger, se sentó a mi lado y arrancó el motor.

No hablamos mientras conducía hacia el apartamento. La escena que inevitablemente sucedería cuando Abby decidiera venir a casa era algo que mi mente se negaba a procesar.

Shepley dejó el coche en el lugar donde solía estacionarlo, me bajé y subí las escaleras como un zombi. Abby iba a marcharse porque tenía miedo de lo que había visto o, incluso peor, yo tendría que liberarla de su apuesta y dejarla ir, aunque ella no quisiera.

Mi corazón se debatía entre dejar a Abby sola y decidir que estaba bien perseguirla más veces que a una chica de la fraternidad nada más quedarse sin pareja en el segundo piso de la sede de la fraternidad. Una vez dentro, arrojé la mochila contra la pared y me aseguré de cerrar la puerta de la habitación detrás de mí. Eso no me hacía sentirme mejor; de hecho, patalear como un niño pequeño me recordaba la cantidad de tiempo que le hacía perder a Abby al perseguirla..., si se podía llamar así.

El estridente zumbido del Honda de América resonó brevemente antes de que apagase el motor. Abby podría estar con ella. Podría llegar gritando o todo lo contrario. No estaba seguro de qué me haría sentir peor.

—¿Travis? —dijo Shepley abriendo la puerta.

Asentí con la cabeza y luego me senté en el filo de la cama, que se hundió con el peso.

—Ni siquiera sabes qué va a decirte. Podría estar simplemente poniéndote a prueba.

—No se lo conté.

Shepley cerró la puerta. Los árboles de fuera eran de color marrón y estaban comenzando a perder el color que les quedaba. Pronto se quedarían sin hojas. Para cuando hubieran caído las últimas hojas, Abby ya se habría marchado. Maldita sea. Me sentía tan deprimido...

Unos cuantos minutos después, oí otro golpe en la puerta.

—¿Travis? Soy yo, abre.

Suspiré.

—Lárgate, Paloma.

La puerta crujió cuando ella la abrió. No me di la vuelta. No podía. *Toto* estaba detrás de mí y me golpeó la espalda con su pequeña cola al verla.

—¿Qué te pasa, Trav? —me preguntó.

No sabía cómo contarle la verdad y de todas formas una parte de mí sabía que no me escucharía, así que me quedé mirando por la ventana contando las hojas que caían. Con cada una de ellas que se desprendía y caía al suelo, estábamos un poco más cerca de la desaparición de Abby de mi vida. Mi propio reloj de arena natural.

Abby estaba de pie junto a mí, con los brazos cruzados. Esperaba que ella comenzase a gritar o a regañarme de algún modo por lo que había sucedido en la cafetería.

—¿No quieres hablar conmigo de lo que ha pasado?

Ella comenzó a darse la vuelta hacia la puerta y yo suspiré.

—¿Te acuerdas de cuando el otro día Brazil empezó a molestarme y tú saliste en mi defensa? Bueno..., pues eso es lo que ha pasado. Solo que se me ha ido un poco de las manos.

—Estabas enfadado antes de que Chris dijera nada —me respondió ella y se sentó junto a mí en la cama.

De inmediato *Toto* trepó hasta su regazo en busca de atención. Yo ya conocía ese sentimiento. Todas las payasadas, mis estúpidos trucos, todo eso era para tratar de llamar su atención de alguna forma, y ella parecía haberlo olvidado. Incluso mi loco comportamiento.

—Decía en serio lo de antes. Tienes que irte, Paloma. Dios sabe que yo no puedo alejarme de ti.

Me cogió del brazo.

—Tú no quieres que me vaya.

Ella no tenía ni idea de cuánta razón tenía y, al mismo tiempo, de lo equivocada que estaba. Mis sentimientos encontrados me estaban volviendo loco. Estaba enamorado de ella, no me podía imaginar mi vida sin ella; pero, al mismo tiempo, quería lo mejor para ella. Con todo eso en mi mente, la idea de que Abby estuviese con otro se me hacía insoportable. Ninguno de los dos podía ganar y, sin embargo, yo no podía perderla. Ese constante ir y venir me dejaba exhausto. Abracé a Abby y le di un beso en la frente.

—No importa lo mucho que lo intente. Me odiarás cuando todo esté dicho y hecho.

Me envolvió con sus brazos y enlazó los dedos alrededor de la cima de mis hombros.

—Tenemos que ser amigos. No voy a aceptar un no por respuesta.

Me había robado mi frase, la que le dije en nuestra primera cita en el Pizza Shack. Parecía que había pasado una eternidad desde aquello. No estaba seguro de en qué momento comenzaron a complicarse tanto las cosas.

—Paso mucho tiempo mirándote dormir —le expliqué a la vez que la envolvía con ambos brazos—. ¡Siempre pareces estar tan en paz! Yo no tengo ese tipo de paz. Tengo ira y rabia hirviendo dentro de mí, excepto cuando te observo dormir.

»Eso es lo que estaba haciendo cuando Parker entró. Yo estaba despierto y él entró; simplemente se quedó parado con esa mirada horrorizada en su cara. Sabía lo que pensaba, pero no lo saqué de su error. No se lo expliqué porque quería que pensara que había pasado algo. Ahora todo el mundo piensa que estuviste con los dos la misma noche. Lo siento.

Abby se encogió de hombros.

—Si se cree todo ese chisme, es cosa suya.

—Es difícil que piense otra cosa después de vernos juntos en la cama.

—Sabe que estoy instalada en tu casa. Y estaba totalmente vestida, por Dios santo.

Suspiré.

—Probablemente estaba demasiado enojado para darse cuenta. Sé que te gusta, Paloma. Debería habérselo explicado. Te lo debía.

—No importa.

—¿No estás enfadada? —le pregunté, sorprendido.

—¿Por eso estás tan disgustado? ¿Pensabas que me enfadaría contigo cuando me dijeras la verdad?

—Deberías enfadarte. Si alguien por su cuenta y riesgo hundiera mi reputación, estaría un poco enojado.

—Pero si a ti te dan igual las reputaciones. ¿Qué ha pasado con el Travis al que le importa una mierda lo que piense todo el mundo? —bromeó, dándome un codazo.

—Eso fue antes de que viera la mirada que pusiste cuando oíste lo que todo el mundo decía. No quiero que te hieran por mi culpa.

—Nunca harías nada que me hiriera.

—Antes me cortaría el brazo —susurré.

Apoyé la mejilla contra su pelo. Ella siempre olía tan bien, me hacía sentirme tan bien. Tenerla cerca era como un sedante para mí. Mi cuerpo entero se relajó y de repente me sentí muy cansado, no quería moverme. Nos quedamos allí juntos, sentados, abrazados, su cabeza apoyada en mi cuello, durante el mayor tiempo posible. Nada más allá de ese momento estaba garantizado, así que permanecí allí, en su interior, con mi palomita.

Cuando el sol comenzó a ponerse, oí un leve golpe en la puerta.

—¿Abby?

La voz de América sonó muy bajito al otro lado de la puerta de madera.

—Entra, Mare —dije; sabía que probablemente le preocupaba nuestro silencio.

América entró en la habitación con Shepley y sonrió al vernos abrazados.

—Íbamos a salir a comer algo. ¿Les apetece venir al Pei Wei?

—Uf... ¿Asiático otra vez, Mare? ¿De verdad? —le pregunté.

—Sí, de verdad —dijo ella, que parecía un poco más relajada—. ¿Vienen o no, chicos?

—Me muero de hambre —dijo Abby.

—Claro, al final no comiste nada al mediodía —dije con el ceño fruncido. Me puse de pie, levantándola conmigo—. Venga, vamos a que comas algo.

Aún no estaba preparado para apartarme de ella, así que continué con mi brazo alrededor de ella durante todo el trayecto hasta el Pei Wei. A ella no pareció importarle e incluso se apoyó sobre mí en el coche mientras accedía a compartir con ella un menú número cuatro.

En cuanto encontramos un reservado, coloqué mi abrigo junto a Abby y fui al baño. Resultaba extraño que todo el mundo se comportara como si yo no hubiera apaleado a alguien unas horas antes, como si nada hubiese sucedido. Puse las manos bajo el agua y me mojé la cara, mirándome al espejo. El agua goteaba por la nariz y la barbilla. Una vez más, iba a tener que comportarme y aceptar el estado de ánimo falso de todo el mundo. Como si tuviéramos que continuar fingiendo para ayudar a Abby a salir de su pequeña burbuja de ignorancia en la que nadie sentía nada lo suficientemente fuerte y todo estaba dicho y hecho.

—¡Maldita sea! ¿Todavía no está aquí la comida? —pregunté y me senté junto a Abby en el reservado. Su teléfono estaba sobre la mesa, así que lo cogí, activé la cámara, puse una cara estúpida y tomé una foto.

—¿Qué demonios estás haciendo? —preguntó Abby con una risita.

Busqué mi nombre y luego añadí la fotografía.

—Así recordarás lo mucho que te adoro cuando te llame.

—O lo idiota que eres —dijo América.

América y Shepley pasaron la mayor parte del tiempo hablando de sus clases y de los últimos chismes; tuvieron cuidado de no mencionar a ninguna persona involucrada en el altercado anterior.

Abby los observaba con la barbilla apoyada en el puño, sonriendo y sencillamente hermosa. Sus dedos eran delgados y me di cuenta de lo desnudo que se veía el dedo anular. Me miró y se inclinó para empujarme de forma juguetona en el hombro. Luego se enderezó y continuó escuchando la charla de América.

Reímos y bromeamos hasta que el restaurante cerró; después nos metimos en el coche para irnos a casa. Me sentía exhausto y, aunque el día parecía haber sido condenadamente largo, no quería que acabase.

Shepley subió las escaleras con América subida a su espalda, pero yo me quedé detrás, agarrado del brazo de Abby. Miré a nuestros amigos hasta que entraron en el apartamento; las manos de Abby jugueteaban con las mías.

—Te debo una disculpa por lo de hoy, así que lo siento.

—Ya te has disculpado. Está bien.

—No, me he disculpado por lo de Parker. No quiero que pienses que soy una especie de psicópata que va por ahí atacando a la gente por cualquier nimiedad, pero te debo una disculpa porque no te defendí por la razón correcta.

—¿A qué te refieres? —me preguntó.

—Salté porque dijo que quería ser el siguiente de la cola, no porque se estuviera metiendo contigo.

—La simple insinuación de que hay una cola es razón suficiente para que me defiendas, Trav.

—A eso voy. Me enojé porque interpreté que quería acostarse contigo.

Abby se quedó pensativa durante un momento y entonces me agarró por los lados de la camisa. Apoyó la frente contra la camiseta, en el pecho.

—¿Sabes qué? No me importa —dijo ella, mirándome con una sonrisa—. No me importa lo que diga la gente ni que perdieras los estribos, ni que le partieras la cara a Chris. Lo último que quiero es tener mala fama, pero estoy cansada de darle explicaciones a todo el mundo sobre nuestra amistad. Se pueden ir todos al diablo.

Esbocé una sonrisa.

—¿Nuestra amistad? A veces me pregunto si alguna vez me escuchas.

—¿Qué quieres decir?

La burbuja con la que se rodeaba era impenetrable y me preguntaba qué sucedería si alguna vez intentaba atravesarla.

—Entremos. Estoy cansado.

Ella asintió. Subimos juntos las escaleras y entramos en el apartamento. América y Shepley ya estaban susurrando felizmente en su habitación y Abby desapareció en el baño. Las tuberías rechinaron y el agua de la ducha comenzó a sonar sobre los azulejos.

Toto me hizo compañía mientras esperaba. No tardó mucho; acabó su rutina nocturna en una hora.

Se tendió en la cama y dejó el cabello húmedo sobre mi brazo. Exhaló un largo y relajante suspiro.

—Solo quedan dos semanas. ¿Qué te inventarás cuando tenga que volver al Morgan?

—No lo sé —le contesté. No quería pensar en eso.

—Oye —me dijo con un golpecito en el brazo—. Era una broma.

Obligué a mi cuerpo a relajarse sobre el colchón, recordándome que, por el momento, ella estaba aún a mi lado. No funcionó. Nada funcionaba. Necesitaba tenerla entre mis brazos. Ya había perdido demasiado tiempo.

—¿Confías en mí, Paloma? —le pregunté un poco nervioso.

—Sí, ¿por qué?

—Ven aquí —le dije y tiré de ella hacia mí.

Esperaba que protestase, pero se quedó inmóvil durante unos instantes antes de dejar que su cuerpo se fundiera con el mío. Sus mejillas se relajaron contra mi pecho.

De inmediato, los ojos comenzaron a pesarme. Al día siguiente trataría de pensar en una forma de posponer su partida, pero en ese momento lo único que quería hacer era dormir con ella entre mis brazos.

Capítulo 15

AL DÍA SIGUIENTE

Dos semanas. Eso era todo lo que quedaba para disfrutar del tiempo que nos quedaba juntos, o bien para demostrarle de algún modo que yo podía ser lo que ella necesitaba.

Usé todo mi encanto; me paré en todos los ceda el paso; no reparé en gastos. Fuimos a jugar a los bolos, quedamos para cenar, para almorzar y para ir al cine. También pasamos tanto tiempo como pudimos en el apartamento: alquilamos películas, pedimos comida a domicilio, cualquier cosa que me permitiera estar a solas con ella. No tuvimos ni una sola pelea.

Adam llamó un par de veces. A pesar de que daba un buen espectáculo, no estaba contento con la poca duración de los combates. El dinero era el dinero, pero yo no quería perder un segundo alejado de mi palomita.

Ella era más feliz de lo que jamás la había visto y, por primera vez, me sentía como un ser humano normal en lugar de un hombre amargado y furioso.

Por la noche nos acostábamos y nos acurrucábamos como un viejo matrimonio. Cuanto más me acercaba a ella por la noche más luchaba al día siguiente por mantenerme positivo y aparentar que no estaba desesperado por mantener nuestras vidas tal y como estaban.

La noche anterior a su última noche, Abby quiso cenar en el Pizza Shack. Con las migas sobre el suelo de color rojo, el olor a grasa y especias en el aire, habría sido perfecto de no ser por el odioso equipo de fútbol.

Perfecto, pero triste. Era el primer lugar en el que habíamos cenado juntos. Abby se rio un montón, pero no llegó a abrirse conmigo. Nunca hablaba del tiempo que pasábamos juntos. Continuaba en su burbuja. Continuaba ajena a mí. Que todos mis esfuerzos resultaran inútiles a veces era muy irritante, pero ser paciente y hacerla feliz eran las únicas formas de poder tener algún éxito.

Aquella noche se quedó dormida muy rápidamente. Como dormía a pocos centímetros de distancia, la observé y traté de grabar su imagen en mi memoria. La forma en la que las pestañas caían sobre la piel; la manera en la que su cabello descansaba en mi brazo; el afrutado y limpio olor que desprendía su loción corporal; el apenas audible sonido que hacía su nariz cuando exhalaba. Se la veía tranquila, dormir en mi cama se había convertido en algo muy confortable.

Las paredes que nos rodeaban estaban cubiertas con fotografías del tiempo que Abby había pasado en el apartamento. Estaba oscuro, pero guardaba cada una de ellas en mi memoria. Ahora que finalmente parecía que estaba como en casa, ella se marchaba.

La mañana del último día de Abby sentí que me engullía el dolor, porque en veinticuatro horas haría las maletas para regresar al Morgan Hall. Paloma vendría por allí, nos visitaría de vez en cuando, probablemente con América, pero seguiría con Parker. Estaba a punto de perderla.

El sillón crujió un poco cuando me balanceé adelante y atrás. Me quedé a la espera de que se despertase. El apartamento estaba tranquilo, demasiado tranquilo. El silencio pesaba sobre mí.

La puerta de Shepley chirrió al abrirse y cerrarse, y se oyó el golpeteo de los pies descalzos de mi primo al andar. Llevaba el pelo revuelto y tenía los ojos entrecerrados. Se fue al asiento del amor y se quedó mirándome un rato desde debajo de la capucha de su sudadera.

Puede que hiciese frío. Ni me había dado cuenta.

—¿Trav? Volverás a verla de nuevo.

—Lo sé.

—Pues por la expresión de tu cara, cualquiera diría que no.

—No será lo mismo, Shep. Vamos a llevar vidas diferentes. Nos separaremos. Ella estará con Parker.

—Eso no lo sabes. Parker le demostrará que es un cretino y ella se dará cuenta de una vez.

—Entonces algún otro como Parker.

Shepley suspiró, estiró una pierna sobre el sofá y la sujetó por el tobillo.

—¿Qué puedo hacer?

—No me había sentido así desde que murió mi madre. No sé qué hacer —murmuré sin aliento—. Voy a perderla.

Shepley frunció el ceño.

—Así que ya te diste por vencido, ¿no?

—Lo he intentado todo. No puedo llegar hasta ella. Tal vez no sienta lo mismo que yo por ella.

—O quizás está tratando de no sentirlo. Escucha. América y yo nos largaremos. Todavía te queda esta noche. Haz algo especial. Compra una botella de vino. Prepárale un buen plato de pasta. Se te da muy bien cocinar pasta.

Hice una mueca.

—La pasta no le va a hacer cambiar de opinión.

Shepley sonrió.

—Nunca se sabe. Tu forma de cocinar es por lo que decidí pasar por alto que eres un estúpido y venir a vivir contigo.

Asentí.

—Lo intentaré. Intentaré cualquier cosa.

—Solo haz que sea inolvidable, Trav —me dijo Shepley, encogiéndose de hombros—. Podría entrar en razón.

Shepley y América se ofrecieron a traer algunas cosas de la tienda para que pudiera preparar la cena para Abby. Shepley incluso accedió a ir a unos grandes almacenes y comprar cubiertos nuevos para que no tuviésemos que usar la porquería de cubertería variada que teníamos en los cajones.

Mi última cena con Abby estaba preparada.

Aquella noche, mientras colocaba las servilletas, Abby apareció en el pasillo vestida con unos pantalones de mezclilla agujereados y una camisa suelta de color blanco.

—Se me hace agua la boca. Sea lo que sea que estés haciendo, huele de maravilla.

Llené su plato hondo de pasta con salsa Alfredo y coloqué el pollo cajún ennegrecido encima. Luego eché encima un poco de tomate picado y cebolla verde.

—Esto es lo que he estado preparando —dije mientras colocaba el plato frente a la silla de Abby. Ella se sentó y sus ojos se abrieron de par en par; luego observó cómo llenaba mi plato.

Puse una rebanada de pan de ajo en su plato y ella me sonrió.

—Has pensado en todo.

—Sí —dije y descorché el vino.

El líquido de color rojo salpicó un poco al caer en su copa y ella soltó una risita.

—No tenías que hacer todo esto.

Apreté los labios.

—Sí, lo sé.

Abby tomó un sorbo y luego otro, casi sin detenerse a tragar. Un pequeño sonido apreciativo salió de entre sus labios.

—Esto está realmente bueno, Trav. Me has tenido engañada todo este tiempo

—Si te lo hubiera dicho antes, habrías esperado una cena así cada noche.

La sonrisa ideal que de alguna manera había conseguido tener se desvaneció rápidamente.

—Te voy a echar de menos, Trav —dijo ella, sin dejar de masticar.

—Pero vas a seguir viniendo, ¿no?

—Sabes que sí. Y tú vendrás al Morgan a ayudarme a estudiar como antes.

—Pero no será igual. —Suspiré—. Tú seguirás saliendo con Parker, estaremos ocupados..., nuestros caminos se separarán.

—Las cosas no serán tan diferentes.

Me eché a reír.

—¿Quién iba a pensar que acabaríamos aquí sentados cuando nos conocimos? Si hace tres meses me hubieran dicho que estaría tan hecho polvo por tener que despedirme de una chica, no lo habría creído.

La expresión de su cara cambió.

—No quiero que estés hecho polvo.

—Entonces no te vayas.

Abby suspiró y frunció el ceño levemente.

—No puedo mudarme aquí, Travis. Es una locura.

—¿Y eso quién lo dice? He pasado las dos mejores semanas de mi vida.

—Yo también.

—Entonces, ¿por qué siento que no voy a volver a verte?

Me miró un momento, pero no me respondió. En lugar de eso, Abby se levantó, dio la vuelta a la barra de desayuno y se sentó en mi regazo. Todo mi ser quería mirarla a los ojos, pero tenía miedo de que, si lo hacía, trataría de besarla y nuestra noche se arruinaría.

Me abrazó y apoyó su suave mejilla contra la mía.

—Te darás cuenta de lo molesta que era y entonces dejarás de echarme de menos —me susurró al oído.

Masajeé sus omoplatos formando círculos con las manos para tratar de aliviar la tristeza.

—¿Lo prometes?

Abby me miró a los ojos, tocando cada ángulo de mi cara con las manos. Acarició mi barbilla con el pulgar. Por un momento la idea de suplicarle que se quedara cruzó por mi mente, pero ella no me escucharía. No desde el otro lado de su burbuja.

Abby cerró los ojos y se inclinó hacia delante. Yo sabía que lo único que ella quería era besar la comisura de mis labios, pero me giré para hacer que nuestros labios se encontraran. Era mi última oportunidad. Tenía que darle un beso de despedida.

Durante un instante se quedó completamente inmóvil, pero entonces su cuerpo se relajó y permitió que sus labios se entretuvieran con los míos.

Al final Abby se apartó y sonrió.

—Mañana será un día duro. Voy a limpiar la cocina y después me iré directamente a la cama.

—Te ayudo.

Lavamos los platos juntos en silencio, con *Toto* dormido a nuestros pies. Sequé el último plato y lo coloqué en la estantería, después la tomé de la mano para llevarla por el pasillo. Cada paso era una agonía.

Abby dejó caer sus *jeans* y luego se quitó la camisa por la cabeza. Cogió una de mis camisetas del armario y dejó que el desgastado algodón de color gris se deslizara por su cabeza. Me desnudé y me dejé solo los calzoncillos, tal y como había hecho docenas de veces con ella en la habitación, pero esta vez cierto aire de solemnidad dominaba en el dormitorio.

Nos metimos en la cama y apagué la luz de la lámpara. Inmediatamente la abracé y suspiré, y ella colocó su cara en mi cuello.

Los árboles de detrás de la ventana proyectaban su sombra en las paredes. Traté de concentrarme en sus contornos y en la manera en la que la suave brisa cambiaba la forma de su silueta sobre los diferentes ángulos de la pared. Todo por apartar mi mente de los números del reloj o de lo cerca que estábamos del amanecer.

El amanecer. Mi vida iba a cambiar para peor en tan solo unas horas. Dios. No podía soportarlo. Cerré los ojos con fuerza, tratando de bloquear esos pensamientos.

—¿Trav? ¿Estás bien?

Me llevó un momento dar forma a mis palabras:

—Nunca he estado peor en mi vida.

Apretó la frente contra mi cuello de nuevo y yo la abracé con más fuerza.

—Eso es una tontería —dijo ella—. Vamos a vernos todos los días.

—Sabes que eso no es verdad.

Echó un poco hacia atrás la cabeza. No estaba seguro de si me miraba o de si se preparaba para decirme algo. Esperé en la oscuridad, en el silencio, con la sensación de que el mundo se iba a desmoronar a mi alrededor en un segundo.

Sin previo aviso, frunció los labios y me besó en el cuello. Su boca se abrió mientras saboreaba mi piel y la cálida humedad de su lengua permaneció en ese lugar.

La miré, completamente desprevenido. Una chispa cómplice se asomó a sus ojos. No estaba seguro de cómo había sucedido, pero por fin había llegado hasta ella. Abby finalmente se dio cuenta de mis sentimientos y la luz de repente se había encendido.

Me incliné hacia delante y presioné mis labios contra los suyos, suave y lentamente. Cuanto más tiempo pasaban nuestras bocas unidas más abrumado estaba por lo que estaba sucediendo.

Abby se acercó más a mí. Cada movimiento que ella hacía era una afirmación más de su respuesta. Sentía lo mismo que yo.

Le importaba. Me quería. Yo quería salir corriendo y dar una vuelta a la manzana para celebrarlo y, al mismo tiempo, no quería apartar mis labios de los suyos.

Su boca se abrió y dejó entrar a mi lengua, que saboreó y buscó la suya suavemente.

—Te deseo —me dijo.

Absorbí sus palabras y las entendí, pero no sabía qué quería decir. Una parte de mí deseaba arrancar cada trozo de tela que se interponía entre nosotros; la otra, encender todas las luces y las sirenas. Por fin estábamos en la misma onda. Ya no había necesidad de apresurarse.

Me aparté un poco, pero solo conseguí que Abby se mostrase más decidida. Me incorporé un poco y retrocedí de rodillas, pero Abby se quedó conmigo. La agarré de los hombros para mantenerla bajo control.

—Espera un momento —susurré, jadeando—. No tienes por qué hacer esto, Paloma. No es lo que había pensado para esta noche.

Aunque eso era precisamente lo que yo deseaba, la inesperada insistencia de Abby junto con el hecho de que no me había acostado con nadie durante un periodo que estaba seguro batía mi propio récord hacían que mi pene estuviese orgullosamente erecto contra mis calzoncillos.

Abby se inclinó de nuevo y esta vez la dejé que se acercase lo suficiente para que sus labios tocasen los míos. Me miró, seria y decidida.

—No me hagas suplicar —susurró contra mi boca.

No importa lo caballeroso que intentase ser, esas palabras saliendo de su boca acabaron conmigo. La agarré de la parte posterior de la cabeza y sellé mis labios contra los suyos.

Los dedos de Abby recorrieron toda mi espalda y se detuvieron en el elástico de mis calzoncillos; la parte delantera parecía que iba a ser su próximo movimiento. Seis semanas de tensión sexual acumulada me aturdían y nos estrellamos contra el colchón.

Mis dedos juguetearon con su pelo mientras me colocaba entre sus piernas abiertas. Justo cuando nuestras bocas se encontraron de nuevo, deslizó la mano en el interior de la parte delantera de mis calzoncillos. Cuando sus suaves dedos tocaron mi piel desnuda, gemí de placer. Fue la mejor sensación que jamás pude imaginar.

La vieja camiseta de color gris que llevaba Abby fue lo primero que desapareció.

Por suerte la luna llena iluminaba la habitación justo lo suficiente para poder apreciar sus pechos desnudos durante unos segundos antes de recorrer con impaciencia el resto de su cuerpo. Mi mano se apoderó de sus braguitas y las dejó caer por las piernas. Saboreaba su boca mientras recorría la línea interior de su pierna y viajaba a lo largo del muslo. Mis dedos se deslizaron entre su suave y húmeda piel, y ella dejó escapar un largo suspiro entrecortado. Antes de ir más lejos, recordé una conversación que habíamos tenido no hacía mucho. Abby era virgen. Si esto era lo que ella realmente quería, yo debía ser delicado. Lo último que deseaba era hacerle daño.

Ella arqueaba las piernas y, con cada movimiento de mi mano, le temblaban. Le besé el cuello mientras esperaba que tomase una decisión. Sus caderas se balanceaban de un lado a otro, y se movían hacia delante y hacia atrás; me recordó la forma como bailamos en el Red. Se mordió el labio inferior, clavando los dedos en mi espalda al mismo tiempo.

Me coloqué sobre ella. Aún llevaba los calzoncillos puestos, pero podía sentir su piel desnuda bajo la mía. Ella estaba tan tibia que contenerme fue la cosa más difícil que nunca me he obligado a hacer. Un centímetro más y podría haberme abierto paso a través de los calzoncillos y estar dentro de ella.

—Paloma, no tiene por qué ser esta noche. Esperaré hasta que estés lista —dije jadeando.

Abby abrió el cajón de arriba de la mesita de noche. Se oyó el plástico crujir en su mano y abrió el paquete cuadrado con los dientes. Eso era una luz verde, no cabía lugar a dudas.

Aparté la mano de su espalda y me deshice de los calzoncillos de una violenta patada. Había perdido la poca paciencia que me quedaba. En lo único que podía pensar era en estar dentro de ella. Coloqué el látex en su sitio y a continuación bajé las caderas entre sus muslos, rozando las partes más sensibles de mi piel con las suyas.

—Mírame, Paloma —le dije con un susurro.

Sus enormes ojos redondos de color gris me miraron fijamente. Era todo tan irreal... Había estado soñando con ese momento desde la primera vez que ella puso sus ojos en mí y por fin estaba sucediendo. Ladeé la cabeza y me incliné para besarla con ternura. Me acerqué, tenso, introduciéndome en su interior tan suavemente como pude. Cuando me retiré, miré a Abby a los ojos. Sus rodillas atrapaban mis caderas como una tenaza y se mordió el labio inferior con más fuerza que antes, pero sus dedos continuaban presionando mi espalda, acercándome más a ella. Al caer de nuevo sobre ella, cerró los ojos.

La besé suave, pacientemente.

—Mírame —susurré.

Gimoteó, gimió, gritó y, con cada sonido que hacía, me resultaba más difícil controlar mis movimientos. El cuerpo de Abby finalmente se relajó y me permitió moverme sobre ella con contoneos más rítmicos. Cuanto más rápido me movía más sentía que perdía el control. Acaricié y besé cada centímetro de su piel, de su cuello, sus mejillas, sus labios.

Tiraba de mí hacia ella una y otra vez, y cada vez me introducía más profundamente en su interior.

Le agarré el muslo con una mano y me apoyé en el codo. Nuestros vientres se deslizaban fácilmente a medida que se iban formando gotas de sudor sobre la piel. Pensé en pedirle que se girara o se colocara sobre mí, pero decidí que era mejor sacrificar la creatividad por poder mirarla a los ojos y permanecer tan cerca de ella como pudiera.

Justo cuando creía que podía hacer que aquello durase toda la noche, Abby susurró:

—Travis.

Oírla susurrar mi nombre me tomó desprevenido y me llevó hasta el límite. Tuve que ir más rápido, presionar con más fuerza hasta que cada músculo de mi cuerpo se tensó. Gemí y me estremecí un par de veces hasta que finalmente me desplomé.

Respiraba por la nariz contra su pecho. Olía a sudor, a su loción... y a mí. Era condenadamente fantástico.

—Gran primer beso —dijo ella con una cansada expresión de satisfacción.

Examiné toda su cara con la mirada y sonreí.

—Tu último primer beso.

Abby pestañeó, caí a su lado sobre el colchón y le pasé el brazo por la cintura desnuda. De repente el día siguiente se había convertido en algo deseable. Sería nuestro primer día juntos y, en lugar de preparar el equipaje con una tristeza mal disimulada, podríamos dormir, pasar una cantidad absurda de la mañana en la cama y disfrutar del día como una pareja cualquiera. Eso para mí era como estar muy, muy cerca del cielo.

Tres meses antes, nadie me habría podido convencer de que me iba a sentir de esa manera. Ahora, no quería nada más.

Un enorme y relajante suspiro hizo subir y bajar mi pecho lentamente mientras me quedaba dormido al lado de la segunda mujer que más había amado en toda mi vida.

Capítulo 16

ESPACIO Y TIEMPO

Al principio, no me dejé llevar por el pánico. Al principio, la bruma que acompañaba al despertar me proporcionó confusión suficiente como para conservar la calma. Al principio, cuando alargué la mano al otro lado de las sábanas en busca de Abby y noté que no estaba, solo me sentí un poco decepcionado, y luego sentí un poco de curiosidad.

Probablemente estaba en el cuarto de baño o tomando cereales. Acababa de entregarme su virginidad, alguien en quien había invertido mucho tiempo y esfuerzo solo para fingir que únicamente albergaba sentimientos platónicos. Era mucho para aceptarlo de golpe.

—¿Paloma?

Levanté la cabeza, porque esperaba que se metería en la cama de nuevo conmigo, pero, tras unos momentos, me di por vencido y me levanté.

No tenía ni idea de lo que pasaba, así que me puse los mismos calzoncillos que me había quitado la noche anterior y una camiseta.

Arrastré los pies por el pasillo hasta el cuarto de baño y llamé a la puerta. La puerta se abrió un poco. No oí movimiento alguno, pero la llamé de todas maneras.

—¿Paloma?

Abrí un poco más la puerta y vi lo que me esperaba. El baño estaba vacío y a oscuras. Me dirigí a la sala, donde estaba seguro de que la encontraría en la cocina o en el sofá, pero tampoco estaba allí.

—¿Paloma? —llamé en voz alta y esperé a que me respondiera.

El pánico empezó a apoderarse de mí, pero me negué a dejarme llevar por esa sensación hasta que supiera qué puñetas estaba pasando. Me dirigí a toda prisa hacia la habitación de Shepley y entré sin llamar a la puerta.

América estaba tendida junto a Shepley, envuelta en sus brazos, tal y como yo me imaginaba que iba a estar Abby a esas horas del día.

—¿Han visto a Abby? No la encuentro.

Shepley se incorporó sobre un codo y se frotó un ojo con los nudillos.

—¿Eh?

—Abby —repetí con impaciencia al mismo tiempo que encendía la luz. Shepley y América se encogieron deslumbrados—. ¿La han visto?

Por la cabeza se me habían pasado varias posibilidades y todas me causaban un mayor o menor grado de inquietud. Quizás había salido a pasear a *Toto,* y alguien se la había llevado o le había hecho daño, o se había caído por las escaleras. Pero oí las uñas de *Toto* repiquetear contra el suelo de madera del pasillo, así que eso no podía ser. Quizás había salido a coger algo del coche de América.

Corrí hacia la puerta principal. Salí y miré a mi alrededor. Luego bajé al trote las escaleras y revisé palmo a palmo con la mirada el espacio que había entre la puerta principal y el coche de América.

No vi nada. Había desaparecido.

Shepley apareció en el umbral de la puerta. Tenía los ojos entrecerrados por el frío y se abrazó a sí mismo.

—Sí. Nos despertó muy temprano. Quería irse a su residencia.

Subí los escalones de dos en dos y agarré a Shepley por los hombros desnudos. Lo empujé hasta el otro lado de la sala de estar y lo aplasté contra la pared. Él me agarró de la camiseta, con una expresión rabiosa, medio confusa, en la cara.

—¿Qué mier...? —empezó a decir.

—¿La llevaste a su residencia? ¿Al Morgan? ¿En mitad de la puta noche? ¿Por qué?

—¡Porque me lo pidió!

Lo estrellé otra vez contra la pared. Una rabia enloquecida empezó a apoderarse de mí.

América salió del dormitorio con el cabello enmarañado y el rímel corrido. Se estaba atando el cinturón de la bata que se había puesto.

—¿Qué coño está pasando aquí? —preguntó, pero se detuvo al verme.

Shepley sacó un brazo y la señaló con una mano con el índice extendido.

—Mare, quédate ahí.

—¿Estaba furiosa? ¿Estaba enfadada? ¿Por qué se marchó? —le pregunté con los dientes apretados.

América dio otro paso.

—Travis, ¡es que odia despedirse! No me sorprendió que se quisiera marchar antes de que te despertaras.

Mantuve a Shepley pegado a la pared y miré a América.

—¿Estaba..., estaba llorando?

Me imaginé que Abby estaría disgustada por haber permitido que un imbécil como yo, alguien por quien ella no sentía demasiado interés, se hubiera llevado su virginidad. Luego pensé que quizás le había hecho daño sin querer.

La expresión del rostro de América pasó del miedo a la confusión y, finalmente, a la furia.

—¿Por qué? —Por su tono de voz, era más una acusación que una pregunta—. ¿Por qué iba a llorar o a estar enfadada, Travis?

—Mare —le advirtió Shepley.

América dio otro paso.

—¿Qué le has hecho?

Solté a Shepley, pero él me agarró de la camiseta cuando me giré hacia su novia.

—¿Estaba llorando? —exigí saber.

América negó con la cabeza.

—¡Estaba bien! ¡Solo quería irse a su habitación! ¿Qué le has hecho? —me gritó.

—¿Ha pasado algo? —me preguntó Shepley.

Sin pensarlo, me giré y le lancé un puñetazo a la cara. Fallé por muy poco.

América gritó y se llevó las manos a la boca.

—¡Travis, para! —me dijo a través de las manos.

Shepley me rodeó los brazos con los suyos a la altura de los codos y me puso la cara a pocos centímetros de la mía.

—¡Llámala! —me chilló—. ¡Cálmate de una puta vez y llámala!

Oí el sonido de unos pasos rápidos y ligeros que se alejaban corriendo por el pasillo y que luego volvían. América apareció y extendió un brazo hacia mí con su celular en la mano.

—Llámala.

Casi se lo arranqué de la mano y marqué el número de Abby. Sonó hasta que entró el contestador automático. Colgué y llamé otra vez. Y otra vez. Y otra vez. No me contestaba. Me odiaba.

Dejé caer el celular al suelo, jadeante. Cuando las lágrimas empezaron a salirme, cogí lo primero que tenía a mano y lo lancé al otro lado de la sala. Fuese lo que fuese, se partió en pedazos.

Me di la vuelta y vi los taburetes, situados uno enfrente del otro, lo que me recordó nuestra cena. Agarré uno por las patas y golpeé el refrigerador con él hasta que se partió por completo. La puerta del refrigerador se abrió y le propiné una patada. La fuerza del golpe hizo que se abriera de nuevo, así que le di otra patada, y otra, hasta que Shepley se apresuró a poner la mano para mantenerla cerrada.

Caminé a grandes zancadas hacia mi dormitorio. Las sábanas revueltas de mi cama se burlaron de mí. Arranqué del colchón con grandes manotazos la funda, la sábana y el cobertor, y luego regresé a la cocina para tirarlas a la basura e hice lo mismo con las almohadas. Seguía poseído por la rabia y me quedé en medio de mi dormitorio esforzándome por tranquilizarme, pero no había nada que me calmara. Lo había perdido todo.

Paseé arriba y abajo, hasta que me detuve delante de la mesita de noche. Me acordé de cómo Abby metió la mano en el cajón. Las bisagras chirriaron cuando lo abrí y quedó a la vista el cuenco lleno de condones. Apenas los había utilizado desde que había conocido a Abby. Ahora que ella había tomado esa decisión, no me imaginaba capaz de estar con otra persona.

Sentí el frío cristal cuando lo cogí para lanzarlo al otro lado de la habitación. Se estrelló contra la pared al lado de la puerta, donde se destrozó esparciendo pequeños paquetes de papel de aluminio por todos lados.

El reflejo del espejo que tenía encima de la cómoda me devolvió la mirada. Tenía la barbilla bajada y me miré fijamente a los ojos. Jadeaba con fuerza y tendría un aspecto enloquecido para cualquier otro que me mirara, pero en ese momento ya era incapaz de recuperar el control. Eché el brazo hacia atrás y le propiné un puñetazo al espejo. Los trozos de cristal se me clavaron en los nudillos y dejé un círculo ensangrentado.

—¡Travis, para ahora mismo! —me gritó Shepley desde el umbral—. ¡Para ya, por Dios!

Me abalancé contra él y lo eché al pasillo de un empujón antes de cerrar de un portazo. Apoyé las manos en la madera y luego di un paso atrás para empezar a darle patadas hasta que hice un agujero. Luego tiré de los lados hasta que la saqué de los goznes y después la arrojé al otro lado de la habitación.

Shepley me agarró de nuevo.

—¡Te he dicho que pares! —me gritó—. ¡Le estás dando miedo a América!

Le sobresalía la vena de la frente, la que aparecía solo cuando estaba enfurecido.

Le di un empujón y él me lo devolvió. Le lancé otro puñetazo, pero lo esquivó.

—¡Iré a verla! —me dijo América con voz suplicante—. ¡Me enteraré de si está bien y haré que te llame!

Dejé caer los brazos a los costados. A pesar del aire helado que entraba por todo el apartamento procedente de la puerta principal, el sudor me bajaba a chorros por las sienes. Jadeaba como si hubiera corrido un maratón.

América volvió corriendo al dormitorio de Shepley. Cinco minutos después, estaba vestida y con el cabello recogido en un moño. Shepley le ayudó a ponerse el abrigo y le dio un beso de despedida antes de hacerle un gesto de asentimiento para tranquilizarla. América cogió las llaves y dejó que él cerrara la puerta.

—Siéntate. Pero ya, joder —me ordenó Shepley señalándome el sillón.

Cerré los ojos y lo obedecí. Me llevé las manos a la cara y vi que me temblaban.

—Tienes suerte. Estaba a punto de llamar a Jim y a todos tus hermanos.

Meneé la cabeza.

—No llames a mi padre. No le llames.

Las lágrimas saladas me quemaban los ojos.

—Háblame.

—Me la follé. Bueno, no me la follé, los dos...

Shepley asintió.

—Anoche tuvo que ser duro para los dos. ¿A quién se le ocurrió?

—A ella. —Parpadeé—. Intenté apartarme. Le dije que podía esperar, pero me lo suplicó, de verdad.

Shepley parecía tan confundido como yo. Alcé las manos y las dejé caer sobre los muslos.

—Quizás le hice daño, no lo sé.

—¿Cómo se comportó después? ¿Te dijo algo?

Pensé durante unos momentos.

—Dijo que «gran primer beso».

—¿Qué?

—Hace unas semanas se le escapó que el primer beso siempre la ponía nerviosa y la molesté con ello.

Shepley frunció el entrecejo.

—A mí no me suena a enojada.

—Le dije que era su último primer beso. —Solté una risa y utilicé el borde de la camiseta para secarme la nariz—. Creía que todo iba bien, Shep. Que por fin me había dejado entrar en su corazón. ¿Por qué me iba a pedir que... y luego simplemente se iba a marchar?

Shepley meneó lentamente la cabeza mostrando su confusión, pues estaba tan perdido como yo.

—No lo sé, primo. América se enterará. Pronto nos enteraremos de algo.

Me quedé mirando al suelo mientras pensaba en lo que podría ocurrir a continuación.

—¿Qué voy a hacer? —le pregunté levantando la mirada hacia él.

Shepley me agarró del antebrazo.

—Vas a recoger el desastre que has hecho y así te mantendrás ocupado hasta que América llame.

Entré en mi dormitorio. La puerta estaba encima del colchón y el suelo estaba cubierto de trozos de espejo y de cristales rotos. Parecía que había estallado una bomba allí dentro.

Shepley apareció en el umbral con una escoba, un recogedor y un destornillador.

—Yo me encargo de los cristales. Tú ocúpate de la puerta.

Asentí y levanté la gran plancha de madera de la cama. Justo cuando apretaba el último tornillo sonó mi celular. Me levanté a tropezones para recogerlo de la mesita de noche.

Era América.

—¿Mare? —pregunté con voz entrecortada.

—Soy yo —me respondió Abby en voz baja y nerviosa.

Quise suplicarle que volviera, que me perdonara, pero no tenía claro qué era lo que había hecho mal. De repente, me enfadé.

—¿Qué mierda te pasó anoche? Me desperté esta mañana y te habías ido... ¿Te..., te largas sin más y ni te despides? ¿Por qué?

—Lo siento...

—¿Que lo sientes? ¡Casi consigues que me vuelva loco! No respondes el teléfono, te escapas y por... ¿por qué? Pensaba que, por fin, habíamos aclarado lo nuestro.

—Solo necesitaba algo de tiempo para pensar.

—¿En qué? —Me callé un momento, porque temía cómo podría responderme a la pregunta que le quería hacer—. ¿Es que... te hice daño?

—¡No! ¡No tiene nada que ver con eso! De verdad, lo siento mucho, muchísimo. Seguro que América ya te lo ha dicho. No se me dan bien las despedidas.

—Necesito verte —le dije desesperado.

Abby suspiró.

—Hoy tengo muchas cosas que hacer, Trav. Todavía debo deshacer todas las maletas y lavar montones de ropa sucia.

—Te arrepientes.

—No..., ese no es el problema. Somos amigos. Eso no va a cambiar.

—¿Amigos? Entonces, ¿qué mierda fue lo de anoche?

Noté que dejaba de respirar.

—Sé lo que quieres. Solo que no puedo dártelo... ahora mismo.

—Entonces, ¿simplemente necesitas algo de tiempo? Podrías habérmelo dicho. No tenías por qué huir de mí.

—Me pareció la forma más sencilla.

—Más sencilla ¿para quién?

—No conseguía dormir y no dejaba de pensar en qué pasaría por la mañana, cuando tuviéramos que cargar el coche de Mare y... no pude soportarlo, Trav.

—Ya es suficientemente malo que no sigas viviendo aquí, pero no puedes desaparecer sin más de mi vida.

—Nos vemos mañana. No quiero que nada sea raro, ¿de acuerdo? Simplemente tengo que resolver algunas cosas. Nada más.

—Está bien. Eso puedo soportarlo —le contesté.

Abby colgó y Shepley me miró con expresión cautelosa.

—Travis..., acabas de volver a poner la puerta. Se acabaron los ataques de ira, ¿de acuerdo?

Me vine abajo y asentí. Intenté sentirme furioso, porque era un sentimiento mucho más fácil de controlar que el creciente y aplastante dolor que notaba sobre el pecho. Lo único que sentía era una oleada tras otra de tristeza. Estaba demasiado cansado para luchar contra ella.

—¿Qué ha dicho?

—Que necesita tiempo.

—Bien. Eso quiere decir que no es el final. Puedes aceptar eso, ¿verdad?

Inspiré profundamente.

—Sí, puedo aceptar eso.

El recogedor tintineó con los trozos de cristal cuando Shepley recorrió el pasillo. Me quedé a solas en el dormitorio, rodeado de fotografías de Abby conmigo, y eso hizo que tuviera otra vez ganas de romper algo, así que me fui a la sala a esperar a que América volviera.

Por suerte, no tardó mucho. Me imaginé que probablemente estaría preocupada por Shepley. Abrió la puerta y me puse en pie.

—¿Viene contigo?

—No, no ha venido.

—Te ha dicho algo más.

América tragó saliva y dudó antes de contestarme.

—Me ha dicho que mantendrá su promesa y que mañana a estas horas ya no la echarás de menos.

Bajé la mirada al suelo.

—No va a volver —dije antes de dejarme caer en el sofá.

América dio un paso hacia mí.

—¿Qué quieres decir, Travis?

Me llevé las manos a la nuca.

—Lo que pasó anoche no fue su manera de decirme que quería estar conmigo, sino su manera de despedirse.

—Eso no lo sabes.

—La conozco.

—A Abby le importas.

—No me ama.

América inspiró y cualquier duda que tuviera hasta ese momento sobre mi estado de ánimo se desvaneció. La expresión de su rostro se suavizó y me mostró un gesto de comprensión.

—Eso tampoco lo sabes. Escucha, solo tienes que darle un poco de espacio. Abby no es como las demás chicas a las que estás acostumbrado, Trav. Se asusta con facilidad. La última vez que alguien mencionó la posibilidad de llegar a algo más serio, se mudó a otro estado. Esto no es tan malo como parece.

Levanté la mirada hacia ella y vi una diminuta chispa de esperanza.

—¿De verdad que no lo es?

—Travis, se marchó porque lo que siente por ti la atemoriza. Si lo supieras todo, sería más fácil explicártelo, pero no puedo contártelo.

—¿Por qué?

—Porque se lo prometí a Abby y es mi mejor amiga.

—¿Es que no confía en mí?

—No confía en sí misma. Pero tú sí que tienes que confiar en mí. —América me agarró de las manos y tiró de mí para ponerme en pie—. Vete a dar una ducha, bien larga y caliente, y luego saldremos a comer. Shepley me ha dicho que mañana es noche de póquer en casa de tu padre.

Negué con la cabeza.

—No puedo ir. Me preguntarán por Paloma. ¿Y si vamos a verla?

América se puso pálida.

—No estará en su cuarto.

—¿Van a salir?

—Ella sí.

—¿Con quién? —Tardé solo un momento en adivinarlo—. Parker.

América asintió con la cabeza.

—Por eso cree que no la echaré de menos —dije y se me quebró la voz.

No podía creer que me hiciera algo así. Era demasiado cruel.

América no dudó en atajar un nuevo ataque de rabia.

—Saldremos a ver una peli, algo de risa, por supuesto, y luego veremos si el sitio de los go-karts sigue abierto. Podrás sacarme de la pista otra vez.

América era muy lista. Sabía que la pista de go-karts era uno de los pocos sitios donde no había estado con Abby.

—No te saqué de la pista. Es que conduces de puta pena.

—Eso ya lo veremos —me contestó América al mismo tiempo que me empujaba hacia el baño—. Llora si quieres. Grita. Sácatelo todo de dentro y después iremos a divertirnos. No durará para siempre, pero te mantendrá ocupado esta noche.

Me giré al llegar a la puerta del cuarto de baño.

—Gracias, Mare.

—Sí, venga... —me respondió mientras se acercaba a Shepley.

Abrí el agua y dejé que el vapor calentara el cuarto antes de meterme debajo de la ducha. El reflejo del espejo me sobresaltó. Tenía unas profundas ojeras y la mirada cansada. Estaba encorvado, cuando normalmente mi postura era la de alguien confiado. Tenía un aspecto horrible.

Una vez metido en la ducha, dejé que el agua me corriera por la cara. Mantuve los ojos cerrados. Tenía grabados a fuego detrás de los párpados los delicados rasgos de la cara de Abby. No era la primera vez. La veía cada vez que cerraba los ojos. Ahora que se había ido, me sentía igual que atrapado en una pesadilla.

Contuve lo que se me estaba acumulando en el pecho. El dolor reaparecía cada pocos minutos. La echaba de menos. Dios, cómo la echaba de menos. Reviví en la cabeza todo aquello por lo que habíamos pasado juntos.

Apoyé las manos en las baldosas de la pared y cerré con fuerza los ojos.

—Vuelve, por favor —dije en voz baja.

No podía oírme, pero eso no me impidió desear que volviera y que me salvara del terrible dolor que sentía por su ausencia.

Después de abandonarme a mi desesperación durante un rato bajo el agua, inspiré profundamente unas cuantas veces y me repuse. El hecho de que Abby se hubiera marchado no debería haber supuesto una sorpresa, incluso después de lo que había pasado por la noche. Lo que América me había dicho tenía mucho sentido. Abby era tan novata como yo en este tema y estaba tan atemorizada como yo. Los dos teníamos un modo penoso y peligroso de enfrentarnos a nuestros sentimientos y desde el primer momento en el que me di cuenta de que me había enamorado de ella supe que me iba a destrozar.

El agua caliente se llevó la rabia y el miedo y noté un nuevo optimismo. No era uno de esos fracasados que no tienen ni idea de cómo conseguir una chica. Había olvidado eso al estar perdido en lo que sentía por Abby. Había llegado el momento de creer de nuevo en mí mismo y de recordar que Abby no solo era una chica que me podía partir el corazón: también era mi mejor amiga. Sabía cómo hacerla sonreír y también las cosas que más le gustaban. Todavía me quedaban cartas por jugar.

Estábamos de buen humor cuando volvimos de la pista de gokarts. América todavía se estaba riendo por haberle ganado cuatro veces seguidas a Shepley y este fingía estar malhumorado.

Shepley se puso a buscar la llave correcta en la oscuridad.

Yo tenía el celular en la mano y por decimotercera vez contuve el impulso de llamarla.

—¿Por qué no le llamas ya? —me preguntó América.

—Probablemente todavía esté con Parker. Será mejor que no... los interrumpa —le contesté al mismo tiempo que me esforzaba por no pensar en lo que podría estar ocurriendo.

—Deberías hacerlo —me dijo América, sorprendida de verdad—. ¿No has dicho que querías llevarla mañana a los bolos? Sabes que es de mala educación pedirle salir a una chica el mismo día que quieres verla, ¿verdad?

Shepley por fin dio con la cerradura y abrió la puerta para que entráramos.

Me senté en el sofá y me quedé mirando el nombre de Abby en la lista de llamadas.

—A la mierda. —Pulsé su nombre.

El teléfono sonó una y otra vez. El corazón me palpitó con fuerza contra las costillas, más fuerte incluso que en mitad de una pelea.

Abby contestó.

—¿Cómo va la cita, Paloma?

—¿Qué necesitas, Travis? —me susurró. Al menos, no estaba jadeando.

—Quiero ir a jugar a los bolos mañana. Necesito a mi compañera.

—¿Bolos? ¿No podrías haberme llamado después?

Intentó que su voz sonara dura, pero su tono fue completamente el contrario. Estaba claro que le gustaba que hubiera llamado. Mi confianza aumentó todavía más. No quería estar con Parker.

—¿Cómo iba a saber cuándo habrías acabado? Oh, eso no ha sonado bien... —bromeé.

—Te llamo mañana y lo hablamos, ¿de acuerdo?

—No, no estoy de acuerdo. Me has dicho que querías que fuéramos amigos ¿y no podemos salir? —Se quedó callada y me imaginé cómo ponía en blanco esos preciosos ojos grises. Sentí celos de que Parker los pudiera ver en directo—. No me pongas los ojos en blanco. ¿Vienes o no?

—¿Cómo has sabido que he puesto los ojos en blanco? ¿Me estás espiando?

—Siempre estás poniendo los ojos en blanco. ¿Sí? ¿No? Estás malgastando un tiempo precioso de tu cita.

—¡Sí! —dijo en voz baja, en tono alegre—. Iré.

—Te recogeré a las siete.

El celular cayó con un sonido apagado cuando lo lancé al otro lado del sofá. Miré a América.

—¿Tienes una cita?

—Sí —le contesté reclinándome sobre un cojín.

América le quitó los pies de encima a Shepley y empezó a burlarse de él por la última carrera que habían echado mientras buscaba algo en los canales de la televisión. No tardó mucho en aburrirse.

—Me voy a mi habitación.

Shepley frunció el entrecejo. Nunca le gustaba que se marchara.

—Mándame un mensaje.

—Lo haré —le contestó con una sonrisa—. Nos vemos, Trav.

Sentí envidia de América. Se marchaba porque tenía cosas que hacer. Yo ya había terminado varios días antes los dos únicos trabajos que me quedaban.

Me fijé en el reloj que teníamos puesto sobre el televisor. Los minutos pasaron con lentitud y cuanto más me esforzaba por no mirar más se desviaban mis ojos hacia los números digitales. Tras una eternidad, vi que solo había pasado media hora. No hacía más que mover las manos con nerviosismo. Me sentí cada vez más aburrido e inquieto, hasta que los propios segundos se convirtieron en una tortura. Sacarme de la cabeza a Abby y a Parker pasó a ser un esfuerzo continuo. Finalmente, no pude más y me puse en pie.

—¿Te vas? —me preguntó Shepley con una leve sonrisa.

—No puedo quedarme sentado aquí. Sabes lo mucho que Parker ha babeado por ella.

—¿Crees que…? Nooo. Abby no lo haría. América me dijo que era… No importa. Soy un parlanchín.

—¿Que era virgen?

—¿Lo sabías?

Me encogí de hombros.

—Abby me lo contó. ¿Crees que como nosotros lo hemos…?, ¿que ella lo haría con…?

—No.

Me froté la nuca.

—Tienes razón. Creo que tienes toda la razón. Bueno, eso espero. Abby es capaz de hacer cualquier estupidez con tal de alejarme de ella.

—¿Lo haría? Me refiero a alejarte de ella.

Miré a Shepley directamente a los ojos.

—Shep, la amo. Sé lo que le haría a Parker si se aprovechara de ella.

Shepley meneó la cabeza.

—Es ella quien decide, Trav. Si eso es lo que elige, tendrás que aceptarlo.

Cogí las llaves de la moto y apreté con fuerza. Noté los bordes afilados de metal clavarse en la piel de la palma.

Llamé a Abby antes de subirme en la Harley.

—¿Ya estás en casa?

—Sí, me ha dejado hace unos cinco minutos.

—Bien, estaré allí dentro de otros cinco.

Colgué antes de que pudiera protestar. El aire helado me azotó la cara mientras avanzaba y me ayudó a despejar la rabia que sentía al pensar en Parker, pero, a pesar de ello, noté una sensación de náuseas crecerme en el estómago a medida que me acercaba al campus.

El motor de la motocicleta pareció rugir cuando el sonido rebotó en las paredes de ladrillo del Morgan Hall. Rodeados por las ventanas a oscuras y el estacionamiento vacío, la Harley y yo hacíamos que la noche pareciese anormalmente silenciosa y la espera, excepcionalmente larga. Abby apareció por fin en la puerta. Se me tensaron todos los músculos del cuerpo mientras esperaba a ver si me sonreiría o se pondría hecha una fiera.

No hizo ni una cosa ni otra.

—¿No tienes frío? —me preguntó arrebujándose más con la chaqueta.

—Estás guapa —afirmé. Me fijé en que no se había puesto un vestido para salir; era obvio que no se había esforzado por mostrarse atractiva ante Parker—. ¿Te la has pasado bien?

—Eh..., sí, gracias. ¿Qué haces aquí?

Giré el acelerador y el motor rugió.

—Iba a dar un paseo para aclararme las ideas. Quiero que me acompañes.

—Hace frío, Trav.

—¿Quieres que vaya a coger el coche de Shep?

—Mañana vamos a jugar a los bolos. ¿No puedes esperar hasta entonces?

—He pasado de estar contigo cada segundo del día a verte diez minutos si tengo suerte.

Me sonrió y meneó la cabeza.

—Solo han pasado dos días, Trav.

—Te echo de menos. Sube el culo al asiento y vámonos.

Se pensó la invitación y luego se subió el cierre de la chaqueta antes de subirse detrás de mí.

Le puse los brazos alrededor de mí sin pedirle permiso. Los mantuvo apretados como para que me costara inspirar profundamente, pero, por primera vez a lo largo de esa noche, por fin sentí que podía respirar.

Capítulo 17

GOLPE BAJO

La Harley no nos llevó a ningún lugar en particular. Estar atento al tráfico y ver el coche patrulla que esporádicamente cruzaba por nuestro camino fue suficiente para mantener mis pensamientos ocupados al principio, pero después de un rato éramos los únicos que circulábamos por la carretera. Sabía que la noche tenía que terminar pronto, así que decidí que el momento en que la dejara en el Morgan sería cuando haría mi último desesperado esfuerzo. A pesar de nuestra platónica cita para jugar a los bolos, si continuaba viéndose con Parker, al final todo eso también se acabaría. Todo terminaría entre nosotros.

Presionar a Abby nunca era una buena idea, pero, a menos que pusiera todas mis cartas sobre la mesa, corría el riesgo de perder a la única Paloma que había conocido. Repetía en mi mente qué iba a decirle y cómo iba a decírselo. Debía ser algo directo, que Abby no pudiera ignorar o fingir que no había oído o entendido.

La aguja del indicador de combustible llevaba varios kilómetros jugueteando con el extremo vacío, así que me detuve en la primera gasolinera que encontramos abierta.

—¿Quieres algo? —le pregunté.

Abby dijo que no con la cabeza mientras bajaba de la moto para estirar las piernas. Se desenredó con los dedos la maraña en que se había convertido su largo y brillante pelo y sonrió tímidamente.

—Déjalo. Estás increíblemente guapa.

—Sí, parezco sacada de un video de rock de los ochenta.

Reí y después bostecé mientras espantaba las polillas que zumbaban a mi alrededor. La boquilla de la manguera tintineó y resonó con más fuerza de lo que debería en la calma de la noche. Parecía que éramos las únicas dos personas sobre la faz de la Tierra.

Abby sacó el celular y comprobó la hora.

—Oh, Dios mío, Trav. Son las tres de la mañana.

—¿Quieres volver? —pregunté con un vuelco en el estómago.

—Sería mejor que sí.

—¿Sigue en pie lo de los bolos mañana por la noche?

—Ya te he dicho que sí.

—Y vendrás conmigo a la fiesta de Sig Tau dentro de un par de semanas, ¿verdad?

—¿Insinúas que no cumplo mi palabra? Me parece un poco insultante.

Saqué la manguera del depósito y la colgué en el surtidor.

—Es que ya no sé predecir qué vas a hacer.

Me senté en la moto y ayudé a Abby a subirse detrás de mí. Me rodeó con sus brazos, esta vez por iniciativa propia, y suspiré, ensimismado, antes de arrancar el motor. Agarré el manillar, respiré hondo y justo cuando reuní el valor para hablar con ella, decidí que una gasolinera no era el lugar más apropiado para desnudar mi alma.

—Para mí eres muy importante, ya lo sabes —me dijo Abby apretando los brazos.

—No te entiendo, Paloma. Pensaba que conocía a las mujeres, pero tú eres tan poco clara que no sé a qué atenerme.

—Yo tampoco te entiendo. Se supone que eres el rompecorazones de Eastern. Sin embargo, no estoy disfrutando la experiencia de estudiante de primer año que prometían en el folleto.

No pude evitar sentirme ofendido. Aunque fuera cierto.

—Bueno, eso es una exageración. Nunca me había acostado con ninguna chica que luego quisiera librarse de mí.

—No se trata de eso, Travis.

Encendí el motor y me puse en marcha sin decir una palabra más. El viaje hacia el Morgan fue insoportable. En mi cabeza había pensado muchas veces si enfrentarme o no a Abby. Aunque tenía los dedos entumecidos por el frío, conducía con lentitud, temiendo el momento en el que Abby lo descubriese todo y luego al final me rechazara definitivamente.

Cuando aparcamos delante de la entrada del Morgan Hall, me sentía como si me hubieran cortado los tendones, los hubieran quemado y luego los hubieran dejado abandonados como una masa informe. Abby se bajó de la moto y la expresión de tristeza que invadió su cara provocó un tenue resplandor de pánico dentro de mí. Podía mandarme al infierno antes de que tuviera oportunidad de decirle nada.

Acompañé a Abby hasta la puerta, sacó sus llaves sin levantar la cabeza. Incapaz de esperar un segundo más, le puse una mano bajo la barbilla y la levanté con suavidad mientras esperaba pacientemente que sus ojos se encontraran con los míos.

—¿Te ha besado? —le pregunté, acariciando delicadamente sus suaves labios con el pulgar.

Se apartó.

—Realmente se te da bien fastidiar una noche perfecta, ¿verdad?

—Así que te ha parecido perfecta, ¿eh? ¿Te la has pasado bien entonces?

—Siempre me la paso bien cuando estoy contigo.

Bajé la mirada al suelo y fruncí el entrecejo.

—¿Te ha besado?

—Sí —suspiró, irritada.

Cerré los ojos con fuerza. Sabía que una pregunta como esa podía resultar un desastre.

—¿Eso fue todo?

—Eso no es asunto tuyo —dijo, abriendo la puerta de par en par.

Me adelanté cerrándole el paso.

—Necesito saberlo.

—¡No, en absoluto! ¡Apártate, Travis!

Me propinó un codazo en el costado para intentar pasar.

—Paloma…

—¿Crees que, como ya no soy virgen, me voy a tirar a cualquiera? ¡Gracias! —dijo empujándome un hombro.

—No he dicho eso, joder. ¿Es mucho pedir un poco de tranquilidad mental?

—¿Y por qué te tranquilizaría saber si me estoy acostando con Parker?

—¿Cómo puedes no saberlo? ¡Es obvio para cualquiera menos para ti!

—Supongo que lo que pasa simplemente es que soy idiota. Estás ocurrente esta noche, Trav —dijo, alargando el brazo para coger el pomo de la puerta.

La tomé por los hombros. Lo estaba haciendo otra vez, la ajena rutina a la que ya me tenía tan acostumbrado. Este era el momento de colocar mis cartas sobre la mesa.

—Lo que siento por ti… es una locura.

—En lo de locura no te equivocas —me espetó, apartándose de mí.

—Llevo pensando esto todo el tiempo que veníamos en la moto, así que escúchame.

—Travis…

—Sé que lo nuestro está jodido, ¿sí? Soy impulsivo, tengo mal carácter y tú me calas más hondo que cualquiera. Actúas como si me odiaras y al minuto siguiente me necesitaras. Nunca hago nada bien y no te merezco..., pero estoy jodidamente enamorado de ti, Abby. Te quiero más de lo que he querido a nadie ni a nada jamás. Cuando estoy contigo no necesito beber, ni dinero, ni pelear, ni los amoríos de una noche..., solo te necesito a ti. No pienso en nada más. No sueño con nada más. Eres todo lo que quiero.

No dijo una palabra durante varios segundos. Alzó las cejas y sus ojos me miraron aturdidos mientras procesaba todo lo que le acababa de decir. Pestañeó unas cuantas veces.

Le tomé la cara por ambos lados y la miré a los ojos.

—¿Te has acostado con él?

Los ojos de Abby se llenaron de lágrimas y negó con la cabeza. Pegué mis labios contra los suyos y mi lengua entró en su boca sin vacilación. No me apartó; en lugar de eso, me agarró de la camiseta con los puños y me atrajo hacia ella. De mi garganta salió un gemido y la envolví con mis brazos.

Cuando sabía que tenía mi respuesta, me aparté, sin aliento.

—Llama a Parker. Dile que no quieres verlo más. Dile que estás conmigo.

Cerró los ojos.

—No puedo estar contigo, Travis.

—¿Por qué demonios no? —dije, soltándola.

Abby sacudió la cabeza. En multitud de ocasiones antes me había demostrado que era impredecible, pero la forma en la que me besó significaba que éramos algo más que amigos y que había mucho detrás para ser solo simpatía. Eso me dejaba una sola conclusión.

—Increíble. La única chica de la que me enamoro no quiere estar conmigo.

Dudó antes de comenzar a hablar.

—Cuando América y yo nos mudamos aquí, teníamos el propósito de hacer ciertos cambios en mi vida. O más bien de no seguir con ciertos hábitos. Las peleas, las apuestas y la bebida son las cosas que dejé atrás. Cuando estoy contigo, todo se me viene encima en un irresistible conjunto cubierto de tatuajes. No me mudé a cientos de kilómetros para volver a caer en lo mismo.

—Sé que mereces a alguien mejor que yo. ¿Crees que no lo sé? Pero si hay una mujer hecha para mí, eres tú… Haré lo que sea necesario, Paloma. ¿Me oyes? Estoy dispuesto a todo.

Se apartó, pero no me di por vencido. Ella por fin estaba hablando y, si esta vez se marchaba, podía ser que no tuviéramos otra oportunidad.

Con la mano, mantuve la puerta cerrada.

—Dejaré de pelear en cuanto me gradúe. No volveré a beber ni una sola gota. Te daré un final feliz, Paloma. Solo necesito que creas en mí. Puedo hacerlo.

—No quiero que cambies.

—Entonces dime qué tengo que hacer. Dímelo y lo haré —le rogué.

—¿Me dejas tu celular?—me preguntó.

Fruncí el entrecejo, desconcertado.

—Claro —dije, lo saqué del bolsillo y se lo di.

Marcó y cerró los ojos mientras oía los tonos de llamada.

—Siento llamarte tan tarde, pero esto no podía esperar… No puedo cenar contigo el miércoles.

Había llamado a Parker. Las manos me temblaban de miedo, me preguntaba si le iba a pedir que viniera a recogerla, a salvarla… o algo más.

—En realidad, no puedo salir más contigo. Estoy… bastante segura de estar enamorada de Travis.

El mundo entero se detuvo. Traté de reproducir sus palabras. ¿Había oído bien? ¿Realmente acababa de decir lo que creía que había dicho o era solo una ilusión?

Abby me devolvió el teléfono y, entonces, con dificultad, levantó la mirada.

—Me ha colgado —dijo poniendo mala cara.

—¿Estás enamorada de mí?

—Es por los tatuajes —explicó encogiéndose de hombros, como si no acabase de decir lo único que yo siempre había querido escuchar.

Paloma me amaba.

Sonreí de oreja a oreja.

—Ven a casa conmigo —dije, rodeándola con los brazos.

Enarcó las cejas.

—¿Has dicho todo eso para llevarme a la cama? Debí de dejarte muy impresionado.

—Ahora solo puedo pensar en estrecharte entre mis brazos durante toda la noche.

—Vámonos.

No lo dudé. Una vez que Abby estuvo segura en el asiento de atrás de la moto, salí corriendo hacia casa, tomando todos los atajos posibles, acelerando en cada luz en ámbar y entrando y saliendo del poco tráfico que había en ese momento de la madrugada.

Cuando llegamos al apartamento, apagar el motor y subir a Abby en mis brazos fue casi simultáneo.

Se rio contra mis labios mientras yo luchaba con la cerradura de la puerta principal. Cuando entramos, la dejé en el suelo, cerré la puerta detrás de nosotros y solté un largo suspiro de alivio.

—No sentía que este sitio fuera mi casa desde que te fuiste —dije, besándola de nuevo.

Toto vino corriendo por el pasillo y movió la colita mientras saltaba sobre las piernas de Abby. Él la había extrañado casi tanto como yo.

La cama de Shepley crujió y sus pies retumbaron en el suelo. La puerta se abrió de golpe y entrecerró los ojos deslumbrado.

—¡Joder, Travis, no voy a consentirte esta mierda! Estás enamorado de A... —Cuando pudo enfocar la mirada, se dio cuenta de su error—. Abby. Hola, Abby.

—Hola, Shep —dijo Abby con una sonrisa divertida mientras dejaba a *Toto* en el suelo.

Antes de que a Shepley le diera tiempo a preguntar nada, tiré de Abby por el pasillo. Nos aplastamos el uno al otro. No había planeado nada más que tenerla a mi lado en la cama, pero ella tiró de la camiseta por encima de mi cabeza con otras intenciones. La ayudé con su chaqueta y luego se quitó el suéter y la camiseta. No había ninguna duda en su mirada y yo no iba a discutir.

Tan pronto estuvimos completamente desnudos, la pequeña voz de mi interior que quería que disfrutara del momento y me tomara las cosas con calma quedó fácilmente acallada por los besos desesperados de Abby y sus suaves suspiros de satisfacción cada vez que la tocaba en alguna parte.

La tumbé en el colchón y alargó la mano hacia la mesita de noche. Instantáneamente, recordé que había destrozado el recipiente de los condones para dejar clara mi intención de celibato.

—Mierda —dije, jadeando frustrado—. Me deshice de ellos.

—¿Qué? ¿De todos?

—Pensaba que no ibas a... Si no iba a estar contigo, no los necesitaba.

—¡Estás bromeando! —dijo, dejando caer la cabeza hacia atrás frustrada contra el cabecero.

Me incliné hacia delante, respirando con dificultad; apoyé la cabeza sobre su pecho.

—Considérate lo contrario a una conclusión previsible.

Los siguientes momentos están borrosos en mi mente. Abby hizo algunos cálculos extraños y concluyó que no podía quedarse embarazada esa semana. Antes de darme cuenta, estaba dentro de ella, sintiendo su cuerpo contra el mío. Nunca había estado con una chica sin esa fina capa de látex, pero aparentemente una fracción de milímetro suponía una gran diferencia. Cada movimiento creaba un abrumador conflicto de sensaciones: retrasar lo inevitable o ceder ante aquello que resultaba tan jodidamente bueno.

Cuando las caderas de Abby se levantaron contra las mías y sus incontrolados gemidos y gruñidos se convirtieron en un ruidoso grito de satisfacción, ya no podía aguantar más.

—Abby —susurré, desesperado—. Tengo... Tengo que...

—No pares —me suplicó. Me clavó las uñas en la espalda.

Empujé una última vez. Debí de gritar, porque la mano de Abby voló hasta mi boca. Cerré los ojos, dejé que todo fluyese, sintiendo cómo mis cejas se juntaban mientras mi cuerpo se convulsionaba y se tensaba. Sin aliento, miré a Abby a los ojos. Vestida únicamente con una amplia sonrisa de satisfacción, me miraba esperando algo. La besé una y otra vez, y luego cogí su cara con ambas manos y la besé de nuevo más lentamente, con más ternura.

La respiración de Abby se relajó y suspiró. Eché el cuerpo a un lado y me acosté junto a ella, luego la acerqué a mí. Dejó descansar la mejilla sobre mi pecho mientras le caía el pelo en mi brazo. La besé en la frente una vez más, entrelazando mis dedos en la parte baja de su espalda.

—No te vayas esta vez, ¿sí? Quiero despertarme exactamente así por la mañana.

Abby me besó en el pecho, pero no me miró.

—No me iré a ninguna parte.

Aquella mañana, tumbado junto a la mujer que amaba, me hice una promesa en silencio. Iba a ser un mejor hombre para ella, alguien que ella se mereciera. No volvería a perder los estribos. No más rabietas ni arrebatos violentos.

Cada vez que mis labios besaban su piel esperando que despertara, me repetía esa misma promesa.

Cuando estuvo fuera del apartamento, cumplir mi promesa resultó difícil. Por primera vez, no sólo tenía alguien que me importaba, sino que estaba desesperado por mantenerla a mi lado.

Los sentimientos de sobreprotección y los celos estaban muy lejos de la promesa que había hecho unas horas antes.

A la hora del almuerzo, Chris Jenks ya me había hecho enojar y tuve que faltar a esa promesa. Por suerte Abby era paciente y me perdonó, incluso cuando amenacé a Parker poco más de veinte minutos después.

Abby me había demostrado más de una vez que podía aceptarme como era, pero yo no quería comportarme como el estúpido violento que solía ser. Mezclar mi furia con estos nuevos sentimientos de celos era más difícil de controlar de lo que podía haber imaginado jamás.

Decidí evitar cualquier situación que pudiera hacerme enfadar y traté de no pensar en que no solo Abby era increíblemente atractiva, sino que todo el mundo en el campus sentía curiosidad por cómo habría conseguido domesticar al único hombre que creían que nunca sentaría cabeza. Parecía que todos estaban esperando a que yo la jodiese para poder tener una oportunidad con ella, lo que solo me hacía estar más enfadado e irritable.

Para mantener mi mente ocupada, me centré en demostrarles a todas las alumnas que estaba fuera del mercado, lo que irritó a la mitad de la población femenina del campus.

Al entrar en el Red con Abby la noche de Halloween, me di cuenta de que el frío aire de finales de otoño no impedía a un gran número de mujeres ir ligeras de ropa. Abracé a mi novia, agradecido de que no se hubiese disfrazado como una Barbie prostituta o como jugador de fútbol y puta travestida, lo que significaba que las posibilidades de preocuparme por que alguien le mirase las tetas o por que se agachara demasiado se reducían al mínimo.

Shepley y yo jugamos al billar mientras las chicas miraban. Íbamos ganando de nuevo, después de habernos embolsado trescientos sesenta dólares en las dos últimas partidas.

Por el rabillo del ojo, vi a Finch acercarse a América y a Abby. Rieron un momento y luego Finch se las llevó a la pista de baile. La belleza de Abby destacaba, incluso en medio de pieles desnudas, brillos y escotes de Blancanieves traviesas.

Antes de que la canción acabase, América y Abby dejaron a Finch en la pista de baile y se dirigieron hacia la barra del bar. Me puse de puntillas para poder ver sus cabezas entre el mar de gente.

—Te toca —dijo Shepley.

—Las chicas se han ido.

—Probablemente han ido por algo de beber. Estate atento, rompecorazones.

Dudé un momento, me incliné, me concentré en la bola, pero fallé.

—¡Travis! ¡Ese era un tiro fácil! ¡Me has jodido! —se quejó Shepley.

Seguía sin poder ver a las chicas. Recordé los dos ataques sexuales que habían tenido lugar en esta fiesta el año anterior; dejar que América y Abby deambulasen solas me ponía muy nervioso. Drogar a una chica inocente no era algo inaudito, ni siquiera en nuestra pequeña ciudad universitaria.

Dejé el palo de billar sobre la mesa y me dispuse a cruzar la pista de baile de madera.

Shepley me agarró del hombro.

—¿Adónde vas?

—A buscar a las chicas. ¿Recuerdas lo que le pasó el año pasado a esa chica de Heather?

—Oh. Sí.

Cuando por fin encontré a Abby y América, vi a dos tipos invitándoles una copa. Ambos eran bajitos, uno de ellos era de torso muy ancho y su cara estaba bañada en sudor. Celos era lo último que debería haber sentido cuando lo vi, pero el hecho de que claramente estuviera acosando a mi novia me hizo olvidar su aspecto y centrarme en mi ego; aunque él no sabía que ella estaba conmigo, debería haber intuido que no había venido sola. Mis celos se mezclaron con mi enfado. Le había dicho a Abby docenas de veces que no hiciera nada tan potencialmente peligroso como aceptar una bebida de un extraño; la ira se apoderó de mí de inmediato.

El tipo que le gritaba a Abby por encima de la música se inclinó hacia delante.

—¿Quieres bailar?

Abby negó con la cabeza.

—No, gracias. Estoy aquí con mi...

—Novio —dije, interrumpiéndola.

Miré al tipo. Era casi ridículo tratar de intimidar a dos hombres que llevaban togas puestas, pero aun así continuaba desatando mi expresión de «te voy a matar». Les señalé con la cabeza el otro lado del local.

—Lárguense, ¿qué esperan?

Los dos nos miraron a América y a mí, y después dieron unos cuantos pasos hacia atrás antes de refugiarse en la seguridad de la multitud. Shepley besó a América.

—¡No puedo llevarte a ningún sitio!

América soltó una risita tonta y Abby me sonrió a mí.

Yo estaba demasiado enfadado para devolverle la sonrisa.

—¿Qué pasa? —preguntó ella, desconcertada.

—¿Por qué los han dejado que les pagaran las bebidas?

América se soltó de Shepley.

—No los hemos dejado, Travis. Yo misma les dije que no lo hicieran.

Cogí la botella que Abby sujetaba en la mano.

—Entonces, ¿qué es esto?

—¿Estás hablando en serio? —preguntó ella.

—Sí, lo digo muy en serio —dije mientras tiraba la cerveza al cesto de basura que había junto a la barra—. Te lo he dicho cien veces: no puedes aceptar bebidas de cualquier tipo. ¿Y si te han echado algo?

América levantó su bebida.

—No hemos perdido de vista las bebidas en ningún momento. Te estás pasando.

—No estoy hablando contigo —dije mirando fijamente a Abby a los ojos.

—Travis —me avisó Shepley—, déjalo ya.

—No me gusta que aceptes que otros tipos te inviten copas —dije.

Abby levantó una ceja.

—¿Intentas iniciar una discusión?

—¿Te gustaría llegar a la barra y verme compartir una copa con una chica?

—Está bien. Ahora ignoras a todas las mujeres. Lo entiendo. Debería hacer el mismo esfuerzo.

—Eso estaría bien —dije, con los dientes apretados.

—Vas a tener que controlar ese rollo de novio celoso, Travis. No he hecho nada malo.

—Pero ¡si he llegado aquí y me he encontrado con que un tipo te estaba invitando una copa!

—¡No le grites! —dijo América.

Shepley apoyó la mano en el hombro de Travis.

—Todos hemos bebido mucho. Salgamos de aquí.

El enfado de Abby aumentó.

—Tengo que avisar a Finch de que nos vamos —gruñó ella, dándose la vuelta y dirigiéndose a la pista de baile.

La agarré de la muñeca.

—Iré contigo.

Retorció el brazo para librarse de mi sujeción.

—Soy totalmente capaz de caminar unos pocos metros yo sola, Travis. ¿Qué problema tienes?

Abby se abrió paso a empujones hasta Finch, que bailaba y saltaba en mitad de la pista de baile de madera. El sudor le corría por la frente y la sien. Al principio él sonrió, pero cuando ella le gritó adiós, él puso los ojos en blanco.

Abby pronunció mi nombre, me echó la culpa, lo que me hizo enfurecer todavía más. Por supuesto que me enfadada si hacía algo que le pudiese hacer daño. No parecía haberle importado mucho que hubiera discutido con Chris Jenks, pero cuando me enfadé porque había aceptado bebidas de un extraño, había tenido el descaro de hacerse la loca.

Justo cuando mi ira se estaba convirtiendo en furia, un tipo con traje de pirata agarró a Abby y se apretó contra ella. Se me nubló la vista y, antes de que me diera cuenta, había estampado mi puño en su cara. El pirata cayó al suelo, pero cuando Abby cayó con él, la realidad me golpeó de nuevo.

Tenía las palmas de las manos apoyadas en el suelo de la pista de baile, aturdida. Me quedé paralizado, mirándola, en cámara lenta, levantar la mano cubierta de roja y brillante sangre procedente de la nariz del pirata.

Me apresuré a ayudarla.

—¡Oh, mierda! ¿Estás bien, Paloma?

Cuando se puso de pie, se soltó de brazo por el que la agarraba.

—¿Te has vuelto loco?

América agarró a Abby de la muñeca y la arrastró entre la multitud; solo la soltó cuando estuvimos fuera. Tuve que caminar el doble de rápido para poder seguirles el paso.

En el estacionamiento, Shepley abrió las puertas del Charger y Abby se deslizó dentro. Traté de disculparme con ella. Estaba muy enfadada.

—Lo siento, Paloma. No sabía que te estaba agarrando.

—¡Tu puño ha pasado a escasos centímetros de mi cara! —dijo, cogiendo la toalla manchada de grasa que Shepley me había lanzado. Se secó la sangre de la mano, envolviendo cada dedo con el trozo de tela, claramente alterada.

Hice una mueca.

—No me habría vuelto a pegarle un puñetazo si hubiera sabido que podía darte. Lo sabes, ¿no?

—Cállate, Travis. De verdad, será mejor que te calles —dijo ella con la mirada fija en la parte posterior de la cabeza de Shepley.

—Paloma…

Shepley golpeó el volante con la parte inferior de la palma de la mano.

—¡Cierra el pico, Travis! Ya has dicho que lo sientes, ¡ahora cierra la puta boca!

No pude decir nada más. Shepley tenía razón: había jodido por completo la noche, más de lo que era capaz de reconocer, y de repente la idea de Abby pateándome el trasero se convirtió en una aterradora posibilidad.

Cuando llegamos al apartamento, América le dio un beso de buenas noches a su novio.

—Nos vemos mañana, cariño.

Shep asintió resignado y la besó.

—Te quiero.

Sabía que se marchaban por mi culpa. De otra forma, las chicas se hubieran quedado en el apartamento, como solían hacer los fines de semana.

Abby pasó delante de mí para llegar al Honda de América sin decir una palabra.

Corrí a su lado, forcé una sonrisa incómoda en un intento de calmar la situación.

—Venga, no te vayas enfadada.

—No te preocupes, no me voy enfadada, sino furiosa.

—Necesita algo de tiempo para que la cosa se enfríe, Travis —me avisó América, cerrando la puerta.

Cuando la puerta delantera se abrió de golpe, el pánico se apoderó de mí, la sujeté y le cerré el paso.

—No te vayas, Paloma. Sé que me he pasado.

Abby levantó la mano y mostró los restos de sangre seca en la palma.

—Avísame cuando madures.

Apoyé la cadera en la puerta.

—No puedes irte.

Abby levantó una ceja y Shepley corrió rodeando el coche hacia nosotros.

—Travis, estás borracho. Estás a punto de cometer un enorme error. Deja que se vaya a casa, relájate... Pueden hablar mañana cuando estés sobrio.

—No puede irse —dije, mirando desesperadamente a los ojos de Abby.

—Esto no va a funcionar, Travis —dijo ella, tirando de la puerta—. ¡Apártate!

—¿Qué quieres decir con que no va a funcionar? —pregunté, cogiéndola del brazo.

El miedo reflejado en las palabras de Abby, terminando lo nuestro justo allí mismo, me hizo reaccionar sin pensar.

—Me refiero a tu cara de tristeza. No voy a continuar —dijo soltándose.

Un fugaz alivio se apoderó de mí. Ella no me iba a dejar. Al menos no aún.

—Abby —dijo Shepley—, este es el momento del que hablaba. Quizás deberías...

—No te metas, Shep —le espetó América mientras ponía el coche en marcha.

—Voy a hacer una estupidez. Voy a hacer muchas estupideces, Paloma, pero tienes que perdonarme.

—¡Mañana tendré un enorme moretón en el culo! Le pegaste a ese chico porque estabas enojado conmigo. ¿Qué quieres que piense? ¡Porque ahora mismo veo banderas rojas por todas partes!

—Nunca le he pegado a una chica en toda mi vida —dije, sorprendido porque ella hubiera pensado alguna vez que yo podría ponerle le mano encima o, para el caso, a cualquier otra mujer.

—¡Pues no estoy dispuesta a ser la primera! —añadió, tirando de la puerta—. ¡Apártate, joder!

Asentí y después di un paso atrás. Lo último que quería era que ella se marchase, pero era mejor que hacer que se enfadara tanto que acabase mandándolo todo a la mierda.

América dio marcha atrás y yo me incliné a mirarla por la ventanilla.

—Me llamarás mañana, ¿verdad? —supliqué, con la mano en el parabrisas.

—Vámonos ya, Mare —dijo, negándose a mirarme a los ojos.

Asentí y me fui a mi habitación derrotado. Parecía que justo cuando las cosas iban bien, mi puñetero mal genio asomaba su fea cabeza. Tenía que mantenerlo bajo control o perdería lo mejor que me había pasado.

Para pasar el tiempo, me preparé unas chuletas de cerdo y puré de papas, pero lo único que hice fue darles vueltas en el plato, incapaz de comer. Hacer la limpieza me ayudó a pasar una hora más y luego decidí darle un baño a *Toto*. Jugamos un rato, pero después incluso él se cansó y se acurrucó en la cama. La idea de quedarme mirando al techo, obsesionado con lo estúpido que había sido, no me atraía mucho, así que decidí sacar todos los platos del armario de la cocina y lavarlos a mano.

Fue la noche más larga de mi vida.

Las nubes comenzaron a llenarse de color, reflejando el sol. Cogí las llaves de la moto y me fui a dar una vuelta; acabé delante de la puerta del Morgan Hall.

Harmony Handler estaba saliendo para ir a correr. Me miró un momento, sujetando la puerta con la mano.

—Hola, Travis —me dijo con su usual sonrisa pequeña, que pronto se desvaneció—. Vaya. ¿Estás enfermo? ¿Necesitas que te lleve a alguna parte?

Debía de tener un aspecto endiabladamente malo. Harmony era una chica de corazón dulce. Su hermano era un Sig Tau, así que no la conocía muy bien. Las hermanas pequeñas estaban fuera de mi alcance.

—Hola, Harmony —le contesté, tratando de esbozar una sonrisa—. Quería sorprender a Abby con el desayuno. ¿Me dejas entrar?

—Esto... —dejó de hablar, mirando hacia atrás a través de la puerta de cristal—. Nancy podría enfadarse. ¿Seguro que estás bien?

Nancy era la jefa de la residencia del Morgan Hall. Había oído hablar de ella, pero nunca la había visto y dudaba de que se diera cuenta. Se decía de ella que bebía más que los residentes y rara vez se le veía fuera de su habitación.

—Solo ha sido una noche larga. Vamos —le sonreí—. Sabes que no le importará.

—Está bien, pero yo no te he abierto.

Me puse la mano en el corazón.

—Lo prometo.

Subí las escaleras y toqué suavemente en la puerta de Abby.

El pomo giró rápidamente, pero la puerta se abrió lentamente, dejando ver poco a poco a Abby y América al otro lado de la habitación. La mano de Kara se deslizó por el picaporte de la puerta desde debajo de las sábanas de su cama.

—¿Puedo pasar?

Abby se puso en pie rápidamente.

—¿Estás bien?

Entré y caí de rodillas delante de ella.

—Lo siento mucho, Abby, de verdad, lo siento —dije mientras la rodeaba con los brazos por la cintura, con la cabeza enterrada en su regazo.

Abby meció mi cabeza en sus brazos.

—Eh..., creo que mejor me voy —tartamudeó América.

La compañera de habitación de Abby, Kara, salió de la habitación con su neceser de ducha.

—Siempre estoy muy limpia cuando estás aquí, Abby —gruñó, cerrando la puerta de golpe tras de sí.

Miré a Abby.

—Sé que siempre me comporto como un loco cuando se trata de ti, pero Dios sabe que lo intento, Paloma. No quiero joder lo nuestro.

—Pues entonces no lo hagas.

—Esto es difícil para mí, ¿sabes? Siento que en cualquier momento te vas a dar cuenta del pedazo de mierda que soy y me vas a dejar. Ayer, mientras bailabas, observé a una docena de chicos mirándote. Entonces te fuiste a la barra y te vi dándole las gracias a ese tipo por la copa. Después, a ese imbécil de la pista de baile no se le ocurrió otra cosa que asirte.

—Sí, pero yo no voy dándole puñetazos a todas las chicas que hablan contigo. Además, no puedo quedarme encerrada en tu apartamento todo el tiempo. Vas a tener que controlar ese mal carácter tuyo.

—Lo haré. Nunca antes había querido tener novia, Paloma. No estoy acostumbrado a sentir esto por alguien..., por nadie. Si eres paciente, te juro que encontraré el modo de manejarlo.

—Dejemos algo claro: no eres un pedazo de mierda, eres genial. Da igual que alguien me invite una copa o a bailar, o que intenten coquetear conmigo. Con quien me voy a casa es contigo. Me has pedido que confíe en ti, pero tú no pareces confiar en mí.

Fruncí el ceño.

—Eso no es verdad.

—Si crees que te voy a dejar por el primer chico que aparezca, entonces es que no tienes mucha fe en mí.

La agarré con más fuerza.

—No soy lo bastante bueno para ti, Paloma. Eso no significa que no confíe en ti. Solo me preparo para lo inevitable.

—No digas eso. Cuando estamos a solas, eres perfecto. Somos perfectos. Pero después dejas que cualquiera lo arruine. No espero que cambies completamente de la noche a la mañana, pero tienes que elegir tus batallas. No puedes acabar peleándote cada vez que alguien me mire.

Asentí, sabía que ella tenía razón.

—Haré todo lo que quieras. Solo... dime que me quieres.

Era completamente consciente de lo ridículo que sonaba, pero no me importaba en absoluto.

—Sabes que es así.

—Necesito oírtelo decir.

—Te quiero —dijo ella mientras tocaba con sus labios los míos—. Ahora deja de comportarte como un crío.

Cuando me besó, mi corazón se desaceleró y cada músculo de mi cuerpo se relajó. Me aterrorizaba lo mucho que la necesitaba. No podía imaginarme que el amor fuese así para todo el mundo, o los hombres andarían como locos por ahí un segundo después de que tuvieran edad suficiente para descubrir a las chicas.

Tal vez era solo yo. Tal vez solo éramos ella y yo. Tal vez juntos formábamos este ente volátil que podría explotar o fundirse entre sí. De cualquier modo, parecía que desde el momento en que la conocí mi vida había dado un vuelco. Y yo no quería que fuese de otra forma.

Capítulo 18

TRECE DE LA SUERTE

Entré en la casa de mi padre medio nervioso, medio emocionado, con los dedos de Abby entrelazados con los míos. De la habitación de la partida salía el humo del puro de mi padre y de los cigarrillos de mis hermanos y se entremezclaba con el leve olor polvoriento de una alfombra que tenía más años que yo.

Aunque Abby se molestó al principio por no haberle avisado con más tiempo para presentarle a mi familia, parecía más tranquila que yo. Llevar una novia a casa no era una costumbre de los Maddox y cualquier clase de predicción respecto a cuál sería su reacción era como mínimo temeraria

Trenton fue el primero en aparecer.

—¡Vaya, vaya! Pero ¡si es el niño!

Cualquier esperanza de que mis hermanos intentarían fingir que no eran las bestias que eran sería una pérdida de tiempo. Les quería de todos modos y, conociendo como conocía a Abby, a ella también le encantarían.

—Oye..., vigila lo que dices delante de la señorita —le advirtió mi padre señalando a Abby con un gesto de la barbilla.

—Paloma, este es mi padre, Jim Maddox. Papá, esta es Paloma.

—¿Paloma? —me preguntó mi padre con una expresión divertida en la cara.

—Abby —se presentó ella a la vez que le daba la mano.

Señalé a mis hermanos, quienes fueron asintiendo a medida que los nombraba.

—Trenton, Taylor, Tyler y Thomas.

Abby parecía un poco abrumada. No la culpé. Jamás le había hablado realmente de mi familia y cinco chicos podían aturdir a cualquiera. De hecho, los cinco Maddox juntos podían ser aterradores para muchos.

Los chicos del vecindario aprendieron pronto a no meterse con ninguno de nosotros y solo una vez alguien cometió el error de meterse con los cinco al mismo tiempo. Cada uno iba por su cuenta, pero éramos capaces de unirnos y formar una fortaleza sólida si era necesario. Eso les quedó claro incluso a aquellos que no queríamos intimidar.

—¿Y Abby tiene apellido? —preguntó mi padre.

—Abernathy —respondió con educación.

—Es un placer conocerte, Abby —dijo Thomas con una sonrisa.

Abby no se había dado cuenta, pero la cara de Thomas no era más que una fachada para ocultar lo que estaba haciendo de verdad: analizar cada una de sus palabras y cada uno de sus movimientos. Thomas siempre estaba en el puesto de vigía, alerta ante la llegada de cualquiera que pudiera poner en peligro nuestro ya de por sí dañado barco. No nos gustaban las sorpresas desagradables y Thomas era el encargado de calmar las posibles tormentas.

«Papá no podría soportarlo», solía decir. Ninguno de nosotros le discutía eso. Cuando uno de nosotros, o varios, se metía en problemas, acudíamos a Thomas y él se encargaba de solucionarlo todo antes de que mi padre se enterara. Los años de sacar adelante a un puñado de críos violentos y peleones habían hecho madurar a Thomas mucho antes de lo que nadie se esperaba. Todos le respetábamos por eso, incluido mi padre, pero esos mismos años como protector le habían convertido en alguien un poco controlador a veces. Sin embargo, Abby se mantuvo firme y le sonrió sin darse cuenta de que se había convertido en el objetivo del escrutinio del guardián de la familia.

—Un auténtico placer —añadió Trent, quien paseó la mirada por lugares que hubieran supuesto una sentencia de muerte para cualquier otro.

Mi padre le dio un golpe en la nuca y él soltó un quejido.

—¿Qué he dicho? —preguntó mientras se frotaba la nuca.

—Siéntate, Abby. Mira cómo desfalcamos a Trav —dijo Tyler.

Puse una silla para Abby y ella se sentó. Miré fijamente a Trenton y él me respondió guiñándome un ojo. Imbécil listillo.

—¿Conoció a Stu Unger? —preguntó Abby señalando una foto polvorienta.

No lo podía creer. A mi padre se le iluminó la mirada.

—¿Sabes quién es Stu Unger?

Abby asintió.

—Mi padre también es admirador suyo.

Mi padre se puso en pie y señaló la foto de al lado.

—Y ese es Doyle Brunson.

Abby sonrió.

—Mi padre lo vio jugar una vez. Es increíble.

—El abuelo de Trav era un profesional. Aquí nos tomamos el póquer muy en serio —dijo mi padre sonriendo.

Abby no solo no me había dicho jamás que sabía de póquer, sino que, además, era la primera vez que mencionaba a su padre.

Intenté olvidar lo que acababa de ocurrir mientras veía a Trenton barajar y repartir. Abby tenía unas piernas largas y unas curvas suaves pero de proporciones perfectas, y era increíblemente atractiva, pero que supiera quién era Stu Unger la convertía además en todo un hallazgo para mi familia. Me erguí un poco más en mi silla. Ninguno de mis hermanos podría traer a alguien que pudiera superar eso.

Trenton alzó una ceja.

—¿Quieres jugar, Abby?

Negó con la cabeza.

—No creo que deba.

—¿Es que no sabes? —le preguntó mi padre.

Me incliné para besarla en la frente.

—Venga, juega... Te enseñaré.

—Será mejor que te despidas ya de tu dinero, Abby —dijo Thomas con una carcajada.

Abby apretó los labios, rebuscó en su bolso y sacó dos billetes de cincuenta. Se los dio a mi padre y esperó con paciencia a que se los cambiara por fichas. Trenton sonrió, impaciente por aprovecharse de su credulidad.

—Tengo fe en la capacidad de Travis para enseñarme —dijo Abby.

Taylor se puso a aplaudir.

—¡Genial! ¡Esta noche me voy a hacer rico!

—Empecemos poco a poco esta vez —dijo mi padre lanzando una ficha de cinco dólares.

Trenton los vio y le extendí las cartas en abanico.

—¿Has jugado a las cartas alguna vez?

—Hace bastante —me respondió asintiendo.

—El uno no cuenta, Pollyanna —dijo Trenton mientras miraba sus cartas.

—Cierra esa boca, Trent—gruñí mirándole un momento antes de volver a bajar la vista a su mano—. Tienes que buscar las cartas más altas, números consecutivos y mejor si son del mismo palo.

Perdimos las primeras manos y luego Abby se negó a dejar que la ayudara. Después de eso, empezó a recuperarse con rapidez. Tres manos después, los derrotó sin ni siquiera despeinarse.

—¡Mierda! —se quejó Trenton—. ¡Maldita suerte del principiante!

—Esta chica aprende rápido, Trav —dijo mi padre moviendo la boca sin soltar el puro.

Le di un trago a la cerveza sintiéndome el rey del mundo.

—¡Haces que me sienta orgulloso, Paloma!

—Gracias.

—Los que no sirven para actuar enseñan —dijo Thomas, burlón.

—Muy gracioso, idiota —murmuré.

—Tráele una cerveza a la chica —pidió mi padre con las mejillas rojizas levantadas por una sonrisa.

Me levanté encantado. Saqué una botella del refrigerador y utilicé el borde ya agrietado de la encimera para quitarle el tapón. Abby me sonrió cuando le puse la cerveza delante y no dudó en tomarse uno de aquellos largos tragos propios de un hombre.

Se limpió los labios con el dorso de la mano y esperó a que mi padre pusiera sus fichas.

Cuatro manos después, Abby se había bebido ya su tercera cerveza y miraba fijamente a Taylor.

—Tú decides, Taylor. ¿Vas a ser un bebé o verás mi apuesta como un hombre?

Me estaba costando mucho no emocionarme en partes del cuerpo donde no debía. Ver cómo Abby les ganaba a mis hermanos y a un veterano del póquer como mi padre, una mano tras otra, me estaba poniendo cachondo. Jamás había visto a una mujer tan sexy en toda mi vida y resultaba que era mi novia.

—A la mierda —dijo Taylor lanzando la última de sus fichas.

—¿Qué tienes, Paloma? —le pregunté con una sonrisa. Me sentía como un niño en Navidad.

—¿Taylor? —preguntó Abby, sin mostrar expresión alguna en su rostro.

Una amplia sonrisa se dibujó en la cara de Taylor.

—¡Escalera! —dijo sonriendo mientras dejaba las cartas boca arriba sobre la mesa.

Todos nos volvimos hacia Abby. Ella miró por turnos a todos los hombres que la rodeábamos y luego puso de un golpe las cartas sobre la mesa.

—¡Mírenlas y lloren, chicos! ¡Ases y ochos!

—¿Un full? ¿Cómo coño es posible? —gritó Trent.

—Lo siento. Siempre había querido decir eso —dijo Abby mientras recogía sus fichas.

Thomas entrecerró los ojos.

—Esto no es solo la suerte del principiante. Esta chica sabe jugar.

Miré a Thomas durante un momento. No apartaba los ojos de Abby. Luego la miré a ella.

—¿Habías jugado antes, Paloma?

Abby apretó los labios, se encogió de hombros y luego sonrió dulcemente. Eché la cabeza hacia atrás y empecé a reírme a carcajadas. Intenté decirle lo orgulloso que me sentía de ella, pero las risotadas incontrolables que me sacudían todo el cuerpo me impidieron articular palabra alguna. Di unos cuantos puñetazos en la mesa para intentar recuperar el control.

—¡Tu novia nos ha desfalcado! —dijo Taylor señalándome.

—¡Joder, no puede ser! —aulló Trenton mientras se levantaba.

—Buen plan, Travis. Traer a una jugadora consumada a la noche de póquer —me dijo mi padre guiñándole un ojo a Abby.

—¡No lo sabía! —exclamé a la vez que negaba con la cabeza.

—¡Estupideces! —dijo Thomas, sin quitarle los ojos de encima a mi novia.

—¡Que no, de verdad! —insistí.

—Odio decirlo, hermano, pero creo que acabo de enamorarme de tu chica —me dijo Tyler.

Mis risas se convirtieron de repente en un ceño fruncido.

—¡Oye, ándate con cuidadito! —le amenacé.

—Se acabó. Estaba siendo bueno contigo, Abby, pero pienso recuperar mi dinero ahora mismo—la avisó Trenton.

Me quedé sentado las últimas manos y contemplé cómo mis hermanos se esforzaban por recuperar su dinero. Abby los machacó una mano tras otra. Ni siquiera fingió ser blanda con ellos.

En cuanto mis hermanos perdieron todo el dinero, mi padre declaró acabada la noche y Abby devolvió a cada uno cien dólares, excepto a mi padre, que se negó a aceptarlos.

Tomé a Abby de la mano y me la llevé hasta la puerta. Ver a mi novia sacarle el dinero a mis hermanos había sido entretenido, pero me había disgustado que les devolviera parte del dinero.

Abby me apretó la mano.

—¿Qué pasa?

—¡Acabas de soltar cuatrocientos dólares, Paloma!

—Si fuera la noche del póquer en Sig Tau, me los habría quedado, pero no puedo robarle a tus hermanos la primera vez que los veo.

—¡Ellos se habrían quedado con tu dinero!

—Y eso no me habría quitado el sueño ni un segundo tampoco —añadió Taylor.

Vi por el rabillo del ojo que Thomas miraba fijamente a Abby en silencio desde la esquina de la habitación.

—¿Por qué no le quitas los ojos de encima a mi chica, Tommy?

—¿Cómo has dicho que te apellidabas? —preguntó Thomas.

Abby se removió inquieta, pero no le contestó. Le rodeé la cintura con un brazo y me giré hacia mi hermano. No tenía muy claro lo que quería. Estaba claro que creía saber algo y que iba a soltarlo.

—Abernathy, pero ¿qué importa eso?

—Entiendo que no hayas atado cabos antes de esta noche, Trav, pero ahora ya no tienes excusa —dijo Thomas con petulancia.

—¿De qué mierda estás hablando? —le pregunté.

—¿No tendrás algún tipo de relación con Mick Abernathy por casualidad? —continuó Thomas.

Todos nos giramos hacia Abby para escuchar su respuesta. Se pasó la mano por el cabello, claramente nerviosa.

—¿De qué conoces a Mick?

Me encaré todavía más con ella.

—Es uno de los mejores jugadores de póquer de la historia. ¿Lo conoces?

—Es mi padre —respondió ella, casi con un toque de dolor.

Todos los presentes en la habitación gritaron emocionados.

—¡No me jodas!

—¡Lo sabía!

—¡Acabamos de jugar con la hija de Mick Abernathy!

—¿Mick Abernathy? ¡Joder!

Las palabras resonaban en mis oídos, pero tardé varios segundos en procesarlas. Tres de mis hermanos estaban saltando y gritando, pero, para mí, toda la habitación estaba congelada y el mundo se había quedado en silencio.

Mi novia, que resultaba ser también mi mejor amiga, era la hija de una leyenda del póquer, alguien a quien mis hermanos, mi padre e incluso mi abuelo idolatraban. La voz de Abby me devolvió a la realidad.

—Chicos, les advertí que era mejor que no jugara.

—Si hubieras mencionado que eras la hija de Mick Abernathy, te habríamos tomado más en serio —dijo Thomas.

Abby me miró de soslayo, por debajo de las pestañas, a la espera de mi reacción.

—¿Tú eres el Trece de la Suerte? —le pregunté, anonadado.

Trenton se puso de pie y la señaló:

—¡El Trece de la Suerte está en nuestra casa! No puede ser. ¡Joder, no puedo creerlo!

—Ese fue el apodo que me pusieron los periódicos. Pero lo que contaban no era demasiado preciso —dijo Abby, inquieta.

Incluso en medio de la explosiva conmoción de mis hermanos, en lo único en lo que podía pensar era en lo jodidamente sexy que era que la chica de la que estaba enamorado fuera casi una celebridad. Y aún mejor, era famosa por algo escandaloso y genial.

—Tengo que llevar a Abby a casa, chicos —dije.

Mi padre miró a Abby por encima de las gafas.

—¿Por qué no era preciso?

—No le robé la suerte a mi padre. A ver, es ridículo —respondió riéndose nerviosa mientras se retorcía un mechón del pelo con el dedo.

Thomas sacudió la cabeza

—No, Mick lo dijo en esa entrevista. Dijo que a las doce de la noche de tu decimotercer cumpleaños se le agotó la suerte.

—Y que la tuya empezó —añadí.

—¡Te criaron unos mafiosos! —dijo Trent, sonriendo emocionado.

—Eh..., no. —Soltó una carcajada—. No me criaron. Solo... venían mucho a casa.

—Eso fue una maldita vergüenza, no fue justo que Mick arrastrara tu nombre por el lodo en todos los periódicos. Eras solo una niña —dijo mi padre, negando con la cabeza.

—Como mucho, era la suerte del principiante —dijo Abby.

Su mirada me indicaba que toda aquella atención la mortificaba.

—Mick Abernathy te enseñó a jugar —dijo mi padre, moviendo asombrado la cabeza—. Jugabas contra profesionales y ganabas a los trece años, por Dios santo. —Me miró y me dijo—: No apuestes contra ella, hijo. Nunca pierde.

Inmediatamente, pensé en la pelea, cuando Abby apostó contra mí sabiendo que iba a perder y que tendría que vivir conmigo durante un mes si lo hacía. En aquel momento, pensaba que yo no le gustaba, pero justo entonces me di cuenta de que probablemente estaba equivocado.

—Bueno... Tenemos que irnos, papá. Adiós, chicos.

Recorrí las calles sorteando el tráfico. Cuanto más subía la aguja del velocímetro más apretaba Abby los muslos contra mí, lo que me hacía estar más ansioso por llegar al apartamento.

Abby no abrió la boca cuando aparqué la Harley y la conduje escaleras arriba, y seguía sin hablar cuando le ayudé a quitarse la chaqueta.

Se soltó el pelo y yo me quedé de pie, observándola asombrado. Era casi como si fuera una persona diferente y no podía esperar a ponerle las manos encima.

—Sé que estás enfadado —dijo ella mirando al suelo—. Siento no habértelo dicho, pero es algo de lo que no me gusta hablar.

Sus palabras me dejaron de piedra.

—¿Enfadado contigo? Estoy tan excitado que no puedo pensar con claridad. Acabas de desfalcar a los idiotas de mis hermanos sin pestañear, has alcanzado la categoría de leyenda con mi padre y sé a ciencia cierta que perdiste a propósito la apuesta que hicimos antes de mi pelea.

—Yo no diría eso...

—¿Creías que ganarías?

—Bueno..., no, la verdad es que no —dijo ella mientras se quitaba los zapatos de tacón.

Apenas podía contener una sonrisa.

—Así que querías estar aquí conmigo. Creo que acabo de enamorarme de ti otra vez.

Abby metió de una patada los zapatos de tacón en el armario.

—¿Cómo es posible que no estés enfadado?

Suspiré. Tal vez debería haberlo estado, pero... no era así.

—Es un asunto bastante importante, Paloma. Deberías habérmelo contado. Pero comprendo por qué no lo hiciste. Viniste aquí escapando de todo eso. Pero ahora es como si el cielo se hubiera despejado..., todo cobra sentido.

—Es un alivio.

—El Trece de la Suerte —dije, sujetándola por la parte inferior de la camiseta y quitándosela por la cabeza.

—No me llames así, Travis. No es algo positivo.

—¡Joder! ¡Eres famosa, Paloma! —Le desabroché los pantalones y se los bajé hasta los tobillos, hasta quitárselos del todo.

—Mi padre me odió después de eso. Todavía me culpa de sus problemas.

Me quité a toda prisa mi camiseta y la estreché contra mí, impaciente por sentir su piel contra la mía.

—Todavía no me creo que la hija de Mick Abernathy esté de pie delante de mí. Llevo contigo todo este tiempo y no tenía ni idea.

Me apartó de un empujón.

—¡No soy «la hija de Mick Abernathy», Travis! Eso es lo que dejé atrás. Soy Abby. ¡Solo Abby! —dijo ella, acercándose al armario.

Cogió una camiseta de una percha y se la puso por la cabeza.

—Lo siento. Soy un poco mitómano.

—¡Sigo siendo solo yo! —Se llevó la palma de la mano al pecho; su voz sonaba casi desesperada.

—Sí, pero...

—Pero nada. La forma en la que me miras ahora es precisamente el motivo por el que no te había contado nada. —Cerró los ojos—. No quiero vivir así nunca más, Trav. Ni siquiera contigo.

—¡Eh! Cálmate, Paloma. No saquemos las cosas de quicio. —La abracé, repentinamente preocupado por los derroteros que estaba tomando la conversación—. No me importa qué eres o qué no eres. Te quiero sin más.

—Supongo que, entonces, tenemos eso en común.

La llevé con delicadeza a la cama y entonces me acurruqué junto a ella y aspiré el olor a puro mezclado con su champú.

—Somos tú y yo contra el mundo, Paloma.

Se hizo un ovillo a mi lado, parecía satisfecha con mis palabras. Cuando se relajó sobre mi pecho, soltó un suspiro.

—¿Qué ocurre? —pregunté.

—No quiero que nadie lo sepa, Trav. Ni siquiera quería que tú lo supieras.

—Te quiero, Abby. No volveré a mencionarlo, ¿de acuerdo? Tu secreto está a salvo conmigo —dije apretando mis labios suavemente sobre su sien.

Apretó su mejilla contra mi piel y la abracé con fuerza. Lo que había ocurrido esa noche casi parecía un sueño. La primera vez que llevo a una chica a casa y no solo es la hija de un famoso jugador de póquer, sino que también podía desfalcarnos a todos en una sola mano. Para ser la oveja negra de la familia, sentí que al fin había conseguido algo de respeto de mis hermanos mayores. Y todo gracias a Abby.

Yacía en la cama despierto, incapaz de dejar de pensar lo suficiente para coger el sueño. La respiración de Abby era homogénea desde hacía una hora.

Mi celular se encendió y vibró una vez: había llegado un mensaje de texto. Lo abrí e inmediatamente fruncí el ceño. Leí el nombre de quien lo enviaba: Jason Brazil.

«Parker está diciendo idioteces».

Con mucho cuidado, saqué el brazo de debajo de la cabeza de Abby y usé ambas manos para responder al mensaje.

«¿Kién lo dice?».

«Yo. Lo tng dlant».

«¿Sí? ¿K dice?».

«Es sbr Abby. D vrdad kieres sberlo?».

«No seas imbécil».

«Dice k tdavia lo llama».

«Impsible».

«Ants dijo k spra a k la jdas y k ntncs t pgará la patada».

«¿Lo ha dicho ahora?».

«Akab d dcir k l otro día ella le cnfsó k era muy infliz, pr k tú stabas loco y k no sbía kwndo dejart».

«Si no stuviera tmbada a m ldo, iría a pgarl 1 ptada en l culo.»

«No vale la pna. Todos sbms k s pura mierda».

«Sigue molestándome».

«Olvídat del imbcil. Tu chica stá a tu lado».

Si Abby no hubiera estado durmiendo a mi lado, me habría subido a la moto y habría ido directamente a la sede de Sig Tau para pegarle un puñetazo a su cara de niño rico. Y quizás machacar su Porsche con un bate.

Pasó una media hora antes de que pudiera empezar a controlar los temblores que me provocaba la rabia. Abby no se había movido. El mismo ruido suave que hacía con su nariz al dormir me ayudaba a bajar mi ritmo cardiaco y sin darme cuenta volví a tenerla entre mis brazos y a relajarme.

Abby no había llamado a Parker. Si no hubiera estado contenta, me lo habría dicho. Respiré hondo y observé la sombra del árbol de fuera bailar sobre la pared.

—No dijo eso —dijo Shepley, parándose en seco.

Las chicas nos habían dejado solos en el apartamento y se habían ido a comprar un vestido para la fiesta, así que convencí a Shepley de ir a una tienda de muebles.

—Joder, te aseguro que sí. —Le pasé mi teléfono a Shepley para que lo viera—. Brazil me envió un mensaje ayer por la noche contándomelo.

Shepley suspiró y sacudió la cabeza.

—Seguro que sabía que te enterarías... ¿Cómo no? Esos tipos son más chismosos que cualquier chica.

Me detuve al ver un sofá que me llamó la atención.

—Apuesto a que lo hizo por eso.

Shepley asintió.

—Afrontémoslo. Tu antiguo yo se habría dejado llevar por la rabia y los celos, la habrías atemorizado y eso la habría lanzado a los brazos de Parker.

—Cabrón —dije mientras se acercaba un vendedor.

—Buenos días, caballero. ¿Puedo ayudarle a encontrar algo en particular?

Shepley se lanzó varias veces sobre el sofá y después dio un par de saltos mientras asentía con la cabeza.

—Cuenta con mi aprobación.

—Sí. Me llevo este —dije.

—¿Te lo llevas? —preguntó él un poco sorprendido

—Sí —dije, también sorprendido por su reacción—. ¿Hacen entregas a domicilio?

—Sí, señor, claro. ¿Le gustaría saber el precio?

—Lo pone aquí, ¿no?

—Sí.

—Muy bien, pues me lo llevo. ¿Dónde tengo que pagar?

—Sígame, si es tan amable, señor.

El vendedor intentó sin éxito engatusarme con otros muebles que hacían juego con el sofá, pero ese día tenía que comprar alguna cosa más.

Shepley les dio nuestra dirección y el vendedor le dio las gracias por la venta más sencilla del año.

—¿Adónde vamos? —preguntó él, intentando seguir mi ritmo hacia el Charger.

—Al local de Calvin.

—¿Vas a hacerte un tatuaje nuevo?

—Sí.

Shepley me observó receloso.

—¿Que vas a hacer, Trav?

—Lo que siempre dije que haría cuando conociera a la chica perfecta.

Shepley se plantó delante de la puerta del coche.

—No estoy seguro de que eso sea buena idea. ¿No crees que deberías hablarlo primero con Abby…? Ya sabes…, para que no se sobresalte.

Fruncí el ceño.

—Podría decir que no.

—Es mejor que diga que no a que lo hagas y ella salga corriendo del apartamento porque la asustas. Las cosas van muy bien entre ustedes dos últimamente. ¿Por qué no lo dejas así un tiempo?

Apoyé las manos sobre los hombros de Shepley.

—Ese no es mi estilo en absoluto —dije y entonces lo aparté.

Shepley rodeó el Charger y después se acomodó en el asiento del conductor.

—Oficialmente, sigo diciendo que es una mala idea.

—Tomo nota.

—Entonces, ¿adónde vamos?

—A Steiner's

—¿La joyería?

—Sí.

—¿Para qué, Travis? —preguntó Shepley en un tono de voz más severo que antes.

—Ya lo verás.

—Sacudió la cabeza.

—¿Intentas conseguir que salga huyendo?

—Sucederá, Shep. Solo quiero tenerlo para cuando llegue el momento adecuado.

—Ese momento no será pronto. Estoy tan enamorado de América que a veces pienso que voy a enloquecer, pero no tenemos edad suficiente para esa mierda todavía, Travis. Además... ¿Y si dice que no?

Rechiné los dientes al pensarlo.

—No se lo pediré hasta que sepa que está lista.

Shepley ladeó la boca.

—Justo cuando pensaba que no podías volverte más loco, haces algo que me recuerda que estás como una cabra.

—Espera a ver el pedrusco que le voy a comprar.

Shepley ladeó lentamente la cabeza hacia mí.

—No es la primera vez que vas allí a comprar, ¿verdad?

Sonreí.

Capítulo 19

PAPÁ ESTÁ EN CASA

Viernes. El día de la fiesta de parejas, tres días después de que Abby sonriera al ver el nuevo sofá y minutos después de que recurriera al whisky abrumadada por mis tatuajes.

Las chicas se habían ido a hacer lo que hacen las chicas un día de fiesta de parejas, yo estaba sentado delante del apartamento, en los escalones, esperando a que *Toto* hiciera sus necesidades.

Por razones que no podía precisar, tenía los nervios de punta. Ya me había tomado un par de whiskys para poder calmar mi culo inquieto, pero no había servido de nada.

Me quedé mirando la muñeca, con la esperanza de que ese sentimiento de mal agüero que albergaba fuera solo una falsa alarma. Cuando empezaba a decirle a *Toto* que se diera prisa porque afuera hacía un frío de mierda, se agachó e hizo sus cosas.

—¡Ya iba siendo hora, pequeñajo! —dije mientras lo levantaba y entraba.

—Acaban de llamar de la floristería. Bueno, de las floristerías. En la primera no tenían suficientes —dijo Shepley.

Sonreí.

—Las chicas se van a cagar. ¿Te has asegurado de que harían la entrega antes de que lleguen a casa?

—Sí.

—¿Y si llegan a casa antes?

—Estarán aquí a tiempo.

Asentí.

—Oye —dijo Shepley con una media sonrisa—, ¿estás nervioso por lo de esta noche?

—No —dije, con el ceño fruncido.

—¡Sí que lo estás! ¡Te pone nervioso la noche de citas!

—No seas idiota —dije mientras me retiraba a mi habitación.

Ya tenía la camisa negra planchada y lista en la percha. No era nada especial, una de las dos camisas que tenía. La fiesta de citas sería la primera a la que iba, sí, e iba con mi novia por primera vez, pero el nudo que tenía en el estómago era por otra cosa. Algo que no podía determinar. Como si algo terrible acechara en el futuro inmediato. Hecho un manojo de nervios, volví a la cocina y me serví otro trago de whisky. Sonó el timbre y, cuando levanté la mirada de la encimera, vi a Shepley correr por el comedor desde su habitación, con una toalla alrededor de la cintura.

—Podía ir yo.

—Sí, pero entonces tendrías que haber dejado de llorar encima de tu Jim Beam —gruñó él mientras abría la puerta. Un hombrecito que cargaba con dos ramos descomunales más grandes que él, estaba de pie en el umbral.

—Eh, sí..., venga por aquí, amigo —dijo Shepley abriendo más la puerta.

Diez minutos más tarde, el apartamento empezaba a tener el aspecto que había imaginado. La idea de regalar flores a Abby antes de la fiesta de citas se me había pasado por la cabeza, pero un ramo no era suficiente.

En cuanto un mensajero se iba, llegaba otro y después otro más. Una vez que sobre cada superficie del apartamento había al menos dos o tres ostentosos ramos de rosas rojas, amarillas, blancas y fucsias, Shepley y yo nos dimos por satisfechos.

Me di una ducha rápida, me afeité y me metí en un par de *jeans* mientras el motor del Honda retumbaba ruidosamente en el estacionamiento. Momentos después se apagó. América apareció por la puerta, seguida de Abby. Reaccionaron de inmediato a las flores, y Shepley y yo no podíamos dejar de sonreír como idiotas mientras ellas chillaban deleitadas.

Shepley miró a su alrededor, orgulloso de pie.

—Fuimos a compraros flores, pero los dos pensamos que un solo ramo no era suficiente.

Abby me rodeó el cuello con los brazos.

—Chicos, son... increíbles. Gracias.

Le di una palmadita en el culo y le acaricié la suave curva que tenía justo encima del muslo.

—Treinta minutos para irnos a la fiesta, Paloma.

Las chicas se vestían en la habitación de Shepley mientras esperábamos. Apenas tardé cinco minutos en abotonarme la camisa, encontrar un cinturón y ponerme calcetines y zapatos. Las chicas, no obstante, parecían tardar una jodida eternidad. Shepley, impaciente, llamó a la puerta. La fiesta había empezado hacía ya quince minutos.

—Hora de irse, señoritas —dijo Shepley.

América salió con un vestido que parecía una segunda piel y Shepley silbó mientras se le dibujaba una sonrisa en la cara.

—¿Dónde está Abby? —pregunté.

—Tiene problemas con los zapatos, pero saldrá en un segundo —explicó América.

—¡El suspenso me está matando, Paloma! —grité.

La puerta chirrió y salió Abby, andando nerviosa con su vestido blanco corto. Llevaba el pelo recogido a un lado y, aunque tenía bien escondidos los pechos, el tejido ajustado los acentuaba.

América me dio un codazo y parpadeé.

—Joder.

—¿Estás listo para alucinar? —me preguntó América.

—No estoy alucinando. Está genial. —Abby sonrió con un brillo travieso en los ojos y, entonces, lentamente se giró para mostrar el pronunciado escote de la espalda—. Bien, ahora sí estoy alucinando —dije mientras me acercaba a ella y la apartaba de la mirada de Shepley.

—¿No te gusta? —me preguntó.

—Necesitas una chaqueta.

Corrió al colgador y apresuradamente le puse su abrigo por los hombros.

—No puede llevar eso toda la noche, Trav —se rio América.

—Estás preciosa, Abby —dijo Shepley, a modo de disculpa por mi comportamiento.

—Desde luego. Estás increíble… —dije, desesperado porque me escucharan y comprendieran sin motivar una discusión—, pero no puedes ir así vestida. La falda es… guau… y tus piernas… La falda es demasiado corta y falta la mitad del vestido. ¡Ni siquiera tiene espalda!

—Está hecho así, Travis. —Abby sonrió. Al menos no estaba enojada.

—Ustedes dos viven para torturarse el uno al otro, ¿no? —dijo Shepley con el ceño fruncido.

—¿No tienes otro vestido? —le pregunté.

Abby bajó la mirada.

—Lo cierto es que es bastante normal por delante. Solo por detrás deja más piel a la vista.

—Paloma —dije, con una mueca—, no quiero que te enfades, pero no puedo llevarte a la casa de mi hermandad vestida así. Me meteré en una pelea a los cinco minutos.

Se estiró y me besó en la boca.

—Confío en ti.

—Esta noche va a ser un desastre —gruñí.

—No, va a ser genial —dijo América ofendida.

—Piensa en lo fácil que será quitarlo después —dijo Abby. Se puso de puntillas y me besó en el cuello. Me quedé mirando fijamente el techo, intentando no dejar que sus labios, pegajosos por el brillo de labios, me hicieran flaquear.

—Ese es el problema. Eso mismo pensarán todos los demás chicos.

—Pero tú eres el único que conseguirá comprobarlo —apostilló. Como no respondí, se inclinó hacia atrás y me miró a los ojos—. ¿De verdad quieres que me cambie?

Escudriñé su cara y el resto de su cuerpo, y después solté un suspiro.

—Da igual lo que te pongas. Estás preciosa. Creo que debería empezar a acostumbrarme ya, ¿no? —Abby se encogió de hombros y yo sacudí la cabeza—. Bien, ya se nos ha hecho tarde. Vámonos.

No dejé de abrazar a Abby mientras cruzábamos el césped de la casa de Sigma Tau. Abby estaba temblando, así que caminé rápido, y algo incómodo, casi como su escolta, intentando ir tan rápido como sus tacones altos se lo permitían. En cuanto cruzamos las gruesas puertas dobles, me llevé un cigarrillo a la boca, y el humo se sumó a la típica neblina de fiesta de fraternidad. Los graves de los altavoces del piso de abajo zumbaban como un latido bajo nuestros pies.

Después de que Shepley y yo nos ocupáramos de los abrigos de las chicas, llevé a Abby a la cocina mientras Shepley y América nos seguían. Nos quedamos allí, con una cerveza en la mano, escuchando a Jay Gruber y Brad Pierce hablar de mi última pelea.

Lexi agarró a Brad por la camisa, claramente aburrida por la charla de chicos.

—¿Llevas el nombre de tu chica en la muñeca? ¿Qué demonios se te pasó por la cabeza para hacer eso? —dijo Brad.

Giré la mano para mostrar el apodo de Abby.

—Estoy loco por ella —dije, mirando a Paloma de arriba abajo.

—Pero si apenas la conoces —espetó Lexi.

—La conozco.

De soslayo, vi a Shepley tirar de América hacia las escaleras, así que cogí a Abby de la mano y los seguimos. Por desgracia, Brad y Lexi hicieron lo mismo. En fila, bajamos las escaleras hasta el sótano; a cada paso, la música sonaba más alto.

En cuando puse el pie en el último escalón, el DJ puso una canción lenta. Sin dudar, llevé a Abby a la pista de baile de hormigón, rodeada de muebles que se habían echado a un lado para hacer sitio para la fiesta. La cabeza de Abby encajaba perfectamente en la curva de mi cuello.

—Estoy contento de no haber venido a una de estas fiestas antes. Es genial haberte traído solo a ti.

Abby apretó su mejilla contra mi pecho y sus dedos contra mis hombros.

—Este vestido hace que todo el mundo te mire —dije—. Supongo que es bastante genial… estar con la chica a la que todo el mundo desea.

Abby se echó hacia atrás para que viera cómo ponía los ojos en blanco.

—No me desean. Sienten curiosidad por saber por qué me deseas tú. Y, en cualquier caso, me compadezco de quien piense que tiene una oportunidad. Estoy irremediable y completamente enamorada de ti.

¿Cómo podía no contárselo?

—¿Sabes por qué te quiero? No sabía que estaba perdido hasta que me encontraste. No sabía lo solo que me encontraba hasta la primera noche que pasé sin ti en mi casa. Eres lo único que he hecho bien. Eres todo lo que he estado esperando, Paloma.

Abby se irguió y cogió mi cara entre sus manos mientras yo la estrechaba entre mis brazos y la levantaba del suelo. Nuestros labios se unieron con delicadeza y, mientras ella movía los suyos contra los míos, me aseguré de transmitirle en silencio cuánto la amaba con ese beso, porque solo con palabras nunca podría decírselo exactamente.

Después de unas cuantas canciones y un altercado hostil aunque divertido entre Lexi y América, decidí que era un buen momento para volver al piso superior.

—Vamos, Paloma. Necesito fumar.

Abby me siguió por las escaleras. Me aseguré de coger su abrigo antes de salir a la terraza. En cuanto pusimos un pie fuera me detuve, igual que Abby, al ver a Parker y la chica con un dedo de maquillaje a la que le estaba metiendo mano.

El primero que reaccionó fue Parker, quien sacó la mano de debajo de la falda de la chica.

—Abby —dijo él, sorprendido y sin aliento.

—¿Qué hay, Parker? —replicó Abby mientras se aguantaba la risa.

—¿Qué tal te van las cosas?

Sonrió con educación.

—Genial, genial, ¿y a ti?

—Eh... —Miró a su cita—. Abby, esta es Amber. Amber..., Abby.

—¿Abby, Abby? —preguntó ella.

Parker, incómodo, asintió ligeramente con la cabeza. Amber estrechó la mano de Abby con una mirada de asco en su cara y después me miró a mí como si acabara de conocer al enemigo.

—Encantada de conocerte..., supongo.

—Amber —la avisó Parker.

Solté una carcajada y después les abrí las puertas para que pasaran. Parker cogió a Amber de la mano y entró en la casa.

—Ha sido... raro —dijo Abby, sacudiendo la cabeza y rodeándose con la mano. Miró por la barandilla a las pocas parejas que desafiaban el frío del invierno.

—Al menos ha seguido adelante y ha dejado de hacer todo lo posible por recuperarte —dije con una sonrisa.

—No creo que intentara tanto recuperarme como alejarme de ti.

—Llevó a una chica a su casa por mí una vez. Desde entonces actúa como si siempre tuviera que entrar en escena para salvar a todas las estudiantes novatas que me ligaba.

Abby me lanzó una mirada irónica de soslayo.

—¿Te he dicho alguna vez lo mucho que odio esa palabra?

—Lo siento —dije acercándola a mí.

Encendí un cigarrillo y le di una calada profunda, a la vez que giraba la mano. Las delicadas líneas negras gruesas de tinta se entrelazaban para formar la palabra «Paloma».

—¿Te parece muy raro que este tatuaje no solo se haya convertido en mi favorito, sino que además me haga sentir cómodo el saber que está ahí?

—Pues sí, es bastante raro —dijo Abby. Le lancé una mirada y se rio—. Solo bromeo. No acabo de entenderlo, pero es dulce..., muy al estilo Travis Maddox.

—Si es tan genial llevar esto en el brazo, ni me imagino cómo será ponerte un anillo en el dedo.

—Travis...

—Dentro de cuatro o cinco años —dije recriminándome para mis adentros por haber ido tan lejos.

Abby cogió aire.

—Uf... Tenemos que ir más despacio.

—No empieces con eso, Paloma.

—Si seguimos a este ritmo, acabaré de ama de casa y embarazada antes de graduarme. No estoy preparada para mudarme contigo, no estoy lista para un anillo y, desde luego, no estoy lista para formar una familia.

La tomé con delicadeza por los hombros.

—Este no será el discursito de «quiero que conozcamos a otra gente», ¿no? Porque no estoy dispuesto a compartirte. ¡Joder! De ninguna manera.

—No quiero a nadie más —dijo ella, exasperada.

Me relajé y le solté los hombros, girándome para agarrar la barandilla.

—Entonces, ¿qué quieres decir? —pregunté, aterrado por la respuesta.

—Digo que tenemos que ir más despacio. Nada más.

Asentí con tristeza. Abby me cogió el brazo.

—No te enfades.

—Parece que damos un paso hacia delante y dos hacia atrás, Paloma. Cada vez que creo que estamos en la misma sintonía, levantas un muro entre nosotros. No lo entiendo..., la mayoría de las chicas acosan a sus novios para que vayan en serio, para que hablen de sus sentimientos, para que den el siguiente paso...

—Pensaba que ya había dejado claro que no soy como la mayoría de chicas.

Dejé caer la cabeza, frustrado.

—Estoy cansado de conjeturas. ¿Adónde crees que va esto, Abby?

Apretó los labios contra mi camisa.

—Cuando pienso en mi futuro, te veo a ti en él.

La abracé y todos los músculos de mi cuerpo se relajaron con sus palabras. Ambos nos quedamos mirando las nubes nocturnas que se movían por el cielo negro sin estrellas. Las risas y el murmullo de las voces de más abajo dibujaron una sonrisa en la cara de Abby mientras yo observaba a esos mismos invitados a la fiesta, que se abrazaban y corrían rumbo a la casa desde la calle.

Por primera vez en todo el día, el sentimiento de que algo horrible iba a ocurrir empezó a desvanecerse.

—¡Abby! ¡Estás aquí! ¡Te he estado buscando por todas partes! —dijo América, cruzando a toda prisa la puerta. Llevaba en la mano su celular—. Acabo de hablar por teléfono con mi padre. Mick los llamó ayer por la noche.

Abby arrugó la nariz.

—¿Mick? ¿Y por qué narices los ha llamado?

América enarcó las cejas.

—Tu madre no dejaba de colgarle el teléfono.

—¿Qué quería?

América apretó los labios.

—Saber dónde estabas.

—No se les habrá ocurrido decírselo, ¿no?

América puso una mueca de angustia.

—Es tu padre, Abby. Mi padre pensó que tenía derecho a saberlo.

—Va a presentarse aquí —dijo Abby, con la voz dominada por el pánico—. ¡Seguro que viene, Mare!

—¡Lo sé! Lo siento —respondió América, intentando tranquilizar a su amiga.

Abby se apartó bruscamente de ella y se cubrió la cara con las manos. No estaba seguro de qué demonios estaba hablando, pero rodeé a Abby por los hombros.

—No te hará daño, Paloma —dije—. No lo dejaré.

—Encontrará una manera de hacerlo —dijo América mientras observaba a Abby con una mirada que reflejaba su remordimiento—. Siempre lo hace.

—Tengo que largarme de aquí.

Abby se abrochó bien el abrigo y después extendió la mano hacia los picaportes de las puertas acristaladas. Estaba demasiado disgustada para empujar los picaportes hacia abajo antes de empujar las puertas. Mientras le rodaban las lágrimas por las mejillas, le cubrí las manos con las mías. Después de ayudarla a abrir las puertas, Abby me miró. No estaba seguro de si el rubor de sus mejillas se debía a la turbación o al frío, pero quería hacerlo desaparecer.

Arropé a Abby con mi brazo y juntos cruzamos la casa, bajamos las escaleras y pasamos entre la multitud hasta la puerta principal. Abby se movía rápidamente, desesperada por llegar a la seguridad del apartamento. De Mick Abernathy solo había oído los elogios que le dedicaba mi padre como jugador de póquer, pero ver a Abby salir corriendo como una niña pequeña me hizo detestar todo el tiempo que mi familia había malgastado adorándolo. De repente, apareció la mano de América y agarró a Abby por el abrigo.

—¡Abby! —le susurró ella, al tiempo que señalaba a un grupito de personas.

Se congregaban alrededor de un hombre mayor desaliñado, sin afeitar y sucio hasta tal extremo que parecía apestar. Señalaba a la casa y sujetaba una foto pequeña. Las parejas asentían mientras hablaban de la foto entre ellos. Abby corrió a toda prisa hacia el tipo y le arrancó la foto de las manos.

—¿Qué demonios estás haciendo tú aquí?

Bajé la mirada para ver la foto de su mano. No podía tener más de quince años, era flacucha, con el pelo castaño claro y los ojos hundidos. Parecía desgraciada. No cabía duda alguna del porqué de su huida. Las tres parejas que lo rodeaban retrocedieron. Me volví a mirar sus caras de asombro y después esperé a que el hombre respondiera. Era el puto Mick Abernathy en persona. Lo reconocí por los inconfundibles ojos agudos de su cara sucia.

Shepley y América estaban a ambos lados de Abby. Yo la sujetaba por los hombros desde detrás. Mick miró el vestido de Abby y chasqueó la lengua en un gesto de desaprobación.

—Vaya, vaya, Cookie. Veo que no consigues dejar atrás el espíritu de Las Vegas...

—Cállate. Cállate, Mick. Date media vuelta —señaló detrás de él— y vuelve al agujero del que hayas salido. No te quiero aquí.

—No puedo, Cookie. Necesito tu ayuda.

—Qué novedad —dijo América, mordaz.

Mick miró mal a América y después volvió su atención a su hija.

—Estás tremendamente guapa. Has crecido mucho. No te habría reconocido por la calle.

Abby suspiró.

—¿Qué quieres?

Levantó las manos y se encogió de hombros.

—Me parece que me he metido en un enredo, niña. Papá necesita algo de dinero.

Abby se puso tensa de la cabeza a los pies.

—¿Cuánto?

—De verdad que me iba bien, en serio. Pero tuve que pedir prestado algo para seguir adelante y... ya sabes.

—Sí, ya, ya —le soltó—. ¿Cuánto necesitas?

—Veinticinco.

—Joder, Mick, ¿veinticinco billetes de cien? Si te largas de aquí, te los daré ahora mismo —dije mientras sacaba la cartera.

—Habla de billetes de mil —dijo Abby con voz fría.

Mick me dio un vistazo de la cabeza a los pies.

—¿Quién es este payaso?

Levanté la mirada de mi cartera e, instintivamente, me incliné hacia mi presa. Lo único que me detenía era sentir que se interponía la pequeña figura de Abby entre nosotros y saber que aquel hombrecillo asqueroso era su padre.

—Ya veo por qué un tipo listo como tú se ve obligado a pedir dinero a su hija adolescente.

Antes de que Mick pudiera responder, Abby sacó su celular.

—¿A quién le debes dinero esta vez, Mick?

Mick se rascó el pelo grasiento y canoso.

—Verás, es una historia graciosa, Cookie...

—¿A quién? —gritó Abby

—A Benny.

Abby se apoyó en mí.

—¿A Benny? ¿Le debes dinero a Benny? ¿En qué demonios estabas pensan...? —Hizo una pausa—. No tengo tanto dinero, Mick.

Sonrió.

—Algo me dice que sí.

—¡Que no! ¡Te aseguro que no lo tengo! Esta vez sí que la has cagado, ¿no te das cuenta? ¡Sabía que no pararías hasta que consiguieras que te mataran!

Se movió nervioso; la mueca petulante de su cara había desaparecido.

—¿Cuánto tienes?

—Once mil. Estaba ahorrando para un coche.

América clavó los ojos en su amiga.

—¿De dónde has sacado once mil dólares, Abby?

—De las peleas de Travis.

Le apreté los hombros hasta que me miró.

—¿Has ganado once de los grandes con mis peleas? ¿Cuándo apostabas?

—Adam y yo teníamos un acuerdo —respondió ella sin darle mayor importancia.

De repente, la mirada de Mick se animó.

—Puedes doblar esa cantidad en un fin de semana, Cookie. Podrías conseguirme los veinticinco para el domingo y así Benny no enviará a sus matones a buscarme.

—Me dejarás sin un centavo, Mick. Tengo que pagar la universidad —dijo Abby con un toque de tristeza en su voz.

—Oh, puedes recuperarlo en cualquier momento —dijo él haciendo un gesto con la mano para restarle importancia.

—¿Cuándo es la fecha tope? —preguntó Abby.

—El lunes a medianoche —dijo él, sin avergonzarse lo más mínimo.

—No tienes por qué darle ni un puñetero centavo, Paloma —dije.

Mick cogió a Abby de la muñeca.

—¡Es lo menos que puedes hacer! ¡No estaría en este lío si no fuera por tu culpa!

América le apartó la mano y lo empujó.

—¡No te atrevas a empezar con esa mierda otra vez, Mick! ¡Ella no ha sido quien le ha pedido dinero prestado a Benny!

Mick miró a Abby furioso. El odio brillaba en sus ojos mientras su hija se resignaba.

—Si no fuera por ella, tendría mi propio dinero. Me lo quitaste todo, Abby. ¡Y no tengo nada!

Abby hizo un esfuerzo por tragarse las lágrimas.

—Te conseguiré el dinero de Benny para el domingo. Pero, cuando lo haga, quiero que me dejes en paz para siempre. No volveré a hacer esto por ti, Mick. De ahora en adelante, estarás solo, ¿me oyes? Aléjate de mí.

Apretó los labios y asintió.

—Como tú quieras, Cookie.

Abby se dio media vuelta y se dirigió al coche.

América suspiró.

—Hagan las maletas, chicos. Nos vamos a Las Vegas.

Se alejó en dirección al Charger y Shepley y yo nos quedamos de pie, helados.

—Espera. ¿Qué? —Me miró—. ¿Se refiere a Las Vegas, Las Vegas? ¿A la ciudad de Nevada?

—Eso parece —dije, metiéndome las manos en los bolsillos.

—O sea que, sin más, vamos a subirnos a un avión rumbo a Las Vegas —dijo Shepley, que seguía intentando procesar la nueva situación.

—Pues sí.

Shepley le abrió la puerta a América para que entraran ella y Abby por el lado del pasajero y después la cerró de un portazo, con la cara inexpresiva.

—Nunca he estado en Las Vegas.

Sonreí de medio lado con una mueca traviesa.

—Pues parece que ha llegado el momento.

Capítulo 20

A VECES SE GANA, A VECES SE PIERDE

Abby apenas abrió la boca mientras hacíamos las maletas, y todavía menos de camino al aeropuerto. Se pasó la mayor parte del tiempo mirando al vacío, a menos que uno de nosotros le hiciera alguna pregunta. No estaba seguro de si se ahogaba en la desesperación o si solo procuraba centrarse en el desafío que tenía ante ella.

Cuando nos registramos en el hotel, América se encargó de toda la cháchara blandiendo su carné de identidad falso, como si lo hubiera hecho mil veces antes. Entonces, se me ocurrió que probablemente sí lo había hecho antes. Precisamente en Las Vegas se habían hecho con unos carnés de identidad falsos impecables. Y también, por haber crecido allí, América siempre estaba segura de que Abby podía soportar cualquier cosa. En las cloacas de la ciudad del pecado ya lo habían visto todo.

Shepley no engañaba a nadie, se notaba a leguas que era un turista cuando miraba boquiabierto el techo ostentoso. Metimos nuestro equipaje en el ascensor y acerqué a Abby a mi lado.

—¿Estás bien? —le pregunté mientras le rozaba la sien con mis labios.

—No me gusta estar aquí —respondió casi sin voz.

Las puertas se abrieron y revelaron el intrincado dibujo de la alfombra que cubría el pasillo. América y Shepley se fueron por un lado y Abby y yo por el otro. Nuestra habitación estaba al final del pasillo. Abby metió la tarjeta que servía de llave en la ranura y abrió la puerta. La habitación era tan grande que la cama *king size* parecía pequeña.

Dejé la maleta apoyada contra la pared y apreté todos los interruptores hasta que la gruesa cortina se abrió y reveló las luces parpadeantes y el tráfico del Strip de Las Vegas. Otro botón abría un segundo conjunto de cortinas finas.

Abby no prestó atención a la ventana, ni siquiera se molestó en mirar las vistas. Todos los destellos y el oro habían perdido su esplendor para ella hacía ya años. Dejé nuestras bolsas de mano en el suelo y miré a mi alrededor.

—Está bien, ¿no?

Abby me fulminó con la mirada.

—¿Qué?

Abrió su maleta de un tirón y sacudió la cabeza.

—Esto no son unas vacaciones. No deberías estar aquí, Travis.

En dos pasos, me coloqué tras ella y la abracé por la cintura. Allí ella estaba diferente, pero yo no. Podía seguir siendo alguien con quien pudiera contar, alguien que pudiera protegerla de los fantasmas de su pasado.

—Yo voy a donde tú vayas —le susurré al oído.

Ella se apoyó contra mi pecho y suspiró.

—Tengo que bajar al casino. Puedes quedarte aquí o ir a dar una vuelta por el Strip. Nos vemos después, ¿de acuerdo?

—Voy contigo.

Volvió la cara hacia mí.

—No quiero que vengas, Trav.

No esperaba que me dijera algo así y menos con tanta frialdad. Abby me tocó el brazo.

—Para ganar catorce mil dólares en un fin de semana, tengo que concentrarme; además, no me gusta quién soy en esas mesas y no quiero que lo veas, ¿lo entiendes?

Le aparté el pelo de los ojos y la besé en la mejilla.

—Está bien, Paloma.

No podía fingir que comprendía qué quería decir, pero pensaba respetarlo.

América llamó a la puerta y, después, se paseó por la habitación con el mismo modelito atrevido que llevaba en la fiesta de parejas. Llevaba unos tacones altísimos y se había puesto dos capas más de maquillaje. Parecía diez años mayor. Me despedí de América y después cogí la otra tarjeta que servía como llave que estaba sobre la mesa. América estaba ya preparando a Abby para su noche y casi me recordaba a un entrenador que da una charla motivadora a su luchador antes de una pelea de boxeo.

Shepley estaba de pie en el vestíbulo, mirando tres bandejas con restos de comida que unos huéspedes habían dejado en el pasillo.

—¿Qué quieres hacer primero? —le pregunté.

—Desde luego, casarme contigo no.

—Qué jodidamente gracioso eres, ¿no? Vamos a bajar.

La puerta del ascensor se abrió y el hotel cobró vida. Era como si los pasillos fueran las venas y la gente el flujo sanguíneo. Había grupos de mujeres vestidas como estrellas del porno, familias, extranjeros, alguna fiesta de soltero y empleados del hotel que se seguían unos a otros en un caos organizado. Tardamos un poco en pasar las tiendas que estaban junto a las salidas y llegamos al bulevar. Acabamos en la calle y caminamos hasta que vimos una muchedumbre reunida delante de uno de los casinos. Las fuentes estaban encendidas y se movían al ritmo de alguna canción patriótica. Shepley estaba fascinado y parecía incapaz de moverse mientras observaba cómo bailaba y salpicaba el agua.

Debimos de llegar a tiempo para los dos últimos minutos, porque las luces enseguida se atenuaron, el agua se detuvo y la muchedumbre inmediatamente se dispersó.

—¿De qué se trató eso? —pregunté.

Shepley seguía observando lo que ya era un estanque en calma.

—No sé, pero ha sido genial.

Las calles estaban llenas de Elvis, Michael Jackson, coristas y personajes de dibujos animados, todos disponibles para tomarse una foto a cambio de un precio. En determinado momento, empecé a oír un ruido similar a un aleteo y después descubrí de dónde venía. Había unos hombres de pie en la acera golpeando un mazo de tarjetas con las manos. Entregaron una a Shepley. Era la fotografía de una mujer con unos pechos ridículamente grandes en una pose seductora. Vendían prostitutas y pases a strip clubs. Shepley tiró la tarjeta al suelo. La acera estaba cubierta de ellas.

Una chica pasó junto a nosotros y me miró con una sonrisa de borracha. Llevaba los zapatos de tacón en una mano. Cuando se alejó, me fijé en sus pies ennegrecidos. El suelo estaba asqueroso, la base de la ostentación y del glamour de más arriba.

—Estamos salvados —dijo Shepley mientras se dirigía a un vendedor de Red Bull y de cualquier licor que se te pudiera ocurrir. Shepley pidió dos con vodka y sonrío cuando dio el primer sorbo—. Es posible que no quiera irme nunca.

Comprobé la hora en mi celular.

—Ya ha pasado una hora, será mejor que vayamos volviendo.

—¿Te acuerdas de dónde estábamos? Porque yo no.

—Sí, claro, por aquí.

Deshicimos lo andado y debo admitir que me encantó cuando llegamos a nuestro hotel, porque en realidad yo tampoco estaba seguro de cómo volver. No era difícil transitar por el Strip, pero había muchas distracciones por el camino y Shepley estaba definitivamente en modo vacaciones.

Busqué a Abby en las mesas de póquer, puesto que sabía que estaría allí. Pude atisbar su pelo color caramelo; estaba sentada muy erguida y confiada en una mesa llena de hombres mayores, acompañada por América; las chicas contrastaban drásticamente con el resto de los que estaban ubicados en la zona de póker.

Shepley me hizo una señal para que fuéramos a una mesa de blackjack y jugamos un poco para pasar el rato.

Una media hora después, Shepley me dio un codazo en el brazo. Abby se había levantado y estaba hablando con un tipo de tez aceitunada y pelo oscuro, con traje y corbata. La estaba sujetando por el brazo, así que me puse de pie de un salto. Shepley me cogió de la camiseta

—Espera, Travis. Ese tipo trabaja aquí. Dales un minuto. Podrían echarnos a todos de aquí si no mantienes la cabeza fría.

Los observé. Él sonreía, pero Abby solo quería volver a lo suyo. Después, reconoció a América.

—Lo conocen —dije mientras intentaba leer los labios para descifrar la conversación desde la distancia. Lo único que pude entender fue que el tipo del traje dijo: «Cena conmigo» y que Abby respondió: «He venido con alguien».

Shepley no pudo contenerme en esa ocasión, pero me detuve a unos metros cuando vi al del traje dar un beso en la mejilla a Abby.

—Me alegro de volver a verte. Hasta mañana… a las cinco en punto, ¿de acuerdo? Entro en el casino a las ocho.

Sentí un puñetazo en el estómago y notaba que la cara me ardía. América apretó el brazo de Abby cuando reparó en mi presencia.

—¿Quién era ese?

Abby asintió en dirección al tipo del traje.

—Es Jesse Viveros. Lo conozco desde hace mucho.

—¿Hace cuánto?

Se volvió a mirar la silla vacía de la mesa de póquer.

—Travis, no tengo tiempo para esto.

—Supongo que descartó la idea de ser un joven pastor baptista —dijo América, mirando con una sonrisa coqueta a Jesse.

—¿Ese es tu exnovio? —pregunté, inmediatamente enfadado—. ¿No me habías dicho que era de Kansas?

Abby lanzó a América una mirada de impaciencia y después me cogió la mejilla con una mano.

—Sabe que no tengo la edad suficiente para estar aquí, Trav. Me ha dado hasta la medianoche. Te lo explicaré todo después, pero ahora mismo tengo que volver a jugar, ¿está bien?

Apreté los dientes y cerré los ojos. Mi novia acababa de aceptar quedar con su exnovio. Todo mi ser quería montar un escándalo al estilo Maddox, pero Abby necesitaba un hombre que estuviera a la altura de los acontecimientos. En contra de mis instintos, decidí dejarlo estar y me incliné para besarla.

—Está bien. Nos vemos a medianoche. Buena suerte.

Me di media vuelta, abriéndome paso entre la multitud, mientras oía la voz de Abby al menos dos octavas más alta.

—¿Caballeros?

Me recordaba a esas chicas que solían hablarme como niñas pequeñas para aparentar inocencia.

—No entiendo por qué ha tenido que hacer ningún trato con ese tal Jesse —gruñí.

—Para poder quedarse, ¿no? —me respondió Shepley, que seguía mirando fijamente el techo.

—Hay otros casinos. Podemos ir a otro.

—Conoce a gente aquí, Travis. Probablemente, eligió este sitio porque sabía que si la pillaban no la entregarían a la policía. Tiene una credencial de identidad falsa, pero apuesto a que los de seguridad no tardarían mucho en reconocerla. Estos casinos pagan mucho dinero a gente para que delate a los timadores, ¿no?

—Supongo —dije con el ceño fruncido.

Nos encontramos con Abby y América en la mesa. Observamos cómo América juntaba las ganancias de Abby.

Abby miró su reloj.

—Necesito más tiempo.

—¿Quieres probar en las mesas de blackjack?

—No puedo perder dinero, Trav. —Sonrió.

—No puedes perder, Paloma.

América negó con la cabeza.

—El blackjack no es su juego.

Asentí.

—He ganado un poco de dinero. Seiscientos. Puedes quedártelos —dije hurgando en mis bolsillos.

Shepley le entregó a Abby sus fichas.

—Yo solo he conseguido trescientos. Son tuyos.

Abby suspiró.

—Gracias, chicos, pero todavía me faltan cinco de los grandes.

Volvió a mirar de nuevo el reloj y después me fijé en Jesse, que se acercaba.

—¿Qué tal te ha ido? —preguntó con una sonrisa.

—Me faltan cinco mil, Jess. Necesito más tiempo.

—He hecho todo lo que he podido, Abby.

—Gracias por dejar que me quedara.

Jesse le sonrió incómodo. Era obvio que temía a esa gente tanto como Abby.

—Quizás podría conseguir que mi padre hablara con Benny de tu parte.

—Es el problema de Mick. Le voy a pedir una prórroga.

Jesse negó con la cabeza.

—Sabes que no va a aceptar, Cookie, da igual cuánto le lleves. Si no cubre la deuda, Benny enviará a alguien. Mantente tan lejos de él como puedas.

—Tengo que intentarlo —dijo Abby con la voz rota.

Jesse dio un paso hacia delante y se agachó para hablar en voz baja.

—Súbete a un avión, Abby. ¿Me oyes?

—Sí, te oigo —respondió.

Jesse suspiró y la miró con compasión. La rodeó con los brazos y le besó el pelo.

—Lo siento. Si no me jugara el trabajo, sabes que intentaría pensar en algo.

Se me pusieron los pelos de punta en la nuca, algo que solo pasaba cuando me sentía amenazado y estaba a punto de dar rienda suelta a toda mi rabia.

Justo antes de enfrentarme a él, Abby se apartó.

—Lo sé. Has hecho lo que has podido.

Jesse le levantó la mejilla con el dedo:

—Nos vemos mañana a las cinco.

Se agachó para besarla en la comisura del labio y después se alejó. Entonces, me di cuenta de que mi cuerpo se estaba inclinando hacia delante y Shepley me agarró de nuevo de la camiseta, con tanta fuerza que tenía los nudillos blancos. Abby tenía los ojos clavados en el suelo.

—¿Qué pasa a las cinco? —susurré.

—Ha aceptado cenar con Jesse si él la dejaba quedarse. No tenía más opción, Trav —dijo América.

Abby me miró con sus grandes ojos intentando disculparse.

—Sí que tenías otra opción —dije.

—¿Alguna vez has tratado con la mafia, Travis? Lo siento si he herido tus sentimientos, pero una comida gratis con un viejo amigo no es un precio alto por salvar la vida de Mick.

Apreté con fuerza la mandíbula para evitar decir algo que lamentara después.

—Vamos, chicos, tenemos que encontrar a Benny —dijo América, tirando del brazo de Abby.

Shepley caminaba a mi lado mientras seguíamos a las chicas por el Strip hasta el edificio de Benny. Solo se encontraba a una manzana de las luces brillantes, pero estaba en un sitio al que el glamour y el esplendor no llegaban, ni se esperaba que fuera así. Abby se detuvo un minuto y, después, dio unos pasos hacia una gran puerta verde. Llamó a la puerta y se sujetó la otra mano para evitar que temblara. Apareció el portero en el umbral. Era enorme —negro, intimidatorio, tan alto como ancho— y el típico depravado de Las Vegas estaba de pie a su lado. Cadenas de oro, mirada suspicaz y un barrigón de comer demasiada comida de su madre.

—Benny —dijo Abby con un suspiro.

—Vaya, vaya…, veo que has dejado de ser el Trece de la Suerte, ¿verdad? Mick no me ha dicho que te habías convertido en una chica tan guapa. Te esperaba, Cookie. Creo que tienes un dinero que me pertenece.

Abby asintió y Benny nos señaló a nosotros.

—Vienen conmigo —dijo ella con la voz sorprendentemente fuerte.

—Me temo que tus acompañantes tendrán que esperar fuera —dijo el portero en un tono anormalmente profundo y bajo.

Cogí a Abby del brazo y me puse delante con un gesto protector.

—No va a ninguna parte sola. Voy con ella.

Benny se quedó mirándome un momento y después sonrió a su portero.

—Me parece bien. Mick estará encantado de saber que traes a un amigo tan leal contigo.

Lo seguimos dentro. Seguía sujetando el brazo de Abby con fuerza y me aseguré de permanecer entre ella y aquel amenazador portero. Íbamos detrás de Benny, lo seguimos hasta un ascensor y después subimos cuatro pisos.

Cuando las puertas se abrieron, apareció un enorme escritorio de caoba. Benny fue renqueando hasta su sillón afelpado y nos hizo un gesto para que ocupáramos los dos asientos vacíos que había delante de su escritorio. Me senté, pero la adrenalina corría por mis venas, crispándome y haciéndome moverme inquieto. Lo oía y veía todo en la habitación, incluidos los dos matones que estaban en la sombra detrás del escritorio de Benny.

Abby me cogió de la mano y yo se la estreché para tranquilizarla.

—Mick me debe veinticinco mil. Confío en que tengas todo el dinero —dijo Benny, garabateando algo en un bloc.

—De hecho… —Abby hizo una pausa para aclararse la garganta—, me faltan cinco mil, Benny. Pero tengo todo el día de mañana para conseguirlos. Y cinco mil no son un problema, ¿verdad? Sabes que soy lo bastante buena para conseguirlos.

—Abigail —dijo Benny frunciendo el ceño—, me decepcionas. Sabes muy bien cuáles son mis reglas.

—Por favor, Benny. Te pido que aceptes los diecinueve mil. Tendré el resto mañana.

Los ojos pequeños y malvados de Benny pasaron de Abby a mí y luego volvieron a Abby. Los matones salieron de sus rincones oscuros y el vello de la nuca volvió a ponérseme de punta.

—Solo acepto la cantidad completa. ¿Sabes qué me dice el hecho de que intentes darme algo menos del total? Que no estás segura de poder conseguir toda la cantidad.

Los matones dieron otro paso hacia delante. Estudié con atención sus bolsillos y cualquier forma bajo su ropa que alertara de la presencia de armas. Ambos llevaban una especie de cuchillo, pero no vi ninguna pistola. Eso no implicaba que no llevaran una metida en una bota, pero dudaba que alguno de ellos fuera tan rápido como yo. Si era preciso, podía desarmarlos y salir de allí.

—Puedo conseguirte el dinero, Benny —dijo Abby riendo nerviosa—. He ganado ochocientos noventa dólares en seis horas.

—Así que me estás diciendo que me entregarás otros ochocientos noventa dentro de seis horas. —Benny sonrió malévolo.

—La fecha límite es mañana a medianoche —dije, mirando detrás de nosotros y observando cómo se acercaban los hombres salidos de entre las sombras.

—¿Qué..., qué estás haciendo, Benny? —preguntó Abby poniéndose rígida.

—Mick me ha llamado esta noche. Me ha dicho que tú te haces cargo de su deuda.

—Estoy haciéndole un favor. No te debo ningún dinero —dijo con severidad.

Benny apoyó sus dos gruesos y sebosos codos en el escritorio.

—Chica, estoy considerando darle una lección a Mick y tengo curiosidad por averiguar si de verdad tienes tanta suerte.

Instintivamente, me levanté de un salto de la silla, a la vez que tiraba de Abby. La mantuve detrás de mí y retrocedí hacia la puerta.

—Josiah está afuera, joven. ¿Cómo crees exactamente que vas a escapar?

—Travis —me avisó Abby.

No pensaba seguir hablando. Si dejaba que uno de esos bobos pasara delante de mí, harían daño a Abby. Seguí empujándola detrás de mí.

—Espero que entiendas, Benny, que no pretendo faltarte al respeto cuando deje inconscientes a tus hombres, pero estoy enamorado de esta chica y no puedo permitirte que le hagas daño.

Benny estalló en una sonora carcajada.

—Chico, tengo que admitir que tienes más cojones que nadie que haya cruzado esas puertas. Voy a avisarte de lo que te espera. El tipo bastante grande que tienes a tu derecha es David y, si no puede acabar contigo con los puños, lo hará con la navaja que guarda en su funda. El hombre de tu izquierda es Dane, y es mi mejor luchador. De hecho, mañana tiene una pelea y nunca ha perdido. Espero que no te hagas daño en las manos, Dane. Hay mucho dinero que depende de ti.

Dane me sonrió con una mirada salvaje y divertida.

—Sí, señor.

—¡Benny, no! ¡Puedo conseguir tu dinero! —gritó Abby.

—Oh, no... Esto se pone interesante por momentos —dijo Benny riéndose mientras se acomodaba en su sillón.

David corrió hacia mí. Era torpe y lento, y antes incluso de que tuviera tiempo de echar mano a su navaja, lo dejé fuera de combate dándole un rodillazo en la nariz y después dos puñetazos en la cara. Teniendo en cuenta que no era una pelea en un sótano y que luchaba porque Abby y yo pudiéramos salir de allí vivos, puse toda mi fuerza en cada golpe. Me sentía bien, como si pudiera, por fin, sacar la rabia contenida dentro de mí. Tras otros dos puñetazos y un codazo más, David yacía tirado sangrando en el suelo.

Benny echó la cabeza hacia atrás mientras se reía histérico y golpeaba el escritorio como un niño que se deleita viendo los dibujos animados un sábado por la mañana.

—Bueno, adelante, Dane. No te habrá asustado, ¿no?

Dane se acercó a mí con más cuidado, con la atención y la precisión de un luchador profesional. Me lanzó un puñetazo a la cara, pero pude dar un paso a un lado y embistió con el hombro con todas sus fuerzas. Nos tambaleamos y caímos juntos sobre el escritorio de Benny.

Dane me cogió con ambos brazos y me tiró al suelo. Era más rápido de lo que había imaginado, pero no lo suficiente. Forcejeamos durante un momento mientras ganaba tiempo para agarrarlo bien, pero entonces Dane ganó terreno al colocarse unos centímetros por encima de mí y atraparme contra el suelo.

Cogí a Dane de los huevos y se los retorcí. Eso lo sorprendió y gritó, deteniéndose el tiempo suficiente para poder ponerme encima. Me senté a horcajadas sobre él mientras lo sujetaba por el pelo y atizaba un puñetazo tras otro en un lado de su cabeza. La cara de Dane golpeaba la parte delantera del escritorio de Benny cada vez, hasta que cayó al suelo, desorientado y sangrando.

Lo observé durante un momento y después volví a atacarlo, dejando que la rabia me corriera por las venas con cada golpe. Dane esquivó uno y aprovechó para pegarme en la mandíbula con los nudillos.

Quizás fuera un luchador, pero Thomas pegaba mucho más fuerte que él. Aquello estaba chupado. Sonreí y levanté el dedo índice:

—Ese es el único que vas a dar.

La incontenible risa de Benny llenaba la habitación mientras acababa de dejar fuera de combate a su matón. Pegué un codazo a Dane en la cara y cayó inconsciente al suelo.

—¡Sorprendente, muchacho! ¡Simplemente increíble! —dijo Benny mientras aplaudía encantado.

Inmediatamente cogí a Abby y la puse detrás de mí cuando Josiah tapó el umbral con su enorme cuerpo.

—¿Quiere que me ocupe de esto, señor? —preguntó Josiah. Su voz era profunda pero inocente, como si solo estuviera haciendo el único trabajo para el que servía, pero no deseara realmente hacernos daño a ninguno de los dos.

—¡No! No, no... —dijo Benny, todavía aturdido por el espectáculo inesperado—. ¿Cómo te llamas?

—Travis Maddox —respondí entre jadeos. Me limpié las manos manchadas de sangre de Dane y David en los pantalones de mezclilla.

—Travis Maddox, me parece que puedes ayudar a tu novia a salir de esta.

—¿Cómo? —resoplé.

—Se suponía que Dane iba a pelear mañana por la noche. Tenía un montón de dinero que dependía de él y me parece que Dane no estará en forma para ganar ninguna pelea durante algún tiempo. Te ofrezco la posibilidad de ocupar su lugar: hazme ganar una plata y perdonaré los cinco mil que faltan de la deuda de Mick.

Me volví hacia Abby.

—¿Paloma?

—¿Estás bien? —preguntó, a la vez que me limpiaba la sangre de la cara. Se mordió el labio y frunció la boca. Tenía los ojos llenos de lágrimas.

—No es mi sangre, nena. No llores.

Benny se puso de pie.

—Soy un hombre ocupado. ¿Pasas o juegas?

—Lo haré —dije—. Dime cuándo y dónde, y allí estaré.

—Tendrás que pelear contra Brock McMann. No es un principiante. Lo vetaron en la UFC el año pasado.

Me sonaba el nombre.

—Dime solo dónde tengo que estar.

Benny me dio la información y después puso una mueca propia de un tiburón.

—Me gustas, Travis. Creo que seremos buenos amigos.

—Lo dudo mucho —contesté.

Abrí la puerta a Abby y mantuve mi actitud protectora hasta que salimos por la puerta principal.

—¡Cielo santo! —gritó América al ver las salpicaduras de sangre que cubrían mi ropa.

Rodeé a Abby por los hombros y escudriñé su cara.

—Estoy bien. Solo otro día duro en la oficina. Para los dos —dijo Abby mientras se secaba los ojos con la mano.

Con su mano en la mía corrimos al hotel mientras Shepley y América nos seguían de cerca.

La única persona que pareció fijarse en las salpicaduras de sangre de mi ropa fue un niño en el ascensor.

Cuando llegamos a la habitación que compartíamos Abby y yo, me desnudé y me metí en el baño para lavarme, porque me sentía sucio por tanta sordidez.

—¿Qué demonios ha pasado ahí dentro? —preguntó Shepley finalmente.

Me llegaban las susurros de sus voces mientras estaba de pie bajo el agua recordando la última hora. Por mucho miedo que le diera a Abby estar en un peligro tan real, yo me sentía genial al desahogarme con los dos matones de Benny, David y Dane. Era la mejor droga del mundo.

Me pregunté si volverían o si Benny simplemente los arrastraría fuera y los dejaría en un callejón. Me sentí abrumado por una extraña calma. Apalear a los hombres de Benny había sido una forma de dar salida a toda la rabia y frustración que había acumulado a lo largo de los años y casi me sentía normal.

—¡Voy a matarlo! ¡Voy a matar a ese hijo de puta! —gritó América.

Cerré el agua de la ducha y me até una toalla alrededor de la cintura.

—Uno de los tipos a los que dejé inconscientes tenía una pelea mañana por la noche. Lo sustituiré y, a cambio, Benny perdonará a Mick los cinco mil que le debe todavía —dije a Shepley.

América se levantó.

—¡Esto es ridículo! ¿Por qué estamos ayudando a Mick, Abby? Te ha echado a los leones. ¡Voy a matarlo!

—No, si yo lo mato primero —dije entre dientes.

—Ponte a la cola —dijo Abby.

Shepley se movía nervioso

—Entonces, ¿vas a pelear mañana?

Asentí.

—En un sitio llamado Zero's. A las seis en punto. Contra Brock McMann, Shep.

Shepley sacudió la cabeza.

—Ni de broma. Joder, ni de broma, Travis. ¡Ese tipo está loco!

—Sí —dijo Travis—, pero él no va a pelear por su chica, ¿verdad? —Estreché a Abby entre mis brazos y le besé la coronilla. Me di cuenta de que estaba temblando—. ¿Estás bien, Paloma?

—Esto va mal. Va mal por muchísimos motivos. No sé por cuál empezar.

—¿No me has visto esta noche? Estaré bien. Ya he visto luchar a Brock antes. Es duro, pero no invencible.

—No quiero que hagas esto, Trav.

—Bueno, yo tampoco quiero que vayas a cenar con tu exnovio mañana por la noche. Supongo que los dos tendremos que pasar por el aro para salvar al inútil de tu padre.

Capítulo 21

UNA MUERTE LENTA

Shepley estaba sentado a mi lado en una pequeña pero bien iluminada habitación. Era la primea vez que no saldría a pelear en un sótano. El público estaría formado por la sombría gente de Las Vegas: lugareños, mafiosos, traficantes de drogas y sus chicas que parecen adorno. La muchedumbre que esperaba era un ejército oscuro, cada vez más chillón y aún más sediento de sangre. Estaría rodeado por una jaula en lugar de por gente.

—Sigo pensando que no deberías hacer esto —repitió América desde el otro lado de la habitación.

—No empieces —dijo Shepley, que me estaba ayudando a envolverme las manos con cinta.

—¿Estás nervioso? —preguntó ella, extrañamente tranquila.

—No. Aunque estaría mejor si Paloma estuviera aquí. ¿Sabes algo de ella?

—Le enviaré un mensaje de texto. Llegará.

—¿Lo quería mucho? —pregunté, intrigado por la conversación que estarían teniendo durante la cena. Era obvio que ya no era pastor baptista y no estaba seguro de si esperaría algo a cambio de su favor.

—No —dijo América—, al menos nunca lo dijo. Crecieron juntos, Travis. Durante mucho tiempo él fue la única persona con la que pudo contar.

No estaba seguro de si eso me hacía sentirme mejor o peor.

—¿Te ha respondido al mensaje?

—Oye —dijo Shepley, dándome una bofetada en la mejilla—. ¡Oye! Te espera Brock McMann. Tienes que estar centrado en esto al cien por cien. ¡Deja de ser un llorón y concéntrate!

Asentí, intentando recordar las pocas veces que había visto pelear a Brock. Lo habían expulsado de la UFC —el circuito más importante de lucha— por dar golpes bajos y circulaba el rumor de que había abordado al presidente de la UFC. Había pasado ya un tiempo, pero era famoso por jugar sucio y por aprovechar cualquier despiste del árbitro para echar mano de alguna treta de mierda ilegal. La clave sería no darle esa oportunidad. Si me rodeaba con las piernas, todo podía ir cuesta abajo muy rápido.

—Tienes que ir sobre seguro, Trav. Deja que ataque él primero. Algo similar a como luchaste la noche que intentabas ganar tu apuesta con Abby. Recuerda que peleas con alguien a quien han echado de la lucha universitaria. Esto no es el Círculo y no debes pensar en dar espectáculo al público.

—Joder, claro que no.

—Tienes que ganar, Travis. Luchas por Abby, no lo olvides.

Asentí. Shepley tenía razón. Si perdía, Benny no conseguiría su dinero y Abby seguiría en peligro.

Un hombre alto vestido de traje con el pelo grasiento entró.

—Te toca. Tu entrenador puede estar contigo en el exterior de la jaula, pero las chicas… ¿Dónde está la otra chica?

Una arruga se formó en mi entrecejo.

—Está a punto de llegar.

—… Bien, pues tienen asientos reservados en la segunda fila de tu esquina.

Shepley se volvió hacia América.

—Te acompañaré hasta allí. —Miró al tipo del traje—. Y a ella que nadie la toque. Mataré al primer jodido imbécil que lo haga.

El del traje esbozó una sonrisa.

—Benny ya ha dejado dicho que nada de distracciones. No le quitaremos el ojo de encima.

Shepley asintió y tendió la mano a América. Ella la cogió y me siguieron tranquilamente cuando crucé la puerta. La voz amplificada de los presentadores resonaba ya desde los enormes altavoces colocados en cada esquina de la enorme estancia. Parecía una pequeña sala de conciertos, en la que fácilmente se podía acomodar a mil personas, y estaban todas de pie, ya fuera animando o mirándome con curiosidad mientras hacía mi entrada.

Abrieron la puerta de la jaula y entré de un paso. Shepley no quitaba ojo al tipo del traje, que había acompañado a América a su asiento, y, cuando estuvo seguro de que estaba bien, se volvió hacia mí.

—Recuerda: tienes que ser el más listo. Deja que ataque él primero; el objetivo es ganar por Abby.

Asentí.

Segundos después, la música sonaba con estridencia por los altavoces y tanto el movimiento como el griterío del público estallaron en un frenesí. Brock McMann salió de un pasillo mientras un foco colgado de un travesaño iluminaba la severa expresión de su cara. Su séquito mantenía a raya a los espectadores mientras él saltaba arriba y abajo para estirar los músculos. Imaginé que probablemente llevaría entrenando para esta pelea semanas, si no meses. Pero no pasaba nada. Mis hermanos me habían dado palizas toda mi vida. Llevaba mucho entrenándome.

Me giré para mirar a América, quien, a su vez, se encogió de hombros y frunció el ceño. Iba a enfrentarme en unos minutos a una de las mayores peleas de mi vida y Abby no estaba allí. Justo cuando me giré para ver a Brock entrar en la jaula, oí la voz de Shepley:

—¡Travis! ¡Travis! ¡Está aquí!

Me di la vuelta y busqué a Abby desesperadamente, hasta que la vi bajando a toda prisa las escaleras. Se detuvo a poca distancia de la jaula y golpeó la red metálica con las palmas de ambas manos.

—¡Estoy aquí! ¡Estoy aquí! —gritó jadeando.

Nos besamos por los huecos que dejaba la valla y me sujetó la cara introduciendo con dificultad los dedos.

—¡Te amo! —Sacudió la cabeza—. No tienes por qué hacer esto; lo sabes, ¿no?

Sonreí.

—Claro que sí.

—Venga, Romeo. No tengo toda la noche —gritó Brock desde el otro lado.

No me giré, pero Abby echó un vistazo por encima de mi hombro. Cuando vio a Brock, sus mejillas se pusieron coloradas por la rabia y su expresión se volvió fría. Menos de un segundo después, volvió a mirarme a los ojos con calidez. Me dedicó una sonrisa maliciosa.

—¡Enséñale buenos modelos a ese idiota!

Le guiñé un ojo y sonrió.

—Lo que sea por ti, nena.

Brock y yo nos acercamos al centro del ring, hombro con hombro.

—¡Sé listo! —gritó Shepley.

Me incliné hacia delante para susurrar a Brock al oído:

—Solo quiero que sepas que soy tu admirador, aunque seas bastante imbécil y tramposo. Así que no te lo tomes como algo personal cuando te deje KO esta noche.

Brock movía las mandíbulas violentamente bajo la piel y sus ojos se iluminaron, no de rabia, sino de confusión y asombro.

—¡Sé listo, Travis! —volvió a gritar Shepley al ver la expresión de mis ojos.

Sonó la campana e inmediatamente ataqué. Con todas mis fuerzas, dejé salir la misma furia que había empleado con los matones de Benny. Brock se tambaleó hacia atrás mientras intentaba recuperar la posición para ponerse en guardia o patearme, pero no le di tiempo y usé ambos puños para tirarlo al suelo. Fue una auténtica liberación no retroceder. Con la adrenalina pura recorriéndome las venas, me despisté y Brock esquivó uno de mis golpes y contraatacó con un gancho de derecha. Sus golpes tenían mucha más potencia que los de los aficionados con los que me enfrentaba en la universidad, y era jodidamente genial. Pelear con Brock me recordó algunos desacuerdos serios que había tenido con mis hermanos, cuando las discusiones subían de tono hasta que acabábamos pateándonos el culo. Me sentía como en casa intercambiando golpes con Brock; en ese momento, mi rabia tenía un propósito y un cauce concretos. Cada vez que Brock lograba asestarme un golpe, solo conseguía subir mi adrenalina y yo sentía cómo mis puñetazos, ya de por sí poderosos, echaban más humo.

Intentó tirarme al suelo, pero yo planté los pies con las piernas bien separadas y dobladas para mantener el equilibrio frente a sus movimientos desesperados por desestabilizarme. Mientras él seguía moviéndose, con el puño bien cerrado pude darle en la cabeza, las orejas y la sien en varias ocasiones.

La cinta blanca que me rodeaba los nudillos se había vuelto carmesí, pero no sentía dolor, solo el puro placer de dar rienda suelta a todas las emociones negativas que había tenido que sobrellevar durante mucho tiempo. Recordé lo relajante que había sido patear a los hombres de Benny en el culo. Ganara o perdiera, estaba contento con el tipo de persona que sería después de esa pelea. El árbitro, Shepley y el entrenador de Brock me rodearon para apartarme de mi oponente.

—¡La campana, Travis! ¡Para! —dijo Shepley.

Shepley me arrastró a una esquina y llevaron a Brock a la otra. Me giré a mirar a Abby. Estaba retorciéndose las manos, pero su amplia sonrisa me decía que se encontraba bien. Le hice un guiño y me lanzó un beso. Su gesto me revitalizó y volví al centro de la jaula con determinación renovada.

En cuanto sonó la campana, volví a atacar, pero me preocupé más por esquivar sus golpes cuando lanzaba los míos. Una o dos veces, Brock me envolvió con los brazos; noté su pesada respiración e intentó morderme o darme un rodillazo en las pelotas. Yo me limité a empujarlo y lo golpeé más fuerte.

En el tercer asalto, Brock tropezaba, se balanceaba o daba una patada al aire. Se estaba quedando sin energía rápidamente. Como yo también sentía que me estaba quedando sin aire, empecé a hacer más pausas entre ataque y ataque. La adrenalina que antes me inundaba el cuerpo parecía agotarse y la cabeza empezaba a palpitarme.

Brock me asestó un golpe y después otro. Bloqueé un tercero y, después, dispuesto a rematarlo, fui por todo. Con las fuerzas que me quedaban, esquivé la rodilla de Brock y después giré y le di un codazo directamente en la nariz. Echó violentamente hacia atrás la cabeza, y se quedó mirando el techo, dio unos cuantos pasos y finalmente cayó al suelo.

El clamor de la multitud era ensordecedor, pero solo podía oír una voz.

—¡Oh, santo cielo! ¡Sí, sí, cariño! —gritó Abby.

El árbitro comprobó el estado de Brock y después caminó hacia mí y me levantó el puño. Shepley, América y Abby entraron todos en la jaula y me rodearon. Levanté a Abby y le planté un beso en la boca.

—Lo conseguiste —dijo ella, agarrándome la cara con sus manos.

La celebración se cortó de golpe cuando Benny y un nuevo grupo de guardaespaldas entraron en la jaula. Dejé a Abby en el suelo y adopté una postura defensiva delante de ella.

Benny era todo sonrisas.

—Bien hecho, Maddox. Has salvado el día. Si tienes un minuto, me gustaría hablar contigo.

Me volví a mirar a Abby, que me cogía de la mano.

—Está bien, los veo en la puerta —dije, señalando la puerta más cercana—, dentro de diez minutos.

—¿Diez? —preguntó ella con una mirada preocupada.

—Diez minutos —dije antes de besarla en la frente. Miré a Shepley—. No pierdas de vista a las chicas.

—Creo que tal vez debería ir contigo.

Me acerqué a Shepley para susurrarle:

—Si quieren matarnos, Shepley, no hay gran cosa que pueda hacer al respecto. Creo que Benny tiene algo distinto en mente. —Retrocedí y le di una palmadita en el brazo—. Dame diez minutos.

—Ni once ni quince —dijo Shepley, tirando de Abby, que se resistía.

Seguí a Benny a la misma habitación en la que había esperado antes de la pelea. Para mi sorpresa, sus hombres se quedaron fuera esperando. Él alargó el brazo y señaló la habitación.

—Pensé que sería mejor así, para que vieras que no soy siempre ese villano por el que quizás tengo que hacerme pasar.

Su lenguaje corporal y el tono de voz eran relajados, pero mantuve el oído y la vista alerta por si se guardaba alguna sorpresa.

—Tengo una propuesta para ti, hijo —dijo Benny con una sonrisa.

—No soy tu hijo.

—Cierto —concedió él—, pero puedo ofrecerte ciento cincuenta de los grandes por pelea; creo que podría interesarte.

—¿Qué peleas? —pregunté. Imaginé que intentaría convencerme de que Abby todavía estaba en deuda con él, ni me imaginaba que intentaba ofrecerme un trabajo.

—Es obvio que eres un joven con mucho talento y salvaje. Tu sitio está en esa jaula. Puedo conseguir que eso sea una realidad... También puedo hacer de ti un hombre muy rico.

—Soy todo oídos.

Benny mostró una amplia sonrisa.

—Programaré una pelea al mes.

—Sigo en la universidad.

Él se encogió de hombros.

—Nos adaptaremos. Te pagaré el boleto de avión y a Abby también, si quieres; primera clase, los fines de semana, si eso te va bien. No obstante, si haces tanto dinero así, quizás quieras dejar tu educación universitaria por un tiempo. ¿Seis cifras por pelea?

Hice mis cálculos, intentando no mostrar mi sorpresa.

—¿Por pelear y qué mas?

—Eso es todo, chico. Solo pelear. Por hacerme ganar dinero.

—Solo por pelear... y puedo dejarlo cuando quiera.

Sonrió.

—Bueno, por supuesto, pero no creo que eso ocurra pronto. Te encanta. Te he visto. Estabas ebrio en esa jaula.

Me quedé callado un momento, meditando su oferta.

—Creo que lo pensaré. Déjame hablarlo con Abby.

—Me parece bien.

Dejé las maletas sobre la cama y me derrumbé sobre ella. Le había mencionado la oferta de Benny a Abby, pero no se había mostrado receptiva en absoluto. El vuelo de regreso fue un poco tenso, así que decidí dejarla tranquila hasta que llegáramos a casa.

Abby estaba secando a *Toto* después de darle un baño. Lo habíamos dejado con Brazil y a Abby se le revolvía el estómago por cómo olía.

—¡Vaya! ¡Ahora hueles mucho mejor! —Ella se rio cuando el perro se sacudió el agua del pelo y salpicó a Abby y todo el suelo. Se puso de pie sobre sus patitas traseras y le cubrió la cara con besitos de cachorro—. Yo también te he echado de menos, pequeñín.

—¿Paloma? —pregunté, entrelazando los dedos nervioso.

—¿Sí? —respondió mientras frotaba a *Toto* con la toalla amarilla que tenía en las manos.

—Quiero hacerlo. Quiero pelear en Las Vegas.

—No —dijo ella, sonriendo ante la cara feliz de *Toto*.

—No me estás escuchando. Voy a hacerlo. Dentro de unos meses te darás cuenta de que es la decisión correcta.

Levantó la mirada hacia mí.

—Vas a trabajar para Benny.

Asentí nervioso y después sonreí.

—Solo quiero cuidarte, Paloma.

Sus ojos se llenaron de lágrimas.

—No quiero nada que hayas comprado con ese dinero, Travis. Ni quiero tener nada que ver ni con Benny ni con Las Vegas, ni con ninguna otra cosa relacionada con ellos.

—Pues comprar un coche con el dinero que ganabas en mis peleas aquí no te planteaba ningún problema.

—Eso es diferente y lo sabes.

Fruncí el ceño.

—Todo irá bien, Paloma. Ya lo verás. —Me observó durante un momento y después se le pusieron coloradas las mejillas.

—¿Por qué te has molestado en preguntármelo, Travis? Ibas a trabajar para Benny independientemente de lo que yo dijera.

—Quiero tu apoyo en esto, pero es demasiado dinero para rechazarlo. Sería una locura decir que no.

Hizo una larga pausa, dejó caer los hombros y asintió.

—Está bien. Has tomado tu decisión.

Le dediqué una amplia sonrisa.

—Ya verás, Paloma. Será genial. —Salté de la cama, fui hasta ella y la besé en los dedos—. Me muero de hambre ¿y tú?

Sacudió la cabeza. Le besé la línea del cabello antes de ir a la cocina. Silbé una animada melodía de una canción cualquiera mientras cogía dos rebanadas de pan, un poco de salami y queso.

«De lo que se está perdiendo», pensé mientras echaba mostaza picante sobre las rebanadas de pan.

Me comí el bocadillo en tres bocados y después me tomé una cerveza para bajarlo mientras me preguntaba qué más había para comer. No me había dado cuenta de lo delgado que estaba hasta que llegamos a casa. Aparte de la pelea, los nervios probablemente también tenían algo que ver. Ahora que Abby conocía mis planes y todo estaba claro, los nervios desaparecieron el tiempo justo para volver a sentir apetito.

Entonces, Abby llegó por el pasillo, con la maleta en la mano. No me miró cuando cruzó el comedor hacia la puerta.

—¿Paloma? —grité.

Caminé hasta la puerta, que seguía abierta, y vi que Abby se acercaba al Honda de América. Como ella no respondió, bajé corriendo las escaleras y crucé el césped hasta donde estaban Shepley, América y Abby.

—¿Qué estás haciendo? —le pregunté, señalando la maleta.

Abby sonrió incómoda. Era absolutamente obvio, ¿no?

—¿Paloma?

—Me llevo mis cosas al Morgan. Allí hay muchas lavadoras y secadoras, y tengo una cantidad escandalosa de ropa para lavar.

Fruncí el ceño.

—¿Te ibas sin decírmelo?

—Iba a volver, Trav. Estás hecho un puñetero paranoico —dijo América.

—Oh —respondí todavía inseguro—. ¿Te quedas aquí esta noche?

—No lo sé. Supongo que depende de cuándo acabe de lavar la ropa.

Aunque sabía que probablemente seguía incómoda por mi decisión sobre Benny, lo dejé pasar, sonreí y la abracé.

—Dentro de tres semanas, le pagaré a alguien para que te lave la ropa. O puedes tirar la ropa sucia y comprarte nueva.

—¿Vas a volver a luchar para Benny otra vez? —preguntó América, conmocionada.

—Me ha hecho una oferta que no puedo rechazar.

—Travis... —empezó a decir Shepley.

—Chicos, no me molesten. Si Paloma no me ha hecho cambiar de opinión, ustedes no lo conseguirán.

América cruzó una mirada con Abby.

—Bueno, será mejor que te llevemos, Abby. Vas a tardar un montón en lavar esa pila de ropa.

Me incliné para besar a Abby en los labios. Tiró de mí y me besó con fuerza, lo que hizo que me sintiera un poco mejor.

—Nos vemos después —dije, sujetando la puerta abierta mientras ella se acomodaba en el asiento delantero—. Te quiero.

Shepley metió la maleta de Abby en el maletero del Honda y América se sentó en el coche, extendiendo el brazo para abrocharse el cinturón de seguridad. Cerré la puerta de Abby y después me crucé de brazos. Shepley se quedó de pie a mi lado.

—No pensarás luchar para Benny de verdad, ¿no?

—Hay mucho dinero en juego, Shepley. Seis cifras por pelea.

—¿Seis cifras?

—¿Tú podrías haber dicho que no?

—Lo haría si pensara que América me pegaría una patada en el culo por eso.

Solté una carcajada.

—Abby no me dejará por esto.

América dio marcha atrás en el estacionamiento y vi lágrimas cayendo por las mejillas de Abby. Corrí hasta su ventanilla y golpeé el cristal.

—¿Qué te pasa, Paloma? —pregunté.

—Vamos, Mare —vi que decía mientras se secaba los ojos.

Corrí junto al coche, golpeando el cristal con las palmas de la mano. Abby no quería mirarme y sentí un terror absoluto en mis huesos.

—¿Paloma? ¡América! ¡Para el jodido coche! Abby, ¡no lo hagas!

América cogió la carretera principal y pisó fuerte el acelerador. Corrí tras ellas, pero cuando casi había perdido de vista el Honda, me di media vuelta y fui por mi Harley. Metí la mano en el bolsillo para coger las llaves mientras corría y salté sobre el asiento.

—Travis, no —me avisó Shepley.

—¡Joder, me está dejando, Shep! —grité mientras encendía la moto. La puse inmediatamente a 180 y volé calle abajo.

América acababa de cerrar la puerta cuando llegué al estacionamiento del Morgan Hall. Casí tiré la moto, porque cuando me paré no conseguí poner la pata de cabra de la moto al primer intento. Corrí hasta el Honda y abrí la puerta del pasajero de un tirón. América apretaba los dientes, lista para cualquier cosa que pudiera decirle.

Miré el edificio de ladrillo y cemento del Morgan; sabía que Abby estaba dentro en alguna parte.

—Tienes que dejarme entrar, Mare —le supliqué.

—Lo siento —respondió ella.

Dio marcha atrás y salió del estacionamiento. Justo cuando subí las escaleras de dos en dos, una chica a la que nunca había visto salía. Cogí la puerta, pero ella se interpuso en mi camino.

—No puedes entrar sin acompañante.

Saqué las llaves de la moto y las moví delante de su cara.

—Mi novia, Abby Abernathy, ha dejado las llaves de su coche en mi apartamento. Solo vengo a traérselas.

La chica asintió, insegura, y después se apartó. Subí las escaleras a toda prisa saltando varios peldaños cada vez, hasta que finalmente llegué al piso de Abby y a la puerta de su dormitorio. Respiré hondo varias veces.

—¿Paloma? —dije, intentando mantener la calma—. Tienes que dejarme entrar, nena. Tenemos que hablar de esto.

No respondió.

—Paloma, por favor. Tienes razón. No escuché lo que tenías que decirme. Podemos sentarnos y discutirlo un poco más, ¿sí? Solo…, por favor, respóndeme. Me estás asustando de verdad.

—Lárgate, Travis —dijo Kara desde el otro lado.

—¿Paloma? ¡Abre la jodida puerta, maldita sea! ¡No pienso irme sin hablar contigo! ¡Paloma! —grité mientras golpeaba la puerta con todas mis fuerzas.

—¿Qué? —gruñó Kara al abrir la puerta. Se subió las gafas y resopló. Para ser una chica tan pequeña, tenía una expresión muy seria.

Suspiré, aliviado porque al menos podría ver a Abby. Miré por encima del hombro de Kara, pero Abby no estaba a la vista.

—Kara —le dije, procurando mantener la calma—. Dile a Abby que necesito verla, por favor.

—No está aquí.

—Sé que está aquí —dije, perdiendo rápidamente la paciencia.

Kara se movía nerviosa.

—No la he visto esta noche. No la he visto en varios días, en realidad.

—¡Sé que está aquí! —grité—. ¿Paloma?

—Te digo que no está… ¡Eh! —gritó Kara cuando la aparté de un empujón.

La puerta golpeó contra la pared. Tiré del pomo y miré detrás de ella y después en los armarios, incluso debajo de la cama.

—¡Paloma! ¿Dónde está?

—¡No la he visto! —gritó Kara.

Volví al pasillo y miré en ambas direcciones. Kara cerró de un portazo cuando salí y oí el clic del cerrojo.

Sentí la pared fría contra mi espalda y de repente me di cuenta de que no llevaba el abrigo puesto. Me dejé caer lentamente con la espalda contra la pared hasta que me quedé sentado y me tapé la cara con las manos. En ese momento debía de odiarme, pero tenía que llegar a casa en algún momento.

Después de veinte minutos, saqué el celular y le envíe un sms.:

«Paloma, x favr. Sé k stás nfadada, pr pdms hblar d td sto».

Y después otro:

«X favr, vn a ksa».

Y otro:

«X favr? T kiero».

No respondió. Esperé otra media hora y después le envié más:

«Stoy n Morgan. X favr. Llamam para sabr si viens a ksa sta nxe».

«Paloma, jdr, lo siento. X favr. Vn a ksa. Ncsito vrt».

«Sbs k no stás siend razonable. Al mens, pdrías rspondrme».

«Jdr, no m mrzco esto. Ok. Soy un imbcil x pensar en rsolvr tdos nstros problems cn dinero, pr al mns no salgas huyndo kda vez que tnms 1».

«Lo sient. No kría dcir eso».

«K kiers k haga? Haré lo k sea. Ok? X favr, habla cnmigo».

«Sto s 1 estupidez».

«T kiero. N entiendo cómo pueds largart así».

Justo antes del amanecer, cuando estaba convencido de que me había comportado como un auténtico imbécil y de que Abby estaría segura de que estaba loco, me obligué a levantarme del suelo. El simple hecho de que los de seguridad no aparecieran para obligarme a salir era sorprendente en sí mismo, pero si seguía sentado allí en el pasillo cuando las chicas empezaran a levantarse para ir a clase, corría el riesgo de no tener la misma suerte.

Después de bajar las escaleras sintiéndome derrotado, me senté en la moto y, aunque la camiseta era lo único que me protegía del frío aire del invierno, ni me di cuenta. Con la esperanza de ver a Abby en clase, fui directamente a casa para darme una ducha caliente.

Shepley se plantó en el umbral de mi dormitorio mientras me vestía.

—¿Qué quieres, Shep?

—¿Has hablado con ella?

—No.

—¿Nada? ¿Por sms? ¿Algo?

—He dicho que no —le solté.

—Trav —dijo Shepley con un suspiro—, probablemente no irá a clase hoy. Ni América ni yo queremos meternos en esto, pero eso es lo que Abby dijo.

—Quizás sí vaya —dije, abrochándome el cinturón.

Me eché la colonia favorita de Abby y después me puse el abrigo antes de coger la mochila.

—Espera, yo te llevo.

—No, cogeré la moto.

—¿Por qué?

—Por si acepta volver al apartamento conmigo para hablar.

—Travis, creo que ya va siendo hora de que pienses que ella quizás no quiera...

—Cierra la puta boca, Shep —dije, apartando la mirada de él—. Por una sola vez, no seas razonable. No intentes salvarme. Sé mi amigo, ¿de acuerdo?

Shepley asintió una vez.

—De acuerdo.

América salió de la habitación de Shepley, todavía en pijama.

—Travis, ya es hora de que la dejes en paz. Todo se acabó en cuanto dejaste claro que ibas a trabajar para Benny.

Como no respondí, continuó:

—Travis...

—No. No te ofendas, Mare, pero ahora mismo no puedo ni mirarte.

Sin esperar una respuesta, cerré de un portazo. Un poco de teatralidad podía valer la pena si así descargaba algo de la ansiedad que sentía por no ver a Abby. Era mejor eso que ponerme de rodillas y rogarle que volviera conmigo en mitad de la clase, aunque estaba dispuesto a hacer algo semejante si así conseguía hacerla cambiar de opinión. Aunque fui caminando lentamente a clase y subí por las escaleras, llegué una media hora antes. Esperaba que Abby apareciese y tuviéramos tiempo para hablar antes, pero cuando los alumnos de la clase anterior salieron, ella seguía sin dar señales. Me senté al lado de su asiento vacío y miré fijamente mi pulsera de cuero mientras los demás estudiantes entraban en la clase y ocupaban sus asientos. Para ellos era solo otro día. Observar cómo su mundo seguía mientras el mío parecía acabarse era perturbador.

Excepto unos cuantos rezagados que se colaron detrás del señor Chaney, no faltaba nadie, solo Abby. El señor Chaney abrió su libro, nos saludó y después empezó su clase. Sus palabras se mezclaban mientras notaba que el corazón me latía a toda velocidad en el pecho y se aceleraba cada vez más con cada respiración. Apreté los dientes y se me humedecieron los ojos al pensar que Abby estaba en otra parte, aliviada por estar lejos de mí. Eso aumentó mi rabia.

Me levanté y me quedé mirando el pupitre vacío de Abby.

—Eh... ¿Señor Maddox? ¿Está usted bien? —preguntó el señor Chaney.

Di una patada al pupitre de Abby y después al mío, sin apenas inmutarme por las exclamaciones y gritos de los alumnos que me observaban.

—¡Maldita sea! —grité, dando otra patada al escritorio.

—Señor Maddox —dijo el señor Chaney con una voz extrañamente tranquila—. Creo que será mejor que salga a tomar un poco de aire fresco.

Me quedé de pie junto a los pupitres destrozados, respirando agitadamente.

—¡Fuera de mi clase, Travis! ¡Ahora! —dijo Chaney, esta vez con un tono de voz firme.

Cogí de un tirón la mochila del suelo y empujé la puerta, oyendo cómo golpeaba con la pared que había tras ella.

—¡Travis!

Solo me fijé en que la voz era femenina. Durante medio segundo esperé que fuera la de Abby. Megan caminaba tranquila por el pasillo y se detuvo a mi lado.

—Pensaba que tenías clase. —Sonrió—. ¿Has estado con alguien interesante este fin de semana?

—¿Qué quieres?

Ella enarcó una ceja y vi un brillo de reconocimiento en sus ojos.

—Te conozco. Estás enojado. ¿Las cosas con la monja no han ido bien? —No respondí—. Yo te lo podría haber dicho. —Se encogió de hombros y se acercó un paso más, susurrándome tan cerca del oído que me rozó con los labios la oreja—. Somos iguales, Travis: no somos buenos para nadie.

Clavé la mirada en la de ella, luego observé sus labios y volví a alzar la vista. Se inclinó hacia delante con su sonrisa sexy característica.

—Que te jodan, Megan.

Su sonrisa se esfumó y yo me alejé.

Capítulo 22

BUENO PARA NADIE

La semana siguiente pareció interminable. América y yo decidimos que sería mejor que ella se quedara también en el Morgan un tiempo. Shepley aceptó a regañadientes. Abby se perdió tres clases seguidas de Historia y encontró otro lugar donde comer. Intenté verla después de algunas de sus clases, pero o bien nunca iba o ya se había ido antes. Tampoco quería responder al teléfono.

Shepley me aseguraba que estaba bien y que nada le había pasado. Por muy duro que fuera estar separado de Abby, habría sido peor salir de su vida completamente y no tener ni idea de si estaba viva o muerta. Aunque parecía que no quería tener nada que ver conmigo, no podía evitar esperar que en algún momento, pronto, me perdonaría o empezaría a echarme de menos tanto como yo a ella y que se presentaría en mi apartamento. Pensar en no volver a verla era demasiado doloroso, así que decidí seguir esperando.

El viernes, Shepley llamó a mi puerta.

—Pasa —dije desde la cama, mirando al techo.

—¿Tienes planes para salir hoy?

—No.

—Tal vez deberías llamar a Trent. Salir a tomar un par de copas y despejarte.

—No.

Shepley suspiró.

—Mira, América va a venir, pero..., y odio tener que hacerte esto..., no puedes agobiarla preguntándole sobre Abby. Me ha costado mucho conseguir que viniera. Solo quiere quedarse en mi habitación, ¿de acuerdo?

—Sí.

—Llama a Trent. Necesitas comer algo y darte una ducha. Tienes un aspecto de mierda.

Tras esas palabras, Shepley cerró la puerta. No estaba bien cerrada para mí, así que le di una patada. Cada vez que alguien la cerraba, me acordaba de cuando destruí el apartamento: Abby me dejó, volvió poco después y acabamos acostándonos por primera vez.

Cerré los ojos, pero, como las demás noches de esa semana, no podía dormir. Pensar que la gente, como Shepley, pasaba por ese tormento una y otra vez con diferentes chicas era una locura. Después de conocer a Abby, no podía imaginar volver a arriesgar mi corazón de nuevo, aunque encontrara a una chica que pudiera compararse a ella. No podía sentirme así otra vez. Era como una muerte lenta.

Veinte minutos después, oí la voz de América en el comedor. El ruido que hacían al hablar en voz baja mientras se ocultaban de mí en la habitación de Shepley resonaba por todo el apartamento. Ni siquiera podía soportar la voz de América. Saber que probablemente acababa de hablar con Abby era inaguantable.

Me obligué a levantarme y llegué hasta el baño para ducharme y ocuparme de otros rituales de higiene básicos. Los había descuidado la semana anterior. El agua ahogó la voz de América, pero en cuanto cerré el grifo la oí de nuevo. Me vestí, cogí las llaves de la moto y me dispuse a dar un largo paseo. Probablemente acabaría en casa de mi padre para darle la noticia.

Justo cuando pasé por la puerta del dormitorio de Shepley, sonó el teléfono de América. Era el tono asignado a Abby. Fue como un puñetazo en el estómago.

—Puedo ir a buscarte y llevarte a cenar a algún sitio —dijo ella.

Abby estaba hambrienta. Quizás acabara en la cafetería.

Corrí hasta la Harley y salí a toda prisa del estacionamiento, avanzando a toda velocidad. Me salté todos los semáforos en rojo y las señales de alto de camino al campus.

Cuando llegué a la cafetería, Abby no estaba allí. Esperé unos minutos más, pero no apareció. Dejé caer los hombros y me perdí en la oscuridad de camino al estacionamiento. Era una noche tranquila. Fría. Totalmente diferente a la noche en la que acompañé a Abby al Morgan después de ganar la apuesta que habíamos hecho, lo que volvió a recordarme lo vacío que me sentía por no tenerla a mi lado.

A unos metros de distancia apareció una figura pequeña que caminaba sola hacia la cafetería. Se trataba de Abby.

Llevaba el pelo recogido en un moño y, cuando se acercó más, me fijé en que no llevaba nada de maquillaje. Tenía los brazos cruzados sobre el pecho y solo un grueso suéter gris la protegía del frío, pues no llevaba abrigo.

—¿Paloma? —dije, saliendo a la luz de entre las sombras.

Abby se sobresaltó y después se relajó un poco cuando me reconoció.

—¡Cielo santo, Travis! ¡Me has dado un susto de muerte!

—Si contestaras el teléfono cuando te llamo, no tendría que acechar en la oscuridad.

—Tienes un aspecto infernal —dijo ella.

—He bajado al infierno una o dos veces esta semana.

Ella cruzó los brazos con más fuerza y tuve que contenerme para no abrazarla y darle calor. Abby suspiró.

—Lo cierto es que iba a buscar algo de comer. Te llamo luego, ¿está bien?

—No. Tenemos que hablar.

—Trav...

—He rechazado la oferta de Benny. Le llamé el miércoles y le dije que no.

Esperaba que sonriera o que al menos mostrara alguna señal de desaprobación, pero su cara permaneció inexpresiva.

—No sé qué quieres que diga, Travis.

—Dime que me perdonas. Dime que volverás a salir conmigo.

—No puedo.

Mi cara se arrugó en una mueca. Abby intentó esquivarme. Instintivamente, me puse delante de ella. Si dejaba que se fuera en esa ocasión, la perdería.

—No he dormido ni comido..., no puedo concentrarme. Sé que me quieres. Todo será como antes..., solo tienes que perdonarme.

Ella cerró los ojos.

—Somos una pareja desestructurada, Travis. Creo que estás obsesionado con la idea de poseerme más que con cualquier otra cosa.

—Eso no es cierto. Te quiero más que a mi vida, Paloma.

—A eso me refiero exactamente. Es una locura.

—No es ninguna locura. Es la pura verdad.

—Bien..., entonces, ¿en qué orden te importan las cosas exactamente? ¿El dinero, yo, tu vida...? ¿O hay algo que te importe más que el dinero?

—Soy consciente de lo que he hecho, ¿sí? Entiendo por qué piensas eso, pero, si hubiera sabido que te ibas a marchar, nunca habría... Solo quería cuidar de ti.

—Eso ya lo dijiste.

—Por favor, no hagas esto. No puedo soportar sentirme así... Me..., me está matando —dije casi dominado por el pánico. El muro que Abby había levantado cuando éramos solo amigos había vuelto y más alto que antes. No me iba a escuchar. No conseguiría llegar hasta ella.

—Se acabó, Travis.

Hice una mueca.

—No digas eso.

—Se acabó. Vete a casa.

Enarcó las cejas.

—Tú eres mi casa.

Abby hizo una pausa y durante un momento pensé que por fin había llegado hasta ella, pero su mirada volvió a perderse y el muro estaba en pie de nuevo.

—Tú tomaste tu decisión, Trav. Y yo, ahora, he tomado la mía.

—No me voy a acercar ni a Las Vegas ni a Benny... Acabaré la universidad. Pero te necesito. Eres mi mejor amiga.

Por primera vez desde que era pequeño, sentí que me quemaban las lágrimas en los ojos y noté cómo una me rodaba por las mejillas. Incapaz de contenerme, fui hacia Abby, estreché su pequeña figura entre mis brazos y planté mis labios en los suyos. Su boca estaba fría y rígida, así que le enmarqué la cara con las manos y la besé más fuerte, desesperado por que reaccionara.

—Bésame —le rogué.

La boca de Abby seguía tensa, pero su cuerpo carecía de vida. Si la hubiera soltado, probablemente se habría caído.

—¡Bésame! —le supliqué—. Por favor, Paloma. ¡Le dije que no!

Abby me empujó.

—¡Déjame en paz, Travis!

Me dio con el hombro al pasar junto a mí, pero la cogí de la muñeca. Ella mantuvo el brazo recto, en tensión, pero no se giró.

—Te lo estoy suplicando.

Caí de rodillas, con su mano todavía en la mía. Mi aliento salía formando vaho mientras hablaba, lo que me recordó el frío que hacía.

—Te lo ruego, Abby. No hagas esto.

Abby se volvió y después bajó la mirada de su brazo al mío y se fijó en el tatuaje de mi muñeca. El tatuaje de su nombre. Miró a lo lejos, hacia la cafetería.

—Suéltame, Travis.

Me quedé sin aire y se esfumó toda mi esperanza. Relajé la mano y dejé que se escapara de entre mis dedos.

Abby no se volvió a mirar mientras se alejaba de mí y caí sobre las palmas en la acera. No iba a volver. Ya no me quería. Ya no me quería y no había nada que pudiera hacer o decir para cambiarlo.

Pasaron varios minutos antes de que pudiera recuperar la fuerza para volver a ponerme de pie. Mis pies no querían moverse, pero, de algún modo, los obligué a cooperar el tiempo suficiente para llevarme hasta la Harley. Me senté en ella y empecé a llorar. La pérdida era algo que solo había experimentado una vez en mi vida, pero aquello parecía incluso más real. Perder a Abby no era un recuerdo de mi niñez, sino que me había explotado en la cara y me debilitaba como una enfermedad que anulaba mi juicio y mis capacidades físicas. Era algo horriblemente doloroso.

Las palabras de mi madre resonaron en mi cabeza. Abby era la chica por la que tenía que luchar y lo había echado todo a perder. No podía hacer nada para evitarlo. Un Dodge Intrepid rojo aparcó junto a mi moto. No tenía que mirar para saber quién era.

Trenton apagó el motor, con un brazo apoyado en la ventanilla abierta.

—Hola.

—Hola —dije mientras me secaba los ojos con la manga de mi chaqueta.

—¿Una noche dura?

—Sí —asentí mientras miraba fijamente el tanque de gasolina de la Harley.

—Acabo de salir del trabajo, necesito un puto trago. Vente conmigo al Dutch.

Di un largo suspiro pensándomelo. Trenton, como mi padre y el resto de mis hermanos, siempre sabían cómo manejarme. Ambos sabíamos que yo no debía conducir en las condiciones en las que estaba.

—Sí.

—¿Sí? —dijo Trenton con una leve sonrisa de sorpresa. Pasé la pierna por encima del sillín y después rodeé por detrás el coche de Trenton. El calor del tubo de escape me quemó la piel y ese momento fue el primero de la noche que me di cuenta de lo mucho que mordía el frío y reconocí que no llevaba suficiente ropa para la temperatura que hacía.

—¿Shepley te ha llamado?

—Sí.

Echó marcha atrás para salir del estacionamiento y lentamente fuimos callejeando a paso de tortuga rumbo a nuestro destino. Me miró.

—Creo que un tipo llamado French llamó a su chica. Dijo que Abby y tú estaban discutiendo en el exterior de la cafetería.

—No nos peleábamos. Solo... Solo intentaba recuperarla.

Trenton asintió una vez, girando por una bocacalle.

—Eso imaginaba.

No volvimos a hablar hasta que nos sentamos en los taburetes del bar Dutch. Los allí presentes eran tipos duros, pero Bill, el propietario y camarero, conocía bien a mi padre de cuando éramos niños, y la mayoría de los habituales nos había visto crecer.

—Me alegra verlos, chicos. Ha pasado bastante tiempo —dijo Bill mientras limpiaba el mostrador antes de servirnos una cerveza y un *shot* en la barra que teníamos delante.

—Hola, Bill —dijo Trenton, antes de beberse de un trago el *shot*.

—¿Te encuentras bien, Travis? —preguntó Bill.

Trenton respondió por mí:

—Se sentirá mejor después de unas cuantas rondas.

Se lo agradecí. En ese momento, si hablaba, podría haberme derrumbado.

Trenton siguió invitándome whisky hasta que noté la boca entumecida y estaba a punto de desmayarme, y debí de perder la conciencia en algún momento entre el bar y el apartamento, porque me desperté a la mañana siguiente en el sofá completamente vestido, sin saber cómo demonios había llegado hasta allí. Shepley cerró la puerta y oí el sonido familiar del Honda de América encenderse y alejarse.

Me senté y cerré un ojo.

—¿Se la pasaron bien anoche, chicos?

—Sí. ¿Y tú?

—Creo que sí. ¿Me oíste llegar?

—Trent subió las escaleras contigo a cuestas y te dejó en el sofá, así que supongo que fue una buena noche.

—Trent puede ser un idiota, pero es un buen hermano.

—Sí que lo es. ¿Tienes hambre?

—Joder, no —gruñí.

—Muy bien. Pues me voy a preparar unos cereales.

Me senté en el sofá y repasé la noche anterior mentalmente. Las últimas horas estaban borrosas, pero cuando llegué al momento en que vi a Abby en el campus, hice una mueca.

—Le he dicho a Mare que teníamos planes para hoy. Había pensado que podíamos ir a la carpintería para reemplazar tu puñetera puerta destartalada.

—No tienes que hacer de niñera, Shep.

—No lo estoy haciendo. Nos vamos dentro de media hora. Primero dúchate para quitarte esa peste —dijo él, sentándose en el sillón reclinable con su cuenco de cereales—. Y después volvemos a casa a estudiar. Tenemos los exámenes finales.

—Joder —dije con un suspiro.

—Pediré pizza para comer y podemos comernos las sobras para cenar.

—Acción de Gracias está a la vuelta de la esquina, ¿te acuerdas? Me pasaré los dos días desayunando, comiendo y cenando pizza. No, gracias.

—Muy bien; comida china entonces.

—Te estás pasando con el control —dije.

—Lo sé. Confía en mí, eso ayuda.

Asentí lentamente con la esperanza de que tuviera razón.

Los días pasaron lentamente, pero quedarme hasta tarde estudiando con Shepley y a veces con América ayudaba a hacer más llevaderas las noches de insomnio. Trenton me prometió que no le contaría a nuestro padre ni al resto de los Maddox nada de lo ocurrido con Abby hasta después de Acción de Gracias, pero seguía temiéndolo, porque ya les había dicho que iría con ella. Me preguntarían por Abby y me descubrirían si mentía.

Después de mi última clase del viernes, llamé a Shepley.

—Oye, ya sé que se supone que no debería preguntarte esto, pero necesito saber dónde pasará Abby las vacaciones.

—Eso no tiene ningún misterio. Estará con nosotros. Pasa las fiestas siempre en casa de América.

—¿En serio?

—Sí, ¿por qué?

—Por nada —dije colgando de golpe el teléfono.

Deambulé por el campus bajo una lluvia ligera mientras esperaba a que la clase de Abby acabara. En el exterior del edificio Hoover, vi que unas cuantas personas de la clase de Cálculo de Abby estaban reunidas fuera. Vi la parte trasera de la cabeza de Parker y después a Abby. Estaba acurrucada dentro de su abrigo de invierno y parecía tan incómoda como Parker. Me quité la gorra roja y corrí hacia ellos. Abby se fijó en mí; al reconocerme enarcó exageradamente las cejas.

Me repetía una y otra vez el mismo mantra en la cabeza: «Da igual la estupidez que suelte Parker, tú mantén la cabeza fría. No la jodas esta vez. No la jodas». Para mi sorpresa, Parker se fue sin decir nada. Metí las manos en los bolsillos delanteros de mi sudadera.

—Shepley me ha dicho que te vas con él y con Mare a Wichita mañana.

—Sí.

—¿Vas a pasar todas las vacaciones en casa de América?

Ella se encogió de hombros intentando fingir que mi presencia no le afectaba

—Tengo muy buena relación con sus padres.

—¿Y qué hay de tu madre?

—Es alcohólica, Travis. Ni siquiera se enterará de que es Acción de Gracias.

Sentí un nudo en el estómago al ser consciente de que la respuesta a mi siguiente pregunta sería mi última oportunidad. Un trueno resonó sobre nosotros y levanté la mirada, pero tuve que entrecerrar los ojos por las grandes gotas que caían sobre mi cara.

—Necesito pedirte un favor —dije, agachándome bajo la lluvia—. Ven aquí.

Llevé a Abby bajo la marquesina más cercana para que no se calara hasta los huesos con la tormenta repentina.

—¿Qué tipo de favor? —preguntó, claramente suspicaz...

Resultaba difícil oírla por la lluvia.

—Mi..., eh... —Cambié el peso de un pie al otro, intentando dar lo mejor de mí. Aunque en mi cabeza se habían disparado todas las señales de «¡abortar la misión!», estaba decidido a, por los menos, intentarlo—. Mi padre y los chicos siguen esperándote el jueves.

—¡Travis! —chilló Abby.

Bajé la mirada al suelo.

—Dijiste que vendrías.

—Lo sé, pero… ahora es un poco inapropiado, ¿no te parece?

—Pero dijiste que vendrías —repetí de nuevo, procurando mantener la voz tranquila.

—Aún estábamos juntos cuando acepté ir a tu casa. Sabías muy bien que los planes se habían cancelado.

—No, no lo sabía y ya es demasiado tarde de todos modos. Thomas va a coger un avión para venir y Tyler ha pedido el día libre en el trabajo. Todo el mundo tiene muchas ganas de verte.

Abby se encogió mientras se retorcía un mechón de pelo húmedo en torno al dedo.

—Iban a venir de todos modos, ¿no?

—No todo el mundo. No hemos pasado el día de Acción de Gracias todos juntos desde hace años. Han hecho un esfuerzo para venir porque les prometí una comida de verdad. Ninguna mujer ha entrado en la cocina desde que mi madre murió y…

—Vaya, eso suena bastante machista.

—Vamos, Paloma, ya sabes a qué me refiero. Todos queremos que vengas. Es lo único que intento decirte.

—No les has contado lo nuestro, ¿verdad?

—Mi padre me preguntaría el motivo y no estoy preparado para explicárselo. No dejará de repetirme lo estúpido que soy. Venga, Paloma.

—Tengo que meter el pavo en el horno a las seis de la mañana. Tenemos que salir de aquí a las cinco…

—O podríamos quedarnos allí a dormir.

Levantó ambas cejas.

—¡Ni lo sueñes! Ya es bastante que tenga que mentirle a tu familia y fingir que seguimos juntos.

Aunque imaginaba su reacción, mi ego sufrió un pequeño golpe.

—Actúas como si te estuviera pidiendo que te prendieras fuego.

—¡Debiste habérselos dicho!

—Lo haré. Después de Acción de Gracias..., se lo contaré todo.

Suspiró con la mirada perdida. Esperar su respuesta era como que te arrancaran las uñas una por una.

—Si me prometes que esto no es una artimaña para intentar que volvamos a estar juntos, lo haré.

Asentí, procurando no parecer ansioso.

—Lo prometo.

Apretó los labios y formaron una línea, pero pude atisbar un pequeño indicio de una sonrisa en sus ojos.

—Nos vemos a las cinco.

Me incliné para darle un beso en la mejilla. Solo pretendía darle un beso rápido, pero mis labios echaban de menos su piel y fue duro apartarse.

—Gracias, Paloma.

Después de que Shepley y América se marcharan a Wichita en el Honda, limpié el apartamento, doblé la ropa que me quedaba, me fumé medio paquete de cigarrillos, hice la maleta para pasar la noche y después maldije el reloj por ir tan lento. Cuando por fin dieron las cuatro y media, bajé corriendo los escalones hasta el Charger de Shepley e intenté no correr todo el camino hasta el Morgan.

Cuando llegué a la puerta de Abby, su expresión confundida me cogió por sorpresa.

—Travis —dijo con un suspiro.

—¿Estás lista?

Abby enarcó una ceja.

—¿Lista para qué?

—Dijiste que te recogiera a las cinco.

Se cruzó de brazos sobre el pecho.

—¡Me refería a las cinco de la mañana!

—¡Ah! Supongo que debería llamar a mi padre para decirle que al final no nos quedamos.

—¡Travis! —se lamentó.

—He traído el coche de Shep para no tener que llevar las cosas en la moto. Hay un dormitorio libre en el que podrías instalarte. Podemos ver una peli o…

—¡No voy a quedarme en casa de tu padre!

Se me desencajó la cara.

—Está bien…, supongo que…, que nos veremos por la mañana.

Di un paso atrás y Abby cerró la puerta. Al final iría conmigo, pero seguro que mi familia sospecharía algo si no aparecíamos esa noche como les había dicho. Me alejé por el pasillo mientras marcaba el teléfono de mi padre. Me preguntaría por qué no íbamos y no quería soltarle una mentira descarada.

—Travis, espera. —Me di media vuelta y vi a Abby en el pasillo—. Dame un minuto para recoger unas cuantas cosas.

Sonreí, repentinamente aliviado. Volvimos juntos a la habitación y esperé en el umbral mientras ella metía unas cuantas cosas en una bolsa. La escena me recordaba a la noche que pasamos juntos, de la que no cambiaría ni un segundo.

—Te sigo queriendo, Paloma.

No levanté la mirada.

—No sigas. No hago esto por ti.

Tragué saliva, sentía un dolor físico en el pecho.

—Lo sé.

Capítulo 23

ACEPTACIÓN

No conseguía entablar ninguna conversación insustancial. Nada de lo que se me ocurría parecía apropiado y me preocupaba hacerla enojar antes incluso de llegar a casa de mi padre. El plan era que ella hiciera su papel, empezara a echarme de menos y, después, quizás conseguiría otra oportunidad para recuperarla. Era una misión difícil, pero era lo único que podía esperar.

Aparqué en el sendero de grava húmeda y llevé nuestras bolsas al porche delantero.

Mi padre abrió la puerta con una sonrisa.

—Me alegro de verte, hijo. —Su sonrisa se hizo más amplia cuando vio a la mojada pero bella chica que estaba a mi lado—. Abby Abernathy. Esperábamos con mucha ilusión la cena de mañana. Ha pasado mucho tiempo desde que... Bueno, ha pasado mucho tiempo.

Dentro de la casa, mi padre se puso la mano sobre su protuberante barriga y sonrió.

—Los he puesto en la habitación de invitados, Trav. Supongo que no te apetecerá demasiado pelearte con los gemelos en tu habitación.

Abby me miró.

—Abby..., bueno..., se..., se quedará en la habitación de invitados y yo en la mía.

Trenton se levantó con una mueca de desagrado.

—¿Por qué? ¿No ha estado quedándose en tu apartamento?

—Últimamente no —dije, intentando no arremeter contra él. Sabía perfectamente la razón.

Mi padre y Trenton cruzaron una mirada.

—Llevamos años usando la habitación de Thomas como bodega, así que iba a dejarle quedarse en tu habitación, pero supongo que puede dormir en el sofá —dijo mi padre echando un vistazo a los cojines desgastados y descoloridos del salón.

—No te preocupes, Jim. Solo intentábamos ser respetuosos —dijo Abby acariciándome el brazo.

Las carcajadas de mi padre resonaron por toda la casa y le dio una palmaditas en la mano.

—Ya conoces a mis hijos, Abby. Deberías saber que es casi imposible ofenderme.

Señalé con la cabeza las escaleras y Abby me siguió. Con suavidad, abrí la puerta con el pie y dejé nuestras bolsas en el suelo. Miré la cama y después me volví hacia Abby. Con sus grandes ojos grises, escudriñó la habitación y se fijó en una foto de mis padres que estaba colgada en la pared.

—Lo siento, Paloma. Dormiré en el suelo.

—Eso por supuesto —dijo mientras se recogía el pelo en una cola de caballo—. No puedo creer que me convencieras para hacer esto.

Me senté en la cama y me di cuenta de lo infeliz que la hacía la situación. Supongo que parte de mí esperaba que ella estuviera tan aliviada como yo por estar juntos.

—Joder... Esto va a ser un lío. No sé en qué pensaba.

—Sé exactamente en qué estabas pensando. No soy ninguna estúpida, Travis.

La miré con una sonrisa cansada.

—Y aun así has venido.

—Tengo que dejarlo todo preparado para mañana —dijo mientras abría la puerta.

Me puse de pie.

—Te ayudo.

Mientras Abby preparaba las papas, los pasteles y el pavo, yo me ocupaba de recoger y pasarle lo que necesitaba y de completar las pequeñas tareas en la cocina que me asignaba. La primera hora fue incómoda, pero cuando llegaron los gemelos, todo el mundo se reunió en la cocina y así Abby se relajó. Mi padre le contó a Abby anécdotas nuestras y nos reímos con los recuerdos de anteriores cenas de Acción de Gracias, cuando intentábamos hacer algo diferente que pedir pizza.

—Diane era una cocinera excelente —dijo mi padre—. Trav no se acuerda, pero, después de su muerte, carecía de sentido intentar cualquier cosa.

—No te sientas presionada por ello, Abby —dijo Trenton. Se rio y cogió una cerveza del frigorífico—. Saquemos las cartas. Quiero intentar recuperar parte del dinero que se llevó Abby.

Mi padre dijo que no con el dedo.

—Nada de póquer este fin de semana, Trent. He bajado el dominó, ve a prepararlo. Y nada de apuestas, maldita sea. Lo digo en serio.

Trenton sacudió la cabeza.

—Está bien, viejo, está bien.

Mis hermanos salieron de la cocina y Trenton los siguió, pero se detuvo a mirarme.

—Vamos, Trav.

—Estoy ayudando a Paloma.

—No queda mucho por hacer, cariño —dijo Abby—. Ve.

Sabía que solo lo había dicho para los oyentes, pero no cambió cómo me hizo sentirme. Le toqué la cadera.

—¿Estás segura?

Ella asintió y me incliné para besarle la mejilla, apretándole la cadera con los dedos antes de seguir a Trenton a la sala de juegos. Nos sentamos en la mesa donde jugábamos a las cartas y nos preparamos para una amistosa partida de dominó.

Trenton rompió la caja y maldijo el cartón porque se hizo daño en la parte inferior de la uña, antes de repartir las fichas.

Taylor resopló.

—Eres un jodido crío, Trent; reparte.

—Pero si tú no sabes ni contar, idiota. ¿Por qué estás tan ansioso?

Me reí por la respuesta de Trenton y eso atrajo su atención hacia mí.

—Abby y tú la están llevando bastante bien —dijo él—. ¿Cómo lo has conseguido?

Sabía a qué se refería, pero le lancé una mirada fulminante por sacar el tema delante de los gemelos.

—Con mucha persuasión.

Nuestro padre llegó y se sentó.

—Es una buena chica, Travis. Estoy feliz por ti, hijo.

—Sí, lo es —dije procurando que la tristeza no se me viera en la cara.

Mientras Abby estaba ocupada limpiando la cocina, yo tuve que luchar contra mis ansias por ir junto a ella. Tal vez aquello fueran unas vacaciones, pero quería pasar a su lado todo el rato que pudiera.

Una media hora después, unos ruidos me alertaron de que había encendido el lavavajillas. Abby se acercó para saludar rápidamente antes de subir al piso de arriba. Me levanté de un salto y le cogí la mano.

—Es temprano, Paloma. No te irás ya a la cama, ¿verdad?

—Ha sido un día largo. Estoy cansada.

—Nos estábamos preparando para ver una peli. ¿Por qué no bajas y te quedas con nosotros?

Miró las escaleras y luego a mí.

—Está bien.

La conduje de la mano hasta el sofá y nos sentamos juntos mientras aparecían los títulos de créditos.

—¿Puedes apagar esa luz, Taylor? —ordenó mi padre.

Extendí el brazo por detrás de Abby y lo apoyé en el respaldo del sofá. Luché para no estrecharla entre mis brazos. Iba con mucha cautela por cómo reaccionaría, y no quería aprovecharme de la situación cuando me estaba haciendo un favor. A mitad de la película, la puerta principal se abrió de golpe y Thomas apareció con maletas en la mano.

—¡Feliz Acción de Gracias! —dijo él, dejando su equipaje en el suelo.

Nuestro padre se levantó y lo abrazó, y todo el mundo menos yo se puso de pie para saludarlo.

—¿No vas a saludar a Thomas? —susurró Abby.

Observé a mi padre y a mis hermanos abrazarse y reír.

—Tengo una noche contigo. No pienso desperdiciar ni un solo segundo.

—Hola, Abby. Me alegro de volver a verte —dijo Thomas sonriendo.

Toqué la rodilla de Abby, que bajó la mirada y después volvió a mirarme. Al reparar en su expresión, aparté la mano de su pierna y entrelacé los dedos sobre el regazo.

—Vaya, vaya, ¿problemas en el paraíso? —preguntó Thomas.

—Cállate, Tommy —gruñí.

El ambiente en la habitación cambió y todas las miradas recayeron en Abby, a la espera de una explicación. Sonrió nerviosa y después cogió mi mano en la suya.

—Solo estamos cansados. Llevamos toda la tarde cocinando. —Apoyó la mejilla en mi hombro.

Miré nuestras manos y después se la apreté, deseando que hubiera alguna manera de poder decirle cuánto apreciaba lo que había hecho.

—Hablando de cansancio, estoy agotada —dijo Abby con un suspiro—. Me voy directa a la cama, cariño. —Miró a los demás—. Buenas noches, chicos.

—Buenas noches, tesoro —dijo nuestro padre.

Mis hermanos también le dieron las buenas noches y observé a Abby subir las escaleras.

—Yo también me voy a acostar —dije.

—Claro, cómo no —se burló Trenton.

—Cabrón con suerte —mascculló Tyler.

—Oye, no voy a permitir que nadie hable así de tu hermano —les avisó mi padre.

Ignorando a mis hermanos, subí por las escaleras y cogí el pomo de la puerta del dormitorio justo antes de que se cerrara. Tras darme cuenta de que debía de estar desvistiéndose y que probablemente ya no se sentiría cómoda haciéndolo delante de mí, me quedé congelado.

—¿Quieres que espere en el pasillo mientras te cambias para dormir?

—Me voy a dar una ducha. Así que me vestiré en el baño.

Me rasqué la cabeza.

—Bien, pues aprovecharé para prepararme la cama.

Su mirada era dura como el acero mientras asentía, con el muro obviamente impenetrable. Cogió unas cuantas cosas de su bolsa y se metió en el baño.

Después de rebuscar en el armario unas sábanas y una manta, extendí la ropa de cama; por suerte, al menos tendríamos algo de tiempo para hablar a solas. Abby salió del baño y yo tiré una almohada al suelo, a la cabecera de mi jergón, y después aproveché mi turno para darme una ducha.

No malgasté ni un minuto; me froté rápidamente con jabón por todo el cuerpo y me lavé enseguida la espuma. Al cabo de diez minutos, ya estaba seco y vestido, y volvía a entrar en el dormitorio.

Cuando regresé a la habitación, Abby ya estaba en la cama; se había subido las sábanas sobre el pecho tanto como daban de sí. Mi lecho en el suelo no era en absoluto tan apetecible como una cama donde pudiera abrazar a Abby. Me di cuenta de que la última noche con ella la iba a pasar despierto, escuchando su respiración a unos pocos centímetros, sin poder tocarla.

Apagué la luz y me tumbé en el suelo.

—Esta es nuestra última noche juntos, ¿no?

—No quiero discutir, Trav. Intenta dormirte.

Me di media vuelta para mirarla y apoyé la cabeza en la mano. Abby se volvió también y nuestras miradas se encontraron.

—Te amo.

Se quedó observándome un momento.

—Me lo prometiste.

—Te dije que esto no era ninguna artimaña para volver a estar juntos. Y no lo es. —Alargué el brazo para cogerla de la mano—. Pero no te puedo prometer que no aproveche todas mis opciones para volver contigo.

—Me importas. No quiero que sufras, pero debería haber seguido mi primer instinto. Lo nuestro nunca podría haber funcionado.

—Pero me querías, ¿verdad?

Apretó los labios.

—Todavía te quiero.

Sentí que me inundaban todo tipo de emociones, en oleadas tan fuertes que no podía distinguir una de otra.

—¿Puedo pedirte un favor?

—Todavía estoy con el último que me pediste —dijo ella burlona.

—Si aquí se acaba todo..., si realmente has terminado conmigo..., ¿me dejarías pasar esta noche abrazándote?

—No creo que sea una buena idea, Trav.

Le agarré con más fuerza la mano.

—Por favor. No puedo dormir sabiendo que estás a escasos centímetros; nunca volveré a tener esta oportunidad.

Abby se quedó mirándome durante unos pocos segundos y después frunció el ceño.

—No voy a hacer el amor contigo.

—No es eso lo que te pido.

Abby se quedó mirando el techo durante un rato mientras sopesaba la respuesta. Finalmente, cerró con fuerza los ojos, se alejó del borde de la cama y apartó las sábanas. Me metí en la cama a su lado y apresuradamente la abracé con fuerza. Me sentí tan increíblemente bien que, con toda la tensión que había en la habitación, luché con todas mis fuerzas para no derrumbarme.

—Voy a echar esto de menos —dije.

La besé en el pelo y la acerqué más a mí, enterrando mi cara en su cuello. Me puso la mano en la espalda y volví a respirar hondo, intentando aspirar su esencia y grabar a fuego ese momento en mi cerebro.

—No..., no creo que pueda con esto, Travis —dijo ella mientras intentaba liberarse.

No pretendía retenerla, pero si abrazándola podía librarme de ese ardiente dolor que había sentido durante días, no tenía sentido soltarla.

—No puedo hacerlo

Entendía a qué se refería. Estar juntos así era descorazonador, pero no quería que acabara.

—Pues no lo hagas —dije contra su piel—. Dame otra oportunidad.

Después de un último intento por liberarse, Abby se tapó la cara con ambas manos y se echó a llorar en mis brazos. La miré y sentí que me ardían los ojos por las lágrimas.

Le cogí con suavidad la mano y se la besé. La respiración de Abby se entrecortó mientras le miraba los labios y después los ojos.

—Nunca amaré a nadie como te amo a ti, Paloma.

Se sorbió las lágrimas y me tocó la cara, disculpándose.

—No puedo.

—Lo sé —dije con la voz resquebrajada—. Jamás conseguí convencerme de que era lo bastante bueno para ti.

Abby arrugó la cara y negó con la cabeza.

—No eres solo tú, Trav. No somos buenos el uno para el otro.

Sacudí la cabeza, con la intención de llevarle la contraria, pero tenía razón a medias, se merecía algo mejor, lo que siempre había querido. ¿Quién mierda era yo para quitárselo? Tras reconocer eso, respiré hondo y después apoyé la cabeza en su pecho.

Me desperté al oír un gran escándalo en el piso de abajo.

—¡Ay! —gritó Abby desde la cocina.

Bajé corriendo las escaleras mientras me ponía una camiseta.

—¿Estás bien, Paloma?

El frío del suelo me provocaba escalofríos, que empezaban por los pies.

—¡Mierda! ¡El suelo está jodidamente congelado!

Saltaba sobre un pie y sobre el otro, lo que hizo a Abby soltar una risita. Todavía era temprano, probablemente las cinco o las seis, y todos los demás estaban dormidos. Abby se inclinó para meter el pavo en el horno y mi tendencia matutina a tener una erección estuvo en ese caso más justificada.

—Puedes volver a la cama. Acabo de meter el pavo.

—¿Vienes conmigo?

—Sí.

—Tú primero —dije señalando las escaleras con la mano.

Me quité la camiseta mientras los dos metíamos las piernas debajo de las sábanas y nos tapábamos con la manta hasta el cuello. La abracé con fuerza mientras ella temblaba, esperando que nuestro calor corporal calentara el pequeño espacio entre nuestra piel y las sábanas. Miré por las ventanas y vi grandes copos de nieve desde el cielo gris. Besé a Abby en el pelo y pareció fundirse conmigo. Así abrazados, parecía que nada hubiera cambiado.

—Mira, Paloma, está nevando.

Se volvió para mirar la ventana.

—Parece Navidad —dijo, presionando ligeramente su mejilla contra mi piel. Se me escapó un suspiro que hizo que me mirara—. ¿Qué?

—No estarás aquí en Navidad.

—Estoy aquí ahora.

Le respondí con una media sonrisa y después incliné la cabeza para besarle los labios. Abby se apartó y sacudió la cabeza.

—Trav...

La estreché con fuerza y bajé la barbilla.

—Me quedan menos de veinticuatro horas contigo, Paloma. Te voy a besar; de hecho, hoy te voy a besar mucho. Durante todo el día y cada vez que tenga una oportunidad. Si quieres que pare, dímelo, pero, mientras no lo hagas, voy a aprovechar cada segundo de mi último día contigo.

—Travis... —empezó a decir Abby, pero tras unos segundos, bajó la mirada de mis ojos a mis labios.

Sin dudar, inmediatamente bajé la cabeza para besarla. Ella me devolvió el beso y, aunque solo pretendía darle un beso corto y dulce, mis labios se abrieron y su cuerpo reaccionó. Deslizó la lengua en mi boca y todas las partes de mi cuerpo masculino de sangre caliente me gritaban que siguiera adelante a todo gas. La estreché junto a mí y Abby dejó caer una pierna a un lado, de manera que pude acomodar las caderas entre sus muslos.

En un momento, estaba desnuda debajo de mí y con un par de movimientos rápidos me quité la ropa. Con mi boca sobre la suya, con fuerza, me agarré a las barras de hierro del cabezal de la cama con ambas manos y, en un movimiento rápido, la penetré. Sentí inmediatamente que el calor inundaba mi cuerpo y no podía dejar de moverme ni de balancearme sobre ella; había perdido todo el control. Gemí contra la boca de Abby cuando arqueó la espalda para mover las caderas contra las mías. En determinado momento, apoyó los pies en la cama para levantarse de forma que pudiera entrar por completo en ella.

Con una mano agarrando la barra de hierro y con la otra en la nuca de Abby, la penetré una y otra vez, olvidando todo lo que había pasado entre nosotros, todo el dolor que había sentido. La luz se filtraba por la ventana y perlas de sudor empezaban a formarse sobre nuestra piel, lo que facilitaba el movimiento hacia delante y hacia atrás.

Estaba a punto de acabar cuando las piernas de Abby empezaron a temblar y me clavó las uñas en la espalda. Aguanté la respiración y entré en ella una última vez, al tiempo que soltaba un quejido con los intensos espasmos que recorrieron mi cuerpo.

Abby se relajó sobre el colchón, con la frente húmeda y los labios inertes.

Respiré como si hubiera acabado un maratón mientras el sudor me caía desde el pelo sobre la oreja y por un lateral de la cara. La mirada de Abby se encendió cuando oyó murmullos de voces escaleras abajo. Me puse de lado y escudriñé su cara con verdadera adoración.

—Has dicho que solo ibas a besarme.

Me miró como solía hacerlo.

—¿Por qué no nos quedamos en la cama todo el día?

—He venido para cocinar, ¿te acuerdas?

—No, has venido aquí para ayudarme a cocinar y no pienso cumplir con mi obligación durante las próximas ocho horas.

Me acarició la cara y su expresión me preparaba para lo que iba a decir.

—Travis, creo que...

—No lo digas, ¿sí? No quiero pensar en ello hasta que no tenga más remedio.

Me levanté y me puse los calzoncillos, después me acerqué a la bolsa de Abby. Le puse la ropa sobre la cama y luego volví a ponerme la camiseta.

—Quiero que tengas un buen recuerdo de este día.

Sin darme cuenta, llegó la hora de comer. El día pasaba muy deprisa, demasiado jodidamente deprisa. Temía cada minuto y maldecía el reloj conforme se acercaba la tarde. No lo niego, no me separaba de Abby. No me importaba que aquello fuera una farsa, me negué incluso a pensar en la verdad mientras ella estaba junto a mí.

Cuando nos sentamos a cenar, nuestro padre insistió en que yo trinchara el pavo y Abby sonrió orgullosa, cuando me levanté para hacer los honores.

El clan Maddox dio buena cuenta de la comida que había preparado Abby y la cubrió de cumplidos.

—¿Había suficiente? —se rio ella.

Nuestro padre sonrió, tras lamer el tenedor y dejarlo limpio para el postre.

—Has hecho mucha, Abby. Solo queríamos saciarnos hasta el año que viene..., a menos que quieras volver a repetir todo esto para Navidad. Ahora eres una Maddox. Espero verte todas las vacaciones, y no para cocinar.

Con las palabras de mi padre, la verdad salió a la luz y mi sonrisa desapareció.

—Gracias, Jim.

—No digas eso, papá —dijo Trenton—. Tiene que cocinar. ¡No he comido tan bien desde que tenía cinco años!

Se metió media rodaja de pastel de nueces en la boca y emitió un gemido de satisfacción.

Mientras mis hermanos recogían la mesa y lavaban los platos, me senté con Abby en el sofá, intentando no abrazarla demasiado fuerte. Mi padre ya se había acostado, con la barriga llena y demasiado cansado por la comilona para mantenerse despierto.

Acomodé las piernas de Abby sobre mi regazo, le quité los zapatos y le masajeé las plantas de los pies con los pulgares. Le encantaba y yo lo sabía. Tal vez intentaba recordarle sutilmente lo bien que estábamos juntos, aunque en mi interior sabía que había llegado el momento de que ella siguiera adelante.

Abby me amaba, pero también le importaba demasiado como para alejarme cuando debía hacerlo. Aunque le había dicho antes que no podía apartarme de ella, finalmente me había dado cuenta de que la quería demasiado para joderle la vida quedándome con ella o para perderla por completo obligándonos a ambos a estar juntos hasta que acabáramos odiándonos el uno al otro.

—Este ha sido el mejor día de Acción de Gracias desde que mi madre murió.

—Me alegro de haber estado aquí para verlo.

Respiré hondo.

—Soy diferente —dije, sin saber cómo continuar—. No sé qué me pasó en Las Vegas. Aquel no era yo. Pensaba en todo lo que podríamos comprar con ese dinero y en nada más... No veía el daño que te hacía queriendo llevarte de vuelta allí, aunque creo que, en el fondo, lo sabía. Merecía que me dejaras. Me merecía las noches que pasé sin dormir y el dolor que sentí. Tuve que pasar por todo eso para darme cuenta de lo mucho que te necesitaba y de lo que estoy dispuesto a hacer para que sigas en mi vida. Has dicho que lo nuestro se ha acabado y lo acepto. Soy una persona diferente desde que te conocí. He cambiado... para mejor. Sin embargo, por mucho que lo intente, parece que no hago las cosas bien contigo. Al principio fuimos amigos, así que no puedo perderte, Paloma. Siempre te querré, pero veo que no tiene mucho sentido intentar recuperarte. No puedo imaginarme estar con otra persona, pero seré feliz mientras sigamos siendo amigos.

—¿Quieres que seamos amigos?

—Quiero que seas feliz. No me importa lo que sea necesario para ello.

Ella sonrió y se me hizo añicos la parte del corazón que quería retractarse de todo lo que acababa de decir. Una parte de mí esperaba que me dijera que cerrara el pico, porque estábamos hechos el uno para el otro.

—Cincuenta pavos a que me lo agradecerás cuando conozcas a tu futura mujer.

—Esa apuesta es fácil —dije. No podía imaginarme una vida sin Abby, y ella ya estaba pensando en nuestros futuros por separado—. La única mujer con la que querría casarme alguna vez acaba de romperme el corazón.

Abby se secó los ojos y se levantó.

—Creo que es hora de que me lleves a casa.

—Vamos, Paloma; lo siento, no ha tenido gracia.

—No es eso, Trav. Simplemente estoy cansada y quiero irme a casa.

Retuve un suspiro y asentí mientras me levantaba. Abby abrazó a mis hermanos al despedirse y le pidió a Trenton que se despidiera de nuestro padre de su parte. Yo estaba en la puerta con nuestras maletas, observando cómo todos se ponían de acuerdo para volver a casa para Navidad.

Cuando reduje la velocidad en un alto en el Morgan Hall, sentí que una puerta se cerraba, pero eso no impedía que mi corazón se hiciera pedazos.

Me incliné para besarla en la mejilla y después le abrí la puerta y observé cómo entraba.

—Gracias por el día de hoy. No sabes lo feliz que has hecho a mi familia.

Abby se detuvo al principio de las escaleras y se volvió.

—Mañana se los contarás, ¿verdad?

Desvié la mirada al Charger, intentando aguantarme las lágrimas.

—Estoy bastante seguro de que ya lo saben. No eres la única que sabe poner cara de póquer, Paloma.

La dejé sola en los escalones y me negué a mirar atrás. A partir de ese momento, el amor de mi vida era solo una conocida. No estaba seguro de qué expresión tenía mi cara, pero no quería que ella la viera.

El Charger chirrió cuando me alejé conduciendo a una velocidad que sobrepasaba con creces el límite. Volví a casa de mi padre. Entré a tropezones en la sala de estar y Thomas me pasó una botella de whisky. Todos tenían un poco en su vaso.

—¿Se los has dicho? —pregunté a Trenton, con la voz rota.

Trenton asintió y me derrumbé cayendo de rodillas. Mis hermanos me rodearon, poniéndome las manos en la cabeza y en los hombros para reconfortarme.

Capítulo 24

OLVIDAR

—Trent está llamando otra vez —gritó Shepley desde la sala de estar.

Había dejado el celular encima de la televisión. El punto más alejado de mi dormitorio en el apartamento.

Los primeros tortuosos días sin Abby, lo dejé encerrado en la guantera del Charger. Shepley lo llevó al apartamento, aduciendo que debía estar en el apartamento por si mi padre llamaba. Incapaz de negar esa lógica, acepté, pero solo si se quedaba encima de la televisión.

De otro modo, las ansias por cogerlo y llamar a Abby eran enloquecedoras.

—¡Travis! ¡El teléfono!

Miraba sin cesar el techo blanco, agradecido de que mis otros hermanos hubieran entendido la situación, pero me molestaba que Trenton no lo hubiera hecho. Me había mantenido ocupado o borracho de noche, pero parecía creer que debía llamarme también en cada pausa que tenía en el trabajo. Parecía que estaba en alguna especie de programa de vigilancia contra el suicidio al estilo Maddox.

Durante las dos semanas y media de las vacaciones de invierno, las ganas de llamar a Abby se habían convertido en una necesidad. Cualquier relación con mi teléfono me parecía una mala idea.

Shepley abrió la puerta y lanzó un rectángulo negro y pequeño al aire. Aterrizó en mi pecho.

—Dios, Shep. Ya te dije...

—Sé lo que dijiste. Tienes dieciocho llamadas perdidas.

—¿Todas de Trent?

—Una de una tal Braguitas Calientes.

Cogí el teléfono de mi estómago, alargué el brazo, después abrí la mano y dejé caer el duro plástico al suelo.

—Necesito un trago.

—Necesitas darte una ducha. Apestas. También te vendría bien lavarte los dientes, afeitarte y ponerte desodorante.

Me senté.

—Estás diciendo una cantidad de estupideces tremenda, Shep, pero recuerdo que te lave la ropa y te cociné sopa durante tres meses enteros después de lo de Anya.

Él resopló.

—Al menos, yo me lavaba los dientes.

—Necesito que programes otra pelea —dije, dejándome caer otra vez en el colchón.

—Pero si hace dos noches tuviste una y otra la semana anterior. Los ingresos fueron bajos por las vacaciones. Adam no programará otra hasta que las clases vuelvan a empezar.

—Pues que convoque a los locales.

—Demasiado arriesgado.

—Llama a Adam, Shepley.

Shepley se acercó a mi cama y recogió el celular, tecleó un número y después lanzó el teléfono sobre mi estómago.

—Llámale tú mismo.

Me puse el teléfono en la oreja.

—¡Cabrón! ¿Qué has estado haciendo? ¿Por qué no respondías el teléfono? ¡Quiero salir esta noche! —dijo Trenton.

Fulminé con la mirada a mi primo, que dejó mi habitación sin mirar atrás.

—No me apetece, Trent. Llama a Cami.

—Es mesera. Es Año Nuevo. Pero ¡podemos ir a verla! A menos que tengas otros planes...

—No, no tengo otros planes.

—¿Piensas quedarte ahí tumbado hasta que te mueras?

—Básicamente, sí —dije con un suspiro.

—Travis, te quiero, hermanito, pero te estás comportando como un marica. Era el amor de tu vida. Lo entiendo. Esto da asco. Lo sé. Pero, te guste o no, la vida sigue.

—Gracias, señor Rogers.

—Ni siquiera tienes edad suficiente para saber quién es.

—Thomas nos hacía ver las reposiciones, ¿te acuerdas?

—No, escucha. Salgo a las nueve. Te recojo a las diez. Si no estás vestido y listo, y con eso me refiero a que quiero verte duchado y afeitado, llamaré a un montón de gente y les diré que das una fiesta en tu casa, con seis barriles de cerveza gratis y prostitutas.

—Maldita sea, Trenton, ni se te ocurra.

—Sabes que lo haré. Último aviso. Diez en punto o a las once tendrás invitados. Y unos bastante feos.

—Joder, te odio —mascullé.

—No, para nada. Nos vemos dentro de noventa minutos.

El teléfono rechinó en mi oreja antes de colgar. Conociendo a Trenton, probablemente habría llamado desde la oficina de su jefe, tumbado en su sillón con los pies sobre el escritorio.

Me senté y miré a mi alrededor. Las paredes estaban vacías, había quitado las fotos de Abby que en una ocasión habían cubierto la pintura blanca. El sombrero estaba colgado sobre mi cama de nuevo, expuesto con orgullo, después de la vergüenza de que fuera sustituido por una foto en blanco y negro enmarcada de Abby y mía.

Trenton de verdad estaba decidido. Me imaginé sentado en el bar mientras todo el mundo estaba de fiesta a mi alrededor, y yo seguiría siendo un desgraciado y, según Shepley y Trenton, un marica.

El año anterior había bailado con Megan y había acabado llevándome a casa a Kassie Beck, que habría sido una buena nueva incorporación a la lista si no hubiera vomitado en el armario del pasillo.

Me pregunté qué planes tendría Abby para esa noche, pero intenté no dejar que mi mente siguiera por el camino de imaginarse a quién podría conocer. Shepley no había mencionado que América tuviera plan alguno. Sin saber si me lo habían ocultado a propósito, plantear la pregunta parecía demasiado masoquista, incluso para mí.

El cajón de la mesita de noche chirrió cuando lo abrí. A tientas, rebusqué en el fondo y me detuve al notar las esquinas de una cajita. La saqué con cuidado, sujetándola con las manos sobre el pecho. Mi pecho se alzó y se hundió con un suspiro y, entonces, abrí la caja y guiñé los ojos al ver el diamante resplandeciente del anillo del interior. Solo había un dedo en el que pudiera ponerse ese aro dorado y, con cada día que pasaba, ese sueño parecía cada vez menos factible.

Cuando compré el anillo, sabía que pasarían años antes de que pudiera dárselo a Abby, pero para mí tenía sentido conservarlo solo por si acaso surgía el momento perfecto. Saber que estaba ahí me daba esperanzas, incluso en ese momento. Dentro de esa cajita estaba la poca esperanza que me quedaba.

Tras guardar el diamante y darme a mí mismo una larga charla para animarme, finalmente me arrastre por el pasillo hasta el baño e intencionadamente evité mirarme al espejo. La ducha y el afeitado no mejoraron mi humor y tampoco —como después le señalaría a Shepley— lo hizo lavarme los dientes. Me puse una camisa negra de botones, unos pantalones de mezclilla azules y después mis botas negras.

Shepley llamó a mi puerta y entró, vestido como si también estuviera listo para salir.

—¿Tú también vienes? —pregunté mientras me abrochaba el cinturón. No sé por qué me sorprendía: sin América allí, solo tendría planes con nosotros.

—¿Te parece bien?

—Sí. Sí, bueno..., supongo que Trent y tú ya se habían puesto de acuerdo sobre esto antes.

—Eh, sí —dijo él, escéptico y quizás un poco divertido por el hecho de que acabara de darme cuenta.

Fuera resonó la bocina del Intrepid y Shepley señaló el pasillo con el pulgar.

—En marcha.

Asentí y lo seguí fuera. El coche de Trenton olía a colonia y cigarrillos. Me puse un Marlboro en la boca y levanté el trasero para poder coger un mechero del bolsillo.

—Bueno, el Red está repleto, pero Cami ha dejado dicho al tipo de la puerta que nos deje entrar. Me parece que toca una banda en vivo y casi todo el mundo se ha ido a su casa. Así que la noche pinta bien.

—Salir por ahí con los perdedores de nuestros compañeros de secundaria en una ciudad universitaria muerta. Fantástico — mascullé.

Trenton sonrió.

—He invitado a una amiga. Ya verás.

Enarqué las cejas.

—Por favor, dime que no es verdad.

Había unas cuantas personas amontonadas en el exterior de la puerta, esperando a que saliera gente para poder entrar. Pasamos junto a ellos e ignoramos sus quejas mientras pagábamos y entrábamos directamente.

Había una mesa en la entrada llena de sombreritos de fiesta de Fin de Año, gafas, barras de luz y matasuegras. Ya se habían llevado la mayoría de los regalos, pero eso no impidió a Trenton ponerse un par de gafas ridículas con los números del año nuevo. Había purpurina por todo el suelo y la banda estaba tocando *Hungry Like the Wolf*.

Fulminé con la mirada a Trenton, que fingió no darse cuenta. Shepley y yo seguimos a mi hermano mayor al bar, donde Cami abría botellas y agitaba bebidas a la velocidad del rayo, deteniéndose solo momentáneamente para teclear unos números en la caja registradora o para escribir un añadido a la cuenta de alguien. Su tarro de propinas rebosaba y tenía que empujar los billetes verdes dentro del bote de cristal cada vez que alguien añadía otro.

Cuando vio a Trenton, se le iluminaron los ojos.

—¡Al final has venido! —Cami cogió tres botellas de cerveza, abrió las tapas y las dejó en la barra delante de él.

—Te dije que vendría. —Sonrió y se apoyó sobre el mostrador para darle un beso en los labios.

Así acabó su conversación; se volvió rápidamente a deslizar otra botella por la barra y corrió al oír otro pedido.

—Es buena —dijo Shepley mientras la observaba.

Trenton sonrió.

—Por supuesto que sí.

—¿Vas a intentar…? —empecé.

—No —respondió Trent—. Todavía no. Estoy trabajando en ello. Se ve que tiene un novio universitario idiota en California. Estoy esperando a que la haga enfadar una vez más para que se dé cuenta de lo imbécil que es.

—Buena suerte con eso —dijo Shepley, dando un trago a su cerveza.

Trenton y yo intimidamos a un grupo pequeño hasta que conseguimos que dejaran su mesa, así que nos dispusimos despreocupados a empezar nuestra noche dedicada a beber y a observar a la gente.

Cami cuidaba a Trenton a distancia, enviando regularmente a una mesera con vasitos de tequila y botellas de cerveza. Me alegré de haber bebido cuatro tragos de José Cuervo cuando empezó la segunda balada de la década de 1980.

—Esta banda es un asco, Trent —grité por encima del ruido.

—Simplemente no aprecias el legado del *glam metal* —respondió a gritos también—. Eh, mira eso —dijo señalando la pista de baile.

Una pelirroja paseaba por el espacio abarrotado; tenía la cara pálida y una sonrisa resplandeciente por el brillo de labios.

Trenton se levantó para abrazarla y la sonrisa de la chica se hizo más amplia.

—¡Hola, Trent! ¿Qué has estado haciendo?

—¡Bien! ¡Bien! Trabajando. ¿Y tú?

—¡Genial! Ahora vivo en Dallas. Trabajo en una empresa de relaciones públicas. —Dio un repaso a nuestra mesa, a Shepley y después a mí—. ¡Oh, dios mío! ¿Este es tu hermanito?

Fruncí el ceño. Tenía una talla doble D de sujetador y unas curvas propias de una modelo *pinup* de los años cuarenta. Estaba seguro de que si hubiera pasado algún momento con ella durante mis años de formación, lo recordaría.

Trent sonrió.

—Travis, recuerdas a Carissa, ¿no? Se graduó con Tyler y Taylor.

Carissa tendió la mano y se la estreché. Me puse el filtro del cigarrillo entre los dientes y lo encendí con el mechero.

—Me parece que no —dije al tiempo que me guardaba el paquete casi vacío en el bolsillo delantero de la camisa.

—No es que fueras muy mayor —respondió con una sonrisa.

Trenton señaló a Carissa.

—Acaba de pasar por un divorcio duro con Seth Jacobs. ¿Te acuerdas de Seth?

Sacudí la cabeza, cansado ya del juego que Trenton llevaba entre manos.

Carissa cogió el vasito de tequila lleno que tenía delante de mí y se lo bebió hasta el fondo, y después se desplazó hasta sentarse a mi lado.

—He oído que has pasado una mala racha últimamente también. Podríamos hacernos compañía esta noche, ¿no te parece?

Por su mirada era evidente que estaba borracha… y solitaria.

—No estoy buscando una niñera —dije, dando una calada.

—De acuerdo, ¿y qué tal solo una amiga? Ha sido una noche larga. He venido aquí sola porque todas mis amigas ahora están casadas, ¿me entiendes? —Soltó una risita nerviosa.

—Pues no, no mucho.

Carissa bajó la mirada y me sentí un poco culpable. Estaba siendo un imbécil y ella no había hecho nada para merecerlo.

—Oye, mira, lo siento —dije—. La verdad es que ni siquiera quiero estar aquí.

Carissa se encogió de hombros.

—Yo tampoco, pero no quería estar sola.

La banda dejó de tocar y el cantante solista empezó a contar hacia atrás desde diez. Carissa miró a su alrededor y después bajó los ojos, brillantes, hasta mis labios. En ese momento, la muchedumbre gritó al unísono: «¡Feliz año nuevo!»

Mientras la banda tocaba una versión dura de *Auld Lang Syne*, Carissa pegó sus labios contra los míos. Moví la boca junto a la suya durante un momento, pero sus labios resultaban muy extraños, muy diferentes a los que estaba acostumbrado; solo hacían más vívido el recuerdo de Abby, y la conciencia de haberla perdido, más dolorosa.

Me aparté y me limpié la boca con la manga.

—Lo siento —dijo Carissa mientras observaba cómo me levantaba de la mesa.

Me abrí pasó entre la multitud hasta el baño de hombres y me encerré en el único cubículo que estaba libre. Saqué el celular y lo sujeté en las manos; veía borroso y tenía el sabor podrido del tequila en la lengua.

«Abby probablemente estará borracha también —pensé—. No le importará que le llame. Es Año Nuevo. Quizás incluso espere mi llamada».

Repasé los nombres de mi agenda, hasta detenerme en «Paloma». Giré la muñeca y vi las mismas letras tatuadas en mi piel. Si Abby quisiera hablar conmigo, habría llamado. Mi oportunidad había pasado y le había dicho en casa de mi padre que la dejaría seguir con su vida. Borracho o no, llamarla era egoísta.

Alguien llamó a la puerta del lavabo.

—¿Trav? —preguntó Shepley—. ¿Estás bien?

Descorrí el pestillo y salí con el celular todavía en la mano.

—¿Le has llamado?

Dije que no con la cabeza y después miré las baldosas de la pared. Di unos pasos atrás y después lancé el teléfono, que se rompió en un millón de trozos y se esparció por el suelo. Un pobre bastardo que estaba de pie en el urinario dio un respingo y levantó los hombros hasta las orejas.

—No —dije—. Y no voy a hacerlo.

Shepley me siguió de regreso a la mesa, sin pronunciar una sola palabra. Carissa se había ido y otros tres nuevos tragos nos esperaban.

—Pensé que te distraería, Trav; lo siento. Cuando estoy como tú estás ahora, tirarme a una chica buenota siempre me hace sentirme mejor —dijo Trenton.

—Entonces me parece que no tienes ni idea de cómo me siento —respondí después de esforzarme por tragarme el tequila que estaba a punto de vomitar. Me levanté a toda prisa, apoyándome en el filo de la mesa para tener estabilidad—. Ya es hora de que me vaya a casa y me desmaye, chicos.

—¿Estás seguro? —preguntó Trenton, con aspecto de estar un poco decepcionado.

Después de que Trenton consiguiera que Cami le prestara la atención suficiente para decirle adiós, nos abrimos paso hasta el Intrepid. Antes de poner en marcha el coche, me echó una mirada.

—¿Crees que algún día la recuperarás?

—No.

—Entonces quizás sea hora de que vayas aceptándolo. A menos que no la quieras en tu vida en absoluto.

—Estoy en ello.

—Me refiero a cuando las clases empiecen. Actúa como antes de verla desnuda.

—Cállate, Trent.

Trenton encendió el motor y dio marcha atrás con el coche.

—Solo pensaba en voz alta —dijo, girando el volante y pisando el acelerador—, también eran felices siendo solo amigos. Tal vez podrían volver a eso. Tal vez creer que no puedes es lo que te hace tan desgraciado.

—Tal vez —dije, mirando por la ventanilla.

Finalmente, había llegado el primer día del semestre de primavera y la noche anterior no había podido pegar un ojo, me la había pasando moviéndome y dando vueltas en la cama. Temía tanto como deseaba ver de nuevo a Abby. A pesar de mi noche de insomnio, estaba decidido a ser todo sonrisas y a no mostrar lo mucho que había sufrido, ni a Abby ni a nadie.

A la hora de la comida, casi se me salió el corazón del pecho cuando la vi. Tenía un aspecto diferente, pero seguía siendo la misma. Era diferente porque parecía que estaba con una extraña. No podía simplemente levantarme y besarla o tocarla como antes. Abby parpadeó una vez cuando me vio y yo sonreí y le guiñé un ojo antes de sentarme al final de nuestra mesa de siempre. Los jugadores de fútbol estaban ocupados quejándose de su derrota con el State, así que intenté aliviar su ansiedad contándoles algunas de mis experiencias más entretenidas de las vacaciones, como cuando vi a Trenton babear con Cami o el momento en el que su Intrepid nos dejó tirados y casi nos arrestan por escándalo público mientras caminábamos de regreso a casa.

Por el rabillo del ojo, vi a Finch abrazar a Abby y, por un momento, me pregunté si preferiría que me fuera o si estaría enfadada.

En cualquier caso, odiaba no saberlo.

Me zampé el último trozo de algo frío y asqueroso, devolví la bandeja, me acerqué a Abby por detrás y apoyé las manos sobre sus hombros.

—¿Qué tal tus clases, Shep? —pregunté, procurando que mi voz sonara despreocupada.

Shepley puso cara de asco.

—El primer día da asco. Solo horarios y reglas. Ni siquiera sé por qué aparezco la primera semana. ¿Y tú qué tal?

—Eh..., bueno, todo forma parte del juego. ¿Qué tal tú, Paloma? —Intenté que la tensión de mis hombros no me pasara a las manos.

—Igual. —Apenas vocalizó y parecía distante.

—¿Has pasado unas buenas vacaciones? —pregunté, balanceándome juguetón de un lado a otro.

—Bastante buenas, sí...

Aquella situación era jodidamente incómoda.

—Genial. Ahora tengo otra clase. Nos vemos luego.

Salí rápidamente de la cafetería y saqué el paquete de Marlboro de mi bolsillo antes incluso de abrir de un empujón las puertas de metal.

Las siguientes dos clases fueron una tortura. El único sitio que parecía una guarida segura era mi dormitorio, lejos del campus, lejos de todo lo que me recordara que estaba solo y separado del resto del mundo, que seguía su curso y al que le importaba una mierda que yo tuviera que soportar un dolor tan grande. Shepley no dejaba de decirme que las cosas mejorarían con el tiempo, pero no parecía ser así.

Me reuní con mi primo en el estacionamiento que había delante del Morgan Hall, esforzándome por no mirar a la entrada. Shepley parecía muy inquieto y no habló apenas de camino al apartamento.

Cuando aparcó el coche, suspiró. Me debatía entre preguntarle o no si él y América tenían problemas, pero pensaba que no podría aguantar su mierda y la mía.

Cogí mi mochila del asiento trasero y me dirigí al apartamento. Solo me detuve un momento para girar la llave y abrir la puerta.

—Eh —dijo Shepley, cerrando la puerta tras él—. ¿Va todo bien?

—Sí —respondí desde el pasillo, sin darme la vuelta—. Lo de la cafetería de hoy ha sido muy raro.

—Supongo —dijo, dando otro paso—. A ver... Probablemente debería decirte algo que he oído. Es que, joder, Trav, no estoy seguro de qué hacer. No sé si decírtelo servirá para mejorar las cosas.

Me di media vuelta.

—¿Qué has oído?

—Mare y Abby estaban hablando. Parece que Abby la ha pasado muy mal durante las vacaciones. —Me quedé en silencio, intentando controlar la respiración—. ¿Has oído lo que he dicho? —preguntó Shepley, frunciendo el ceño.

—¿Qué significa eso? —pregunté levantando las manos—. ¿Que la ha pasado mal por no estar conmigo? ¿O porque ya no somos amigos? ¿Qué?

Shepley asintió.

—Definitivamente ha sido una mala idea.

—¡Dímelo! —grité, sintiendo que temblaba—. ¡No puedo...! ¡No puedo aguantar esto! —Lancé las llaves por el pasillo y oí un sonoro golpe cuando dieron contra la pared—. Pero ¡si hoy apenas me ha mirado! ¿Y ahora se supone que quiere que vuelva con ella? ¿Como amigo? ¿Como estábamos antes de ir a Las Vegas? ¿O simplemente se siente mal en general?

—No lo sé.

Dejé caer la mochila en el suelo y le di una patada hacia donde estaba Shepley.

—¿Por qué? ¿Por qué me haces esto? ¿Crees que no sufro ya bastante? Porque te juro que esto ya es demasiado para mí.

—Lo siento, Trav. Es que pensaba que, si se tratara de mí..., querría saberlo.

—Pero ¡tú no eres yo! Joder, Shep, simplemente déjalo pasar. Maldita sea.

Cerré la puerta de mi habitación de un portazo y me senté en la cama, con la cabeza entre las manos.

Shepley abrió la puerta sin llamar.

—No intento empeorar las cosas, pero sabía que, si te hubieras enterado después, me habrías dado una patada en el culo por no habértelo contado. Solo digo eso.

Asentí una vez.

—Está bien.

—¿No crees... que centrarte en toda la mierda que has tenido que soportar con ella te ayudaría a pasar este trago?

Suspiré.

—Lo he intentado. Y siempre acabo volviendo a la misma conclusión.

—¿A cuál?

—Ahora que se ha acabado, me gustaría recuperar toda la parte mala... con tal de tener también la buena.

Shepley miró en todas las direcciones mientras intentaba pensar en algo que me reconfortara, pero claramente no sabía qué aconsejarme. Se oyó el aviso de un mensaje de celular.

—Es de Trent —dijo Shepley, leyendo la pantalla. Se le iluminaron los ojos—. ¿Quieres ir a tomar unas copas al Red? Sale hoy a las cinco. Se le ha estropeado el coche y quiere que lo lleves a ver a Cami. Te vendría bien ir. Coge mi coche.

—Está bien. Dile que voy.

Me tragué las lágrimas y me limpié la nariz antes de levantarme.

Shepley le explicó a Trenton que yo había tenido un día de mierda en algún momento después de mi salida del apartamento y antes de mi llegada al camino de grava que había delante del salón de tatuajes en el que trabajaba mi hermano. Resultó evidente cuando insistió en ir directamente al Red Door en cuanto se acomodó en el asiento delantero del Charger en lugar de querer ir a casa a cambiarse primero.

Cuando llegamos, solo estábamos nosotros además de Cami, el dueño y un tipo que estaba reponiendo las bebidas de la barra; pero era la primera semana de clases en la universidad y la cerveza estaba rebajada de precio, así que el local no tardaría mucho en llenarse.

Ya estaba un poco borracho cuando Lexi y algunas de sus amigas se aparecieron, pero hasta que llegó Megan no me molesté en levantar la mirada.

—Te veo en baja forma, Maddox.

—Nooo —dije, intentando formar palabras con los labios dormidos.

—Vamos a bailar —me pidió gimoteando y tirándome de un brazo.

—No creo que pueda —respondí tambaleándome.

—No creo que debas —apuntó Trenton en un tono divertido.

Megan me invitó una cerveza y se sentó en el taburete que había junto al mío. Al cabo de diez minutos, me estaba acariciando la camiseta y después, sin tanta sutileza, empezó a tocarme los brazos y las manos. Justo antes de cerrar, se había levantado de su taburete para ponerse a mi lado, o más bien para sentarse sobre mi muslo.

—Bueno, no he visto ninguna moto fuera. ¿Te ha traído Trenton?

—No. He cogido el coche de Shepley.

—Me encanta ese coche —susurró encantada—. Deberías dejar que te lleve a casa.

—¿Quieres conducir el Charger? —farfullé.

Miré a Trenton, que se estaba aguantando la risa.

—Probablemente no sea una mala idea, hermanito. Ve con cuidado… en todos los sentidos.

Megan me levantó del taburete, me sacó del bar y me llevó al estacionamiento. Iba vestida con un top de lentejuelas sin mangas, unos *jeans* y botas, pero parecía no importarle el frío, si es que hacía frío. No sabría decirlo.

Ella soltó una risita y le pasé el brazo por los hombros para ayudarme a mantener el equilibrio mientras caminaba. Cuando llegamos al lado del pasajero del coche de Shepley, dejó de reírse.

—Hay cosas que nunca cambian, ¿verdad, Travis?

—Supongo que no —dije, mirándole fijamente los labios.

Megan me rodeó el cuello con los brazos y me acercó a ella. No dudó ni un momento en meterme la lengua en la boca. Estaba húmeda y blanda, y resultaba vagamente familiar. Después de un rato de tocarle el culo y de intercambiar saliva, levantó la pierna y me rodeó con ella. Le agarré el muslo y pegué con fuerza mi pelvis contra la suya. Golpeó con el culo la puerta del coche y gimió contra mí. A Megan siempre le gustaba duro.

Me lamió el cuello con la lengua y, en ese momento, reparé en el frío que hacía al notar que la calidez que me transmitía con su boca inmediatamente se apagaba por el aire invernal.

Megan metió la mano entre nosotros y, cuando me cogió el pene, sonrió al ver que me tenía justo donde quería.

—Hum, Travis —gimió, mordiéndome el labio.

—Paloma.

Susurré el nombre al mismo tiempo que aplastaba mi boca contra la de Megan. A esas alturas de la noche ya me costaba fingir.

Megan se rio.

—¿Qué? —Fiel a su estilo, no exigió ninguna explicación cuando no respondí—. Vamos a tu apartamento —dijo ella, cogiéndome las llaves de la mano—. Mi compañera está enferma.

—¿Sí? —pregunté, tirando de la manilla—. ¿De verdad quieres conducir el Charger?

—Mejor yo que tú —dijo ella, besándome por última vez antes de pasar al lado del conductor.

Mientras Megan conducía, se reía y hablaba sobre sus vacaciones a la vez que me desabrochaba los pantalones y metía la mano dentro. Menos mal que estaba borracho, porque no me había acostado con nadie desde Acción de Gracias. En otras circunstancias, cuando llegáramos al apartamento, Megan tendría que haber llamado a un taxi y darse por satisfecha.

A mitad de camino, la imagen del cuenco vacío apareció en mi mente.

—Espera un segundo. Un segundo —dije, señalando calle abajo—. Para en Swift Mart. Tenemos que comprar…

Megan metió la mano en el bolso y sacó una cajita de condones.

—Ya me he ocupado yo.

Me incliné hacia atrás y sonreí. Ese sí que era mi tipo de chica.

Megan se estacionó en el lugar de Shepley; había estado en el apartamento las veces suficientes como para saber dónde estaba. Dio la vuelta al coche dando saltitos, intentando correr con sus tacones de aguja. Me apoyé en ella para subir las escaleras y se rio contra mi boca cuando finalmente se dio cuenta de que la puerta estaba ya abierta y la cruzamos de un empujón.

A medio beso, me quedé helado. Abby estaba de pie en la puerta delantera, con *Toto* en brazos.

—Paloma —dije, estupefacto.

—¡La encontré! —dijo América, antes de salir corriendo de la habitación de Shepley.

—¿Qué haces aquí? —pregunté.

La expresión de la cara de Abby pasó de la sorpresa a la rabia.

—Me alegra ver que vuelves a ser el de siempre, Trav.

—Ya nos íbamos —gruñó América.

Cogió a Abby de la mano y pasó a nuestro lado. Tardé un momento en reaccionar, pero bajé a toda prisa las escaleras y, en ese momento, reparé en el Honda de América. Se me pasó por la cabeza toda una retahíla de palabrotas. Sin pensarlo, agarré a Abby del abrigo.

—¿Adónde vas?

—A casa. —Me soltó mientras se estiraba el abrigo y resoplaba.

—¿Qué hacías aquí?

La nieve compacta crujió debajo de los pies de América cuando se plantó detrás de Abby y, de repente, vi a Shepley a mi lado, que miraba precavido a su novia.

Abby levantó la barbilla.

—Lo siento. Si hubiera sabido que ibas a estar aquí, no habría venido.

Me metí las manos en los bolsillos de mi abrigo.

—Puedes venir siempre que quieras, Paloma. Nunca quise que te alejaras.

—No quiero interrumpir. —Miró a lo alto de las escaleras, donde, por supuesto, estaba Megan viendo el espectáculo—. Disfruta de tu velada —dijo ella, dándose media vuelta.

La cogí del brazo.

—Espera. ¿Te has enfadado?

Se apresuró a apartarse y soltó una carcajada:

—¿Sabes? Ni siquiera sé por qué me sorprendo.

Tal vez se riera, pero había odio en sus ojos. Daba igual lo que hiciera, ya fuera seguir adelante sin ella o quedarme tumbado en la cama agonizando por su ausencia: me habría odiado.

—Contigo no puedo ganar. ¡No puedo ganar! Dices que hemos acabado... ¡y yo me quedo aquí hecho una mierda! Tuve que romper mi teléfono en un millón de añicos para evitar llamarte cada minuto de cada maldito día... Tuve que fingir que todo iba bien en la universidad para que tú fueras feliz... ¿Y ahora tienes el descaro de enojarte conmigo? ¡Me rompiste el corazón! —grité.

—Travis, estás borracho. Deja que Abby se vaya a casa —dijo Shepley.

Cogí a Abby de los hombros, la acerqué y, mirándola a los ojos, le pregunté:

—¿Me quieres o no? ¡No puedes seguir haciéndome esto, Paloma!

—No he venido aquí para verte.

—No la quiero —dije, clavando mi mirada en sus labios—. Pero, joder, me siento como un cabrón desgraciado, Paloma.

Me incliné para besarla, pero me cogió la barbilla y me mantuvo a distancia.

—Tienes la boca manchada de su pintalabios, Travis —dijo con asco.

Di un paso atrás y me limpié la boca con la camiseta. Al ver las marcas rojas en la camiseta entendí que no podía negar lo evidente.

—Solo quería olvidarme de todo por una maldita noche.

Una lágrima rodó por la mejilla de Abby, pero rápidamente se la secó.

—Pues no dejes que yo te la estropee.

Se dio media vuelta para irse, pero volví a cogerla otra vez del brazo.

De repente, una mancha rubia se plantó en mi cara, agrediéndome y golpeándome con puños pequeños pero feroces.

—¡Déjala en paz, cabrón!

Shepley cogió a América, pero ella lo empujó y se volvió para abofetearme la cara. El sonido del golpe de su mano contra mi mejilla fue rápido y fuerte, y encogí la nariz de dolor. Todos se quedaron congelados, impresionados por el arranque repentino de rabia de América.

Shepley agarró a su novia de nuevo, la cogió de las muñecas y la arrastró hacia el Honda mientras ella no dejaba de maldecir. Se resistía violentamente mientras su cabellera rubia me movía de un lado al otro e intentaba escaparse.

—¿Cómo has podido? ¡Merecía algo mejor de ti, Travis!

—América, ¡para! —gritó Shepley en voz más alta de lo que le había oído jamás.

Ella dejó caer los brazos a los lados mientras miraba a Shepley disgustada.

—¿Lo estás defendiendo?

Aunque estaba absolutamente atemorizado, se mantuvo firme.

—Abby rompió con él. Ahora Travis solo intenta seguir adelante.

América frunció los ojos y se soltó el brazo.

—Bien, y ¿por qué no te vas a buscar una puta cualquiera… —se volvió a mirar a Megan— del Red y la traes a casa para follar? Luego me cuentas si te ha ayudado a olvidarte de mí.

—Mare —Shepley la sujetó, pero ella se libró de él, cerrando la puerta de un golpe al tiempo que se sentaba tras el volante. Abby abrió la otra puerta y se sentó a su lado.

—Cariño, no te vayas —le suplicó Shepley, inclinándose a mirar por la ventanilla.

América arrancó el coche.

—En este asunto, hay un lado bueno y uno malo, Shep. Y tú estás en el malo.

—Yo estoy contigo —dijo, con mirada desesperada.

—No, ya no —añadió mientras daba marcha atrás.

—¿América? ¡América! —gritó Shepley. Cuando el Honda ya no se veía, Shepley se dio media vuelta, jadeando.

—Shepley, lo…

Antes de poder acabar, Shepley retrocedió y me pegó un puñetazo en la mandíbula.

Encajé el golpe, me toqué la cara y asentí. Me lo merecía.

—¿Travis? —me llamó Megan desde lo alto de las escaleras.

—La llevaré a su casa —dijo Shepley.

Me quedé mirando, con un nudo en la garganta, cómo las luces traseras del Honda menguaban conforme el coche se alejaba llevándose a Abby.

—Gracias.

Capítulo 25

POSESIÓN

Seguro que estará.
Aparecer por allí sería un error.
Sería incómodo.
Seguro que estará.
¿Y si alguien la saca a bailar?
¿Y si conoce a su futuro marido y yo lo presencio?
No quiere verme.
Puedo emborracharme y hacer algo que la haga enfadar.
O puede emborracharse ella y hacer algo que me haga enfadar.
No debería ir.
Tendría que ir. Va a estar allí.

Mentalmente repasé los pros y los contras de ir a la fiesta de San Valentín, pero siempre llegaba a la misma conclusión: necesitaba ver a Abby y estaría allí.

Shepley se preparaba en su habitación y apenas me hablaba desde que él y América por fin volvieron a estar juntos. En parte porque pasaban todo el tiempo en su habitación y también porque seguía culpándome de las cinco semanas que habían pasado separados.

América no perdía ninguna oportunidad para hacerme saber el asco que le daba, especialmente desde la última vez que había ofendido a Abby. Le había pedido que anulara una cita con Parker para venir conmigo a una pelea. Por supuesto, quería estar con ella, pero cometí el error de admitir que también se lo había pedido para imponerme. Quería asegurarme de que Parker supiera que no tenía influencia sobre ella. Abby dijo que me había aprovechado de sus sentimientos hacia mí y estaba en lo cierto.

Todo eso ya era razón suficiente para que me sintiera culpable, pero el hecho de que hubieran agredido a Abby en un sitio al que la había llevado yo me hacía imposible mirar a alguien a los ojos. Si a eso le sumábamos que casi nos atrapó la policía, solo había una conclusión posible: estaba hecho un auténtico imbécil.

A pesar de mis disculpas constantes, América se pasaba los días que estaba en el apartamento fulminándome con la mirada y lanzándome comentarios hirientes. Incluso a pesar de eso, estaba encantado de que Shepley y América se hubieran reconciliado. Si ella no hubiera vuelto con Shepley, tal vez él nunca me habría perdonado.

—Me voy —dijo Shepley entrando en mi habitación, donde yo seguía sentado en calzoncillos sin saber qué hacer—. Tengo que recoger a Mare en la residencia.

Asentí una vez.

—¿Seguro que va a ir Abby?

—Sí. Con Finch.

Esbocé una media sonrisa.

—¿Se supone que eso debería hacerme sentir mejor?

Shepley se encogió de hombros.

—A mí me consolaría. —Miró las paredes y las señaló con la cabeza—. Veo que has vuelto a poner las fotos.

Miré a mi alrededor y asentí.

—No sé, no me parecía bien tenerlas en el fondo de un cajón.

—Supongo que nos vemos después.

—Oye, Shep.

—Sí —dijo sin volverse.

—De verdad que lo siento, primo.

Shepley suspiró.

—Lo sé.

En cuanto salió por la puerta, fui a la cocina para tomar lo que quedaba de whisky. El líquido ámbar estaba inmóvil en el vaso, a la espera de reconfortarme.

Me lo bebí de un trago y cerré los ojos mientras pensaba en pasar por una licorería, pero no había whisky suficiente en el universo para ayudarme a tomar una decisión.

—A la mierda —dije mientras cogía las llaves de la moto.

Después de una parada en Ugly Fixer Liquor's, conduje la Harley a toda velocidad y aparqué en el jardín delantero de la fraternidad; después abrí la media de cerveza que me acababa de comprar.

Tras buscar el valor en el fondo de la botella, entré en Sig Tau. Toda la casa estaba cubierta de rosa y rojo; guirnaldas baratas colgaban del techo y la purpurina cubría el suelo. Los graves de los altavoces del piso inferior retumbaban por toda la casa, amortiguando las risas y el zumbido constante de las conversaciones.

Como solo había sitio para estar de pie, tuve que darme media vuelta y abrirme paso entre la multitud de parejas mientras buscaba con la mirada a Shepley, América, Finch o Abby. Sobre todo a Abby. No estaba en la cocina ni en ninguna de las otras habitaciones. Tampoco estaba en el porche, así que bajé al piso inferior. Me quedé sin respiración al verla.

El ritmo de la música se ralentizó y su sonrisa de ángel llamaba la atención incluso desde la otra punta del sótano tenuemente iluminado. Abrazaba a Finch por el cuello y él, incómodo, se movía al ritmo de la música.

Mis pies me impulsaron y, antes de saber qué estaba haciendo o de pararme a pensar en las consecuencias, me encontré a pocos centímetros de ellos.

—¿Puedo interrumpir, Finch?

Abby se quedó helada, pero sus ojos resplandecían agradecidos. Finch pasaba de mirarme a mí a mirar a Abby.

—Claro.

—Finch —dijo ella entre dientes mientras él se alejaba.

Tiré de ella hacia mí y di un paso adelante. Abby siguió bailando, pero manteniendo el mayor espacio posible entre nosotros.

—Pensaba que no ibas a venir.

—Y no iba a hacerlo, pero me he enterado de que estabas aquí, así que tenía que venir. —Cada minuto que pasaba, esperaba que ella se fuera y cada minuto que se quedaba entre mis brazos me parecía un milagro—. Estás preciosa, Paloma.

—No hagas eso.

—¿Qué cosa? ¿Decirte que estás preciosa?

—Simplemente... no lo hagas.

—No lo decía en serio.

—Gracias —soltó ella.

—No..., desde luego que estás preciosa. Eso sí lo decía en serio. Me refería a lo que dije en mi habitación. No te voy a mentir. Disfruté interrumpiendo tu cita con Parker...

—No era una cita, Travis. Solo estábamos cenando algo. Ahora no me habla y todo gracias a ti.

—Lo he oído y lo siento.

—No, no lo sientes.

—Sí..., es cierto, tienes razón —dije tartamudeando cuando me di cuenta de que se estaba enfadando—. Pero no..., esa no fue la única razón por la que te llevé a la pelea. Quería que estuvieras allí conmigo, Paloma. Eres mi amuleto de la buena suerte.

—No soy nada tuyo. —Me fulminó con la mirada.

Enarqué las cejas y me detuve de inmediato.

—Lo eres todo para mí.

Abby apretó los labios, que formaron una línea, pero se le ablandó la mirada.

—En realidad, no me odias, ¿verdad? —pregunté.

Abby se alejó, intentando poner una mayor distancia entre nosotros.

—A veces desearía hacerlo. Haría que todo fuera muchísimo más fácil.

Mis labios se extendieron en una tímida y precavida sonrisa.

—Bueno ¿y qué es lo que te enoja más? ¿Lo que he hecho para que me odiaras? ¿O saber que no puedes odiarme?

De repente Abby se volvió a enfurecer. Me empujó para pasar y corrió escaleras arriba, hacia la cocina. Me quedé solo en medio de la pista de baile; me sentía estúpido y asqueado a la vez por haber conseguido alimentar su odio hacia mí. Intentar hablar con ella parecía algo totalmente inútil. Cada vez que hablábamos crecía la bola de nieve de malentendidos que conformaba nuestra relación.

Subí las escaleras y me puse en la cola del barril de cerveza maldiciendo mi tacañería y la botella de whisky vacía que estaba en alguna parte del césped delantero de Sig Tau.

Tras una hora de cerveza y monótonas conversaciones de borrachos con otros miembros de la fraternidad y sus parejas, miré de reojo a Abby, con la esperanza de captar su atención. Ella estaba mirándome, pero apartó los ojos. América parecía estar intentando animarla y después Finch le tocó el brazo. Obviamente quería irse.

Se bebió lo que le quedaba de la cerveza de un trago rápido y después cogió a Finch de la mano. Dio dos pasos y se quedó helada cuando la misma canción que habíamos bailado en su cumpleaños se oyó desde el piso de abajo. Alargó el brazo, cogió la botella de Finch y le dio otro trago.

Tal vez fuera por el whisky, pero algo en su mirada me decía que los recuerdos que desataba esa canción eran tan dolorosos para ella como para mí.

Todavía le importaba. Tenía que ser así.

Uno de los miembros de la fraternidad se apoyó en el mostrador al lado de Abby y sonrió.

—¿Quieres bailar?

Era Brad y, aunque sabía que probablemente se había dado cuenta de su mirada de tristeza y solo intentaba animarla, los pelos de la nuca se me pusieron de punta. Justo cuando ella le respondía que no con la cabeza, me planté a su lado y mi jodida boca estúpida empezó a moverse sin que mi cerebro pudiera impedirlo.

—Baila conmigo.

América, Shepley y Finch miraban fijamente a Abby, esperando su respuesta con tanta ansia como yo.

—Déjame en paz, Travis —dijo, cruzándose de brazos.

—Es nuestra canción, Paloma.

—No tenemos ninguna canción.

—Paloma...

—No.

Miró a Brad con una sonrisa forzada.

—Me encantaría bailar, Brad.

Las pecas de las mejillas de Brad se estiraron cuando sonrió e hizo un gesto a Abby señalando las escaleras.

Retrocedí, sentía que me habían dado un puñetazo en el estómago. Una combinación de ira, celos y tristeza hizo que me hirviera la sangre.

—¡Un brindis! —grité subiéndome a una silla. De camino, le quité la cerveza a alguien y la levanté delante de mí—. ¡Por los imbéciles! — dije señalando a Brad—. ¡Y por las chicas que te rompen el corazón! —Incliné la cabeza ante Abby. Noté un nudo en la garganta—. ¡Y por la mierda de perder a tu mejor amiga por ser tan estúpido como para enamorarte de ella!

Me llevé la cerveza a la boca y me acabé lo que quedaba; después la tiré al suelo. La habitación se quedó en silencio, excepto por la música que sonaba en el sótano, y todo el mundo me miró con cara de no entender nada.

El gesto rápido de Abby llamó mi atención cuando cogió a Brad de la mano y lo llevó escaleras abajo, a la pista de baile.

Me bajé de un salto de la silla y me dirigí al sótano, pero Shepley me detuvo apoyando el puño en mi pecho.

—Déjalo —dijo él en voz baja—. Esto solo puede acabar mal.

—Si acaba, ¿qué importa?

Aparté a Shepley de un empujón y bajé las escaleras adonde Abby bailaba con Brad. La bola de nieve era demasiado grande para detenerla, así que decidí dejarme rodar con ella. No podíamos volver a ser amigos, así que odiarnos mutuamente parecía una buena idea. Me abrí paso entre las parejas que estaban en la pista de baile y me detuve junto a Abby y Brad.

—Voy a cortar esto.

—No, desde luego que no. ¡Dios mío! —dijo Abby bajando la cabeza avergonzada.

Fulminé a Brad con la mirada.

—Si no te apartas ahora mismo de mi chica, te rajaré la puta garganta. Aquí mismo, en la pista de baile.

Brad parecía indeciso y paseaba nervioso su mirada de mí a su compañera de baile.

—Lo siento, Abby —dijo apartando lentamente los brazos. Se alejó por las escaleras.

—Lo que siento ahora mismo por ti, Travis, se acerca mucho al odio.

—Baila conmigo —le rogué, moviéndome para mantener el equilibrio.

La canción se detuvo y Abby suspiró.

—Vete a beber otra botella de whisky, Trav.

Se giró para bailar con el único chico libre en la pista de baile. El ritmo era más rápido y, conforme la canción se aceleraba, Abby se acercaba más y más a su nuevo compañero de baile. David, el miembro de Sig Tau que peor me caía, se puso a bailar también detrás de ella y la agarró de las caderas. Sonreían mientras la compartían y le sobaban todo el cuerpo. David la sujetó de las caderas y le pegó la pelvis a su culo. Todo el mundo los miraba. En lugar de sentirme celoso, el sentimiento de culpa me abrumó. A eso la había empujado.

Tras dar dos pasos, me agaché, tomé a Abby por las piernas y me la eché sobre el hombro, después de tirar a David al suelo por ser un imbécil oportunista.

—¡Bájame! —dijo Abby golpeándome con los puños en la espalda.

—No voy a permitir que te pongas en evidencia por mi culpa —gruñí subiendo las escaleras de dos en dos.

Todo aquel junto al que pasábamos miraba cómo Abby pataleaba y gritaba mientras yo la llevaba a cuestas por la casa.

—¿Y no te parece —dijo mientras se retorcía— que esto nos pone más en evidencia? ¡Travis!

—¡Shepley! ¿Está Donnie fuera? —grité mientras me apartaba para que no me diera una patada.

—Eh..., pues sí —respondió.

—¡Bájala! —exigió América, dando un paso hacia nosotros.

—América —dijo Abby, retorciéndose—, ¡no te quedes ahí parada! ¡Ayúdame!

La boca de América se curvó hacia arriba y se rio.

—¡Están ridículos!

—¡Muchas gracias, amiga! —dijo ella, incrédula.

Fuera de la casa, Abby se resistía con más fuerza.

—¡Bájame, maldita sea!

Caminé hasta donde Donnie esperaba dentro del coche, abrí la puerta trasera y lancé dentro a Abby.

—Donnie, ¿eres tú el encargado de conducir esta noche?

Donnie se giró y observó nervioso el revuelo que estábamos montando desde el asiento delantero.

—Sí.

—Necesito que nos lleves a mi apartamento —dije mientras me sentaba a su lado.

—Travis..., no creo...

—Hazlo, Donnie, o te hundiré el puño en la parte trasera de la cabeza. Lo juro por Dios.

Donnie quitó el freno de mano y puso el coche en marcha. Abby luchó por llegar a la manilla de la puerta.

—¡No pienso ir a tu apartamento!

Le cogí una de las muñecas y después la otra. Ella se echó hacia atrás y hundió los dientes en mi antebrazo. Me dolió muchísimo, pero me limité a cerrar los ojos. En el momento en que estuve seguro de que me había rasgado la piel y noté que me ardía el brazo, gruñí por el dolor.

—Haz lo que quieras, Paloma. Estoy cansado de tu mierda.

Ella me soltó y después empezó a retorcerse otra vez, intentando golpearme, más por sentirse insultada que para intentar escaparse.

—¿Mi mierda? ¡Déjame salir de este puto coche!

La cogí de las muñecas y las acerqué a mi cara.

—¡Te amo, maldita sea! ¡No vas a ninguna parte hasta que estés sobria y dejemos las cosas claras!

Le solté las muñecas. Ella se cruzó de brazos y puso mala cara el resto del camino hacia el apartamento.

Cuando el coche se paró, Abby se inclinó hacia delante.

—¿Puedes llevarme a casa, Donnie?

Abrí la puerta, después saqué a Abby del brazo y volví a echármela sobre el hombro de nuevo.

—Buenas noches, Donnie —dije antes de subir por las escaleras.

—¡Voy a llamar a tu padre! —gritó Abby.

No pude evitar reírme.

—¡Probablemente me dé una palmadita en el hombro y me diga que ya iba siendo hora! —Abby se retorcía mientras yo sacaba las llaves del bolsillo—. ¡Déjalo ya, Paloma, o acabaremos cayéndonos los dos por las escaleras!

Finalmente, conseguí abrir la puerta y me lancé directamente a la habitación de Shepley.

—¡Suéltame! —chilló Abby.

—¡Está bien! —dije, dejándola caer en la cama de Shepley—. Duerme. Ya hablaremos por la mañana.

Imaginé lo enojada que debía de estar, pero, a pesar de que me palpitaba la espalda por los puñetazos que había recibido de Abby durante los últimos veinte minutos, era un alivio saber que estaba en el apartamento de nuevo.

—¡Ya no puedes decirme qué tengo que hacer, Travis! ¡No soy tuya!

Sus palabras encendieron una profunda rabia en mi interior. Me precipité a la cama, planté las manos sobre el colchón a ambos lados de sus muslos y me incliné sobre su cara.

—¡Pues yo sí que soy tuyo! —grité. Hablé de forma tan enérgica que noté que toda la sangre se amontonaba en mi cabeza. Abby me miró fijamente y evitó incluso parpadear. Le miré los labios, jadeando—: Soy tuyo —susurré mientras mi ira se desvanecía y el deseo ocupaba su lugar.

Abby extendió el brazo, pero en lugar de abofetearme, me puso las manos a ambos lados de la cara y me besó en la boca. Sin dudar, la tomé en brazos y la llevé a mi dormitorio, y ambos caímos sobre el colchón.

Abby me agarró de la ropa, desesperada por quitármela. Le desabroché el vestido con un movimiento fluido y después la observé quitárselo por la cabeza y tirarlo al suelo. Nuestros ojos se encontraron y entonces la besé y gemí contra su boca cuando ella me devolvió el beso.

Antes de poder tan siquiera pensarlo, los dos estábamos desnudos. Abby me agarró el culo, ansiosa por tenerme dentro de ella, pero yo me resistí, aunque la adrenalina me quemaba en las venas junto con el whisky y la cerveza. Volví en mí y empecé a pensar en las consecuencias que aquello podía tener. Había sido un estúpido, la había hecho enojar, pero jamás querría que Abby pensara que me había aprovechado de ella en ese momento.

—Los dos estamos borrachos —dije con la respiración agitada.

—Por favor.

Me apretó las caderas con los muslos y sentí que los músculos bajo su suave piel temblaban de deseo.

—Esto no está bien —objeté.

Luché contra la confusión del alcohol, que me llevaba a pensar que las horas siguientes con ella valdrían la pena pasara lo que pasara después.

Apoyé la frente contra la suya. Por mucho que la deseara, la dolorosa idea de que Abby se avergonzara de sí misma al día siguiente era mucho más fuerte que los efectos de mis hormonas. Si realmente quería seguir adelante, necesitaba pruebas sólidas.

—Te quiero —susurró contra mi boca.

—Necesito que lo digas.

—Diré lo que quieras.

—Entonces dime que eres mía. Dime que volverás a aceptarme. No quiero hacer esto a menos que estemos juntos.

—En realidad nunca hemos estado separados, ¿no crees?

Negué con la cabeza mientras la acariciaba con los dedos. No me bastaba.

—Necesito oír cómo lo dices. Necesito saber que eres mía.

—He sido tuya desde el instante en que nos conocimos —dijo con cierto tono de súplica.

La miré a los ojos fijamente durante unos segundos y después esbocé una media sonrisa, esperando que sus palabras fueran ciertas y no solo fruto del momento. Me acerqué y la besé con ternura; después Abby me hizo entrar lentamente en ella. Sentí que mi cuerpo se fundía en su interior.

—Dilo otra vez. —Parte de mí no podía creer que eso estuviera pasando de verdad.

—Soy tuya —dijo jadeando—. No quiero volver a separarme de ti nunca más.

—Prométemelo —dije, gimiendo al volver a penetrarla.

—Te amo. Te amaré para siempre. —Pronunció esas palabras mirándome directamente a los ojos y finalmente me convencí de que sus palabras no eran solo una promesa vacía.

Sellé su boca con un beso mientras el ritmo de nuestros movimientos aumentaba. No había más que decir: por primera vez en meses, mi mundo no estaba patas arribas. Abby arqueó la espalda y me rodeó con las piernas, apoyándose en las caderas. Saboreé cada parte de su piel que podía alcanzar como si hubiera pasado una hambruna. En parte así había sido. Pasó una hora y después otra. Aunque estaba exhausto, no quería dormir por miedo a despertarme y darme cuenta de que todo era un sueño.

Entrecerré los ojos ante la luz que entraba en la habitación. No había podido dormir en toda la noche, pues temía que cuando saliera el sol todo habría acabado. Abby se movió y apreté los dientes. Las pocas horas que habíamos pasado juntos no eran suficientes. No estaba preparado.

Abby apretó la mejilla contra mi pecho. La besé en el pelo, después en la frente y finalmente en las mejillas, el cuello, los hombros; acerqué su mano a mi boca y tiernamente la besé en la muñeca, en la palma y los dedos. Quería abrazarla, pero me contuve. Mis ojos se llenaron de lágrimas tibias por tercera vez desde que la había llevado a mi apartamento. Cuando ella se despertara, iba a mortificarse, estaría enfadada y me dejaría para siempre.

Nunca había temido tanto ver los diferentes tonos de gris en el iris de sus ojos.

Abby seguía con los ojos cerrados, sonreía; la besé, aterrado por lo que estaba a punto de ocurrir.

—Buenos días —dijo ella junto a mi boca.

Me puse un poco encima de ella y después la besé en varias zonas de su piel. Pasé los brazos por debajo de ella, entre su espalda y el colchón, y enterré la cara en su cuello, procurando aspirar su esencia antes de que se largara por la puerta.

—Estás silencioso esta mañana —dijo ella, acariciando la piel de mi espalda desnuda. Deslizó la mano sobre mi culo y después me pasó una pierna sobre la cadera.

Sacudí la cabeza.

—Solo quiero seguir así.

—¿De qué me he perdido?

—No pretendía despertarte. ¿Por qué no vuelves a dormirte?

Abby se reclinó sobre la almohada y levanté la barbilla para mirarla.

—¿Qué demonios te pasa? —me preguntó, repentinamente tensa.

—¿Puedes volver a dormirte, Paloma? Por favor.

—¿Ha pasado algo? ¿Está bien América?

Nada más preguntar, se sentó.

Yo me senté a su lado y me sequé los ojos.

—Sí... América está bien. Llegaron a casa alrededor de las cuatro de la mañana. Siguen en la cama. Es pronto, volvamos a dormirnos.

Su mirada se paseó por diferentes puntos de mi habitación mientras recordaba la noche anterior. Sabiendo que en cualquier momento se acordaría de cómo la saqué a rastras de la fiesta y monté una escena, le puse ambas manos a cada lado de la cara y la besé por última vez.

—¿Has dormido algo? —me preguntó mientras me abrazaba por la cintura.

—No he podido. No quería...

Me besó en la frente.

—Sea lo que sea, lo solucionaremos, ¿de acuerdo? ¿Por qué no intentas dormir un poco? Ya lo arreglaremos todo cuando nos despertemos.

No era lo que esperaba. Levanté la cabeza y escudriñé la expresión de su cara.

—¿Qué quieres decir con que lo solucionaremos?

Levantó las cejas.

—No sé qué ocurre, pero estoy aquí.

—¿Estás aquí? Es decir, ¿te vas a quedar? ¿Conmigo?

La expresión de su cara era de extrañeza.

—Sí, pensaba que lo habíamos hablado anoche.

—Y así fue. —Probablemente parecía un títere, pero asentí con fuerza.

Abby frunció los ojos.

—Pensabas que me iba a despertar enojada contigo, ¿verdad? ¿Pensabas que iba a marcharme?

—Sueles actuar de ese modo.

—¿Y eso es lo que te tiene tan disgustado? ¿Te has quedado despierto toda la noche preocupado por lo que pasaría cuando me despertara?

Me moví incómodo.

—No pretendía que la noche pasada acabara así; estaba un poco borracho y te seguí por la fiesta como un jodido acosador; después te arrastré hasta aquí contra tu voluntad... y entonces... —Sacudí la cabeza, enojado conmigo mismo.

—¿Disfruté del mejor sexo de mi vida? —concluyó Abby mientras sonreía y me estrechaba la mano.

Solté una carcajada, atónito por lo bien que estaba yendo la conversación.

—Entonces, ¿estamos bien?

Abby me sujetó la cara y me besó con ternura.

—Sí, tonto; te lo prometí, ¿no? Te dije lo que querías oír, volvemos a estar juntos ¿y todavía no estás feliz? —Me faltaba el aliento y me esforcé por tragarme las lágrimas. Seguía sin parecerme real—. Travis, para. Te amo —dijo Abby, alisándome las arrugas de alrededor de los ojos—. Esta absurda ruptura podría haberse acabado en Acción de Gracias, pero...

—Espera..., ¿qué? —la interrumpí, inclinándome hacia atrás.

—Estaba totalmente dispuesta a ceder en Acción de Gracias, pero dijiste que habías renunciado a intentar hacerme feliz y yo fui demasiado orgullosa para decirte que quería volver contigo.

—¿Me estás tomando el pelo? ¡Solo intentaba facilitarte las cosas! ¿Tienes idea de lo desgraciado que he sido?

Abby frunció el ceño.

—Parecías estar bien después de la ruptura.

—¡Lo hacía por ti! Tenía miedo de perderte si no fingía que me parecía bien que fuéramos solo amigos. ¿Podríamos haber estado juntos todo este tiempo? ¿Qué mierda estás diciendo, Paloma?

—Eh... Lo siento.

—¿Lo sientes? ¡Maldita sea! Casi me mato bebiendo, apenas podía salir de la cama, rompí mi teléfono en un millón de trozos en Año Nuevo para evitar llamarte... ¿y dices que lo sientes?

Abby se mordió el labio, avergonzada.

—Lo siento... Lo siento muchísimo.

—Te perdono —dije sin dudarlo—. No vuelvas a hacerlo nunca más.

—No lo haré. Lo prometo.

Sacudí la cabeza mientras me reía como un idiota.

—Maldita sea, te amo.

Capítulo 26

PÁNICO

La vida había vuelto a la normalidad, quizás más para Abby que para mí. Aparentemente éramos felices, pero yo había levantado un muro de cautela a mi alrededor. No daba por seguro ni un segundo con Abby. Si la miraba y deseaba tocarla, lo hacía. Si no estaba en mi apartamento y la echaba de menos, iba al Morgan. Si estaba en mi apartamento, la tenía siempre entre mis brazos.

Cuando volvimos a clase como pareja por primera vez desde otoño, ocurrió lo esperable. Mientras paseábamos, cogidos de la mano, riendo y besándonos de vez en cuando —sí, bastante a menudo—, el nivel de habladurías alcanzó un pico histórico. Como siempre en esa universidad, los murmullos y las historias sensacionalistas seguían hasta que otro escándalo sacudía el campus.

Además de la inseguridad que sentía en mi relación con Abby, Shepley estaba cada vez más irritable por la última pelea del año. No estaba muy equivocado. Ambos dependíamos de las ganancias que sacáramos de esa pelea para pagar los gastos del verano, por no decir ya de parte del otoño. Dado que había decidido que esa última pelea del año sería también mi última pelea en términos absolutos, la necesitábamos.

Las vacaciones de primavera se acercaban, pero todavía no sabíamos nada de Adam. Shepley, por fin, había averiguado a través de diversas fuentes que Adam procuraba pasar inadvertido después de los arrestos de la última pelea.

El viernes anterior a las vacaciones, el ambiente del campus parecía más alegre, a pesar de la última nevada que había caído en el estado durante la noche. De camino a la cafetería para almorzar, Abby y yo habíamos escapado por poco de una guerra de bolas de nieve; América no podía decir lo mismo.

Todos charlábamos y nos reíamos mientras esperábamos en la cola para coger unas bandejas de vete tú a saber qué; después nos sentamos en nuestros sitios de siempre. Shepley consolaba a América mientras yo entretenía a Brazil contándole cómo Abby había desfalcado a mis hermanos en la noche de póquer. Mi teléfono sonó, pero no me di cuenta hasta que Abby me lo indicó.

—¿Trav? —dijo ella. Me di la vuelta en cuanto dijo mi nombre—. Creo que puede interesarte esa llamada.

Bajé la mirada y suspiré.

—O no.

En parte, necesitaba esa última pelea, pero por otra parte sabía que sería un tiempo que pasaría separado de Abby. Después de que la agredieran en la última, era imposible que pudiera concentrarme si acudía a la próxima sin protección, pero tampoco podría concentrarme por completo si no estaba allí presente. La última pelea del año siempre era la más dura, y no me podía permitir tener la cabeza en otra parte.

—Podría ser importante —dijo Abby.

Me llevé el teléfono a la oreja.

—¿Qué hay, Adam?

—¡Perro Loco! Te va a encantar lo que te he preparado. ¡He conseguido al puto John Savage! Planea hacerse profesional el año que viene. ¡Esta oportunidad solo se te presenta una vez en la vida, amigo mío! Cinco cifras. Te dará para vivir sin preocuparte durante un tiempo.

—Esta es mi última pelea, Adam.

Al otro lado de la línea se hizo el silencio. Podía imaginármelo apretando las mandíbulas. Más de una vez había acusado a Abby de ser una amenaza para sus ingresos y estaba seguro de que la culparía de mi decisión.

—¿La llevarás?

—Todavía no estoy seguro.

—Deberías dejarla en casa, Travis. Si realmente es tu última pelea, necesito que lo des todo.

—No pienso ir sin ella y Shep se va de la ciudad.

—No quiero tonterías esta vez. Lo digo en serio.

—Lo sé... Ya te he oído.

Adam soltó un suspiro.

—Si de verdad no piensas dejarla en casa, tal vez deberías llamar a Trent. Así estarás tranquilo y podrás concentrarte.

—Hum..., de hecho, no es mala idea —le dije.

—Piensa en ello y ya me lo dirás —dijo Adam, antes de colgar.

Abby me miraba expectante.

—Bastará para pagar el alquiler de los próximos ocho meses. Adam ha conseguido a John Savage. Está intentando hacerse profesional.

—Nunca lo he visto pelear ¿y tú? —preguntó Shepley, inclinándose hacia delante.

—Solo una vez en Springfield. Es bueno.

—No lo suficiente —dijo Abby. Me acerqué y la besé en la frente—. Puedo quedarme en casa, Trav.

—No —dije, sacudiendo la cabeza.

—No quiero que te peguen como la última vez porque estés preocupado por mí.

—No, Paloma.

—Te esperaré.

Ella sonrió, pero obviamente era una reacción forzada, lo que acabó por convencerme.

—Le pediré a Trent que venga. Es el único en el que confiaría para poder concentrarme en la pelea.

—Muchas gracias, idiota —gruñó Shepley.

—Oye, tuviste tu oportunidad —dije, solo medio en broma.

Shepley puso mala cara. Podía estar enfadado todo el día, pero la había cagado en Hellerton al dejar que Abby se alejara de él. Si hubiera prestado atención, nunca habría ocurrido, y todos lo sabíamos.

América y Abby juraban que había sido un accidente desafortunado, pero yo no dudé en decirle que no era así. Estaba viendo la pelea en lugar de prestar atención a Abby y, si Ethan se hubiera salido con la suya, yo estaría en la cárcel por asesinato. Shepley se había disculpado con Abby durante semanas, pero yo me lo había llevado aparte y le pedí que lo dejara pasar. A ninguno de nosotros le gustaba revivirlo cada vez que la culpa podía con él.

—Shepley, no fue culpa tuya. Me lo quitaste de encima, ¿recuerdas? —dijo Abby, esquivando a América para darle una palmadita a Shepley en el brazo. Después, se volvió hacia mí—: ¿Cuándo es la pelea?

—En algún momento de la semana que viene. Quiero que vayas. Necesito que vayas.

Si hubiera sido menos imbécil, habría insistido en que se quedara en casa, pero ya había quedado patente en numerosas ocasiones que lo era. Mi necesidad de tener cerca a Abby Abernathy se imponía a mi pensamiento racional. Siempre había sido así e imaginé que lo sería siempre.

Abby sonrió y apoyó la barbilla sobre mi hombro.

—Entonces, allí estaré.

Dejé a Abby en su última clase, le di un beso de despedida y me fui a ver a Shepley y a América al Morgan. El campus se vaciaba rápidamente, así que finalmente decidí fumarme unos cigarrillos en una esquina para no tener que esquivar a alumnas cargadas de equipaje o con ropa sucia cada tres minutos.

Saqué el celular del bolsillo y marqué el número de Trenton, y con cada tono mi impaciencia aumentaba. Finalmente, saltó el buzón de voz. «Trent, soy yo. Necesito un favor enorme. El tiempo es oro, así que llámame en cuanto puedas. Hasta luego».

Colgué al ver a Shepley y América empujar las puertas de cristal de la residencia, cada uno de ellos con dos bolsas.

—Parece que ya lo tienen todo preparado. —Shepley sonrió; América no—. En realidad no son tan malos, ya verás —dije, dándole un golpecito con el codo.

Su cara de disgusto no desapareció.

—Cuando lleguemos, se sentirá mejor —dijo Shepley, más para animar a su novia que para convencerme. Les ayudé a cargar las cosas en el maletero del Charger y esperamos a que Abby acabara sus clases y se reuniera con nosotros en el estacionamiento.

Me ajusté el gorro sobre las orejas y encendí un cigarrillo, a la espera. Trenton todavía no me había devuelto la llamada y empezaba a ponerme nervioso que no pudiera venir. Los gemelos estaban de camino a Colorado con algunos de sus antiguos compañeros de Sig Tau y no confiaba en nadie más para mantener a salvo a Abby.

Di varias caladas mientras imaginaba diferentes posibilidades que explicaran por qué Trenton no respondía a mi llamada. También pensé en lo jodidamente egoísta que estaba siendo al exigir que estuviera presente en un lugar donde sabía que podía estar en peligro. Necesitaba estar completamente concentrado para ganar esa pelea, y eso dependía de dos cosas: de la presencia de Abby y de su seguridad. Si Trenton tenía que trabajar o no me devolvía la llamada, tendría que cancelar la pelea. Era la única opción.

Di la última calada al último cigarrillo del paquete. Había estado tan preocupado que no me había dado cuenta de lo mucho que había fumado. Miré el reloj. Abby debería haber salido de clase ya.

Justo entonces, oí que me llamaba.

—Hola, Paloma.

—¿Va todo bien?

—Ahora sí —dije, acercándola hacia mí.

—Está bien. ¿Qué ocurre?

—Es que tengo muchas cosas en la cabeza. —Suspiré. Cuando me hizo saber que mi respuesta no la satisfacía, continué—. Esta semana..., la pelea y que estés allí.

—Ya te he dicho que me puedo quedar en casa.

—Necesito que estés allí, Paloma —dije mientras tiraba el cigarrillo al suelo.

Lo vi desaparecer en una profunda huella en la nieve y después cogí a Abby de la mano.

—¿Has hablado con Trent? —preguntó ella.

—Estoy esperando a que me devuelva la llamada.

América bajó la ventanilla del Charger de Shepley y asomó la cabeza.

—¡Dense prisa! ¡Hace muchísimo frío!

Sonreí y le abrí la puerta a Abby.

Mientras miraba por la ventanilla, Shepley y América repitieron la misma conversación que tenían desde que se habían enterado de que ella iba a conocer a sus padres. Justo cuando llegamos al estacionamiento de mi apartamento, mi teléfono sonó.

—¿Qué mierda pasaba contigo, Trent? —pregunté, después de ver su nombre en la pantalla—. Te he llamado hace horas. Tampoco se puede decir precisamente que te estés matando trabajando.

—No han sido horas y lo siento. Estaba con Cami.

—Bueno, da igual. Escucha, necesito un favor. Tengo una pelea la semana que viene y necesito que vayas. No sé cuándo es, pero necesito que no tardes más de una hora en llegar allí a partir del momento en que te llame. ¿Podrás hacer eso por mí?

—No sé, ¿y yo qué gano? —me respondió, burlón.

—¿Puedes o no, imbécil? Porque necesito que no pierdas de vista a Paloma. Un cabrón le puso la mano encima la última vez y...

—¿Qué dices, joder? ¿En serio?

—Sí.

—¿Y quién fue? —preguntó Trenton, adoptando un tono de voz repentinamente serio.

—Me encargué de ello. ¿Así que si te llamo...?

—Sí, por supuesto, hermanito, allí estaré.

—Gracias, Trent.

Cerré el teléfono y apoyé la cabeza contra el respaldo del asiento.

—¿Más tranquilo? —preguntó Shepley, que vio por el retrovisor cómo mi ansiedad desaparecía.

—Sí. No estaba seguro de cómo me las iba a apañar sin que estuviera allí.

—Ya te lo he dicho... —empezó a decir Abby, pero la corté.

—Paloma, ¿cuántas veces tengo que repetirlo?

Sacudió la cabeza contrariada por mi tono impaciente.

—Bueno, pero sigo sin entenderlo. Antes no me necesitabas.

Me volví hacia ella y le acaricié la mejilla con un dedo. Era evidente que no tenía ni idea de lo profundos que eran mis sentimientos.

—Antes no te conocía. Si no estás allí, no puedo concentrarme. Empiezo a preguntarme dónde estás, qué estás haciendo... En cambio, si estás presente y puedo verte, me centro. Sé que es una locura, pero es así.

—Y la locura es exactamente lo que me gusta —dijo ella, antes de acercarse a besarme en los labios.

—Eso está claro —murmuró América por lo bajo.

Antes de que el sol se ocultara demasiado en el horizonte, América y Shepley se fueron en el Charger hacia el sur.

Abby sacudió las llaves del Honda y sonrió.

—Al menos no tendremos que congelarnos en la Harley.

Sonreí.

Abby se encogió de hombros.

—Tal vez, deberíamos, no sé, pensar en comprarnos nuestro propio coche, ¿no?

—Después de la pelea, iremos a comprar uno. ¿Qué te parece?

Dio un salto, me envolvió con los brazos y las piernas y me cubrió las mejillas, la boca y el cuello de besos. Subí las escaleras del apartamento y fui directamente al dormitorio.

Abby y yo pasamos los siguientes cuatro días o bien acurrucados en la cama o en el sofá con *Toto*, viendo películas antiguas. Eso hizo tolerable la espera hasta que Adam llamara. Finalmente la noche del jueves, mientras veíamos repeticiones de *Yo y el mundo*, el número de teléfono de Adam apareció en la pantalla de mi celular. Miré a Abby a los ojos.

—¿Sí?

—Perro Loco, te quiero listo dentro de una hora. La pelea será en el Keaton Hall. Ven bien preparado, te espera un Hulk Hogan con esteroides.

—Nos vemos después. —Me levanté y arrastré a Abby conmigo—. Ponte algo que te proteja del frío, cariño. El Keaton es un edificio antiguo y probablemente habrá apagado la calefacción durante las vacaciones.

Abby dio unos pasitos de baile de alegría antes de salir corriendo hacia el dormitorio. Sonreí. ¿Qué chica estaría tan emocionada por asistir a una pelea con su novio? Era inevitable que me enamorara de ella.

Me puse una sudadera con capucha y unas botas y esperé a Abby en la puerta principal.

—¡Voy! —gritó ella al aparecer en el pasillo. Se agarró a ambos lados del quicio de la puerta y ladeó la cadera.

—¿Qué te parece? —me preguntó poniendo gestos como si fuera una modelo... o un pato. No estaba seguro de a cuál de los dos pretendía imitar.

La miré de arriba abajo: llevaba un cárdigan gris largo, una camiseta blanca y unos *jeans* azules ajustados, metidos por dentro de unas botas negras altas. Debía de pensar que tenía gracia, que parecía desaliñada, pero, al verla, me quedé sin aliento.

Se relajó y dejó caer los brazos a ambos lados del cuerpo.

—¿Tan mal estoy?

—No —dije, tratando de encontrar las palabras adecuadas—. No estás mal en absoluto.

Con una mano abrí la puerta y le tendí la otra. Con cierto balanceo, Abby cruzó la sala de estar y entrelazó sus dedos con los míos.

El Honda no alcanzaba mucha velocidad, pero llegamos al Keaton con tiempo de sobra. Llamé a Trenton de camino mientras pedía a Dios que acudiera tal y como me lo había prometido.

Abby estaba de pie conmigo, esperando a Trenton junto al alto muro norte del Keaton. Las fachadas este y oeste estaban cubiertas de andamios de acero. La universidad se preparaba para dar a su edificio más antiguo un lavado de cara.

Encendí un cigarrillo, le di una calada y saqué el humo por la nariz.

Abby me apretó la mano.

—Vendrá.

La gente ya se estaba colando por donde podía, después de aparcar a varias manzanas de distancia en distintos estacionamientos. Cuanto más se acercaba la hora de la pelea, más gente subía por la salida de incendios del lado sur.

Fruncí el ceño. No habían meditado mucho la elección del edificio. A la última pelea del año siempre acudían los jugadores más serios y siempre llegaban antes para poder hacer sus apuestas y asegurarse una buena visión. Además, el tamaño del bote también atraía a los espectadores menos experimentados, que aparecían tarde y acababan aplastados contra las paredes. El bote de ese año era excepcionalmente alto. El Keaton estaba a las afueras del campus, lo que era preferible, pero su sótano también era uno de los más pequeños.

—Esta es una de las peores ideas de Adam hasta la fecha —gruñí.

—Ya es tarde para cambiarlo —dijo Abby mientras miraba los muros de hormigón.

Abrí el celular para escribir el sexto mensaje de texto a Trenton y después volví a cerrar el teléfono.

—Pareces nervioso esta noche —susurró Abby.

—Me sentiré mejor cuando Trent traiga su jodido culo aquí.

—Aquí estoy, marica —dijo Trenton en voz baja. Suspiré aliviado—. ¿Qué tal estás, hermanita? —preguntó Trenton a Abby, abrazándola con un brazo y empujándome juguetón con el otro.

—Estoy bien, Trent —dijo divertida.

Llevé a Abby de la mano hasta la parte trasera del edificio y, mientras caminábamos, me giré un par de veces a mirar a Trenton.

—Si aparece la poli y nos separamos, nos vemos en el Morgan Hall, ¿de acuerdo?

Trenton asintió justo cuando me detuve junto a una ventana abierta a ras de suelo.

—Me estás tomando el pelo —dijo Trenton, mirando fijamente la ventana—. Ni siquiera Abby cabe por ahí.

—Cabrás —lo tranquilicé, antes de entrar sigilosamente en la oscuridad del recinto.

Acostumbrada ya a colarse en lugares parecidos, Abby no dudó en echarse sobre el frío suelo y meterse por la ventana, hasta caer en mis brazos.

Esperamos unos momentos y después Trenton se quejó mientras se descolgaba por el alféizar y aterrizaba en el suelo; casi perdió el equilibrio cuando sus pies tocaron el cemento.

—Tienes suerte de que quiera a Abby. No realizaría esta mierda por nadie más —se quejó mientras se limpiaba la camiseta.

Di un salto y cerré la ventana con un golpe rápido.

—Por aquí —dije mientras conducía a Abby y a mi hermano por la oscuridad.

No introdujimos cada vez más en el edificio hasta que pudimos ver un destello de luz delante de nosotros. Un susurro de voces llegaba desde el fondo y nuestros tres pares de pies chirriaban sobre la grava suelta del suelo.

Trenton suspiró después de girar por tercera vez.

—Nunca vamos a encontrar el camino.

—Sígueme. Todo irá bien —dije.

Era fácil discernir lo cerca que estábamos por el ruido cada vez más fuerte de la multitud que esperaba en la sala principal. Se oyó la voz de Adam por el megáfono que gritaba nombres y cifras.

Me detuve en la siguiente habitación y miré a mi alrededor, a los pupitres y a las sillas cubiertos de sábanas blancas. Me sobrevino un mal presentimiento. Elegir ese sitio había sido un error, casi tan grande como el de llevar a Abby a un lugar tan peligroso. Si se desataba una pelea, Abby podría contar con Trenton, pero el habitual recinto seguro lejos de la multitud estaba lleno de muebles y equipamiento.

—Bueno, ¿ya tienes pensada una estrategia? —me preguntó Trenton.

—Divide y vencerás.

—¿Y qué piensas dividir?

—Su cabeza del resto del cuerpo.

Trenton asintió rápidamente.

—Buen plan.

—Paloma, quiero que te quedes junto a esta puerta, ¿de acuerdo? —Abby estaba mirando a la sala principal, boquiabierta por el caos—. Paloma, ¿me has oído? —le pregunté, tocándole el brazo.

—¿Qué? —preguntó ella, pestañeando.

—Quiero que te quedes junto a esta puerta, ¿vale? No te sueltes del brazo de Trent en ningún momento.

—No me moveré. Lo prometo.

El dulce gesto abrumado de su cara me hizo sonreír.

—Ahora eres tú la que parece nerviosa.

Miró hacia la puerta y después de nuevo a mí.

—Esto no me da buena espina, Trav. No es por la pelea, pero... hay algo. Este lugar me da escalofríos.

No podía llevarle la contraria.

—No estaremos aquí mucho tiempo.

Volví a oír por el megáfono a Adam, que anunciaba el inicio.

Puse las manos a ambos lados de la cara de Abby y la miré a los ojos.

—Te amo.

Abby esbozó una ligera sonrisa y la acerqué a mí para abrazarla con fuerza contra mi pecho.

—... ¡Y ni se les ocurra usar a sus putitas para intentar estafarnos, chicos! —gritó Adam por el megáfono.

Hice que Abby sujetara a Trenton del brazo.

—No le quites los ojos de encima. Ni un segundo. Este lugar será una locura en cuanto empiece la pelea.

—¡... Así que denle la bienvenida al contendiente de esta noche..., John Savage!

—La protegeré con mi vida, hermanito —dijo Trenton, apretando delicadamente el brazo de Abby para enfatizar sus palabras—. Ahora, ve a patearle el culo a ese tipo y salgamos de aquí.

—¡Dispónganse a temblar, chicos, y agárrense bien los calzones, señoritas! ¡Aquí está: Travis «Perro Loco» Maddox!

Tras la presentación de Adam, entré en la sala principal.

Todo el mundo levantó los brazos y las voces de los asistentes atronaron al unísono. El océano de personas se separó ante mí y lentamente me abrí pasó hacia el Círculo.

La habitación estaba solo iluminada por unos faroles colgados del techo. Siguiendo con su intención de mantener un perfil bajo después de que casi nos apresaran, Adam no quería luces brillantes que pudieran alertar a nadie del exterior.

Incluso bajo esa luz tenue, podía ver la severidad de la expresión de John Savage. Era más alto que yo y tenía una mirada salvaje y ansiosa. Saltó pasando el peso de un pie al otro varias veces y después se quedó quieto, fulminándome con la mirada como si planeara mi asesinato.

Savage no era ningún aficionado, pero solo había tres maneras de ganar: noqueo, sumisión y decisión. Siempre había tenido ventaja sobre mis rivales porque tenía cuatro hermanos y cada uno peleaba de manera diferente.

Si John Savage peleaba como Trenton, se basaría en la ofensiva, la velocidad y los ataques por sorpresa, algo para lo que me había entrenado durante todo mi vida.

Si peleaba como los gemelos, mezclaría puñetazos y patadas, o usaría una táctica de golpes bajos, para lo que también me había entrenado durante toda mi vida.

Thomas era el más letal. Si Savage sabía jugar bien sus cartas, y probablemente así era, a juzgar por cómo me estaba evaluando, pelearía conmigo usando un equilibrio perfecto de fuerza, velocidad y estrategia. Solo había intercambiado unos cuantos golpes con mi hermano mayor un puñado de veces en mi vida, pero después de cumplir los dieciséis, no podía derrotarme sin ayuda de mis otros hermanos.

No importaba lo mucho que hubiera entrenado John Savage o la ventaja que creyera tener, porque yo había luchado con él antes. Había luchado con todo el mundo con quien valiera la pena luchar antes… y había ganado.

Adam hizo sonar la sirena del megáfono y Savage dio un pasito atrás antes de lanzarme el primer golpe. Lo esquivé. Definitivamente luchaba como Thomas.

Savage se acercó demasiado, así que levanté la bota y lo lancé de nuevo a la muchedumbre, que lo empujó de vuelta al Círculo; entonces se acercó con fuerzas renovadas.

Dio dos puñetazos seguidos, después lo sujeté y le di un rodillazo. John se tambaleó hacia atrás, se recuperó y contraatacó de nuevo.

Me tambaleé y fallé, después intentó cogerme por la cintura. Como ya estaba sudando, me resultó fácil librarme de su agarre. Cuando me di la vuelta, me asestó un codazo en la mandíbula y el mundo se detuvo una milésima de segundo antes de poder recuperarme y de responderle con un gancho de izquierda y otro de derecha, asestando un golpe tras otro.

El labio inferior de Savage se partió y salpicó sangre. Al verla, aumentó el ruido de la habitación hasta un nivel de decibelios ensordecedor.

Eché hacia atrás el codo y el puño le siguió, hasta que hizo una corta parada en la nariz de Savage. No me contuve, sorprendiéndolo a propósito para poder mirar hacia atrás y comprobar que Abby estaba bien. Estaba donde le había pedido que se quedara y seguía cogiendo a Trenton del brazo.

Satisfecho tras comprobar que estaba bien, volví a centrarme en la pelea y esquivé ágilmente los golpes inseguros de Savage; entonces, me rodeó con ambos brazos y caímos los dos al suelo.

John aterrizó debajo de mí y, sin pretenderlo siquiera, mi codo acabó golpeándole con fuerza la cara. Usando las piernas como tenazas, me agarró y las cerró en torno a mis caderas.

—¡Voy a acabar contigo, gamberro de mierda! —gritó John.

Sonreí y después me levanté del suelo, arrastrándolo conmigo.

Savage se esforzó por desequilibrarme, pero ya iba siendo hora de llevarme a Abby a casa.

La voz de Trenton se elevó por encima de la multitud:

—¡Patéale el culo, Travis!

Me tiré hacia delante y ligeramente a un lado y conseguí golpear la espalda y la cabeza de John contra el cemento en un golpe devastador. Con mi oponente aturdido, cogí impulso y le machaqué la cara a puñetazos sin parar hasta que un par de brazos me cogieron y me apartaron.

Adam lanzó un cuadrado rojo sobre el pecho de Savage y la sala estalló cuando me cogió de la muñeca para levantarme la mano en el aire. Miré a Abby, que aparecía y desaparecía por encima de las cabezas de la multitud, apoyándose en mi hermano. Trenton gritaba algo con una sonrisa enorme en la cara. Justo cuando la gente empezaba a dispersarse, vi la mirada de terror en la cara de Abby y, segundos después, un grito colectivo desató el pánico. Una de las lámparas que colgaba en una esquina de la sala principal se había caído y una sábana blanca se había incendiado. El fuego se extendió rápidamente a la sábana de al lado e inició una reacción en cadena.

Todos gritaban y se apresuraban hacia las escaleras mientras la habitación se llenaba rápidamente de humo. Las llamas arrojaban luz sobre las caras asustadas de chicos y chicas.

—¡Abby! —grité al darme cuenta de lo lejos que estaba y cuánta gente nos separaba.

Si no podía llegar a ella, Abby y Trenton tendrían que volver a salir por la ventana después de atravesar el laberinto de oscuros pasillos. El terror me caló hasta los huesos y me llevó a empujar con rabia a cualquiera que se pusiera en mi camino. La sala se oscureció y un fuerte ruido de explosiones se oyó al otro lado de la habitación. Las otras lámparas ardieron también y se sumaron a las llamas con pequeñas explosiones. Pude atisbar a Trenton, que cogía a Abby del brazo y la ponía detrás de él mientras intentaba abrirse paso entre la muchedumbre.

Abby sacudió la cabeza y tiró de él hacia atrás.

Trenton miró a su alrededor, intentando pensar un plan de escape mientras permanecían en el centro de la confusión. Si intentaban escapar por la salida de incendios, serían los últimos en llegar. El fuego crecía rápidamente. No conseguirían abrirse paso entre la multitud y llegar a la salida a tiempo.

El gentío, que no dejaba de moverse y empujar, frustraba todos mis intentos por llegar hasta donde estaba Abby. El ambiente alegre que había reinado en la sala se había convertido en gritos horrorizados de miedo y desesperación mientras todos luchaban por alcanzar las salidas.

Trenton empujaba a Abby hacia la puerta, pero ella luchaba contra él para mirar hacia atrás.

—¡Travis! —gritó ella mientras intentaba llegar hasta mí.

Intenté coger aliento para responder, pero se me llenaron los pulmones de humo. Tosí e intenté disipar el humo con la mano.

—¡Por aquí, Trav! —exclamó Trenton.

—¡Simplemente, sácala de aquí, Trent! ¡Saca a Paloma!

Abby abrió mucho los ojos y sacudió la cabeza.

—¡Travis!

—¡Márchense! ¡Nos vemos fuera! —dije.

Abby hizo una pausa durante un momento antes de apretar los labios.

Sentí alivio. Abby Abernathy tenía un fuerte instinto de supervivencia y acababa de activarse. Cogió a Trenton de la manga y tiró de él hacia atrás, de regreso a los pasillos oscuros, lejos del fuego.

Me di la vuelta para intentar encontrar una salida. Docenas de espectadores se abalanzaban hacia el estrecho acceso a las escaleras, gritando y peleándose unos con otros por llegar a la salida.

La sala estaba casi negra por el humo y sentí que mis pulmones luchaban por conseguir aire. Me arrodillé en el suelo e intenté recordar las diferentes puertas que había en la sala principal. Me giré hacia las escaleras. Ese era el camino que quería tomar, lejos del fuego, pero me negué a dejarme llevar por el pánico. Había una segunda puerta que conducía a la salida de incendios, una en la que solo unas pocas personas pensarían. Me agaché y corrí hacia donde recordaba que estaba, pero tuve que detenerme. La idea de que Abby y Trenton se perdieran apareció en mi mente y me alejó de la salida.

Oí mi nombre y miré hacia el lugar del que venía el sonido.

—¡Travis! ¡Travis! ¡Por aquí! —Adam estaba de pie junto a la puerta y me hacía señales con la mano para que fuera hacia él.

Sacudí la cabeza.

—¡Voy por Paloma!

El camino hacia la habitación más pequeña por la que Trenton y Abby habían escapado estaba casi despejado, así que corrí por la sala hasta que me topé con alguien. Se trataba de una chica, de primero por su aspecto, con la cara cubierta de rayas negras. Aterrada, se puso de pie.

—¡Ayúdame! ¡No..., no sé cómo salir! —dijo ella, sin dejar de toser.

—¡Adam! —grité mientras la empujaba hacia la salida—. ¡Ayúdala a salir de aquí!

La chica corrió hacia Adam, quien la cogió de la mano antes de desaparecer por la salida y de que el humo me impidiera ver nada más. Me puse en marcha y corrí hacia Abby. Había más personas deambulando por el oscuro laberinto de pasillos, llorando y jadeando mientras intentaban buscar una salida.

—¡Abby! —exclamé hacia la oscuridad.

Me aterrorizaba pensar que hubieran cogido el camino equivocado.

Me dirigí hacia un grupito de chicas que estaba al final del pasillo llorando y les pregunté:

—¿Han visto a un chico y a una chica que iban por aquí? Trenton es más o menos de esta altura y se parece a mí —dije llevándome la mano a la frente.

Negaron con la cabeza.

Fue como una patada en el estómago. Abby y Trenton habían tomado el camino equivocado.

Al grupo de chicas asustadas les di las indicaciones que necesitaban:

—Sigan ese pasillo hasta que lleguen al final. Hay unas escaleras con una puerta en lo alto. Súbanlas y giren a la izquierda. Hay una ventana por la que pueden salir.

Una de las chicas asintió, se secó los ojos y le gritó a sus amigas para que la siguieran.

En lugar de volver por los pasillos por los que habíamos venido, giré a la izquierda y corrí hacia la oscuridad, con la esperanza de tener la suerte de encontrarlos de algún modo.

Oía gritos que venían de la sala principal mientras seguía adelante, decidido a asegurarme de que Abby y Trenton habían encontrado la salida. No pensaba irme hasta saberlo con certeza.

Después de recorrer varios pasillos, empecé a sentirme asustado de verdad. El olor del humo había llegado hasta mí y sabía que, teniendo en cuenta el edificio, su antigüedad, los muebles y las sábanas que los cubrían devoradas por el fuego, las llamas se tragarían todo el sótano en pocos minutos.

—¡Abby! —grité de nuevo—. ¡Trent!

Nada.

Capítulo 27

FUEGO Y HIELO

Era imposible escapar del humo; daba igual en qué habitación estuviera, cada bocanada de aire era corta, caliente y me quemaba los pulmones.

Me agaché y me cogí de las rodillas, jadeando. Había perdido el sentido de la orientación, tanto por la oscuridad como por la posibilidad real de no poder encontrar a mi novia ni a mi hermano antes de que fuera demasiado tarde. Ni siquiera estaba seguro de poder encontrar yo la salida.

Entre arrebatos de tos, oí unos golpes que provenían de la habitación adyacente.

—¡Socorro! ¡Que alguien me ayude!

Era Abby. Con fuerzas renovadas, me precipité hacia su voz, buscando el camino a través de la oscuridad. Toqué una pared con las manos y después me detuve al notar una puerta. Estaba cerrada.

—¿Paloma? —grité y tiré de la puerta.

La voz de Abby se volvió más aguda, lo que me incentivó a echar un paso atrás y dar patadas a la puerta hasta que conseguí abrirla.

Abby estaba de pie en un pupitre justo debajo de una ventana mientras golpeaba el cristal con los puños desesperadamente; ni siquiera se dio cuenta de que había entrado en la habitación.

—¿Paloma? —dije, tosiendo.

—¡Travis! —gritó ella, bajándose del pupitre y arrojándose a mis brazos.

La cogí por las mejillas.

—¿Dónde está Trent?

—¡Se ha ido con ellos! —se lamentó mientras sollozaba—. Intenté que viniera conmigo, pero ¡no quiso!

Miré el pasillo detrás de mí. El fuego avanzaba hacia nosotros alimentándose de los muebles cubiertos que estaban junto a las paredes.

Abby ahogó un gritó al verlo y después tosió. Enarqué las cejas mientras me preguntaba dónde demonios estaría mi hermano. Si estaba al final de ese pasillo, no saldría de esta. Sentí ganas de llorar, pero la mirada de terror de Abby me obligó a contenerme.

—Vamos a salir de aquí, Paloma. —Apreté mis labios contra los suyos en un movimiento rápido y firme, y después trepé hasta lo alto de su escalera improvisada. Empujé la ventana y noté cómo me temblaban los músculos mientras usaba las fuerzas que me quedaban contra el cristal.

—¡Apártate, Abby! ¡Voy a romper el cristal!

Abby dio un paso atrás, temblando de los pies a la cabeza. Doblé el codo, cogí impulso y solté un grito cuando estampé el puño contra la ventana. El cristal se rompió y alargué el brazo.

—¡Vamos! —grité.

El calor del fuego se apoderó de la habitación. Impulsado por el miedo, levanté a Abby del suelo con un brazo y la empujé al exterior.

Ella esperó de rodillas mientras yo salía también y me ayudó a ponerme de pie. Las sirenas aullaban al otro lado del edificio y luces rojas y azules de los camiones de bomberos y de los coches de policía danzaban sobre los ladrillos de los edificios adyacentes.

Sujeté a Abby y corrimos hacia donde una multitud de personas esperaba de pie delante del edificio. Buscamos entre las caras cubiertas de hollín la de Trenton mientras gritaba su nombre. Cada vez que lo llamaba, mi voz sonaba más rota. No estaba allí. Comprobé el teléfono con la esperanza de que hubiera llamado. Al ver que no tenía ninguna llamada suya, lo cerré bruscamente.

Al borde de la desesperación, me tapé la boca, sin saber qué hacer a continuación. Mi hermano se había perdido en el edificio en llamas. No estaba fuera, así que solo había una conclusión posible.

—¡Trent! —grité mientras estiraba el cuello para buscar entre la multitud.

Los que habían escapado se abrazaban y gimoteaban detrás de los vehículos de emergencias mientras observaban con horror cómo los bomberos lanzaban agua por las ventanas. Los bomberos corrían al interior, arrastrando las mangueras tras ellos.

—No ha conseguido salir —murmuré—. No ha conseguido salir, Paloma.

Las lágrimas rodaron por mis mejillas y caí sobre las rodillas. Abby me imitó y me abrazó.

—Trent es listo, Trav. Seguro que ha salido. Tiene que haber encontrado un camino diferente.

Me dejé caer en el regazo de Abby y le agarré la camiseta con ambos puños.

Pasó un hora. Los llantos y gemidos de los supervivientes y de los espectadores del exterior se habían amortiguado y ahora reinaba un silencio fantasmal. Los bomberos sacaron solo a dos supervivientes y después salían una y otra vez con las manos vacías. Cada vez que alguien salía del edificio, contenía la respiración; una parte de mí esperaba que fuese Trenton, pero otra lo temía.

Media hora después, solo sacaban cadáveres. En lugar de realizarles técnicas de reanimación, simplemente colocaban a las víctimas unas junto a otras y las cubrían. El suelo estaba lleno de fallecidos, que sobrepasaban de lejos a los que habíamos conseguido escapar.

—¿Travis? —Adam apareció a nuestro lado. Me levanté y Abby hizo lo mismo—. Me alegra ver que han conseguido salir, chicos —dijo Adam, sorprendido y perplejo—. ¿Dónde está Trent?

No respondí. En lugar de eso nuestra mirada volvió a los restos carbonizados del Keaton Hall, de cuyas ventanas seguía saliendo un espeso humo negro. Abby enterró la cara en mi pecho y me agarró con sus pequeños puños.

Estaba ante un escenario de pesadilla y solo podía quedarme mirando.

—Tengo..., eh... Tengo que llamar a mi padre —dije con el ceño fruncido.

—Tal vez deberías esperar. Todavía no sabemos nada —dijo Abby.

Me ardían los pulmones, igual que los ojos. Veía los números borrosos mientras se me llenaban los ojos de lágrimas que se deslizaron por mis mejillas.

—Esto es una mierda. Trent nunca debió haber estado ahí.

—Fue un accidente, Travis. No podías prever que pasaría algo así —dijo Abby, tocándome la mejilla.

Con una mueca de dolor, cerré con fuerza los ojos. Iba a tener que llamar a mi padre para decirle que Trenton seguía en un edificio en llamas y que era culpa mía. No creía que mi familia pudiera soportar ninguna otra pérdida. Trenton había vivido con mi padre mientras él intentaba recomponerse y estaban un poco más unidos.

Me faltaba la respiración mientras marcaba los números e imaginaba la reacción de mi padre. El teléfono tenía un tacto frío en mi mano y tiré de Abby hacia mí. Aunque no se diera cuenta, debía de estar congelándose.

Los números se transformaron en un nombre y abrí los ojos de par en par. Alguien me estaba llamando.

—¿Trent?

—¿Están bien? —me gritó Trent al oído, con la voz llena de pánico.

Una risa de sorpresa se escapó de mis labios mientras miraba a Abby.

—¡Es Trent!

Abby ahogó una exclamación y me apretó el brazo.

—¿Dónde estás? —pregunté, desesperado por encontrarlo.

—¡Estoy en el Morgan Hall, imbécil! ¡Donde me dijiste que nos reuniríamos! ¿Por qué no están aquí?

—¿Dónde estás? ¿Cómo que estás en el Morgan? ¡Estaré ahí en un minuto, no des ni un puñetero paso!

Me eché a correr, arrastrando a Abby detrás de mí. Cuando llegamos al Morgan, a ambos nos costaba respirar y tosíamos. Trenton bajó corriendo las escaleras y se lanzó contra nosotros dos.

—¡Maldita sea, hermano! ¡Pensaba que te habías achicharrado! —dijo Trenton abrazándonos fuerte.

—¡Serás idiota! —grité, empujándolo a un lado—. ¡Pensaba que estabas muerto, joder! ¡He estado esperando a que los bomberos sacaran tu cadáver carbonizado del Keaton!

Miré a Trenton con el ceño fruncido durante un momento y después volví a acercarlo a mí para abrazarlo. Extendí el brazo y fui a tientas hasta que noté el suéter de Abby, y tiré de ella para abrazarla también. Después de un rato, solté a Trenton.

Trenton miró a Abby con cara seria.

—Lo siento mucho, Abby, me entró el pánico.

Ella sacudió la cabeza.

—Solo me alegro de que estés bien.

—¿Yo? Si Travis llega a verme saliendo de ese edificio sin ti, más me habría valido estar muerto. Intenté dar contigo después de que salieras corriendo, pero entonces me perdí y tuve que buscar otro camino. Me paseé por el edificio en busca de otra ventana hasta que tropecé con unos policías y me obligaron a irme. ¡He estado atemorizado todo este tiempo! —dijo él, pasándose la mano sobre la cabeza.

Sequé las mejillas de Abby con los pulgares y después me levanté la camiseta y la usé para limpiarme el hollín de la cara.

—Larguémonos de aquí. Todo esto se llenará enseguida de policías.

Después de volver a abrazar a mi hermano, se fue a su coche mientras nosotros caminábamos hacia el Honda de América. Observé a Abby abrocharse el cinturón y después fruncí el ceño cuando tosió.

—Tal vez debería llevarte al hospital para que te vean.

—Estoy bien —dijo ella, entrelazando sus dedos con los míos. Bajó la mirada y vio un corte profundo en los nudillos—. ¿Eso te lo has hecho en la pelea o con la ventana?

—Con la ventana —respondí, poniendo cara de preocupación por sus uñas sangrientas. Su mirada se enterneció.

—Me has salvado la vida, ¿sabes?

Junté las cejas.

—No podía irme sin ti.

—Sabía que vendrías.

No solté a Abby de la mano hasta que llegamos al apartamento. Abby se dio una larga ducha y, con manos temblorosas, serví un par de copas de bourbon.

Se acercó arrastrando los pies y, después, se derrumbó en la cama aturdida.

—Toma —le dije mientras le daba una copa llena de líquido ámbar—. Te ayudará a relajarte.

—No estoy cansada.

Volví a ofrecerle el vaso. Tal vez había crecido entre mafiosos en Las Vegas, pero acabábamos de ver la muerte muy de cerca y habíamos escapado por muy poco.

—Intenta descansar un poco, Paloma.

—Casi tengo miedo de cerrar los ojos —dijo ella mientras cogía el vaso y se bebía el líquido.

Recogí el vaso vacío y lo dejé en la mesita de noche; después me senté a su lado en la cama. Nos sentamos en silencio y reflexionamos sobre las últimas horas. No parecía real.

—Esta noche ha muerto mucha gente —dije.

—Lo sé.

—Hasta mañana no sabremos exactamente cuántas víctimas ha habido.

—Trent y yo pasamos junto a un grupo de chicos mientras buscábamos la salida. Me pregunto si consiguieron salir. Parecían tan asustados...

Las manos de Abby empezaron a temblar, así que la reconforté del único modo que sabía. La abracé. Se relajó contra mi pecho y suspiré. Empezó a respirar más calmadamente y apretó su mejilla con más fuerza contra mi piel. Por primera vez desde que habíamos vuelto a estar juntos, me sentía completamente tranquilo con ella, como si hubiéramos regresado a cómo eran las cosas antes de Las Vegas.

—¿Travis?

Bajé la barbilla y le susurré con la boca pegada a su pelo:

—¿Qué pasa, cariño?

Nuestros teléfonos sonaron al unísono y respondimos a la vez mientras sujetaba su mano en la mía.

—Sí.

—¿Travis? ¿Estás bien?

—Sí, colega, estamos bien.

—Estoy bien, Mare. Todos lo estamos —dijo Abby, tranquilizando a América, que estaba al otro lado de la línea.

—Mis padres están alucinando. Lo estamos viendo en las noticias ahora mismo. Ni siquiera les he dicho que estabas allí. ¿Qué? —Shepley se alejó del teléfono para responder a sus padres—. No, mamá. Sí, ¡estoy hablando con él! ¡Está bien! ¡Están en su apartamento! Bueno... —prosiguió él—, ¿qué demonios ha pasado?

—Las jodida lámparas. Adam no quería luces fuertes que llamaran la atención para que no nos pillaran. Una prendió fuego a una sábana y empezó el incendio... Es grave, Shep. Ha muerto mucha gente.

Shepley respiró hondo.

—¿Alguien a quien conozcamos?

—Todavía no lo sé.

—Me alegro de que estés bien, hermano... De verdad... Santo cielo, me alegro mucho de que estés bien.

Abby estaba describiendo los aterradores momentos en los que deambulaba por la oscuridad en busca de una salida. Puse una mueca de dolor cuando explicó cómo se había herido los dedos al intentar abrir la ventana.

—Mare, no hace falta que vengan antes. Estamos bien —dijo Abby—. Estamos bien —volvió a decir, con más énfasis en esta ocasión—. Puedes abrazarme el viernes.

Me acerqué más el celular a la oreja.

—Será mejor que abraces a tu chica, Shep. Parece disgustada.

Shepley suspiró.

—Es que... —Volvió a suspirar.

—Lo sé.

—Te quiero. Eres un hermano para mí.

—Yo también. Nos vemos pronto.

Después de colgar nos quedamos en silencio, aún procesando lo que acababa de ocurrir. Me recosté sobre la almohada y atraje a Abby hacia mí.

—¿Está bien América?

—Está disgustada, pero se le pasará.

—Me alegro de que no estuvieran allí.

Movió la mandíbula bajo la piel y por dentro me maldije por provocarle más malos recuerdos.

—Yo también —dijo ella, con un estremecimiento.

—Siento todo lo que has tenido que pasar esta noche. No debería crearte más problemas.

—Tú has pasado por lo mismo, Trav.

Recordé cómo había sido buscar a Abby en la oscuridad, sin saber si iba a encontrarla, y al final abrir a patadas esa puerta y ver su cara.

—No me asusto muy a menudo —dije—. Me asusté la primera mañana que desperté y no estabas aquí. Me asusté cuando me dejaste después de Las Vegas. Me asusté cuando he creído que tendría que decirle a mi padre que Trent había muerto en ese edificio. Sin embargo, cuando te vi al otro lado de las llamas en ese sótano..., me aterroricé. Llegué hasta la puerta, estaba a pocos metros de la salida y no pude irme.

—¿Qué quieres decir? ¿Estás loco? —preguntó ella, levantando la cabeza para mirarme a los ojos.

—Nunca había tenido algo tan claro en toda mi vida. Me di la vuelta y me abrí paso hasta la habitación en la que estabas y te vi. No me importaba nada más. Ni siquiera sabía si lo lograríamos o no, solo quería estar donde tú estuvieras, sin importarme las consecuencias. Lo único que temo es una vida sin ti, Paloma.

Abby se inclinó hacia delante y me dio un suave y tierno beso en los labios. Cuando nuestras bocas se separaron, ella sonrió.

—Entonces no tienes nada que temer. Vamos a estar juntos para siempre.

Suspiré.

—Volvería a hacerlo todo de nuevo, ¿sabes? No cambiaría ni un segundo si así llegáramos aquí, a este momento.

Ella respiró hondo y le besé con ternura la frente.

—Es esto. —Suspiré.

—¿Qué cosa?

—El momento. Ya sabes, cuando te observo dormir…, esa paz en tu cara. Es esto. No lo había experimentado desde antes de morir mi madre, pero puedo sentirlo de nuevo. —Volví a respirar hondo y la acerqué más a mí—. Supe en cuanto te conocí que había algo en ti que necesitaba. Resulta que no era algo que tuvieras, sino simplemente tú.

Abby sonrió cansada y ocultó la cara en mi pecho.

—Somos nosotros, Trav. Nada tiene sentido a menos que estemos juntos. ¿Te has dado cuenta?

—¿Que si me he dado cuenta? ¡Llevo diciéndotelo todo el año! Es oficial. Barbies, peleas, rupturas, Parker, Las Vegas…, incluso fuegos: nuestra relación puede superar cualquier cosa.

Ella levantó la cabeza, mirándome directamente a los ojos. Tras sus iris, vi que estaba tramando algo. Por primera vez, no me preocupé de cuál sería su siguiente paso, porque sabía en lo más profundo de mi ser que, eligiera el camino que eligiera, lo recorreríamos juntos.

—Oye… Estaba pensando en Las Vegas —empezó a decir.

—¿Sí?

—¿Qué te parecería volver?

Levanté las cejas incrédulo.

—No creo que sea lo que más me convenga.

—¿Y si solo vamos una noche?

Miré a mi alrededor en la habitación a oscuras, confundido.

—¿Una noche?

—Cásate conmigo —dijo de sopetón.

Había oído las palabras, pero tardé un segundo en procesarlas. Abrí la boca con una sonrisa ridícula. Estaba aturdido, pero si seguirle el juego era lo que necesitaba para que se aclararan las ideas, estaba feliz por poder ayudarla.

—¿Cuándo? —pregunté encogiéndome de hombros.

—Podemos tomar un avión mañana. Estamos de vacaciones. No tengo nada que hacer mañana ¿y tú?

—Sé que estás jugando —dije, alargando la mano para coger el teléfono. Abby levantó la barbilla, jactándose de su terquedad—. American Airlines —dije, sin dejar de observar atentamente su reacción. Ni un pestañeo.

—American Airlines, ¿en qué puedo ayudarlo?

—Quiero dos boletos para Las Vegas, por favor. Mañana. —La mujer buscó los horarios y después preguntó cuánto tiempo íbamos a quedarnos—. Hum.... —Esperé a que Abby se arrepintiera, pero no lo hizo—. Dos días, ida y vuelta. Lo que tenga disponible.

Ella apoyó la barbilla en mi pecho con una gran sonrisa, a la espera de que terminara de hablar. La mujer me preguntó cómo iba a pagar, así que le pedí a Abby mi cartera. Pensaba que en ese momento se reiría y me diría que colgara el teléfono, pero sacó feliz la tarjeta de mi cartera y me la entregó.

Dicté los números de la tarjeta de crédito a la operadora, mirando a Abby después de cada grupo. Ella se limitaba a escuchar, divertida. Di la fecha de caducidad y se me pasó por la cabeza que estaba a punto de pagar dos boletos de avión que probablemente no usaría. Al fin y al cabo, Abby sabía poner cara sin expresión alguna.

—Eh..., sí, señora. Los recogeremos en el mostrador. Gracias. —Le pasé el teléfono a Abby, que lo dejó en la mesita de noche—. Acabas de pedirme que me case contigo —dije mientras seguía esperando que admitiera que no iba en serio.

—Lo sé.

—Eso ha sido de verdad, ¿sabes? Acabo de reservar dos boletos a Las Vegas para mañana al mediodía, lo que significa que nos casamos mañana por la noche.

—Gracias.

Fruncí los ojos.

—Serás la señora Maddox cuando empieces las clases el lunes.

—Oh —dijo ella mientras miraba a su alrededor.

Enarqué una ceja.

—¿Lo has pensado mejor?

—Voy a tener que cambiar algunos papeles importantes la semana que viene.

Asentí lentamente, con una esperanza cautelosa.

—¿Te vas a casar conmigo mañana?

Ella se rio.

—Ajá.

—¿Lo dices en serio?

—Sí.

—¡Joder! ¡Cómo te quiero! —La cogí por ambos lados de la cara y la besé en los labios.

—Te quiero muchísimo, Paloma —dije sin dejar de besarla. Sus labios apenas podían seguir mi ritmo.

—Espero que te acuerdes de esto dentro de cincuenta años, cuando siga dejándote palizas al póquer —dijo entre risas.

—Si eso significa pasar sesenta o setenta años contigo, cariño..., tienes mi permiso para emplear tus mejores trucos.

Levantó una ceja.

—Lamentarás haber dicho eso.

—Apuesto a que no.

Su sonrisa dulce se convirtió en la expresión confiada de la Abby Abernathy que vi despojando a matones en la mesa de póquer de Las Vegas.

—¿Apostarías la reluciente moto de ahí fuera?

—Apostaría todo lo que tengo. No lamento ni un segundo pasado contigo, Paloma, y nunca lo haré.

Ella me tendió la mano, se la estreché sin dudarlo y me la acerqué a la boca, apretando los labios tiernamente contra sus nudillos.

—Abby Maddox... —dije, incapaz de dejar de sonreír.

Me abrazó y tensó los hombros mientras me apretaba contra ella.

—Travis y Abby Maddox. Suena bien.

—El anillo... —dije, frunciendo el ceño.

—Ya nos ocuparemos de los anillos después. Te he tomado totalmente por sorpresa.

—Eh... —acerté a decir mientras recordaba lo que tenía en el cajón.

Me pregunté si dárselo era una buena idea. Hacía unas semanas, tal vez incluso unos días, Abby habría alucinado, sin duda alguna, pero ya habíamos pasado esa fase. O al menos eso esperaba.

—¿Qué?

—Bien, no alucines —dije—. De hecho..., en cierto modo ya me había ocupado de esa parte.

—¿Qué parte?

Me quedé mirando fijamente al techo y suspiré, al darme cuenta de que era demasiado tarde para reparar mi error.

—Vas a alucinar.

—Travis...

Tendí la mano hacia el cajón de la mesita de noche y rebusqué un momento. Abby tenía el ceño fruncido y se quitó el pelo mojado de los ojos.

—¿Qué? ¿Has comprado condones?

Solté una carcajada.

—No, Paloma —dije, rebuscando más en el cajón.

Finalmente noté las esquinas familiares y observé la expresión de Abby mientras sacaba la cajita de su escondite.

Abby bajó la mirada cuando le coloqué la cajita de terciopelo en el pecho mientras yo me inclinaba hacia atrás para apoyar la cabeza en el brazo.

—¿Qué es esto? —preguntó ella.

—¿A ti qué te parece?

—Está bien. Déjame que replantee la pregunta: ¿cuándo has comprado esto?

Tomé aire.

—Hace tiempo.

—Trav...

—Es que lo vi un día por casualidad y sabía que solo podía estar en un sitio..., en tu perfecto dedito.

—Un día..., ¿cuándo?

—¿Es que eso importa?

—¿Puedo verlo?

Me reí, sus ojos grises brillaban. Su inesperada reacción me provocó una amplia sonrisa.

—Abre la caja.

Abby rozó la caja con un dedo, cogió el broche dorado con ambas manos y levantó lentamente la tapa. Se quedó boquiabierta y después cerró la tapa de golpe.

—¡Travis! —gimoteó ella.

—¡Sabía que alucinarías! —dije, incorporándome y poniendo mis manos sobre las suyas.

—¿Estás loco?

—Lo sé. Sé lo que estás pensando, pero tenía que hacerlo. Era el anillo. ¡Y tenía razón! Desde entonces no he visto ninguno tan perfecto como este.

Me lamenté para mis adentros, con la esperanza de que no reparara en el hecho de que acababa de admitir lo a menudo que me fijaba en anillos.

Volvió a abrir mucho los ojos y, después, lentamente apartó las manos del estuche. Volvió a probar: levantó la tapa y sacó el anillo de la hendidura que lo mantenía en su lugar.

—Es... Dios mío, es impresionante —murmuró ella mientras yo le cogía la mano izquierda.

—¿Puedo ponértelo en el dedo? —le pregunté, alzando la mirada.

Cuando asintió, apreté los labios y deslicé el aro plateado sobre su nudillo, sujetándolo en su lugar durante un segundo o dos antes de soltarlo.

—Ahora sí que es impresionante.

Nos quedamos mirando fijamente su mano durante un momento. Por fin estaba donde debía.

—Podrías haber pagado un coche con esto —dijo lentamente, como si tuviera que susurrar en presencia del anillo.

Toqué el anillo con mis labios y le besé la piel que estaba delante del nudillo.

—He imaginado cómo quedaría en tu mano un millón de veces. Ahora que lo llevas puesto…

—¿Qué? —Sonrió, esperando a que yo acabara.

—Pensaba que iba a tener que sudar cinco años antes de poder sentirme así.

—Deseaba que llegara este momento tanto como tú, pero mi cara cuando juega a ser inexpresiva es increíble —dijo ella, besándome en los labios.

Aunque lo que quería era desvestirla hasta que se quedara solo con el anillo puesto, volví a acostarme sobre el almohada y dejé que su cuerpo descansara sobre el mío. Si había una manera de centrarnos en algo que no fuera el horror de esa noche, daríamos con ella.

Capítulo 28

SEÑOR Y SEÑORA MADDOX

Abby esperaba en la acera, cogiéndome los dos únicos dedos que tenía libres. Con el resto estaba sujetando bolsas o intentaba hacer señales a América.

Habíamos llevado el Honda al aeropuerto dos días antes, así que Shepley tuvo que llevar a su novia a recoger su coche. América insistió en venir a recogernos y todos sabíamos por qué. Cuando se detuvo junto a nosotros, miraba hacia delante. Ni siquiera salió para ayudarnos con las bolsas.

Abby fue cojeando hasta el asiento del pasajero y entró, con cuidado de no rozarse el costado en el que se había tatuado mi apellido.

Metí las bolsas en el maletero y tiré de la manilla para abrir la puerta de atrás.

—Eh... —dije, volviendo a tirar—. Abre la puerta, Mare.

—Me parece que prefiero no hacerlo —dijo ella, volviendo la cabeza para fulminarme.

Adelantó un poco el coche y Abby se puso en tensión.

—Mare, para.

América frenó y enarcó una ceja.

—Casi consigues que maten a mi mejor amiga en una de tus estúpidas peleas, después te la llevas a Las Vegas y te casas con ella mientras estoy fuera de la ciudad, de manera que no puedo ser la dama de honor ni tan siquiera asistir a la boda.

Volví a tirar de la manilla.

—Vamos, Mare. Me gustaría decir que lo siento, pero me he casado con el amor de mi vida.

—¡El amor de tu vida es una Harley! —dijo América entre dientes.

Volvió a avanzar con el coche.

—¡Eso ya no es así! —supliqué.

—América Mason… —empezó a decir Abby. Intentaba parecer intimidatoria, pero América le lanzó una mirada tan seria que dejó a Abby encogida de miedo contra la puerta.

Los coches que estaban detrás de nosotros nos pitaron, pero América estaba demasiado enfadada para prestar atención.

—¡De acuerdo! —dije levantando una mano—. Está bien. ¿Y si…, y si celebramos otra boda este verano? Con un vestido, invitados, flores y todo lo demás. Puedes ayudarle a planearla. Puedes quedarte a su lado, prepararle una despedida de soltera, lo que quieras.

—¡No es lo mismo! —gruñó América, pero después la tensión desapareció un poco de su cara—. Pero es algo.

Se inclinó hacia atrás, levantó el pestillo.

Empujé la manilla, me acomodé en el asiento y tuve la precaución de no volver a abrir la boca hasta que llegamos al apartamento.

Shepley estaba limpiando con un trapo su Charger cuando nos detuvimos en el estacionamiento.

—¡Hola! —Sonrió y nos abrazó, primero a mí y luego a Abby—. Felicidades a los dos.

—Gracias —dijo Abby, que seguía sintiéndose incómoda por el arrebato de mal humor de América.

—Supongo que es bueno que América y yo estemos hablando ya de buscarnos nuestro propio sitio para vivir.

—Ah, ¿sí? —dijo Abby señalando con la cabeza a su amiga—. Parece que no somos los únicos en tomar decisiones por su cuenta.

—Íbamos a hablarlo con ustedes —dijo América a la defensiva.

—No hay prisa —dije—, pero me vendría bien algo de ayuda hoy para traer el resto de cosas de Abby.

—Sí, claro. Brazil acaba de llegar. Le diré que necesitamos su furgoneta.

Abby nos miró a los tres.

—¿Vamos a decírselo?

América no pudo contener una sonrisa petulante.

—Será difícil negarlo con ese pedrusco enorme que llevas en el dedo.

Fruncí el ceño.

—¿No quieres que lo sepa nadie?

—Bueno, no, no es eso. Pero nos hemos fugado para casarnos, cariño. La gente va a alucinar.

—Ahora eres la señora de Travis Maddox, ¡a la mierda los demás! —dije sin vacilar.

Abby me sonrió y bajó la mirada a su anillo.

—Eso es verdad. Supongo que será mejor que represente a la familia de forma adecuada.

—Ah, joder —dije—. Tenemos que contárselo a mi padre.

Abby empalideció.

—¿Sí?

América se rio.

—Me parece que le estás pidiendo mucho de golpe. Paso a paso, Trav, por Dios.

La miré disgustado, todavía enfadado por el numerito del coche en el aeropuerto. Abby esperaba una respuesta, así que me encogí de hombros.

—No tenemos que hacerlo hoy, pero tampoco tardemos demasiado, ¿está bien? No quiero que se entere por otra persona.

Ella asintió.

—Claro, lo entiendo, pero vamos a esperar al fin de semana y disfrutar de nuestros primeros días como recién casados sin meter todavía a nadie en nuestro matrimonio.

Sonreí mientras sacaba nuestro equipaje del maletero del Honda.

—Trato hecho. Excepto por una cosa.

—¿Qué?

—¿Podemos dedicar estos días a buscar un coche? Estoy bastante seguro de que te prometí uno.

—¿De verdad? —dijo sonriendo Abby.

—Solo tienes que elegir un color, nena.

Abby volvió a saltar sobre mí, agarrándose a mi cuerpo con los brazos y las piernas y cubriéndome la cara de besos.

—Ah, ya basta —dijo América. Abby puso los pies en el suelo y América la cogió de la muñeca—. Vamos adentro. ¡Quiero ver ese tatuaje!

Las chicas corrieron escaleras arriba y nos dejaron a Shepley y a mí con el equipaje. Lo ayudé con las muchas y pesadas maletas de América y cogí también la mía y la de Abby.

Subimos a duras penas las escaleras y agradecimos que hubieran dejado la puerta abierta. Abby estaba tumbada en el sofá con los pantalones de mezclilla desabrochados y un poco abiertos, mirando a América inspeccionar las delicadas curvas negras tatuadas sobre su piel.

América miró a Shepley, que tenía la cara completamente roja y estaba sudando.

—Me alegro de que no estemos tan locos, cariño.

—Yo también —dijo Shepley—. Espero que quisieras estas cosas aquí, porque no pienso llevármelas de vuelta al coche.

—Sí, sí, gracias.

Ella le sonrió con dulzura y volvió a mirar el tatuaje de Abby.

Shepley resopló antes de desaparecer en su dormitorio. Volvió con una botella de vino en cada mano.

—¿Qué es eso? —dijo Abby.

—Su banquete de bodas —dijo Shepley con una amplia sonrisa.

Abby aparcó en un espacio libre de un estacionamiento, comprobando cuidadosamente cada lado. Había elegido un Toyota Camry nuevo plateado el día anterior y, las pocas veces que la convencía de que se pusiera detrás del volante, lo conducía con tanta prudencia como si hubiera cogido a escondidas el Lamborghini de otra persona.

Después de que se le apagara bruscamente dos veces, finalmente puso el freno de mano y apagó el motor.

—Tenemos que pedir un pase para el estacionamiento —dijo ella comprobando de nuevo el espacio que había dejado con el coche de al lado.

—Sí, Paloma. Me ocuparé de ello —dije por cuarta vez.

Me pregunté si no debí haber esperado otra semana más o menos antes de añadir el estrés de un coche nuevo. Ambos sabíamos que al final del día se habría extendido por toda la escuela la noticia de nuestro matrimonio, junto con uno o dos escándalos ficticios. Abby se puso a propósito unos *jeans* muy apretados y un suéter que se le ajustaba al cuerpo para despejar las inevitables dudas sobre un embarazo. Tal vez nos hubiéramos casado a toda prisa, pero tener hijos era algo totalmente diferente y ambos queríamos esperar.

Cayeron unas cuantas gotas del cielo gris primaveral mientras cruzábamos el campus de camino a nuestras clases. Yo me bajé la gorra roja sobre la frente y Abby abrió su paraguas. Los dos nos quedamos mirando hacia el Keaton Hall cuando pasamos por delante y reparamos en la cinta amarilla y en los ladrillos ennegrecidos de cada ventana. Abby me cogió por el abrigo y yo la sujeté, procurando no pensar en lo que había ocurrido.

Shepley oyó que habían arrestado a Adam. Preferí no decirle nada a Abby, por miedo a ser el siguiente y a preocuparla sin necesidad.

Una parte de mí seguía pensando que las noticias sobre el incendio alejarían la atención indeseada del anillo de Abby, pero también tenía la seguridad de que la novedad de nuestro matrimonio serviría de distracción de la sombría realidad de perder algunos compañeros de clase de un modo tan horrible.

Como esperaba, cuando llegamos a la cafetería, mis compañeros de fraternidad y el equipo de fútbol nos felicitaron por nuestra boda y nuestro inminente hijo.

—No estoy embarazada —dijo Abby, meneando la cabeza.

—Pero... se han casado, ¿no? —dijo Lexi, vacilante.

—Sí —se limitó a responder Abby.

Lexi enarcó una ceja.

—Supongo que averiguaremos la verdad más pronto que tarde.

Sacudí la cabeza.

—Déjalo ya, Lex.

Me ignoró.

—Supongo que los dos habrán oído lo del incendio.

—Algo sí —dijo Abby, bastante incómoda.

—Me han dicho que algunos estudiantes hacían fiestas allí, que se han colado en los sótanos durante todo el año.

—Ah, ¿sí? —le pregunté.

Por el rabillo del ojo, vi que Abby me miraba, pero procuré no parecer demasiado aliviado. Si era cierto, tal vez me librara.

Durante el resto del día me miraban o me felicitaban. Por primera vez, no me paraban entre clase y clase chicas diferentes para preguntarme por mis planes para el fin de semana. Se limitaban a mirarme al pasar, sin atreverse a acercarse al marido de otra. Resultaba bastante agradable.

Pasé el día bastante bien y me pregunté si Abby diría lo mismo. Incluso mi profesora de psicología me dedicó una sonrisita y asintió pasando por alto mi respuesta a las preguntas sobre si el rumor era cierto.

Después de clase, me reuní con Abby en el Camry y dejé nuestras bolsas en el asiento de atrás.

—¿Te ha ido tan mal como pensabas?

—Sí —dijo ella, respirando hondo.

—Supongo, entonces, que hoy no será un buen día para pasar por casa de mi padre, ¿verdad?

—No, pero sería mejor que lo hiciéramos. Tienes razón, no quiero que se entere por alguien que no sea yo.

Su respuesta me sorprendió, pero no la cuestioné. Abby intentó convencerme de que condujera, pero me negué, insistiendo en que tenía que sentirse cómoda al volante.

El viaje en coche hasta la casa de mi padre no fue muy largo, pero sí tardamos más que si hubiera conducido yo. Abby cumplía todas las normas de tráfico, sobre todo porque temía que la hicieran parar y que por casualidad la policía descubriera que tenía una credencial de identidad falsa.

Nuestra pequeña ciudad parecía diferente, o quizás yo no era el mismo. No estaba seguro de si estar casado me hacía sentirme más relajado —despreocupado, incluso— o si por fin había conseguido sentirme en mi propia piel. Ahora estaba en una situación en la que no tenía que ponerme a prueba, porque la única persona que me aceptaba por completo, mi mejor amiga, era una referencia fija en mi vida.

Era como si hubiera completado una tarea o superado un obstáculo. Pensé en mi madre, en las palabras que me había dicho hacía mucho tiempo. Entonces, todo encajó: me había pedido que no me conformara, que luchara por la persona que amase y, por primera vez, había hecho lo que ella esperaba de mí. Por fin había conseguido estar a la altura de lo que ella quería que fuera.

Respiré profundamente, de forma purificadora, extendí el brazo y apoyé la mano en la rodilla de Abby.

—¿Qué pasa? —preguntó ella.

—¿Qué pasa con qué?

—Con esa mirada en tu cara.

Me miraba a mí y luego a la carretera, con extrema curiosidad. Imaginé que era una expresión nueva, pero no sabría explicar qué aspecto tenía.

—Simplemente estoy feliz, cariño.

Abby soltó un ruido a medio camino entre el canturreo y la risa.

—Yo también.

Debía admitir que estaba un poco nervioso por tener que explicarle a mi padre nuestra repentina escapada a Las Vegas, pero no porque creía que se fuera a enfadar. No conseguía saber por qué, pero la sensación de tener mariposas en el estómago se hacía cada vez más fuerte conforme nos acercábamos a casa de mi padre.

Abby se detuvo en el camino de grava, empapada por la lluvia, de pie junto a la casa.

—¿Qué crees que dirá? —preguntó ella.

—No sé. Sin duda se alegrará.

—¿Sí? —preguntó Abby, cogiéndome de la mano. Apreté sus dedos entre los míos.

—Seguro.

Antes de que pudiéramos llegar a la puerta principal, mi padre salió al porche.

—Vaya, hola, chicos —dijo él, con una sonrisa.

Al sonreír, frunció los ojos, se le levantaron las mejillas y se le formaron unas bolsas bajo los ojos.

—No estaba seguro de quién era. ¿Te has comprado un coche nuevo, Abby? Es bonito.

—Hola, Jim —sonrió Abby—. Lo ha comprado Travis.

—Es de los dos —dije mientras me quitaba la gorra de béisbol—. Hemos pensado en pasar a saludar.

—Ah, me alegra mucho, mucho... Ha llovido un poco, creo.

—Sí, eso creo —dije, incapaz de seguir con la charla insustancial.

Lo que pensaba que eran nervios, en realidad era emoción por compartir las novedades con mi padre.

Mi padre se dio cuenta de que había gato encerrado.

—¿Han disfrutado de las vacaciones de primavera?

—Han sido... interesantes —dijo Abby, apoyándose en mi costado.

—Ah, ¿sí?

—Nos hemos ido de viaje, papá. Nos hemos escapado a Las Vegas un par de días... Y, bueno, decidimos casarnos.

Mi padre hizo una pausa de unos cuantos segundos e inmediatamente buscó con la mirada la mano izquierda de Abby. Cuando encontró la confirmación que buscaba, miró a Abby y después a mí.

—¿Papá? —dije, sorprendido por su cara inexpresiva.

Los ojos de mi padre se humedecieron un poco y se le levantaron lentamente las comisuras de la boca. Se acercó y nos abrazó a Abby y a mí al mismo tiempo.

Con una sonrisa, Abby me lanzó una mirada y yo le respondí con un guiño.

—Me pregunto qué diría mamá si estuviera aquí —dije.

Mi padre se apartó con los ojos húmedos por lágrimas de felicidad.

—Diría que has elegido bien, hijo. —Miró a Abby—. Y a ti te daría las gracias por devolverle a su hijo lo que perdió el día que ella se fue.

—No sé qué decir —respondió Abby, secándose los ojos. Se sentía claramente abrumada por lo emocionado que estaba mi padre.

Nos abrazó de nuevo mientras se reía y nos estrechaba entre sus brazos al mismo tiempo.

—¿Quieres que apostemos a que eso es lo que diría?

EPÍLOGO

Las paredes goteaban por el agua de lluvia de las calles de más arriba. Las gotitas en charcos cada vez más profundos, como si lloraran por él, por el bastardo que yacía en medio del sótano empapado en su propia sangre.

Respiraba agitadamente mientras lo miraba, pero no durante mucho rato. Apuntaba con mis dos Glock en direcciones opuestas para mantener a los hombres de Benny a raya, hasta que el resto de mi equipo llegara.

Por el auricular que llevaba en el oído me dijeron:

—Tiempo estimado de llegada, diez segundos, Maddox. Buen trabajo. —El jefe de mi equipo, Henry Givens, hablaba con tranquilidad, pues sabía tan bien como yo que con Benny muerto todo había acabado.

Entró una docena de hombres vestidos de negro de la cabeza a los pies con rifles automáticos y bajé las armas.

—Son solo recaudadores. Sáquenlos de aquí.

Tras enfundar mis pistolas, me quité la cinta adhesiva que me quedaba en las muñecas y subí con dificultades las escaleras del sótano. Thomas me esperaba arriba; su impermeable color caqui y su pelo estaban empapados por la tormenta.

—Has hecho lo que tenías que hacer —dijo mientras me seguía hasta el coche—. ¿Estás bien? —me preguntó mientras me tocaba el corte en la ceja.

Llevaba sentado en esa silla de madera dos horas, durante las que Benny me había estado interrogando mientras me pegaban una paliza. Me habían encontrado esa mañana; todo estaba planeado, por supuesto, pero el interrogatorio debería haber acabado con su arresto, no con su muerte.

No podía dejar de mover las mandíbulas violentamente bajo la piel. Había recorrido un largo camino para controlar mi temperamento y no permitir que cualquiera desatara mi rabia. Sin embargo, en pocos segundos, todo mi entrenamiento había resultado inútil; había bastado con que Benny mencionara su nombre.

—Tengo que ir a casa, Tommy. Llevo semanas fuera y es nuestro aniversario... o lo que queda de él.

Abrí la puerta del coche bruscamente, pero Thomas me agarró de la muñeca.

—Primero tienes que hacer el informe y relajarte. Has dedicado años a este caso.

—Malgastado, he malgastado años.

Thomas suspiró.

—No querrás llevarte todo esto a casa, ¿verdad?

Entonces fui yo el que no pude evitar suspirar.

—No, pero tengo que ir. Se lo prometí.

—Le llamaré y se lo explicaré.

—Tendrás que mentirle.

—Es lo que hacemos.

La verdad siempre era fea. Thomas estaba en lo cierto. Prácticamente me había criado, pero no lo conocí de verdad hasta que el FBI me reclutó. Cuando Thomas se fue a la universidad, pensaba que estudiaba Publicidad y después nos contó que era ejecutivo de una agencia publicitaria en California. Estaba tan lejos que le resultaba fácil mantener su tapadera.

Si ahora echaba la mirada atrás, tenía sentido que Thomas decidiera venir a casa, por primera vez y sin que fuera ninguna ocasión especial, precisamente la noche que conoció a Abby. Por aquel entonces había empezado a investigar a Benny y sus numerosas actividades ilegales, así que fue un golpe de suerte que su hermano pequeño hubiera conocido y se hubiera enamorado de la hija de uno de los tipos que debían dinero a Benny. Y todavía fue mejor que acabáramos mezclados en sus negocios.

En cuanto me licencié en Justicia Criminal, era lógico que el FBI se pusiera en contacto conmigo. No reparé en el honor que suponía. Ni a Abby ni a mí se nos ocurrió que recibieran miles de solicitudes de trabajo al año ni sabíamos que no solían reclutar a casi nadie. No obstante, yo iba a entrar en una operación secreta relacionada con Benny.

Años de entrenamiento y tiempo lejos de casa habían culminado en ese momento en el que Benny yacía en el suelo, con sus ojos muertos clavados en el techo del sótano. Todo el cargador de mi Glock estaba incrustado en su torso.

Encendí un cigarrillo.

—Llama a Sarah a la oficina. Dile que me reserve un boleto para el primer vuelo. Quiero estar en casa antes de la medianoche.

—Amenazó a tu familia, Travis. Todos sabemos de qué era capaz Benny. Nadie te culpa.

—Sabía que lo teníamos atrapado, Tommy. Sabía que no tenía a quién recurrir. Me ha provocado. Me ha provocado y yo he caído.

—Quizás, pero explicar detalladamente cómo iba a torturar y asesinar a la mujer de la persona que conocía más letal no era una buena idea. Tendría que haber sabido que no debía amenazarte.

—Sí —dije entre dientes, mientras recordaba la vívida imagen que Benny había pintado del secuestro de Abby y de cómo pensaba arrancarle la carne de los huesos trozo a trozo—. Apuesto a que ahora desearía no haber sido un cuentacuentos tan bueno.

—Y además queda Mick. Es el siguiente de la lista.

—Te lo he dicho, Tommy. No puedo contar con él. No es una buena idea que yo participe en eso.

Thomas se limitó a sonreír y decidió dejar para otro momento esa discusion.

Me deslicé en el asiento de atrás del coche que esperaba para llevarme al aeropuerto. Cuando la puerta se cerró detrás de mí y el conductor arrancó, marqué el número de Abby.

—Hola, cariño —respondió Abby, alegre.

Inmediatamente, respiré hondo y me tranquilicé. Oír su voz era todo lo que necesitaba.

—Feliz aniversario, Paloma. Voy de camino a casa.

—¿Sí? —respondió con voz más aguda—. Siempre me haces el mejor regalo.

—¿Cómo va todo?

—Estamos en casa de tu padre. James me acaba de ganar otra mano de póquer. Empiezo a preocuparme.

—Es tu hijo, Paloma. ¿Te sorprende que sea bueno jugando a las cartas?

—Me ha dado una paliza, Trav. Es bueno.

Hice una pausa.

—¿Te ha ganado?

—Sí.

—Pensaba que tenías una regla al respecto.

—Lo sé —dijo con un suspiro—. Lo sé, ya no juego, pero James había tenido un mal día y era una buena manera de hacer que hablara del tema.

—¿Qué ha pasado?

—Es por un chico en la escuela, que hizo un comentario sobre mí.

—No es la primera vez que un niño dice algo sobre la guapísima profe de mates.

—No, pero creo que fue particularmente grosero. Jay le dijo que cerrara la boca y hubo una pelea.

—¿Y Jay le pateó el culo?

—¡Travis!

Me reí.

—¡Solo preguntaba!

—Lo vi desde mi clase. Jessica llegó antes que yo. Me temo que ha... humillado a su hermano. Un poco. Y sin querer.

Cerré los ojos. Jessica, con sus enormes ojos marrones como la miel, pelo largo oscuro y cuarenta kilos de astucia, era como yo en miniatura. Tenía mi mismo mal genio y no perdía el tiempo con palabras. Se peleó por primera vez en la guardería para defender a su hermano mellizo, James, de una pobre y nada sospechosa niña que se estaba metiendo un poco con él. Intentamos explicarle que a la niña probablemente simplemente le gustaba James, pero Jessie no estaba dispuesta a escuchar. Daba igual las veces que James le hubiera rogado que no se metiera en sus peleas, Jess era ferozmente protectora, incluso aunque su hermano fuera ocho minutos mayor.

Resoplé.

—Déjame hablar con ella.

—¡Jess! ¡Papá está al teléfono!

Oí una dulce vocecita al otro lado del teléfono. No dejaba de sorprenderme que pudiera ser tan bruta como yo y, aun así, su voz y su aspecto fueran los de un ángel.

—Hola, papi.

—Cariño..., ¿has tenido algún problema hoy?

—No fue culpa mía, papi.

—Ya, nunca lo es.

—Es que Jay estaba sangrando, lo habían tirado al suelo.

Me hirvió la sangre, pero llevar a mis hijos por el buen camino era lo primero.

—¿Qué te ha dicho el abuelo?

—Me ha dicho: «Ya iba siendo hora de que alguien le bajara los humos a ese tal Steven Matese».

Me alegró que no pudiera verme sonreír con su imitación de Jim Maddox.

—No te culpo por querer defender a tu hermano, Jess, pero tienes que dejar que pelee algunas de sus batallas él solo.

—Está bien, pero no cuando lo hayan tirado al suelo.

Tuve que aguantarme otra carcajada.

—Pásame a mamá. Llegaré a casa dentro de unas pocas horas. Te quiero a montones, pequeña.

—¡Yo también te quiero, papi!

Oí un ruido por el teléfono cuando Jessica le pasó el aparato a Abby y después volví a escuchar la voz suave de mi mujer.

—No has sido de gran ayuda, ¿verdad? —preguntó ella, aunque ya sabía la respuesta.

—Probablemente no, pero tenía buenas razones.

—Siempre las tiene.

—Cierto. Escucha, vamos hacia el aeropuerto. Nos vemos pronto; te quiero.

Cuando el conductor aparcó en la terminal, me apresuré a sacar mi bolsa del maletero. Sarah, la ayudante de Thomas, acababa de enviarme un e-mail con mi itinerario y mi vuelo salía en media hora. Corrí a facturar y a pasar los controles de seguridad, y llegué a la puerta de embarque justo cuando llamaban al primer grupo.

El vuelo a casa pareció durar una eternidad, como siempre. Aunque usé una cuarta parte del tiempo para asearme y cambiarme de ropa en el baño, siempre quedaba un reto por delante: aguantar el rato que quedaba hasta llegar.

Saber que mi familia me esperaba siempre era duro para mí, pero el hecho de que fuera mi undécimo aniversario de bodas lo hacía aún peor. Solo quería abrazar a mi mujer. Era lo único que deseaba siempre. Después de once años estaba tan enamorado de ella como al principio.

Cada aniversario era una victoria, una mentada de madre a todo aquel que había pensado que no duraríamos. Abby me había domado, el matrimonio me había calmado y, cuando me convertí en padre, toda mi visión del mundo cambió. Me miré la muñeca y me subí el puño. El apodo de Abby seguía allí y saberlo seguía haciendo que me sintiera bien.

Por fin, el avión aterrizó y tuve que aguantarme las ganas de cruzar la terminal. Cuando llegué a mi coche, mi paciencia se había agotado. Por primera vez en años, me salté semáforos e hice lo necesario para sortear el tráfico. De hecho resultó bastante divertido, porque me recordó mis años de universidad. Al llegar a casa, aparqué y apagué las luces del coche. La luz delantera del porche se encendió cuando me acerqué. Abby abrió la puerta, su pelo color caramelo le acariciaba los hombros y en sus grandes ojos grises, además de cansancio, se veía lo aliviada que estaba de verme. La abracé, procurando no apretar demasiado.

—Santo cielo —dije con un suspiro mientras ocultaba la cara en su pelo—. ¡Cuánto te he echado de menos!

Abby se apartó y me tocó el corte de la ceja.

—¿Te has caído?

—Ha sido un día duro en el trabajo. Tal vez me he dado con la puerta del coche cuando iba hacia el aeropuerto.

Abby me abrazó de nuevo, clavándome los dedos en la espalda.

—Me alegro mucho de que estés en casa. Los chicos están en la cama, pero se niegan a dormirse hasta que los arropes.

Me aparté y asentí; después me agaché y puse las manos sobre el vientre redondeado de Abby.

—¿Y tú cómo estás? —pregunté a mi tercer hijo.

Besé el protuberante ombligo de Abby y después me levanté de nuevo.

Abby se frotó la barriga con un movimiento circular.

—Sigue cocinándose.

—Bien. —Saqué una cajita de mi maleta y la sujeté delante de mí—. Hace once años, estábamos en Las Vegas. Sigue siendo el mejor día de mi vida.

Abby cogió la caja y me estrechó la mano hasta que estuvimos en el recibidor. Olía a una mezcla de productos de limpieza, velas y niños. Olía a hogar.

—Yo también tengo algo para ti.

—Ah, ¿sí?

—Sí.

Sonrió y me dejó un momento. Desapareció en el despacho y después volvió con un sobre marrón.

—Ábrelo.

—¿Me has recogido el correo? Eres la mejor esposa del mundo —dije burlón.

Abby simplemente sonrió. Lo abrí y saqué el pequeño montón de papeles que contenía. Fechas, horas, transacciones, incluso e-mails. Eran documentos y datos que relacionaban a Mick, el padre de Abby, con Benny. Llevaba trabajando para él años. Le había pedido prestado más dinero y después había tenido que saldar su deuda para que no lo mataran cuando Abby se negó a ayudarle.

Solo había un problema: Abby sabía que trabajaba con Thomas..., pero, que yo supiera, pensaba que trabajaba en publicidad.

—¿Qué es esto? —pregunté, fingiendo estar desconcertado.

Abby seguía teniendo un cara inexpresiva impecable.

—Es la conexión que necesitas para unir a Mick con Benny. Este de aquí —dijo sacando el segundo papel del montón— es el último clavo del ataúd.

—Bien..., pero ¿qué se supone que tengo que hacer con esto?

Abby me dedicó una sonrisa ambigua.

—Lo que sea que hagas con estas cosas, cariño. Solo pensé que, si investigaba un poco, podrías quedarte un poco más en casa en esta ocasión.

La cabeza me iba a mil por hora mientras intentaba encontrar una salida. De algún modo había descubierto la farsa.

—¿Hace cuánto que lo sabes?

—¿Acaso importa?

—¿Estás enfadada?

Abby se encogió de hombros.

—Me sentí un poco herida al principio. Tienes que compensarme por unas cuantas mentiras piadosas.

La abracé, con los papeles y el sobre todavía en la mano.

—Lo siento, Paloma. Lo siento muchísimo. —Me aparté—. No se lo habrás dicho a nadie, ¿verdad?

Ella dijo que no con la cabeza.

—¿Ni siquiera a América ni a Shepley? ¿Ni a mi padre ni a los niños?

Volvió a negar con la cabeza.

—He sido lo suficientemente lista para averiguarlo, Travis, ¿crees que no voy a saber guardar el secreto? Está en juego tu seguridad.

Le puse las manos en las mejillas.

—¿Qué significa eso?

Sonrió.

—Significa que ya no tendrás que decirme que tienes que ir a otra convención. Algunas de tus historias son directamente insultantes.

Volví a besarla, acariciando con ternura sus labios con los míos.

—¿Y ahora qué?

—Ve a darle un beso a los niños y después tú y yo podemos celebrar los once años que llevamos demostándole a quienes no creían en nosotros que se equivocaban. ¿Qué te parece?

Le respondí con una amplia sonrisa y volví a mirar los papeles.

—¿Y te parece bien ayudar a arrestar a tu padre?

Abby frunció el ceño.

—Ha dicho un millón de veces que yo había acabado con él. Al menos, puedo concederle el privilegio de tener razón. Y los niños están más seguros así.

Dejé los papeles en la mesa de la entrada.

—Hablaremos de esto después.

Avancé por el pasillo de la mano de Abby, que iba detrás de mí. La habitación de Jessica era la que estaba más cerca, así que entré a hurtadillas y la besé en la mejilla, con cuidado de no despertarla; entonces crucé el pasillo para ir al dormitorio de James. Seguía despierto, tumbado en silencio.

—Hola, colega —susurré.

—Hola, papá.

—Me han dicho que has tenido un día duro. ¿Estás bien? —Asintió—. ¿Seguro?

—Steven Matese es un idiota.

—Tienes razón, pero seguro que podrías buscar un modo más apropiado de describirlo. —James puso la boca de medio lado—. Bueno, has ganado a mamá al póquer hoy, ¿verdad?

James sonrió.

—Dos veces.

—Ah, no me ha contado esa parte —dije, volviéndome hacia Abby, cuya silueta curvilínea se recortaba en el umbral—. Me puedes dar la revancha mañana.

—Sí, señor.

—Te quiero, pequeño.

—Y yo a ti, papá.

Besé a mi hijo en la nariz y después seguí a su madre por el pasillo hasta nuestra habitación. Las paredes estaban cubiertas de retratos de familiares y escolares y de cuadros artísticos.

Abby estaba de pie en medio de la habitación, con nuestro tercer hijo en el vientre, vertiginosamente bella y feliz de verme, incluso después de enterarse de algo que llevaba ocultándole la mayor parte de nuestro matrimonio.

Nunca había estado enamorado antes de conocer a Abby y nadie había vuelto a interesarme desde entonces. Mi vida eran la mujer que tenía delante de mí y la familia que habíamos formado juntos.

Abby abrió la caja y me miró con lágrimas en los ojos.

—Siempre sabes qué comprarme. Es perfecto —dijo ella, acariciando con sus dedos elegantes las tres piedras natales vinculadas al nacimiento de nuestros hijos.

Se lo puso en la mano derecha y alargó el brazo para admirar su nuevo adorno.

—No tanto como el ascenso que conseguiré gracias a ti. Averiguarán lo que has hecho y eso nos complicará la vida.

—Bueno, siempre nos pasa y siempre lo superamos —dijo ella con naturalidad.

Respiré hondo y cerré la puerta del dormitorio detrás de mí. Pese a que habíamos pasado una temporada en el infierno, al final habíamos encontrado el cielo. Quizás era más de lo que una pareja de pecadores se merecía, pero no iba a ser yo quien se quejara.

AGRADECIMIENTOS

Debo empezar dando las gracias a mi increíble marido, Jeff. Jamás ha dejado de ofrecerme su apoyo y sus ánimos, y ha mantenido a los niños felices y entretenidos para que su madre pudiera trabajar. No podría hacer nada de todo esto sin él. Cuida de mí en todo momento, literalmente solo tengo que sentarme en mi oficina a escribir. Mi marido posee una paciencia y una comprensión aparentemente infinitas de las que yo desearía tener aunque solo fuera una mínima fracción. En mis peores días sigue queriéndome y se niega a permitirme creer que haya algo que no pueda hacer. Gracias por tu amor sin tacha que puedo plasmar en mi escritura para que los demás experimenten un poco de lo que tú me has dado. Sé que soy afortunada por tenerte.

También doy las gracias a mis dos preciosas niñas, que dejaron a su madre trabajar durante horas por la noche sin quejarse para que así pudiera cumplir con mi primer plazo de entrega, y al hombre más apuesto del mundo, que esperó a que escribiera la palabra «Fin», para hacer su aparición en el mundo.

Quiero recordar a Beth Petrie, mi más apreciada amiga, que es lo más cercano a una hermana que podría tener. Hace tres años dijo que podría acabar una novela mientras estudiaba para ser radióloga con dos hijos y un trabajo. Me dijo que conseguiría todo lo que me propusiera, y sigue diciéndolo. Lo he dicho un millón de veces, pero lo diré de nuevo: si no fuera por Beth, no habría escrito ni una sola palabra de *Maravilloso desastre,* de *Providence* ni de ninguna otra de mis novelas. No me planteé escribir una novela hasta que me dijo: «Hazlo. Siéntate delante de la computadora ahora mismo y empieza a escribir». Ella es la única razón por la que he podido recorrer ese camino mágico que me ha liberado de muchas formas. Ha sido mi salvadora en muchos más aspectos además de ese. Gracias. Gracias, gracias, gracias.

A Rebecca Watson, mi agente literaria y también cinematográfica, por aceptarme cuando todavía era un autora emergente. y a E. L. James por presentarnos.

A Abbi Glines, mi querida amiga y colega escritora, que echó un vistazo a *Inevitable desastre* en sus primeras etapas y me aseguró que sí, que estaba enfocando bien el punto de vista masculino.

A Colleen Hoover, Tammara Webber y Elizabeth Reinhardt, por hacer el trabajo de edición un poco más fácil. Me enseñaron algo casi cada día, ya sea sobre escritura, mi carrera o sobre la vida.

A las mujeres de FP, mi grupo de escritoras y, algunos días, mi roca y salvación. No puedo decir lo mucho que su amistad significa para mí. Han estado conmigo en cada subida y bajada, en cada decepción y celebración de este año. Sus consejos son inestimables y sus ánimos me han ayudado a superar muchos malos días.

A Nicole Williams, mi amiga y colega escritora. Gracias por ser tan amable y gentil. La forma en la que manejas cada aspecto de tu carrera es una inspiración para mí y estoy deseando ver lo que la vida te tiene reservado.

A Tina Bridges, enfermera titulada y el ángel de un antiguo hospicio. Cuando necesitaba respuestas a algunas preguntas muy duras, no dudó en dejarme investigar tanto como lo necesité para llegar hasta la incómoda verdad sobre morir y los moribundos. Eres una persona increíble por ayudar a tantos niños que pasan por una pérdida inimaginable. Tienes mi respeto por tu valor y tu compasión.

También a los agentes literarios extranjeros y al personal de Intercontinental Literary Agency. Todo lo que han conseguido va mucho más allá de lo que yo habría podido hacer por mí misma. ¡Gracias por llevar mi libro a más de veinte países en tantos otros idiomas!

A Maryse Black, bloguera literaria, genio, supermodelo y amiga. Has presentado a Travis a muchas personas que lo quieren casi tanto como tú. No es de extrañar por qué te quiere tanto. He visto cómo tu blog crecía de algo divertido a una fuerza de la naturaleza, y estoy encantada de que nuestros viajes empezaran más o menos al mismo tiempo. Es increíble ver dónde hemos estado, dónde estamos y a dónde vamos a llegar.

También me gustaría dar las gracias a mi editora Amy Tannenbaum no solo por amar y creer en esta historia de amor tan poco convencional tanto como yo, sino por el disfrute que ha supuesto trabajar con ella y hacer que toda la transición a la publicación tradicional fuera tan positiva.

A mi publicista, Ariel Fredman, que me ha guiado a través de una jungla de prensa y entrevistas desconocida (para mí), por cuidarme tanto.

A Judith Curr, directora editorial, por sus constantes palabras de ánimo y aprobación y por demostrarme que yo formaba parte de la familia de Atria, no solo con palabras, sino con hechos.

A Julia Scribner y al resto del personal de Atria por trabajar con tanto ahínco en la producción, el marketing, las ventas y en todo lo que tiene que ver con llevar esta novela desde mi computadora a las manos de mis lectores. No estoy segura de qué esperaba de la edición tradicional, pero ¡estoy encantada de que mi camino me llevara hasta Atria Books!

Este libro se terminó de imprimir en diciembre de 2013
en Quad/Graphics Querétaro, S. A. de C. V.,
Fracc. Agro Industrial La Cruz El Marqués
Querétaro, México.